U0109275

古典詩歌研究彙刊

第三五輯

龔鵬程 主編

第 1 冊

陳子昂詩文唐宋接受史研究

魏漪葦 著

國家圖書館出版品預行編目資料

陳子昂詩文唐宋接受史研究／魏渏葦 著 -- 初版 -- 新北市：
花木蘭文化事業有限公司，2024〔民113〕
目 4+274 面；17×24 公分
（古典詩歌研究彙刊 第三五輯：第 1 冊）
ISBN 978-626-344-546-8（精裝）
1.CST：（唐）陳子昂 2.CST：學術思想 3.CST：唐詩
4.CST：詩評
820.91   112022447

ISBN-978-626-344-546-8

9 786263 445468

古典詩歌研究彙刊
第三五輯 第 一 冊   ISBN：978-626-344-546-8

陳子昂詩文唐宋接受史研究

作　　者　魏渏葦
主　　編　龔鵬程
總 編 輯　杜潔祥
副總編輯　楊嘉樂
編輯主任　許郁翎
編　　輯　潘玟靜、蔡正宣　美術編輯　陳逸婷
出　　版　花木蘭文化事業有限公司
發 行 人　高小娟
聯絡地址　235 新北市中和區中安街七二號十三樓
　　　　　電話：02-2923-1455／傳真：02-2923-1452
網　　址　http://www.huamulan.tw 信箱 service@huamulans.com
印　　刷　普羅文化出版廣告事業
初　　版　2024 年 3 月
定　　價　第三五輯共 4 冊（精裝）新台幣 8,000 元

陳子昂詩文唐宋接受史研究

魏淯葦 著

作者簡介

魏漪葦，浙江省泰順縣人，廿七年前，丙子歲穀雨旦日夜，生於縣府羅陽鎮。本科就讀於澳門大學教育學院中文專業，後負篋求學於西子灣畔中山大學文學院之研究所，有幸師從教授蔡振念先生，攻讀唐宋文學方向。常曰：「山海之間，林蔭斜陽。與海為鄰兮，翩翩天啟。以弛作樂兮，悠悠徐行。心向學而遊逸兮，遙望乎西灣。緣問題其意識兮，研究之發軔。」為人率真熱忱，因欽佩陳君子昂之為人及才氣而有此作。

提　　要

　　本書通過檢視現今各部文學史著作對陳子昂的論斷，以接受美學理論為切入點，參照「接受史研究範式六層次」，包括接受主體、接受內容、接受效應、接受方式、接受原因、接受過程等六個層面，思考陳子昂詩文在唐宋接受歷程中的各種因子；並從唐宋人對陳子昂詩文的闡釋、模仿、評點、出版等維度研究探討陳子昂詩文在唐宋兩代的接受與影響情況。期以接受史的眼光，去審視陳子昂在唐宋文學史上的真實地位，補正現代中國文學史關於陳子昂的論述，為陳子昂作出一個相對客觀而公允的評價。

　　接受美學的奠基人姚斯認為，文學的歷史性在「歷時性」與「共時性」的交叉點上得以顯示，文學史是歷時性與共時性的調節融合史，筆者以為這也是作家作品地位浮沉改易之客觀性，與歷代沉澱各式審美觀念之主觀性的交融史，同時也是「經典」的建構史。我們既要關注橫向之某個歷史時期讀者的水平接受，以描述性的語言述說現象；又要考察縱向之歷史延續累積性的垂直接受，以解釋性的語言探究本質。這兩種文學接受包括了接受的廣度與深度，本文試以陳子昂為個案作接受史研究，並附有陳子昂年譜以及陳子昂詩文繫年比對表，希望大家能藉此對陳子昂其作、其人、其人生有立體而全面的了解。

感言與誌謝

一、論文緣起

在那遙遠而朦朧的記憶深處，幼時會背的第一首「詩」即為〈登幽州臺歌〉，且似乎還是母親在磁帶機裡變出的既溫柔，又字正腔圓的有聲讀物。如今古舊的機器已停轉，但那古人來者、悠悠天地之語將終生難忘。雖然於今從嚴謹的學術角度來看，將這首歌謠歸於子昂名下之詩可能只是一個美麗的誤會，可這不妨礙我們對子昂內在精神的解讀。

碩一時在圖書館隨意閒翻感興趣的書籍，碰巧看到一本《唐宋詩詞常識》。後讀到詹鍈先生在〈陳子昂的復古與革新〉一節發首的引言：「當宮體詩正在武則天的宮廷上盛行一時的期間，一個從四川出來的陳子昂（公元 661～702 年）走上了文壇，他是一個具有豪俠氣概的人。」〔註1〕是了，就是這十個字「一個具有豪俠氣概的人」，令人不由得有一種天然的好感。或許是也曾夢想仗劍走天涯，故對「豪俠氣概」尤其心嚮往之，由此萌發了對陳子昂先生的好奇及研究。他是一個怎樣的人呢？真的有豪俠的氣概嗎？是不是像李白一樣，有著「事了拂衣去，深藏身與名」的英氣與拔劍的實力？

〔註1〕詹鍈、房開江等著：《唐宋詩詞常識》（上海：上海古籍出版社，1997年），頁 20。

　　於是開始誦覽子昂遺留下來的詩文集以及探尋史傳中有關於他的線索，期冀能全面深入地了解其人、其人生。起初對「風骨」一詞饒有興致，感性地認定子昂於文學發展史之際遇及成就，乃其自身之風骨使然，或曰其品性氣質之玉成，畢竟不受時代主流支配者必定有自身獨特的個性，因而打算從「風骨」、「興寄」等詩論觀念入手研究陳子昂個人之風骨，及其「對後代深刻的啟示」。可後來發現自己是預先設定了一個結論，即理所當然地認定了陳子昂在文學發展歷程中盧氏所謂「卓立千古，橫制頹波」的地位，而其剛正氣概——風骨是取得此地位的內在原因，進而是為肯定而去找尋相應的肯定之論據，實大謬爾。那麼文學史專章敘述的那些經典作家之地位何以形成？經過一步步搜尋與探索，喜見以接受美學之視角探討陳子昂作品的接受史許是解答疑惑的那把鑰匙。在拜讀蔡師振念先生之鴻文《杜詩唐宋接受史》後，於研究理路層面受益頗多。有幸亦有緣拜入振念先生門下，是以展開了予小子以子昂為例從接受史的角度探索學術的征途。

二、學做學術研究的一些小感慨

　　所謂「千軍易得，一將難求」，易得之「千軍」如搜集網羅資料、分類統計數據等工序，總之是枯燥繁瑣而乏味的，可或許像是想練就一身絕世武功，還是先得沉下心來穩扎馬步，練好基本功。回頭看本論特別耗時的二十多個統計表，而今是很有收穫感的。難求的「一將」好比論文之選題及後續具體的研究方法，理論只是切入探討的角度，關鍵還是實際操作。關於「接受美學理論」，最開始有一個問題深深困惑著我，即接受讀者中心論 VS.作者原始意義裁定權。歌手馬頔說：「我寫過一首歌，叫《南山南》，常有人聽完後說它太悲傷，接著問起這首歌里是不是有一個故事。我說你聽到這首歌的時候，它就已經和我無關了，你掉的眼淚，才是只有你自己知道的故事。」〔註2〕

─────────────

〔註2〕馬頔：〈孤島〉，《雪蓮》，2017年第2期，頁48。

或許意義的裁定權也不重要，重要的是人情之間千古的共鳴啊。此外，予小子似乎感應到了學術研究中的傳承之鏈，許多令自己驚奇的發現，原來前人都已有積澱，如《四庫全書總目提要》作出的精闢歸納，令人歎服。身為一名初出茅廬的中文人，誠與有榮焉。

三、誌謝

自古「兒行千里母擔憂」，三年來時聞家慈的叮囑：「早點休息，健康第一」，靜聽那「凱風自南，吹彼棘心」。家嚴亦常說：「吃好一點，不要怕貴，不浪費就行。」業已成年，卻未能自立，這三年的學雜費仍由父母供給，實在赧顏。在此首先要感謝椿萱於經濟上的支持，以及一直以來遠程的鼓勵與關切。願爸媽身體康健，笑口常開！

在學習研究的過程中，感恩蔡師振念先生事無巨細地指點迷津，古語云「臨淵羨魚，不如退而結網」，殊不知結網已是件非常不簡單的事。小到格式標點，中至文獻掌故，大到主旨理路，業師振念先生無不循循以導、諄諄以教。昔時生公說法，令頑石點頭。余雖不才，亦常有如坐春風之感，幸甚至哉。振念先生有詩〈玉山偶識〉：「日出在東。山霧向西／我倒持利劍一把／刺入天空，朝雲湧如血泉／滾滾。一劍在手／不動寂寂，問人間底事／往來無痕跡／青松為證，白雪為盟／冷冷我冷冷／只在無人的高處頂立／／在高處頂立，默看／一切不義與公理／如星星在妝鏡／看見自己；如溪流無聲／只向流處流去／如佛陀說：唯我獨尊／一手指天，一手指地／／日落在西。當黃昏星升起／我是孤傲的騎士，截堵／時間的逃犯／如地平線之遠逸／諸神默默，天地屏息／不管這人間是與非／升與落，沉與浮／皆就我我如利劍之倒立」太白言：「三杯吐然諾，五嶽倒為輕」，在吾師此詩中，我感受到了一種與子昂相近的俠氣與剛毅！再者，感謝學位考試口考委員王萬象先生全面而細緻的點評及鼓勵，給予我許多域外漢學的相關研究文獻，並斧正本文之英文摘要；感謝鍾志偉先生從「點一線一面」之系統性的角度為本文的深化提出了清晰而寶貴的

修改方向和鞭辟入裡的意見。感謝陳師秋宏先生的啟發：果然按照作家行年的先後順序讀其作品能有更深切的體會，這才有了陳子昂詩文之繫年比對表的製作。難忘吾澳門大學之業師鄧師景濱先生在《聲韻學》課上多以製作表格的方式使知識點一目了然，本論多表格者即承傳鄧師之法。願各位恩師桃李滿園，萬事勝意！

《小戴禮記・學記》曰：「獨學而無友，則孤陋而寡聞」，難忘與同硯蔡兄定昌，碰撞出的思維火花。如談到太白詩與子昂詩多有尤其相似者該作何解，是為巧合否？定昌兄言視己為作者，代入去看可知遣詞之特性，頗有心得。此外，感謝卓驊學長分享研究經驗，以及希墨學妹幫忙查找久遠的文本資料，謝謝！

回想起第一次拜訪業師振念先生，見師之雅室的牆上掛著一幅漢隸風格的書作「曾三顏四」，此原是鄭板橋之自勉聯「曾三顏四，禹寸陶分」，王貞白〈白鹿洞二首・其一〉云：「讀書不覺已春深，一寸光陰一寸金。不是道人來引笑，周情孔思正追尋。」又有宋代〈勸學詩〉曰：「少年易老學難成，一寸光陰不可輕。未覺池塘春草夢，階前梧葉已秋聲。」時光匆匆不暇停留，從春華到秋實，雖然有著實可惡的猴子、揮之不去的蚊子，可怕的虎頭蜂以及無情的折傘風，但難得的是山精海靈的天啟：在那高雄港粼粼的波光前，棧貳庫的路易莎咖啡館，點一杯去冰三分糖的奶茶，一坐就是一下午，吾將永誌這段美好的時光。

游葦　筆

2021 年之盛夏於翠亨 D 棟宿舍

目次

表目次

第一章 緒 論

第一節　問題之提出及研究目的

　　學者陳平原曾對文學史提出了一個振聾發聵，但用平常心看待又再正常不過的疑問：「『文學史』真的有那麼重要嗎？破除『迷信』的最佳方法，莫過於思考這一學科的建立，以及這一知識體系的誕生」，陳氏將現今學界流行的「文學史」歸功於西學東漸之潮，共四個因素：晚清以來關於現代民族國家的想像；五四文學革命提倡者的自我確證；百年中國知識體系的轉化；教育體制的嬗變。〔註1〕深入思考後，筆者也覺得文學史的確是「一門既可愛又可疑的學問」〔註2〕，可愛之處者，接引學子登堂也；可疑者又在於因其不完全純粹，故似乎無法進一步引領學子入室。然則無須「文學史」邪？不然。之所以「反省近百年的中國文學研究，目的是為了重新尋找出發點。」〔註3〕

　　那麼，「出發點」或曰「目的地」在何方呢？當文學史的神聖性被消解，又該如何體現與檢視「史」之相對的客觀性？現代人重讀漢

〔註1〕陳平原：〈「文學史」作為一門學科的建立〉，收入陳平原編：《假如沒有文學史》（北京：生活・讀書・新知三聯書店，2011年），頁3。

〔註2〕陳平原：〈「文學史」作為一門學科的建立〉，收入陳平原編：《假如沒有文學史》，頁44。

〔註3〕陳平原：〈「文學史」作為一門學科的建立〉，收入陳平原編：《假如沒有文學史》，頁6。

儒〈詩大序〉開首語：「〈關雎〉，后妃之德也。風之始也，所以風天下而正夫婦也。」〔註4〕已不似禮教時代籠罩在經學權威下的一般文人，恭敬地將其視作「教化」之德，而是自然地品味〈關雎〉內裡所蘊含的，那古今共通的人之常情。雖然與其說「一代有一代之文學」，不如說「一代有一代之學術」，可筆者相信世上存有一種不證自明，一定是真實而良善的永恆的「美」。那種「美」不因時代、地域所轉移，在億萬斯年後，在人類滅亡前，將永存於人心。顯例如孟子曰：「今人乍見孺子將入於井，皆有怵惕惻隱之心。非所以內交於孺子之父母也，非所以要譽於鄉黨朋友也，非惡其聲而然也。」〔註5〕我們可以再加上一句，非古今而有異也。是故筆者以為，文學最終之旨歸當返至最純粹之人情中真、善、美的那一面，是對純正的無限追求與嚮往。不同時代的學者或許有不同的審美觀、道德觀、文藝觀，「史」之相對的客觀性體現於「史」之書寫者能理性而冷靜地看待各個時期千態萬狀的想法與觀念，不刻意篩汰，漠視與其觀點不合的史料；或因存有某種預設之文學史觀，為構建而構建。詩人吳奔星說：「若我們承認『文學是人學』，就該順理成章地承認『詩學是情學』」〔註6〕被書寫進文學史之詩文通常是所謂「經典」，而「經典性」當表現在超越古今，陌生而又熟悉的共通的「人情」〔註7〕。清人陳衍（1856～1937）云

〔註4〕〔漢〕毛亨傳，〔漢〕鄭玄箋，〔唐〕孔穎達疏，〔唐〕陸德明音釋，朱傑人、李慧玲整理：《毛詩注疏》（上海：上海古籍出版社，2013年），上冊，頁4～5。

〔註5〕〔戰國〕孟子及弟子著，楊伯峻譯註：《孟子譯註》（北京：中華書局，1960年），〈公孫丑上〉，頁79～80。

〔註6〕吳奔星：〈論詩學是情學〉，《社會科學戰線》，1989年第2期，頁267。

〔註7〕如伊塔洛・卡爾維諾（Italo Calvino，1923～1985）曾給「經典」下過十四條定義，其三至六條云「經典作品是一些產生某種特殊影響的書，它們要麼本身以難以忘記的方式給我們的想像力打下印記，要麼喬裝成個人或集體的無意識隱藏在深層記憶中。」是「每次重讀都像初讀那樣帶來發現；即使初讀也好像是在重溫的書。經典永不會耗盡它要向讀者說的一切東西。」參見（意）伊塔洛・卡爾維諾（Italo Calvino）著，黃燦然、李桂蜜譯：《為什麼讀經典》（南京：譯林出版社，2012年），頁1～9。

其伯兄陳書（1838～1905）有詩：「一代唐音起射洪，不爭才力盡沈雄。」〔註8〕射洪為陳子昂之梓里，此言承襲王士禎（1634～1711）言：「唐五言古詩凡數變，約而舉之：奪魏晉之風骨，變梁陳之俳優，陳伯玉之力最大，曲江公繼之，太白又繼之。」〔註9〕將唐詩初起之大功歸於陳子昂名下，可是事實果真如此乎？又有明代劉基（1311～1375）將陳子昂視為開唐代詩文之盛者：「繼漢而有九，有享國延祚最久者，唐也。故其詩文有陳子昂而繼以李、杜，有韓退之而和以柳，於是唐不讓漢，則此數公之力也。」〔註10〕此說又如何印證？現今各部文學史著作對陳子昂的論斷是否合乎情理？或僅是一仍舊貫，遵循古代批評家的「權威」之說？我們又該如何論證陳子昂在文學史上的真實地位？這都是本文力圖研討的問題。

一、反思現代中國文學史著作於陳子昂之論評

在中國文學史上，陳子昂恰好處在南北朝至盛唐中間的「初唐」〔註11〕階段。文學史既是從「史」的視角看文學〔註12〕，即是在一個

〔註8〕　〔清〕陳書：〈題《漁洋精華錄》〉，見陳衍：《石遺室詩話》（瀋陽：遼寧教育出版社，1998年），卷一，頁14～15。

〔註9〕　〔清〕王士禎著，張宗柟纂集，戴鴻森校點：《帶經堂詩話》（北京：人民文學出版社，1982年），卷四，頁93。

〔註10〕　〔明〕劉基撰：〈蘇平仲文集序〉，載《誠意伯文集》（北京：商務印書館，1937年），上冊，卷之五，頁127。

〔註11〕　筆者按：文學發展之進程必是交叉滲透、錯綜複雜的流動狀態，實難作絕對準確的強制的劃分。本文取用「四唐說」，同書寫文學史一般採取「朝代分期」闡述一樣，為在一個大的時間框架下敘述之，便於操作和把握。「四唐說」發端於晚唐之詩評風氣，如司空圖〈與王駕評詩書〉已開始有意識地描述唐詩發展的脈絡，後經宋祁、歐陽脩《新唐書・文藝傳》對唐詩作階段性勾勒，嚴羽系統地分作「五體說」，再至方回《瀛奎律髓》、楊士弘《唐音》細化之，終於在明代高棅《唐詩品匯》定型。本文大體分段作初唐（618～712）；盛唐（713～765）；中唐（766～826）；晚唐（827～907）。參見張紅運：〈「四唐」說源流考論〉，《貴州社會科學》，2006年第4期，頁124～128。

〔註12〕　錢穆先生云：「所謂史者，即流變之意，有如流水一般。文學史是講文學的流變，即須從史的觀點轉回來講文學的觀點。」參見錢穆講授，葉龍記錄整理：《中國文學史》（成都：天地出版社，2016年），頁2。

時間序列里研究文學的演變與傳承，尤其注重文學發展的先後順序與新變。如此在我們後人看來，作為承上啟下「過渡期」的初唐就顯得尤為重要。明人張頤（1435～1500）評陳子昂「以高明之見，首唱平淡清雅之音；襲騷雅之風，力排雕鏤凡近之氣。其學博，其才高，其音節沖和，其辭旨幽遠，超軼前古，盡掃六朝弊習」﹝註13﹞就是將陳子昂放在齊梁浮靡、陳隋雅音幾熄，而初唐仍染積習的歷史背景下，激賞評述其文學地位。現代之中國文學史著作對陳子昂的定位多沿襲此說，總體上只是籠統地使用幾句定性式的評價語言，或略微鑒賞陳作，或稍稍介紹其「風骨興寄」之主張，缺乏細緻的歷時性描述。事實上，「一個文學家或一部文學作品的被接受，並非以某個簡單而平面的觀點就可以塑造完成」﹝註14﹞陳子昂當然也不例外。今人習慣性地將陳子昂視作唐詩開創期登高一呼、響應雲集式的人物，卻並未在文學史中闡明其對後續文學界影響之精要的實例，缺乏具体而有力的論證。我們看到，各大文學史的書寫基本上有一個模式：先概述詩人之生平，再舉出其代表作並稍加點評，最後用隻言片語介紹其「影響」。這樣一來，「史」的內涵完全無從體現，「文學史」便只是薈萃各個時代不同作家與作品的簡介集成而已，並非本質的文學的歷史。

於是，讓我們先來大略反觀現代中國文學史著作於陳子昂之論述和評價。本文所選取探討的文學史著作，範圍為兩岸四地之高校中文系指定常用的參考教材，共 15 本——（1）錢基博（1887～1957）《中國文學史》（2）鄭振鐸（1898～1958）《插圖本中國文學史》（3）游國恩（1899～1978）等編《中國文學史》（4）臺靜農（1903～1990）《中國文學史》（5）劉大傑（1904～1977）《中國文學發展史》（6）胡

﹝註13﹞〔明〕張頤：〈陳伯玉文集序〉，載〔唐〕陳子昂著，徐鵬校點：《陳子昂集》修訂本（上海：上海古籍出版社，2013 年），前言頁 7。筆者按：下文引用陳子昂之詩文均引自該本，為使頁面潔美，只標明詩名及頁數。

﹝註14﹞羅秀美：《宋代陶學研究：一個文學接受史個案的分析》（臺北：秀威資訊出版社，2007 年），頁 2。

雲翼（1906～1965）《增訂本中國文學史》（7）余冠英（1906～1995）、
錢鍾書（1910～1998）等編中國社科院版《中國文學史》（8）林庚
（1910～2006）《中國文學簡史》（9）葉慶炳（1927～1993）《中國文
學史》（10）王忠林（1929年生）等著《增訂中國文學史初稿》（11）
章培恆（1934～2011）、駱玉明（1951年生）等編《中國文學史》（12）
袁行霈（1936年生）主編《中國文學史》（13）王國瓔（1941年生）
《中國文學史新講》（14）龔鵬程（1956年生）《中國文學史》（15）
美國孫康宜（1944年生）與宇文所安（Stephen Owen, born in 1946）
主編《劍橋中國文學史》等。此外，輔以日本學者吉川幸次郎（1904
～1980）之《中國詩史》；陸侃如（1903～1978）、馮沅君（1900～1974）
合著之《中國詩史》及周嘯天（1948年生）《簡明中國詩史》作為探
討之文本材料。以下將分作三部分來敘述：包括文學史所書陳子昂之
生平、代表作、文學地位相關的問題。

（一）文學史所記陳子昂之生平

　　除卻胡雲翼、吉川幸次郎未對陳子昂作專述，凡是有敘述陳子
昂生平之中國文學史著作大多參照盧藏用〈陳子昂別傳〉，新、舊唐
書所載〈陳子昂傳〉、又或〈趙儋碑〉所記事跡，故面貌上大同小異。
唯有兩點值得注意，一是所書陳子昂生卒年有差異，共3種說法，詳
見下表；二是錢基博、鄭振鐸、王忠林三版文學史及陸侃如等著《中
國詩史》將「捧琴」事錄入子昂生平，此原為小說家語，真偽仍有待
商榷。

表 1-1　18 部文學史類著作載陳子昂之生卒年比對表

錢基博版	「年四十餘」	鄭振鐸版	656～698
游國恩版	661～702	臺靜農版	661～702
劉大傑版	656～698	胡雲翼版	未提及生卒年
社科院版	661～702	林庚版	未提及生卒年
葉慶炳版	661～702	王忠林版	661～702

章、駱版	659～700	袁行霈版	659～700
王國瓔版	661～702	龔鵬程版	未提及生卒年
劍橋版	661～702	吉川幸次郎《詩史》	未提及生卒年
陸、馮《詩史》	661～702	周嘯天《詩史》	659～700

　　孟子曰：「頌其詩，讀其書，不知其人可乎？是以論其世也。」〔註15〕知悉一位作家，了解其生卒年是有必要的，這有利於結合外部的社會因素理解其作品包含的內在意涵。以上 18 部文學史著作除去 4 部未提及陳子昂之生卒年，錢版採取保守的說法，大多數文學史認為陳子昂生於唐高宗顯慶六年（三月改元作「龍朔」）辛酉 661 年，卒於武周長安二年壬寅 702 年，共 8 部著作採用；再有 3 部認為陳子昂生卒年為 659～700 年；2 部早期著作鄭版、劉版則記在 656～698 年。將陳子昂卒年繫於 698 年之說明顯有誤，我們只要細讀陳子昂親為其父陳元敬所作墓誌：「太歲己亥……隱化於私館。」〔註16〕以及子昂為申州司馬作墓誌：「龍集己亥……始遷神於某原之陽」〔註17〕時間同在己亥 699 年。事理明了如學者韓理洲言：「聖曆二年（699）子昂尚在人世為死者撰寫墓誌。如是，焉能於聖曆元年（698）亡身囹圄哉！」〔註18〕然子昂之生卒年究竟是 661～702 抑或 659～700，此議題尚缺乏一錘定音之論據，子昂生於 661，卒於 702 年者，主要從羅庸〈年譜〉說。〔註19〕既無鐵證，暫且存疑。

〔註15〕楊伯峻譯註：《孟子譯註》，〈萬章下〉，頁 251。

〔註16〕〔唐〕陳子昂：〈我府君有周居士文林郎陳公墓誌文〉，《陳子昂集》，頁 131～132。

〔註17〕〔唐〕陳子昂：〈申州司馬王府君墓誌〉，《陳子昂集》，頁 136。

〔註18〕韓理洲：〈陳子昂生卒年考辯〉，《西南師範大學學報（人文社會科學版）》，1980 年第 4 期，頁 68～69。筆者按：學界關於陳子昂生卒年之說法大致有 6 種：656～695；656～698；658～699；658～700；659～700；661～702。相關研究述評參看杜曉勤：《隋唐五代文學研究》（北京：北京出版社，2001 年），頁 240～242。

〔註19〕羅庸：〈陳子昂年譜〉，原載北京大學《國學季刊》第五卷第二號，1935 年。筆者見於上海古籍出版社 2013 年出版之徐鵬校點，《陳子昂集（修訂本）》附錄，頁 313～349。

　　再是錢、鄭、王、陸四部史著不約而同地在介紹陳子昂生平時述說「怒摔胡琴」之事。此軼事之文獻出處有二：北宋初李昉（925～996）等編《太平廣記》述「陳子昂」條引文註「出《獨異志》」〔註20〕；計有功（？～？宋徽宗宣和三年1121年進士）《唐詩紀事》「陳子昂」條引曰「《獨異記》載」〔註21〕兩者之情節基本相近：說是陳子昂在京城購入一張價百萬的胡琴，示眾曰翌日在宣陽（《紀事》作「揚」）里彈奏。後又當眾將此琴摔棄，稱志不在此，而以文軸遍贈會者，終於揚名。《廣記》稱轉引《獨異志》，《紀事》稱引《獨異記》，兩者文字有出入，然應出自同一部書，即《新唐書‧藝文志》所載小說家類之「李亢《獨異志》十卷」〔註22〕。原則上，史家並不排斥採錄小說家言入正史，如司馬光（1019～1086）編著《資治通鑑》，「徧閱舊史，旁采小說」〔註23〕。目錄學家晁公武（1105～1180）亦云：「小說之來尚矣……其後史臣務采異聞，往往取之。」〔註24〕學者王慶華對「小說」與「正史」之關係頗有研究，其稱「史家採錄小說瑣事，主要是為了彰顯歷史人物的性情、品格與精神，這反映出鮮明的文人旨趣。」〔註25〕按理宋祁、歐陽脩在撰寫《新唐書》時定能看到《太平廣記》，然宋祁作〈陳子昂傳〉並未錄此「摔琴」博名之事，可見宋祁對此事之真偽是持保留態度的。

　　孫微在分析此軼事之文獻來源、唐時百萬錢的價值、戲說的文

〔註20〕〔宋〕李昉等編：《太平廣記》（北京：中華書局，1961年），卷一百七十九，頁1331。

〔註21〕〔宋〕計有功：《唐詩紀事》（上海：上海古籍出版社，2013年），卷八，頁87。

〔註22〕〔宋〕歐陽脩、宋祁等撰：《新唐書‧藝文三》（北京：中華書局，1975年），卷五十九，頁1541。

〔註23〕〔宋〕司馬光：〈進書表〉，見司馬光編著，〔元〕胡三省音註：《資治通鑑》（北京：中華書局，1956年），頁9607。

〔註24〕〔宋〕晁公武撰：《郡齋讀書志》（臺北：廣文書局，1979年），卷十三，頁759。

〔註25〕王慶華：〈「小說」何以進入「正史」？——以《新唐書》傳記增文採錄小說為例〉，《文藝研究》，2018年第6期，頁73。

獻邏輯後，得出結論：「通過文獻追蹤，陳子昂怒碎胡琴的故事出現得較晚，早期文獻中不見任何記載，故杜撰的可能性大。」〔註26〕編「史」和文學創作不同，最根本的第一要義就是必須採用真的史料，編寫文學史亦然。筆者以為此「摔琴」事大概率是小說家創意的寫作，而非史實，否則如此具有傳奇色彩的事跡為何未被陳子昂之好友盧藏用寫進〈陳子昂別傳〉呢？〔註27〕再者後世絕少見引此事作陳子昂之人物典故的詩文。總之，在未能確定此事真偽前，還是不宜將此視作陳子昂之生平寫入正規而嚴謹的文學史或是詩史。

（二）文學史所述陳子昂之代表作

文學史類著作對於陳子昂代表作之敘述有一個普遍的現象：一般只列陳子昂詩，而不提及陳子昂文，顯示出一定的片面性。比較特殊的是錢基博版文學史，不僅例舉了陳子昂許多詩作：

> 詩則五言古如〈感遇〉、〈登幽州臺歌〉，寄興無端，詞氣鏗訇，追建安之風骨，變齊梁之綺靡；而〈感遇〉尤世所傳誦。其他如〈度峽口山贈喬補闕知之王二無競〉、〈答韓使同在邊〉……倜儻昭彰，舉止岸異，語盡偶對，氣自橫傑。〔註28〕

繼而又按藝術特色分類，列舉了多篇陳文：

> 文則風氣將變，體格未純。有駢儷仍徐庾之餘風者，如〈為陳御史上奉和秋景觀競渡詩表〉……〈宕冥君古墳記銘序〉等篇，雖是儷體而抑揚爽朗，亦臻英奇。有雅練摹崔蔡之逸調者，如〈大周受命頌〉……〈我府君有周居士文林郎陳公墓誌銘〉等篇，不加雕削而曲寫毫介，文潔體清。然亦有論

〔註26〕孫微：〈陳子昂「怒碎胡琴」故事的文獻解讀〉，《古典文學知識》，2020年第2期，頁140。

〔註27〕按〔唐〕盧藏用：〈陳子昂別傳〉云：「（子昂）始以豪家子馳俠使氣，至年十七八未知書。嘗從摶從入鄉學，慨然立志，因謝絕門客，專精墳典。」此段就具有很強的傳奇色彩，或許盧藏用有用誇張之筆法，然首先肯定確有其事，而非臆撰。載於〔清〕董誥等編：《全唐文》（上海：上海古籍出版社，1990年），卷二百三十八，頁1065。

〔註28〕錢基博：《中國文學史》（北京：中華書局，1993年），頁280～281。

議疏快，詞直義暢，上承賈董，下開蘇王者，當以論事書疏
如〈為喬補闕論突厥表〉……〈復仇議狀〉諸篇；為八家之
前導，六朝之驅除焉！〔註29〕

　　與錢版相比，臺靜農版亦列陳文，然只有〈上軍國機要事〉〈上
軍國利害事〉〈上兩藩安危事〉三篇。至於其他著作收列陳子昂代表
作之情況，茲列表於下：

表 1-2　18 部文學史類著作列陳子昂之代表作比對表

錢基博版	詩文兼列，分類簡述，列舉尤其多	鄭振鐸版	感、登
游國恩版	序、感、登、薊、〈度荊門望楚〉	臺靜農版	舉三篇政論文、序、感
劉大傑版	序、感、登、薊	胡雲翼版	序、感
社科院版	〈諫討雅州生羌書〉、序、感、登、薊	林庚版	序、感、登、薊
葉慶炳版	序、感、登	王忠林版	序、感、登、薊
章、駱版	序、感、登、薊、〈峴山懷古〉、〈答洛陽主人〉	袁行霈版	序、感、登
王國瓔版	序、感、登	龔鵬程版	序、感、登
劍橋版	序、感	吉川幸次郎《詩史》	完全未提及陳作
陸、馮《詩史》	序、感、登、〈春臺引〉	周嘯天《詩史》	序、感、登
筆者按：排列先文後詩，用簡述：「序」指〈修竹篇序〉，陸、馮版題作〈與東方公書〉；「感」代表「感遇」組詩；「登」指〈登幽州臺歌〉；「薊」指「薊丘覽古」組詩七首或僅列其一兩首。			

　　由上表可見，將「感遇」詩視為陳詩之代表作為文學史著作的共
識，其次是〈登幽州臺歌〉〈薊丘覽古〉詩。從嚴格意義上看，〈修竹
篇〉詩之序文並非是陳子昂文學意義上之代表作。文學史書寫者多引

〔註29〕錢基博：《中國文學史》，頁 281。筆者按：錢基博先生列「感遇」組
　　　　詩及其它詩作 12 首，列文共 32 篇，後節錄〈復讎議狀〉大段原文。

該序原文，意在與文論史共振，以表明他們視陳子昂為「於詩國首先豎革命旗幟，以復古為號召者」〔註30〕的主張。

除了吉川《詩史》、胡版及劍版對〈登幽州臺歌〉隻字未提，上述其他著作均有筆墨敘述之：或意眩言簡，如王國瓔言：「在詩歌史上，最令陳子昂享譽聲名的，還是那首千古絕唱〈登幽州臺歌〉」〔註31〕葉慶炳亦稱「此歌自然高古，極慷慨悲歌之能事，允稱千古絕唱。」〔註32〕或讚歎如鄭振鐸稱之「是那樣的豪邁、那樣的瀟灑」〔註33〕或如章版讚其人所皆知，後同袁版一樣對其細細品鑒。社科院版則稱「由於這首短短的抒情詩蘊含著豐富的內容，所以千百年來一直博得讀者的喜愛」然而下文語意陡轉：「但陳子昂畢竟只是<u>地主階級中進步的知識分子</u>，在他那個時代，像他那樣的人，還不可能前進一步向人民尋找支持自己理想的力量，當他一遭到挫折，就不免產生孤獨、傷感的情緒。這是這首詩雖能引起人的同情卻不能給人以鼓舞的原因。」〔註34〕如許籠罩在意識陰雲下的評述，是特定時代之產物，已成過去式。如今看這時代的刻痕，不免有一絲斑駁的年代感。此外，美學家李澤厚也稱「陳子昂寫〈登幽州臺歌〉表達出開創者的高蹈胸懷，有一種積極進取、得風氣先的偉大孤獨感。它豪壯而並不悲痛。」〔註35〕然而，這背後有一個很大的問題：〈登幽州臺歌〉或許並非為陳子昂所寫，「千百年來一直博得讀者喜愛」的觀點也有待檢驗。此問題之前因後果，將在第二章之小節「盧藏用留存〈登幽州臺

〔註30〕郭紹虞：《中國文學批評史》（北京：商務印書館，2010年），頁215。

〔註31〕王國瓔：《中國文學史新講》（臺北：聯經出版社，2006年），上冊，頁437。

〔註32〕葉慶炳：《中國文學史》（臺北：臺灣學生書局，1987年），上冊，頁346。

〔註33〕鄭振鐸：《鄭振鐸全集第八卷：插圖本中國文學史》（河北：花山文藝出版，1998年），頁290。

〔註34〕中國社會科學院文學研究所中國文學史編寫組編：《中國文學史》（北京：人民文學出版社，1962年），頁349～350。

〔註35〕李澤厚：《美的歷程》（北京：生活‧讀書‧新知三聯書店，2017年），頁120。

歌〉文本之大功」展開詳論。

（三）文學史所評陳子昂之文學地位

如上節所示，絕大多數文學史對提到「風骨」、「興寄」二詞的詩序有所引述與闡發，典型者如游版：「陳子昂在著名的〈修竹篇序〉提出了詩歌革新的正面主張，在唐詩發展史上，這篇短文好像一篇宣言，標志著唐代詩風的革新和轉變。態度很堅決，旗幟很鮮明，號召很有力量。」〔註36〕袁版稱其「大聲疾呼恢復漢魏風骨，是中國文學史上第一次有影響的復古呼聲。」〔註37〕在此基礎上，鄭振鐸評價陳子昂為「一個異軍突起者」〔註38〕葉慶炳推之為「初唐發論反對六朝華靡詩風之第一人」〔註39〕臺靜農稱「在宮體詩的末流及四傑新風格的時代，獨有這位大詩人，不受時代影響，而力追前者」〔註40〕可實際上，如劍橋版所述：

> 陳子昂在〈修竹篇〉詩序發表宣言，重申南朝文學頹靡不振
> 這一傳統看法，及通過表達個人興寄的較素樸的詩歌來復
> 興文學的可能性。這是很多人共享的價值觀，也許其獨特之
> 處在於強烈的論爭口吻，這種口吻似乎正體現了他所提倡
> 的個人興寄。〔註41〕

早在隋文帝（楊堅，生卒年541～604，在位時間581～604）時已有李諤（？～？《隋書》載其與楊堅有深交）上書云「江左齊梁，其弊彌甚」〔註42〕，

〔註36〕游國恩、王起等主編：《中國文學史》（北京：人民文學出版社，2002年），第二冊，頁33～34。

〔註37〕袁行霈主編：《中國文學史》第三版（北京：高等教育出版社，2014年），第一卷，頁10。

〔註38〕鄭振鐸：《插圖本中國文學史》，頁288。

〔註39〕葉慶炳：《中國文學史》，上冊，頁344。

〔註40〕臺靜農：《中國文學史》（臺北：臺灣大學出版中心，2009年），下冊，頁411。

〔註41〕孫康宜，宇文所安主編：《劍橋中國文學史：1375年之前》（臺北：聯經出版社，2016年），卷上，頁315。

〔註42〕〔唐〕魏徵等撰：《隋書・李諤傳》（北京：中華書局，1973年），卷六十六，頁1544。

後有魏徵（580～643）於〈隋書・文學傳序〉批梁朝行文「意淺而繁，文匿而彩，詞尚輕險」者為「亡國之音」〔註43〕。陳子昂同時人楊炯（650～693？）也曾思革文弊：「龍朔（唐高宗年號，使用近三年：661～663）初載，文場變體，爭搆纖微，競為雕刻……骨氣都盡，剛健不聞。」〔註44〕章版亦關注到此問題：「陳子昂說前五百年間『文章道弊』，這重複了當代人對前代文學的一般看法。」〔註45〕因此，若將陳子昂目為一個尤其獨特而突出的領軍式人物是不太妥當的。況且其在世時名位未顯，人微言輕，其作品是否廣為流傳猶是個問題，又如何能確定其影響力呢？我們不能將直觀印象中前人的判斷當成定論，這樣會使複雜的文學現象過於簡單化而變得蒼白失真。

同時，我們也看到龔版有不同意見：「後世推舉為振刷風骨的陳子昂，其〈洛城觀酺應制〉〈奉和皇帝上禮撫事述懷應制〉之類作品舖金疊玉，浮虛夸飾。〈上大周受命頌表〉〈大周受命頌〉〈請追上太原王帝號表〉等亦顯示出《新唐書》本傳所說其以文章悅諂武氏不誣。替他作序的盧藏用則取媚於太平公主。此等人士既乏風骨，何能要求他們作品表現出風骨來？少數號稱要復古的詩作，亦難脫嘩眾取巧之譏。」〔註46〕龔說與清人李慈銘（1830～1894）看法相近：「子昂人品不足論，其〈上周受命頌〉，罪百倍於揚子雲之美新，所為詩雖力變六朝、初唐綺靡雕繪之習，然苦乏真意，蓋變而未成者。」〔註47〕這涉及到從唐至宋由於對武則天態度之變化引發對陳子昂政治品格之討論，以致連帶後人對其作品評價轉變之問題。筆者以為此評有苛責之嫌，具體將在第三章之小節「馬端臨《文獻通考》於陳作之評考辨」加以論述。

〔註43〕〔唐〕魏徵等撰：《隋書・文學傳》，卷七十六，頁1730。
〔註44〕〔唐〕楊炯：〈王勃集序〉，《全唐文》，卷一百九十一，頁851。
〔註45〕章培恆、駱玉明主編：《中國文學史》（上海：復旦大學出版社，1996年），頁35。
〔註46〕龔鵬程：《中國文學史》（臺北：里仁出版社，2009年），上冊，頁374。
〔註47〕〔清〕李慈銘著：《越縵堂讀書記》（上海：上海書店出版社，2015年），下冊，頁891。

二、前人研究探討及陳子昂個案的意義

通過檢討以上多部中國文學史類著作，我們發現文學史對陳子昂的論評往往因沿襲古人既有之說而流於表面，其中存在不少有待考察的問題，以及值得深入探討本質的地方。錢鍾書先生嘗云：「歷史的過程裡，過去支配了現在；而歷史的寫作裡，現在支配著過去。」〔註48〕對於如何走出文學史失真的困境，貫徹「史」之意識，回歸「史」之含義，從而取信於人，宇文所安一針見血地指出：「如果我們的文學史寫作是圍繞著『重要的』作家進行的，那麼我們就必須問一問他們是什麼時候成為『重要作家』的，是什麼人把他們視為『重要作家』，根據的又是什麼樣的標準。」〔註49〕就本文來說，為了還原陳子昂在文學史中的真實地位，我們須擺脫固化的思維定式，暫且將歷來所見的習慣性評述放在一邊，回到歷史的語境下，察究陳子昂被視作「重要作家」的確立時間，認同之主體，及推崇之緣由。宇文此說其實與接受美學理論之理念不謀而合，都關注到作家作品地位的變動性，以及從讀者的角度闡釋變動的原因和意義。以下將簡要回顧相關文獻，概述學界於陳子昂文學地位探討的研究現況，以見可完善之研究缺口，期冀能為未來新文學史的書寫提供參考材料。

（一）前人研究探討

從 20 世紀至今，百年來人們對陳子昂文學地位的討論層出不窮。整體來看，基本呈現出多頌揚之語而亦有質疑之聲的態勢，其內容大體可分作以下二端。

1. 自詩學之文論角度切入探討

總體來說，人們對陳子昂之文學地位的認知，幾乎同各部文學史之主要切入點相近，都將陳子昂的「文學貢獻」與其〈修竹篇序〉掛

〔註48〕錢鍾書：〈模糊的銅鏡〉，見《錢鍾書散文》（杭州：浙江文藝出版社，1997 年），頁 469。

〔註49〕（美）宇文所安著，田曉菲譯：〈瓠落的文學史〉，見《他山的石頭記——宇文所安自選集》（南京：江蘇人民出版社，2003 年），頁 8。

鈎〔註50〕。問題在於僅有少數幾篇能從文本材料出發，清晰詳實地辨
說〔註51〕，而大部分撰文者均從文學史既定之結論出發，為肯定而肯
定，缺失論證過程或論述牽強以致泛泛而談。具有代表性者如有的論
文前文缺乏縝密的推論，只是對〈修竹篇序〉的內容稍加闡述，引用
某幾位古人肯定陳子昂的話語「作證」，最後莫名讚頌所謂「深遠的
歷史影響」：「陳子昂倡導『風雅』『興寄』，高揚『魏晉風骨』傳統，
從理論上指正方向，對唐詩的健康發展及繁榮起到了宣傳、鼓舞、推
動和促進的巨大作用，其詩歌理論主張也為盛唐李杜、中唐元白所繼
承。」〔註52〕針對李杜、元白具體如何「繼承」陳子昂詩歌理論的結
論，論者卻隻字未作詮證，如此實在難以叫人厭服。

〔註50〕 按：如（1）韓黎范〈合著黃金鑄子昂——略談陳子昂對詩風的革新〉，
《語文學習》，1981 年第 11 期；（2）唐逢堯〈試論陳子昂在唐代詩
文發展中的地位〉，《鞍山師範學院學報》，1982 年第 1 期；（3）閻毅
〈淺談陳子昂的詩風革新〉，《昭烏達蒙族師專學報》，1988 年第 3
期；（4）王運熙、吳承學〈論陳子昂的歷史貢獻〉，《許昌學院學報》，
1989 年第 3 期；（5）周嘉惠〈陳子昂「興寄」理論在唐詩發展中的
地位〉，《青島教育學院學報》，1992 年第 Z1 期；（6）許總〈風骨興
寄的實踐成果及其淵源影響——陳子昂詩論〉，《中國韻文學刊》，
1994 年第 2 期；（7）楊偉蓉〈陳子昂詩歌理論的時代意義〉，《社會
科學家》，1995 年第 1 期；（8）張侃〈陳子昂《修竹篇序》的詩歌主
張再評價〉，《蘭州大學學報》，2000 年第 3 期；（9）沈文凡，沈玉文
〈一代唐音「起」射洪——重估陳子昂詩文革新的主張及意義〉，《重
慶三峽學院學報》，2005 年第 6 期；（10）阮禮軍〈試論陳子昂的詩
論、詩作及其歷史地位〉，《西昌學院學報》，2006 年第 4 期；（11）
程習紅〈論陳子昂的詩風革新及其影響〉，《齊齊哈爾師範高等專科
學校學報》，2011 年第 4 期；（12）陳誠〈國朝盛文章，子昂始高蹈
——論陳子昂的詩歌理論主張〉，《劍南文學》，2013 年第 1 期等等。
（為免繁複，省略出處頁碼。）
〔註51〕 例如，許總通過分析大量陳詩原文來論證「陳子昂理論主張與創作實
踐的一致性」，有一定說服力。美中不足的是仍沿襲「初唐陳子昂首
倡文學革新」之觀點展開，卻未對這立論根據作辨析。參見許總：〈風
骨興寄的實踐成果及其淵源影響——陳子昂詩論〉，《中國韻文學
刊》，1994 年第 2 期，頁 17～24。
〔註52〕 李軍：〈論陳子昂詩歌理論的歷史貢獻〉，《江淮論壇》，2004 年第 4
期，頁 113。

　　杜曉勤在 20 世紀陳子昂研究文獻綜述裡將學界對陳子昂〈修竹篇序〉文學主張的態度分為三種：第一種表示肯定，但批評陳子昂忽視形式的傾向；第二種認為陳作並不忽視詩歌的藝術形式；第三種持基本否定態度。〔註 53〕第三種意見以秦紹培、劉石為代表。秦紹培認為文學史「過分肯定陳子昂」是在儒家文藝觀的指導下得出的認識，而陳子昂「只注重『風雅』傳統」，服務於封建統治諷上化下的思想，忽視了藝術規律。〔註 54〕劉石則稱陳子昂恪守儒家政教觀的文學觀，致使革新運動的缺陷，是「以一種偏頗糾正另一種偏頗」，是「對文學的反動」〔註 55〕繼有「『道弊』說借復古以倒退復辟，會導致唐詩乃至整個古典詩歌的衰亡」〔註 56〕、「陳子昂對齊梁文風進行總體否定，藝術發展上是一種退化」〔註 57〕之論。對此種全盤否定陳子昂文學史貢獻的觀點，王運熙、吳承學曾發文表示反駁，並相對劉石之觀點，從「漢魏風骨」理論對盛唐詩的貢獻；陳子昂之「興寄」及「言志」理論；陳子昂「否定藝術形式嗎」；陳子昂詩歌創作成就等向度逐一進行商榷。〔註 58〕

　　此外，其實還有第四種認知：僅在一定程度上肯定陳子昂的文學貢獻，以周祖譔為代表。周氏認為「武后之世開盛唐詩壇門戶者，唯射洪一人而已的觀點」有以偏概全之弊，至少珠英學士群體在初唐

〔註 53〕杜曉勤：《隋唐五代文學研究》，頁 253～254。

〔註 54〕秦紹培：〈陳子昂評價質疑〉，《新疆大學學報（哲學社會科學版）》，1986 年第 2 期，頁 65。筆者按：三年後，秦紹培二度發文，稱對陳子昂的評價「關係到古典文學研究的根本觀念問題」，他認為「陳子昂的觀點阻擋唐詩發展，並把它拉向後退」、「一切舊觀念都必然要隨著時代的前進而改變」。見秦紹培，蘇華：〈陳子昂評價斷想──陳子昂評價再質疑兼談古典文學研究問題〉，《新疆大學學報（哲學社會科學版）》，1989 年第 2 期，頁 61～65。

〔註 55〕劉石：〈陳子昂新論〉，《文學評論》，1988 年第 2 期，頁 132～133。

〔註 56〕王志東：〈陳子昂「興寄」說的實質及其歷史地位〉，《湖南工業職業技術學院學報》，2004 年第 6 期，頁 55。

〔註 57〕顏廷軍：〈陳子昂文學史地位之我見〉，《連雲港職業技術學院學報》，2008 年第 4 期，頁 64。

〔註 58〕參看王運熙，吳承學：〈論陳子昂的歷史貢獻〉，《許昌學院學報》，1989 年第 3 期，頁 33～38。

詩向盛唐詩演變這個重要又複雜的過程中起到了不可忽視的作用。〔註59〕只能說「陳子昂對盛唐詩的積極作用是局部而非全局性的,不能同意將其視作盛唐詩的先驅或開創者」,周氏對〈修竹篇序〉的評述為觀點不太清晰,邏輯不夠周密。〔註60〕趙慧平也認為:「陳子昂只是在對東方虯的詩作評價時透露自己的文學思想和主張,並非正面的理論闡述,缺乏邏輯的嚴謹性和充分的論證」,同時又肯定此序「無疑體現了一種新的文學觀念和美學追求,客觀上反映了唐代新文學發展的方向與途徑。」〔註61〕

2. 從陳子昂詩文作品自身的文學價值述說

(1)思想內容層面

早期之論述如上世紀五十年代末,王運熙評陳詩具有相當充實的社會內容,稱陳子昂為「唐詩現實主義潮流有力的前驅者」,而陳文「蜚聲當時,影響後世。在轉變風氣方面,可說是韓柳古文運動的前行者。」〔註62〕對於陳子昂散文之文學成就,岑仲勉有高度評價:「子昂承四傑之敝,雖詩序小品仍參用駢儷,然大致能恢復上古散文之格局,唐文起八代之衰者,斷應推子昂為第一人。」〔註63〕時萌也認為陳子昂在詩文中表達出關心民瘼的思想,其創作與理論忠於現實主義,「從陳子昂到李杜、白居易、杜荀鶴、皮日休,標誌唐詩的現實主義的邏輯發展,而陳子昂首創其先,啟示於後,其現實主義方向源

〔註59〕周祖譔:〈武后時期之洛陽文學〉,《廈門大學學報(哲學社會科學版)》,1991年第1期,頁70。

〔註60〕參看周祖譔:〈關於陳子昂歷史作用的再思考〉,收入中國唐代文學學會編:《唐代文學研究第三輯——中國唐代文學學會第五屆年會暨唐代文學國際學術討論會論文集》(桂林:廣西師範大學出版,1992年),頁193~199。

〔註61〕趙慧平:〈陳子昂文學地位與歷史貢獻的重新審視〉,《瀋陽師範學院學報(社會科學版)》,1999年第5期,頁8。

〔註62〕參看王運熙:〈陳子昂和他的作品〉,《文學遺產》,1957年第4期,頁92~119。

〔註63〕岑仲勉:〈陳子昂及其文集之事迹〉,收入《岑仲勉文集》(廣州:中山大學出版社,2004年),頁327~328。

遠流長，浸透了整個唐代詩歌以至後代。」〔註64〕林庚則認為「現實主義反映真實，浪漫主義反映理想」，他認為陳子昂的詩歌創作主要表現的是「浪漫主義精神」，因而「遠紹建安，下開盛唐」〔註65〕。

學界在評價陳子昂文學地位時，除了常提及〈修竹篇序〉的詩學主張，其次就是「登幽州臺歌」與「感遇」組詩，其中「登幽州臺歌」的問題前文已略有所述。至於「感遇詩」，如徐文茂認為該組詩是陳子昂自覺追求「興寄」的實踐，是「在對時代脈搏的準確把握和對文化氛圍的深切感受中的詩美創造」〔註66〕王祥提出：「『感遇詩』之詩史意義在於改造了初唐詩歌辭彙系統，以『興寄』為手段，以反思為動力，完成了初唐詩向盛唐詩的演變」〔註67〕。另一種流行的觀點從「感遇」之流變標明其意義，如許總稱「李白『古風五十九首』顯然是沿承陳子昂、張九齡『感遇』這一統系的直接產物。」〔註68〕可如何體現此類文章所提及的「一脈相承」，問題依然與文學史的書寫相同，基本上是一種非常抽象的肯定，缺少具體的實例與評析。

比較有創新意義的，是對陳詩的分類專題研究。如以金濤聲、佘正松、童嘉新為代表對陳子昂邊塞詩的研究，金氏總結陳詩之特點：「以其激昂悲壯、雄渾蒼勁的格調，剛健質樸的語言鑄成雄健悲壯的詩風，後成為高、岑詩歌風格的基調之一。」〔註69〕佘氏就初唐邊塞

〔註64〕參看時萌：〈關於陳子昂〉，《文史哲》，1957 年第 3 期，頁 42～50。

〔註65〕參看林庚：〈陳子昂與建安風骨──古代詩歌中的浪漫主義傳統〉，《文學評論》，1959 年第 5 期，頁 138～147。

〔註66〕徐文茂：〈陳子昂「興寄」說新論〉，《文學評論》，1998 年第 3 期，頁 131。

〔註67〕王祥：〈陳子昂《感遇詩》的詩史意義〉，《瀋陽師範學院學報》，1997 年第 4 期，頁 9。

〔註68〕許總：〈論盛唐開端的三股詩潮〉，《安徽師大學報（哲學社會科學版）》，1995 年第 1 期，頁 84。

〔註69〕金濤聲：〈唐代邊塞詩的先聲──談初唐四傑和陳子昂的邊塞詩〉，《廣西大學學報》，1985 年第 1 期，頁 20。筆者按：此類論文又如唐逢堯：〈清新的源頭、洶湧的洪流──試論陳子昂與盛唐邊塞詩〉，《鞍山師範學院學報》，1983 年第 2 期；王婕：〈論陳子昂的邊塞行與邊塞詩〉，《西北民族大學學報》，1990 年第 4 期。

詩的發展過程來考察「陳子昂的獨特貢獻」，認為其現存 120 多首詩中的 30 多首邊塞詩是其革新理論的最佳實踐成果。他認為陳子昂之邊塞詩悲壯蒼涼，與以初唐四傑為代表的雄壯豪放風格互補，共同構築了初唐邊塞詩的陽剛之美，為盛唐之音奠定了堅實的基礎。〔註70〕童氏則論析陳之邊塞詩的思想性與藝術性，其鑒賞角度多元，評述較為細膩。然結語不能免俗地斷言：「王昌齡、王維、李頎邊塞詩中豐富的內容，顯然受到陳子昂邊塞詩內容的啟發。高、岑奇壯的風格，顯然受到陳詩風格的深刻影響。李白〈古風〉邊塞篇、杜甫〈兵車行〉、岑參〈白雪歌〉等，顯然得到陳詩多用五古和即事名篇的啟迪。」〔註71〕連用三個「顯然」，可所列之詩人首先果真有讀過陳子昂的作品嗎？如何證明他們的詩作「顯然」受到了陳子昂的「啟發、影響」？該論文並未深入探討這些推論前必然會觸及到的問題。

再有劉蔚認為陳子昂之山水詩「在審美觀照方式、文化內涵、語言風格及形式結構上，對六朝詩有重大突破，實開唐代山水詩之先河。」〔註72〕徐文茂則論陳之酬別詩的特色與成就：豐富貼切不落常格；聯繫時事而識見卓越；隸事用典自然靈動；脈絡清晰、結構有致。〔註73〕

（2）藝術形式層面

前人對陳子昂因藝術技巧而取得文學成就的研究，集中於其對近體詩之貢獻。早期有周剛歸納陳子昂詩歌理論之內涵：「繼承漢魏

〔註70〕參看佘正松：〈論初盛唐邊塞詩的發展和陳子昂的貢獻〉，收入四川省射洪縣陳子昂研究聯絡組編：《陳子昂研究論集》（北京：中國文聯出版公司，1989 年），頁 236～251。

〔註71〕童嘉新：〈試論陳子昂的邊塞詩〉，《陳子昂研究論集》，頁 263。

〔註72〕劉蔚：〈陳子昂山水詩的審美價值試探〉，《徐州師範大學學報》，1998 年第 2 期，頁 137。

〔註73〕參看徐文茂：〈試論陳子昂的酬別詩〉，《天府新論》，1996 年第 2 期，頁 61～65。按：後又有傅紅、阮怡等人專門就陳之贈別詩論述：傅紅〈一代詩才——陳子昂及其送別詩〉，《巴蜀史誌》，1998 年第 2 期；阮怡：〈論陳子昂送別詩之風格〉，《語文學刊》，2009 年第 17 期；阮怡：〈試探陳子昂的送別詩〉，《文史雜誌》，2010 年第 2 期。

風骨，批判齊梁以來的形式主義文風，初步提出風骨加聲律的思想，以圖創造風骨聲律兼備的新體制。」〔註74〕後有徐文茂撰文詳細論了陳子昂對近體詩的貢獻：一者，融合風骨、聲律，撥正近體詩的方向；二者，以「音情頓挫」把握聲調，在聲律格式的探索上有所成；三者，適當保留原有詩律樣式，予以靈活運用；四者，能正確處理詩律與內容、音與情的關係，既完善創作技巧，又注重形式、內容的結合；五者，力從律古兩極來廓清混沌的過渡現象，為使唐詩體式分明、風貌各異作出了貢獻。〔註75〕韓理洲也稱陳子昂雖有意識地創作擲地有聲的五古作品，但並不唯古為是。一味反對聲律，而是積極學習新詩體。韓氏認為「陳子昂與沈佺期、宋之問、杜審言一起奠定了盛行有唐三百年的五律。」〔註76〕就陳子昂詩體之分類數量統計情況，筆者將於第二章第四節「『唐人選唐詩』與陳子昂詩」進行討論。

（二）從接受史之角度探究文學價值，以陳子昂為個案作研究

從以上對中國文學史著作的檢視，及有關陳子昂文學地位探討的前人研究綜述，我們可以看到學界對陳子昂文學地位的討論有質疑也有回應，這說明對陳子昂評價定位之研究在不斷深入，多元的商討是個好現象。然而諸多論文的論述存在一個共同的問題──因套入不少未經檢驗的權威觀念，先入為主導致推論存有先天的不足。如常有論文默認陳子昂為「唐代文學革新的首倡者」〔註77〕之總評，然後在此「定評」的框架下展開敘述，卻根本未仔細推敲此前提「結論」。如

〔註74〕周剛：〈陳子昂詩歌理論新探〉，《文史哲》，1984 年第 2 期，頁 60。
〔註75〕參看徐文茂：〈論陳子昂對唐代近體詩的貢獻〉，《上海社會科學院學術季刊》，1988 年第 3 期，頁 179～184。
〔註76〕韓理洲：《陳子昂研究》（上海：上海古籍出版社，1988 年），頁 233 ～234。
〔註77〕王運熙、楊明著：《中國文學批評通史──隋唐五代卷》（上海：上海古籍出版社，1996 年），頁 121。

此一旦那些文學史、文論史中的斷語存在邏輯漏洞，由之派生的論述自然站不住腳。那麼，我們該如何相對客觀地判斷一個作家及其作品在文學史上的價值呢？

劉石提出在古代文學研究領域中有兩套價值系統：一是文學價值，一是文學史價值，兩者相互關聯卻不完全一致：「文學價值，指在文學自身諸因素上作出的貢獻；文學史價值，指在文學發展史階段上所起的作用」，並稱「陳子昂是文學史價值大於文學價值」。〔註78〕筆者不太讚同此種平行的劃分方式，因為文學價值是文學史價值系統譜系下的一個分支，作家作品文學價值的高低是影響其在文學史價值的因素之一。劉氏稱「真正具有文學價值的作家，最終都能對文學史的進程起到相應的影響，獲得文學史的價值，但未必在其當世就能實現」，此點無疑是符合史實的。劉氏又以陶淵明為例，稱陶淵明「對其時文學發展的歷史並無大的影響，其在當時的文學史價值不大」，由此得出結論「陶淵明是文學價值大於文學史價值」。〔註79〕此說法的問題在於混淆了「當時的文學史價值」與「文學史價值」這兩個不同的概念〔註80〕，前者僅是後者的一小個階段，不能一概而論。

另一方面，文學價值的評判標準可能會隨著時代變化而變化，然仍有其客觀的前提：一為主體性的客觀存在，即文學接受者的審美理想、社會的審美需要；二為文學本身的特性和規律，以「可能」或「不可能」的條件形式，決定評價主體作出「應該」和「不應該」的陳述界限。二者決定接受者的評價態度，是接受主體用以衡量、判斷文本

〔註78〕劉石：〈文學價值與文學史價值的不平衡性——陳子昂評價的一個新角度〉，《文學遺產》，1994年第2期，頁33～34。

〔註79〕劉石：〈文學價值與文學史價值的不平衡性——陳子昂評價的一個新角度〉，《文學遺產》，1994年第2期，頁33～34。

〔註80〕筆者按：「當時的文學史價值」指陶淵明在世前後，其作品在文學上的影響；而「文學史價值」指陶作從寫就至如今二十一世紀，整個時間段所產生的文學價值。

價值的評價標準。〔註81〕關於作家作品文學價值升降變化的情形，程
千帆先生如是說：「有的人及其作品被淹沒，有的被忽視，被遺忘，而
其中也有的是在長期被忽視之後又被發現，終於在讀者不斷深化的理
解中，獲得他和它不朽的藝術生命和文學史上應有的地位」〔註82〕要
估算陳子昂作品的文學史價值，得綜合陳作自身的文學藝術價值、歷
代的文學批評、後人對陳作的仿擬情況，才能得出相對中肯的評估，
而此評估方法剛好可以借鑒接受美學的相關視角。

　　如學者尚永亮所述：「較之傳統文學史以作家、作品為中心的表
述立場，傳播接受史更加關注讀者及其閱讀接受經驗的能動作用、再
創造意義。是從文學史原生態的層面把握文學作品的產生、流變過
程，因而深化並細化了文學史的相關考察。」〔註83〕相比於既有文學
史之宏大的敘事模式，接受史研究更注重微觀的關聯及銜接，可通過
扎實的評議改善浮泛的論述傾向，進而解決實質性的問題。我們看
到，以往已有從接受史之角度探討陳子昂文學貢獻的研究〔註84〕：如

〔註81〕敏澤、黨聖元著：〈文學價值的實現：接受、評價、效應〉，參看《文
　　　　學價值論》（北京：社會科學文獻出版社，1997 年），頁 346～393。
　　　　筆者按：該著作者認為古今中外文學鑒賞、批評之標準最常見的模
　　　　式為「應該如何」，文學接受者用「應該如何」之要求與作品的「是
　　　　怎樣」相比較，進而得出自己的評價結論；而文學的特性和規律會
　　　　對人們的評論作出客觀的限定、制約，如作者以「文學應該表現現
　　　　實」這一種評價標準為例，其前提是「文學能夠表現現實」。從價值
　　　　學來看，文學的客觀規律以「可能」或「不可能」的條件形式決定了
　　　　評價主體作出「應該」和「不應該」的陳述界限。
〔註82〕程千帆：〈張若虛《春江花月夜》的被理解和被誤解〉，《文學評論》，
　　　　1982 年第 4 期，頁 18。
〔註83〕尚永亮、劉磊等著：《中唐元和詩歌傳播接受史的文化學考察》（武
　　　　漢：武漢大學出版社，2010 年），上卷，頁 4。
〔註84〕按：就筆者所見，專就接受史角度考察陳子昂之作品者共有碩士論文
　　　　三篇，正文將簡評之；另外有期刊論文七篇：（1）白貴、李朝傑：〈論
　　　　唐人對陳子昂的接受〉，《河北學刊》，2010 年第 2 期，頁 88～91，該
　　　　論認為陳子昂處於盛唐氣象、審美要素尚在蟄伏醞釀的時期；陳作
　　　　為時代先覺者，在當世影響不大，但其價值逐漸凸顯；唐人對陳的接
　　　　受主要出於社會心理需求和文學發展契機。此論論點鮮明，為陳子

葛蓮以陳詩批評文本為對象，試圖從陳詩的「復」「變」之爭、音節聲律論、歷史地位爭議展開探討。作者稱其「旨在釐清陳詩在整個唐宋文學史上的發展演進過程」，〔註85〕此企圖不可謂不大，唯實際的討論稍顯粗疏，多材料的羅列和批評家觀點的介紹，論證力度不足。又如劉秀秀雖稱是作接受研究，然立論於「陳子昂在唐代文學革新史上具有承上啟下的關鍵作用，於有唐一代盛名不衰」〔註86〕的結論。由此認定張九齡、李白、高適、王維、杜甫、殷璠六人對陳子昂詩學主張、陳詩題材及精神的「接受」和「發揚」，其各章舉例與欲說明的主題之間實無必然聯繫，有牽強附會之嫌，故幾無說服力。可觀者如蘇秋成論述宋元人對陳子昂的接受，論者梳理了由唐至元陳集的整理、陳作流傳之情況，並考察顯晦之原因；又探討宋元人對陳之詩文的批評、引用情況；及宋元人對陳子昂其人的接受，包括生平、交遊、死因等方面。〔註87〕其論文本材料充實，結構層次分明，並用具體案例

昂接受研究的先導之論；（2）岳進：〈論竟陵派對唐五言古詩的接受〉，《江西社會科學》，2010年第4期，頁112～115；（3）張文婷：〈「唐人選唐詩」忽略陳子昂詩原因探析〉，《嘉應學院學報》，2010年第9期，頁48～51，文章概述唐詩選本收選情況，並列表呈現，一目了然。然論者對《搜玉小集》收陳詩〈白帝懷古〉的現象僅用「並非其代表作」一筆帶過，忽略了其後有待深入發掘的研究價值；（4）林關露：〈闡釋與摹仿──論唐宋時期陳子昂的詩歌接受〉，《綿陽師範學院學報》，2015年第1期，頁95～99，其論述的問題與葛蓮碩論相近；（5）王宏林：〈從「范蠡」到「陳涉」：明清詩學視野中的陳子昂〉，《廣西社會科學》，2015年第2期，頁166～169；（6）謝昕：〈淺析陳子昂的詩歌接受與傳播〉，《長江叢刊》，2018年第18期，頁54，拼湊前人觀點，論述無多新意；（7）蘇秋成：〈從「陳拾遺體」到「五古正宗」，論宋元時期對陳子昂五古的接受〉，《名作欣賞》，2020年第11期，頁116～119。

〔註85〕葛蓮：《唐宋陳子昂詩歌論案研究》（徐州：江蘇師範大學碩士學位論文，2017年），摘要，頁I。

〔註86〕劉秀秀：《陳子昂詩歌理論及創作在盛唐的接受》（長沙：湖南大學碩士學位論文，2015年），摘要，頁II。

〔註87〕蘇秋成：《宋元時期陳子昂接受研究》（桂林：廣西師範大學碩士學位論文，2018年），摘要，頁I～II。

作實證，因而論述較為到位。至於可再發掘的研究空間，如已論及陳子昂與武周政權之關係，自宋分作「黨周」、「忠唐」論。然未注意到，與唐人相比，宋人於陳作之評述新增了一個角度，即「人品和文品」相勾連的評判觀，比如馬端臨譏貶陳文之語，其內在的深層原因值得進一步探究。再如作者論述宋人對陳詩的仿效，僅以「感遇」組詩作例，其實還有其它陳詩被宋人所摹擬，有待考述。

　　綜上，我們可以發現就唐至宋對陳子昂詩文之接受史的研究仍然呈現較大的探索空間。本文擬以陳子昂為個例，通過將陳子昂放回到唐宋語境下去看其實際的影響，繼而真實清晰地認識現代人撰寫之中國文學史乃至文論史所提及的被譽為古代經典作家之作品，在不同時代傳播與接受的歷史面貌。我們希望藉反思、檢驗陳子昂之文學史地位的同時，透過現象把握本質，增進對「文質相炳煥，眾星羅秋旻」〔註88〕之唐詩的理解。對於陳子昂文學上的貢獻，不能過於拔高，也不能刻意貶低。惟有直面質疑，嚴密查考而深思後，才能給像陳子昂這樣被稱作「經典作家」的古代文人一個相對公允的定位。

第二節　研究方法之借鑒

　　肇端於康斯坦茨學派（Konstanz School）之接受美學理論，以其大力宣揚「讀者」於文學史重要意義的立場興起一時之盛。本節將概述接受美學理論之核心觀念與淵源；及簡介近三十多年來，中國古典文學接受層面研究借鑒接受美學之實踐成果與相關問題；並闡明本文擇取研究方法之審慎態度。於我們來說，接受美學的問世，是一個好的提醒——如吳奔星言：「中國雖無接受美學之名，早有接受美學之實，而且比西方的接受美學深入細致。中國關於接受美學與詩美鑒賞

〔註88〕 李白：〈古風五十九首・其一〉，載〔清〕彭定求等編：《御定全唐詩》（據康熙揚州詩局本剪貼縮影印製，上海：上海古籍出版社，1986年），卷一六一，頁 380。下文引用《全唐詩》均引自該版本，只標明詩作信息及卷數、頁數。

學的原始資料，是取之不盡，用之不竭的。」〔註89〕接受美學讓我們重新注意到古代中國廣闊而深厚的文學領域中，各種關於讀者品鑒的觀點，諸如「觀樂知風」、「以意逆志」、「詩無達詁」甚至是「郢書燕說」、「賦詩斷章」等等。

一、接受美學理論概述

接受美學（Aesthetics of Reception）理論源自二十世紀六十年代末、七十年代初於聯邦德國興起的美學思潮。當時主要以漢斯・羅伯特・姚斯（Hans Robert Jauss，1921～1997）與沃爾夫岡・伊瑟爾（Wolfgang Iser，1926～2007）二人作為最具有代表性的理論家。其中，姚斯〈文學史作為向文學理論的挑戰〉（Literary History as a Challenge to Literary Theory, 1967）與伊瑟爾〈本文的召喚結構〉（Text's Response-inviting Structure，1970）二文可視為接受美學的奠基之作。姚、伊各自提出的「期待視野」（horizon of expectations）與「空白」（blanks）等概念為此新興理論的核心範疇，一反過去實證主義文學史之「作者→作品」這樣單向授受批評模式的常態，強調接受者之閱讀活動對文學的「歷史性」（historicity）的重要性，從而提供了一種新的互動式的研究範式：「作者→作品←讀者」，尤其是在文學史寫作之批評觀念和方法論上引起了巨大的變革〔註90〕。「接受」者，換個說法即「受到影響」，蔣寅指出影響研究是文學史研究的重要內容，若說它在過去只是作為對作家作品進行價值評估的一種參照系依附於作家作品論而存在的話，那麼當接受美學興起之後，它就成了文學史研究中具有獨立意義的一個視角。〔註91〕

〔註89〕吳奔星：〈一門新興的審美學科的崛起──「詩美鑒賞學」論綱〉，《江海學刊》，1988年第1期，頁170。

〔註90〕按：蘇珊・朗格亦認為，「公眾的反應」是影響藝術評價標準的四變量之一。見（美）蘇珊・朗格（Susanne K. Langer）著，滕守堯譯：《藝術問題》（北京：中國社會科學出版社，1983年），頁108。

〔註91〕蔣寅：〈對中國詩學若干理論問題的思考〉，收入《東方叢刊》，1999年第2輯（桂林：廣西師範大學出版社，1999年），頁124。

　　接受美學之所以誕生，有其特定的社會、政治、文化背景。在 20
世紀前半葉，西方文論、美學的研究重心逐步由作者轉向作品文本，
又由文本逐漸轉向讀者。在姚、伊等人創立接受理論之前，已有許多
美學家開始重視審美活動中讀者的地位和作用問題，並從不同角度作
出了論述。如伽達默爾（Hans-Georg Gadamer，1900～2002）「合法的
偏見」之主張，類似於海德格爾（Martin Heidegger，1889～1976）「前
結構」的思想，兩位闡釋學家向接受美學提供了一個考察藝術本質的
全新思路和重點方向；再有現象學家英伽登（Roman Witold Ingarden，
1893～1970）之「具體化」和「重建」理論對伊瑟爾的「閱讀現象學」
有著深刻的啟示；又如俄國形式主義文學理論、布拉格結構主義文學
理論等等，或多或少對接受美學產生了直接或間接的影響。〔註92〕

　　姚斯以〈文學史作為向文學理論的挑戰〉宣言：「現在必須把作
品與作品的關係放進作品和人的相互作用之中，把作品自身中含有
的歷史連續性放在生產與接受的相互關係中來看。只有當作品的連
續性不僅通過生產主體，而且通過消費主體，即通過作者與讀者之間
的相互作用來調節時，文學藝術才能獲得<u>具有過程性特徵</u>的歷史。」
〔註93〕這樣就將讀者在文學史中的地位瞬間提升到了舉足輕重的程
度。的確，讀者於文學史而言，同作者和作品一樣，亦是至關重要的
因素。正如朱光潛先生所言：「讀詩就是再做詩，一首詩的生命不是
作者一個人所能維持住，也要讀者幫忙才行。讀者的想象和情感是生
生不息的，一首詩的生命也就是生生不息的，它並非一成不變。一切
藝術作品都是如此，沒有創造就不能有欣賞。」〔註94〕讀者對作品來
說，好比觀眾之於戲劇。在商業化尚未氾濫的年代，相對更純粹的接

〔註92〕參見朱立元：《接受美學導論》（合肥：安徽教育出版社，2004 年），
　　　　頁 3～17。
〔註93〕（德）H. R. 姚斯：《走向接受美學》（根據美國明尼蘇達大學出版社，
　　　　1983 年英文版譯出），收入周寧、金元浦譯：《接受美學與接受理論》
　　　　（瀋陽：遼寧人民出版社，1987 年），頁 19。
〔註94〕朱光潛：《談美》（上海：華東師範大學出版社，2012 年），頁 61。

受者們因藝術作品喚起的共鳴或創新，無論對於作品本身還是作者本人，都是一種難能可貴的餽贈，是歷久彌新的生命力的象徵，同時也是文學史中值得留意和記錄的一筆。

姚斯又稱：「文學的連貫性，使一種事件在當代及以後的讀者、批評家和作家的文學經驗的期待視野中得到基本的調節。能否按其獨特的歷史性理解和表現這一文學史取決於期待視野能否對象化。」〔註95〕所謂「期待視野」，即接受者在面對文學接受客體時，由於其自身既有的閱讀經驗、審美趣味、思維導向、文化素養等多方面因素，心理上便預先對作品有一種特定的期待。這可視作不同時代的讀者對同一作品或許有不同的接受角度，甚至完全相反的接受態度的原因之一。換言之，我們亦可通過對某一作家作品接受過程的多維立體研究，了解該作家所生存之時代及後世的審美思潮及觀念形態的變遷情況。

伊瑟爾〈本文的召喚結構〉則在姚斯「期待視野」之理論基礎上，進一步補充闡發文學作品對讀者產生效果的方式——即所謂「召喚結構」。伊氏認為作為文學作品的本文（text）存有一種完全開放的「不確定性」，或曰意義上的「空白」，此種未定之意義會對讀者之心理產生「召喚」，激發讀者閱讀時經由想象創造特定的確定含義，填補本文裡的意義空白：「文學作品本文的含義，只有在閱讀過程中才會產生，它是本文和讀者相互作用的產物，而不是隱藏在本文之中等待闡釋學去發現的神秘之物。」〔註96〕如同姚斯所強調的：「在這個作者、作品和大眾的三角形之中，大眾並不是被動的部分，並不僅僅作為一種反應，相反，它自身就是歷史的一個能動的構成」〔註97〕，伊瑟爾「本文和讀者相互作用」的觀點肯定了讀者在閱讀作品時的能動性，

〔註95〕（德）H. R. 姚斯：《走向接受美學》，頁27。
〔註96〕（德）沃・伊瑟爾著，章國鋒譯：〈本文的召喚結構——不確定性作為文學散文產生效果的條件〉，《外國文學季刊》總第15期（北京：外國文學出版社，1987年），頁197。
〔註97〕（德）H. R. 姚斯：《走向接受美學》，頁24。

這毫無疑問是合理的。然而，比起「未定性的本文」，接受美學認為讀者的具體化之功處於第一性的主導地位，這就過於強調讀者主觀意識對作品本質的影響，完全截斷了作者與作品原始意義之密切聯繫。對此，金元浦一語道破：「接受反應文論最大的失誤在於早期極端的讀者中心論立場，也許他當年的異軍突起，恰恰得益於這『片面的深刻』。」〔註98〕

　　歸結起來，接受美學不是美學中的美感研究，也不是文藝理論中的欣賞和批評研究，而是以現象學（phenomenology）和闡釋學（hermeneutics）為理論基礎，以人的接受實踐為依據的獨立自足的理論體系。〔註99〕接受理論出現之重大意義在於系統地從本體論的角度關注到「讀者」對於文學作品的價值及在文學史書寫中的意義，並積極推述之，從此如一石激起千層浪。伊瑟爾表示：「那些歷史悠久的藝術批評方法已經無法應對現代性，因而可以毫不誇張地說，理論的興起標誌著批評歷史的轉變。」〔註100〕如今我們要兼採接受美學之文學史觀，以追求更全面地看待文學作品效果影響史的實際嬗變，進而探尋文學的客觀發展規律。

二、接受美學在中國古典文學接受研究之實踐及得失

　　自 20 世紀 80 年代初〔註101〕，接受美學傳入中國起，至今已快

〔註98〕金元浦：《接受反應文論》（濟南：山東教育出版社，1998 年），頁
　　　　395。
〔註99〕周寧、金元浦譯：《接受美學與接受理論》，出版者前言，頁 4。
〔註100〕（德）沃爾夫岡・伊瑟爾著，朱剛等譯：《怎樣做理論》（南京：南
　　　　京大學出版社，2008 年），頁 1。
〔註101〕早期涉及介紹引進「接受美學」之論文如：（1）張黎：〈關於「接受
　　　　美學」的筆記〉，《文學評論》，1983 年第 6 期，頁 106～117；（2）
　　　　張隆溪：〈仁者見仁，智者見智——關於闡釋學與接受美學・現代西
　　　　方文論略覽〉，《讀書》，1984 年第 3 期，頁 86～95；（3）章國鋒：
　　　　〈國外一種新興的文學理論——接受美學〉，《文藝研究》，1985 年
　　　　第 4 期，頁 71～79；（4）朱立元：〈文學研究的新思路——簡評堯
　　　　斯的接受美學綱領〉，《學術月刊》，1986 年第 5 期，頁 39～45。

有四十個年頭。其間接受美學理論既有「以新穎視野開闢學術生長點；與創作史互補，建構文學史現代體系；自覺的接受史意識可豐富學術思維」〔註102〕等正面影響，也有「混淆接受史和史料學、學術史之區別，以簡單化模式對不同接受對象進行統一操作，過多停留於『史』的客觀描述，少有『研究』層面之思考」〔註103〕，「流於『歷代評論資料』的『排比梳理』和對某作家『解釋串講』」〔註104〕的尷尬境地。竇可陽指出：「從當前的接受研究成果看，學界在重視接受史研究的同時，對接受理論的應用實際上過多局限在宏觀的接受理論上，對微觀接受研究挖掘並不深入。」〔註105〕

接受史研究無論是太浮淺，還是沾上「資料彙編」之嫌，均為缺乏「問題意識」所致。「問題意識」是研究價值之關鍵，即在思索過選題意義之後，由研究目的帶著研究者搜尋相關資料，引發疑問並展開論述。過程中須不斷把思路聚焦於論題，由此會產生圍繞著主論題的各種細化的分論點，此時應針對那些分論點不停地追問，直到形成完整、嚴密的邏輯鏈為止。如此才算言之有物、言之有據、言之有序、言之有理。按編年梳理資料是為預先了解現象，即「是什麼」，而獨特的「問題意識」是為了鑽研、探究本質，即明白「為什麼」。知其然是準備工序，後知其所以然，方臻成熟。

過去三十多年，接受美學視野下文學接受史研究方面的著作大量湧現。以二十年為界，據陳文忠統計相關著作，可分為三：一是陸、港、臺學者發表各類接受史論文近 300 篇；二為出版各類接受史專著約 30 部；三是著名作家和經典作品的接受史日益成為各地碩博士論

〔註102〕陳文忠：〈20 年文學接受史研究回顧與思考〉，《安徽師範大學學報（人文社會科學版）》，2003 年第 5 期，頁 534。

〔註103〕袁曉薇：〈別讓「接受」成為一個「筐」——談古代文學接受史研究的變異和突圍〉，《學術界》，2010 年第 11 期，頁 90～93。

〔註104〕陳文忠：〈走出接受史的困境——經典作家接受史研究反思〉，《陝西師範大學學報（哲學社會科學版）》，2011 年第 4 期，頁 28。

〔註105〕竇可陽：〈接受美學「中國化」的三十年〉，《文藝爭鳴》，2012 年第 2 期，頁 159。

文的熱門選題。〔註106〕而後，從 2003 年至今，據筆者大略統計，十多年來，兩岸單是新出版之中國古典作家或作品接受史研究專著就有34 本（詳見下表）〔註107〕，從中可見接受研究之後勁，令人不禁隔空感受到那幾年的「接受研究熱」。

表 1-3　2004～2019 歷年出版之中國古典作家、作品接受史專著表

年份	出版之專著
2004	1. 劉學鍇著：《李商隱詩歌接受史》（合肥：安徽大學出版社，2004年 8 月）。
2005	1. 朱麗霞著：《清代辛稼軒接受史》（濟南：齊魯書社，2005 年 1 月）。
2006	1. 查清華著：《明代唐詩接受史》（上海：上海古籍出版社，2006 年7 月）。 2. 劉中文著：《唐代陶淵明接受研究》（北京：中國社會科學出版社，2006 年 7 月）。
2007	1. 羅秀美著：《宋代陶學研究：一個文學接受史個案的分析》（臺北：秀威資訊出版社，2007 年 1 月）。
2008	/
2009	1. 谷曙光著：《韓愈詩歌宋元接受研究》（合肥：安徽大學出版社，2009 年 4 月）。 2. 邱美瓊著：《黃庭堅詩歌傳播與接受研究》（南昌：江西人民出版社，2009 年 9 月）。 3. 張璟著：《蘇詞接受史研究》（北京：光明日報出版社，2009 年 10月）。

〔註106〕陳文忠：〈20 年文學接受史研究回顧與思考〉，《安徽師範大學學報（人文社會科學版）》，2003 年第 5 期，頁 534。

〔註107〕按：值得關注的是在 2012 年，光是一年之內就出版了 7 本專著，其中龔鵬程先生主編之「古典詩歌研究彙刊」系列佔了 3 本。同年 3月，鄧新華之《中國古代接受詩學史》由上海人民出版社出版，此書參照接受美學的理念發掘古代中國接受詩學發生、發展之進程，是文學接受理論在中國研究進一步深化的表現。次年，即 2013 年12 月，王友勝主編的《中國文學傳播與接受研究——2010 年中國文學傳播與接受國際學術研討會論文集》由長沙嶽麓書社出版。

2010	1. 張靜著：《元好問詩歌接受史》（北京：中國社會出版社，2010 年 1 月）。 2. 曾金承著：《韓愈詩歌唐宋接受研究》（《古典詩歌研究彙刊》第 7 輯第 2 冊，新北：花木蘭文化出版社，2010 年 3 月）。 3. 王紅霞著：《宋代李白接受史》（上海：上海古籍出版社，2010 年 10 月）。 4. 尚永亮、劉磊等著：《中唐元和詩歌傳播接受史的文化學考察》上下冊（武漢：武漢大學出版社，2010 年 11 月）。 5. 張浩遜著：《唐詩接受研究》（杭州：浙江古籍出版社，2010 年 12 月）。
2011	1. 顏文郁著：《韋莊接受史》（《古典詩歌研究彙刊》第 10 輯第 3 冊，新北：花木蘭文化出版社，2011 年 9 月）。 2. 劉雙琴著：《六一詞接受史研究》（廣州：中山大學出版社，2011 年 12 月）。
2012	1. 柯瑋郁著：《晏幾道〈小山詞〉接受史》（《古典詩歌研究彙刊》第 11 輯第 13 冊，新北：花木蘭文化出版社，2012 年 3 月）。 2. 薛乃文著：《馮延巳詞接受史》（《古典詩歌研究彙刊》第 11 輯第 9 冊，新北：花木蘭文化出版社，2012 年 3 月）。 3. 陳偉文著：《清代前中期黃庭堅詩接受史研究》（北京：中國人民大學出版社，2012 年 5 月）。 4. 袁曉薇編：《王維詩歌接受史研究》（合肥：安徽大學出版社，2012 年 6 月）。 5. 王家琪著：《王維接受史：以唐宋為主》（臺北：文津出版社，2012 年 6 月）。 6. 許淑惠著：《秦觀詞接受史》（《古典詩歌研究彙刊》第 12 輯第 15 冊，新北：花木蘭文化出版社，2012 年 9 月）。 7. 張毅著：《唐詩接受史》（北京：人民文學出版社，2012 年 11 月）。
2013	1. 夏婉玲著：《張先詞接受史》（《古典詩歌研究彙刊》第 13 輯第 6 冊，新北，花木蘭文化出版社，2013 年 3 月）。 2. 楊再喜著：《唐宋柳宗元傳播接受史研究》（北京：中國社會科學出版社，2013 年 5 月）。 3. 黃思萍著：《李煜詞接受史》（《古典詩歌研究彙刊》第 14 輯第 2 冊，新北：花木蘭文化出版社，2013 年 9 月）。 4. 郭娟玉著：《溫庭筠接受研究》（臺北：萬卷樓圖書公司，2013 年 12 月）。
2014	/
2015	1. 鄧子勉著：《兩宋詞集的傳播與接受史研究》（上海：華東師範大學出版社，2015 年 11 月）。

2016	1. 祖秋陽著：《曹操詩歌唐前接受研究》（哈爾濱：黑龍江科學技術出版社，2016 年 6 月）。
2017	1. （美）艾朗諾（Ronald Egan, born in 1948）著，夏麗麗、趙惠俊譯：《才女之累李清照及其接受史》（上海：上海古籍出版社，2017 年 3 月）。
2018	1. 黃桂鳳著：《元明清杜詩接受研究》（桂林：廣西師範大學出版社，2018 年 9 月）。 2. 張進著：《宋金文論與蘇軾接受研究》（北京：中國社會科學出版社，2018 年 11 月）。
2019	1. 張靜著：《金代詩歌接受史》（北京：氣象出版社，2019 年 8 月）。 2. 金生奎：《明代杜詩接受研究》（合肥：安徽大學出版社，2019 年 9 月）。

　　再是近年來相關的碩博士論文更是不勝枚舉，在此無須贅述。然而研究數量的大幅增長並不意味著其研究質量會相應增長，反而可能因「過熱」導致水準參差不齊。主要的問題與原因已在開頭說明。當然，其間不乏扛鼎之作，如初期學者楊文雄《李白詩歌接受史》依照姚斯所列「接受者」，包括「觀眾、批評家、新的生產者」〔註108〕三個維度，構建出了一種「以普通讀者為主體的效果史研究；以詩評家為主體的闡釋史研究；以詩人創作者為主體的影響史研究」〔註 109〕的研究方法，成為後續不少研究者研究模式之參考。

　　上述「三維歷時結構」〔註 110〕雖說涵蓋了多層面的讀者，然而在作品主要依賴手抄本流傳，印刷術尚不發達，商業也未繁榮的年代，以刊刻之文集作為一般普通讀者接受效果的指標未免難以印證；

〔註108〕（德）H. R. 姚斯：《2 走向接受美學》，頁 42。

〔註109〕楊文雄：《李白詩歌接受史》（臺北：五南圖書出版公司，2000 年），頁 23。

〔註110〕筆者按：陳文忠曾將經典作家接受史著作之研究模式概括為三種：（1）以楊文雄《李白詩歌接受史》為代表的「三維歷時結構」；（2）蔡師振念《杜詩唐宋接受史》、劉中文《唐代陶淵明接受研究》為代表的「一維歷時結構」；（3）李劍鋒《元前陶淵明接受史》為代表的「多維歷時結構」。參看陳文忠：〈走出接受史的困境──經典作家接受史研究反思〉，《陝西師範大學學報（哲學社會科學版）》，2011 年第 4 期，頁 27～28。

又如業師蔡振念先生所述：要研究效果史，必得經由對讀者欣賞接受的文獻資料記錄，或當時作品集的刊行來驗證，而刊行常是評論家批評揚譽的結果，而在唐宋兩代，批評家往往身兼詩人，交叉滲透，難以細分。〔註111〕研究方法的選取，還是要由文獻材料和「問題意識」驅動，而接受史研究必須始終不離「接受史」之內涵，陳文忠道：「簡要地說，接受史就是詩歌本文潛在意義的外化形式的衍化史，是作品在不同階段經讀者解釋後所呈現的具體面貌，也就是讀者閱讀經驗的歷史。」〔註112〕此處有必要先對「接受史」所涵蓋的範圍做一個界定：本文所敘「接受史」之「接受」意為對「作品」文本的接受，主要包括對作品的再三出版、擇選入集、解讀闡釋、效仿創作、吟味點評等，而非對「作家」本身個人德行或歷代筆記小說塑造之人物形象的接受。

子曰：「三十而立，四十而不惑。」〔註113〕不破則不立，願未來中國文學「接受」研究能一路解開更深層次的疑惑，孜孜不倦，以求盡善而盡美。

三、接受美學在本文的採用與補充說明

接受美學作為上世紀於聯邦德國始興，後風靡全球的文學理論，有其新穎可取之處。然理論者，研究之工具也。天下無放之四海而皆准的理論，故對任何理論的運用都須保有審慎的態度。所有理論，無論古今中外，都必須放在具體的研究過程中應用與檢驗後，方知其長短。早在 1929 年，魯迅先生翻譯日本學者片上伸〈現代新興文學的諸問題〉之小引就明確表示：「藉這一篇，看看理論和事實，知道勢所

〔註111〕 蔡振念著：《杜詩唐宋接受史》（臺北：五南圖書出版公司，2002 年），頁 30。
〔註112〕 陳文忠：〈古典詩歌接受史研究芻議〉，《文學評論》，1996 年第 5 期，頁 128。
〔註113〕 〔春秋〕孔子及弟子著，楊伯峻譯注：《論語譯注》（北京：中華書局，2009 年），〈為政篇第二〉，頁 12。

必至，平平常常，空嚷力禁，兩皆無用，必先使外國的新興文學在中國脫離『符咒』氣味，而跟著的中國文學才有新興的希望」〔註114〕唯有平常心看待，方能「拿來」。筆者讚同要以開放的心態，善於利用好的理論方法。然不可因採用某種理論就預設相應的結論，演繹「研究」，導致內容為理論所用。假使機械地生搬硬套，讓「篩選」過的文學作品淪為理論的佐證，不但本末倒置且不客觀，結果只能是自欺，而不可欺人。

　　近代以來西學東漸，中國為構建現代化之文學理論體系，往往效仿西方之既有的文論。曾軍概之為「刺激─反應」的模式，即西方理論強勢輸入，中國文論被動接受。朱立元回應雖有大量西方理論湧入中國，但不能單純描繪成「刺激─反應」、全盤接收，而是選擇性的。現今只有站在「文明互鑒」的高度，才能超越中西二元對立。〔註115〕昔壽陵失步，料然遭揶揄。所以，研究的過程不該受到所應用之理論的掣肘，於本論文而言，即不應以「接受美學」之立場需要剪輯式地解讀和陳子昂作品有關的文本，而當以科學嚴謹的態度，戒惕削足適履，而要量體裁衣，以他山之石，攻我古典文學之玉。

　　接受美學之推崇者霍拉勃論及該理論的問題和挑戰時，毫不諱言：「接受理論的基本假設，一經邏輯的延伸，困境便接踵而至。」〔註116〕過度肯定讀者「期待視野」於文學史的中心地位，定然失於偏頗。美國文學理論家 M. H. 艾布拉姆斯（M. H. Abrams，1912～2015）《鏡與燈──浪漫主義文論及批評傳統》（The Mirror and the Lamp: ROMANTIC THEORY AND THE CRITICAL TRADITION）提出文學作為一種活動，具有四個要素：作品（work）、藝術家（artist）、世界

〔註114〕魯迅著，魯迅先生紀念委員會編：《魯迅全集》第 17 卷（上海：光華書店，1948 年），頁 183～186。

〔註115〕劉康、朱立元、曾軍、毛雅睿、張俊麗：〈西方理論與中國問題──理論對話的新視角（座談實錄）〉，《上海文化》，2019 年第 8 期，頁 56～58。

〔註116〕（美）R. C. 霍拉勃著：《接受理論》，頁 437。

（universe）、欣賞者（audience）。並構建了如下模型：

世界

作品

藝術家　　欣賞者

艾氏稱儘管任何好的理論均會考慮上述四個要素，但幾乎所有理論都明顯地傾向於某一個要素。批評家往往只根據某個要素，就生發出他用來界定、劃分和剖析藝術作品的主要範疇，及藉以評判作品價值的主要標準。〔註117〕接受美學就犯了此一偏之論的錯誤。1962年，義大利小說家兼文學評論者艾柯（Umberto Eco，1932～2016）在《開放的作品》（The Open Work）肯定了詮釋者於解讀文學文本的積極作用，接著強調他雖然提倡開放性閱讀，但必須是從文本出發。艾柯認為詮釋有客觀的對象，而非毫無約束的任意蔓延，並表示「在最近幾十年文學研究的發展進程中，詮釋者的權利被強調得有點過了火」。〔註118〕

藝術家是作品的創造者，自當擁有作品原初意涵的解釋權。之後，讀者與作品的互動是自由的，只是這自由亦有邊界。蔡婷有個妙喻：「好比數學中數的集合，在正數的集合中數是無限多的，但正數集合中不能出現負數和零，集合對集合內的元素有限定作用。」〔註119〕

〔註117〕（美）M. H. 艾布拉姆斯：〈藝術批評的諸種目標〉，參見酈稚牛等譯：《鏡與燈——浪漫主義文論及批評傳統》（北京：北京大學出版社，2004年），導論，頁5～6。

〔註118〕（意）艾柯：〈詮釋與歷史〉，安貝托‧艾柯（Umberto. Eco）等著，（英）斯特凡‧柯里尼（Stefan. Collini）編，王宇根譯：《詮釋與過度詮釋》第2版（北京：生活‧讀書‧新知三聯書店，2005年），頁24～25。

〔註119〕蔡婷：〈給詮釋一個「度」——淺論艾柯的過度詮釋〉，《讀與寫（教育教學刊）》，2009年第1期，頁137。按：張伯偉亦指出：接受美學重視讀者的反應，往往會由此而導致否定作品自身價值及意義的客觀性。從哲學上來說，這是一種絕對的相對主義；而從文學史上

讀者對文本的分析須在相對公認的定義範圍內〔註120〕。精到的見解往往是乍一看出乎意料，細想後又必在情理之中。歷代讀者在揣度陳子昂詩文原意時，或許有不同的解讀，現今遺留下來者多是知人論世、合乎邏輯的猜想。至於詩文的弦外之音，只要合情合理，闡發是自由的。

　　要之，我們要適當地採納接受美學之觀點：讀者於文學史是必要的因素；另一方面，研究陳子昂詩文之接受史，又須尊重作者陳子昂的原始創作意圖。關於接受美學對中國文學史的啟示，朱立元、楊明提出：「除現行的文學史、批評史之外，可就一部重要作品、一位重要作家以至某一時期的某一類文學作品，考察當時和後世人們的反應、評論，考察其不同時代地位的升隆和所產生的社會效果，從中窺探社會審美觀念、價值觀念的發展變化，並尋求其變化的原因。」〔註121〕這涵蓋了姚斯「期待視野」之「共時性」（synchronic）與「歷時性」（diachronic）的架構，揭示出動態的接受史對於文學史真實性的意義。

　　現代人在撰寫古代文學史時不能忽略古典作家在世前後的接受狀況，及後續的演變。陳子昂在現時既有之各大文學史中基本上是開拓進取、影響強烈之文學革新代表的形象，此點首先不得不放在「歷時性」的角度審查是否與歷史事實相符合，抑或是現代學者因循前代某些評斷所下的斷語。後世對陳子昂作品的論評角度基本上包孕於唐宋兩代，故對唐宋時期陳作接受史的研究是「陳子昂接受史研究」中

來看，作品的價值終究有其客觀性，它是影響其在流傳過程中或顯或晦的最後根據。見張伯偉：〈且把金針度與人──《讀程千帆詩論選集》〉，《文藝理論研究》，1990 年第 1 期，頁 86。

〔註120〕如《荀子・正名》有言：「名無固宜，約之以命，約定俗成謂之宜，異於約則謂之不宜。名無固實，約之以命實，約定俗成謂之實名。」載〔戰國〕荀況著，張覺撰：《荀子譯注》（上海：上海古籍出版社，2012 年），頁 324。

〔註121〕朱立元、楊明：〈試論接受美學對中國文學史研究的啟示〉，《復旦學報（社會科學版）》，1989 年第 4 期，頁 90。

的一項基礎性工作。本文將採取「一維歷時結構」，先從各時期共時之向度，橫看現象與異同；再從唐宋兩代歷時之向度，縱觀流變與原因。藉由剖析同代人及後來人對陳子昂的褒貶評價、鑑賞批評、創作仿效及文集流傳等方面，以求把握陳子昂詩文的接受史脈絡。所謂真金不怕火煉，經典作品之所以為「經典」，在於其能經得住時間的考驗。東坡先生〈與謝民師推官書〉嘗語「歐陽文忠公言文章如精金美玉，市有定價，非人所能以口舌定貴賤也。」〔註122〕經典之作必因自身稀少而珍貴的文學特質，有其恆久的價值。真正和美的「金玉」，不會因某個人的吹揚而絕對升值，也不會由某句貶損的話就永久掉價。要檢視陳子昂作品的價值，須先放到一千三百多年來的「大市」中驗看一番，才知真假。噫嘻！不由忽聞劉夢得之高呼：「千淘萬漉雖辛苦，吹盡狂沙始到金。」〔註123〕歷代典籍浩如煙海，筆者願從中追尋子昂詩文之餘音，佇聽唐宋文人之變奏。

此外，針對古代文學研究資料離散、時空分離導致人工難以攻克的難題，王兆鵬提出「數字人文技術」可通過模糊檢索及編輯距離演算法，自動比對、識別作品間的互文關係，「從而突破接受史難以全面採集創作層面接受數據的瓶頸，為接受史研究提供系列性的新資料、新數據。」〔註124〕據筆者所知，「搜韻網」〔註125〕的確是目前收

〔註122〕〔宋〕蘇軾：〈與謝民師推官書〉，見孔凡禮點校：《蘇軾文集》（北京：中華書局，1986年），全6冊之第3冊，頁1418~1419。

〔註123〕〔唐〕劉禹錫：〈浪淘沙九首‧其八〉，《全唐詩》，卷三六五，頁911。按：「真經典」必不怕質疑，反而像孟繁華所說：「經典，正是在不同的理解，或者說是在不斷經歷危機的歷史之流中被不斷確認的。」見孟繁華：〈文學經典的確立與危機〉，《創作評譚》，1998年第1期，頁25。

〔註124〕王兆鵬、邵大為：〈數字人文在古代文學研究中的初步實踐及學術意義〉，《中國社會科學》，2020年第8期，頁108、126~127。

〔註125〕搜韻網官方網址：https://www.sou-yun.cn 按：「搜韻網」囊括之古典詩詞數據來源，經筆者發郵咨詢後臺之技術人員，得知搜韻網數據來源頗多，最主要是從日本開發之Kanripo漢籍リポジトリ網站：http://www.kanripo.org 錄入，包括經部之《詩經》，及該網站集部之

錄古詩詞相對較全，且提供免費檢索功能的專業網站。該網站被軟件應用開發者們稱作「代表性文化大數據平臺」〔註126〕。將古典文獻電子數據化，再在相對收錄較全的數據庫中加以搜索的方式的確十分便捷，然而這樣得出的數據往往「成也包羅，失也包羅」，需要人工再進一步仔細考察檢索出的眾多數據，才能確定其淵源性。比如陳子昂之詩句「扁舟去五湖」〔註127〕因用范蠡泛舟五湖之典，搜韻網得出的相似句從唐代至現當代竟有 211 句〔註128〕，可其中仿擬陳詩的可能性微乎其微。像這樣使用常見典故入詩，或是用常見意象如「春風」、「楊柳」、「明月」、「白雲」組合成句者，一般需要排除。

　　《左傳·昭公八年》載叔向云：「君子之言，信而有徵，故怨遠於其身。」〔註129〕本文期能以「君子之言」自勉，用經過細緻甄別後的文本材料說話，力求論述有徵而可信。

詩作（《楚辭》類、各家別集、《全唐詩》等）已基本錄入，後由搜韻網後臺工作人員進一步校對，即涵蓋從古至今可見之大部分詩作。次日即得執事陳逸雲先生撥冗回復，特在此致謝。

〔註126〕劉盼雨、王昊天、鄭棟毅、劉芳：〈多源異構文化大數據融合平臺設計〉，《華中科技大學學報（自然科學版）》，2021 年第 2 期，頁 96。
〔註127〕〔唐〕陳子昂：〈感遇三十八首·其十五〉，《陳子昂集》，頁 6。
〔註128〕按：詳情見 https://sou-yun.cn/Query.aspx?type=poem1&id=34719 網頁之「相似句子」。
〔註129〕〔春秋〕傳為左丘明著，楊伯峻編著：《春秋左傳注》修訂本（北京：中華書局，2009 年），頁 1301。

第二章　唐人對陳子昂詩文的接受

第一節　初唐時期陳子昂詩文的接受

　　從接受史的角度而言，考察文學史所載之重要作家的經典地位確立之前的接受境遇是十分必要的流程。學者陳文忠認為這至少有兩方面意義：從接受對象看，可以撥開經典的光環和歷史的迷霧，「與對象越接近，看得越真切，評價也越客觀」；從接受主體看，透過當時接受者的評價態度，可以了解同時代人的審美傾向，進而在比較中發現經典化前後審美風尚的變化，這是「極為有趣也極為有價值的趣味史和觀念史的問題。」〔註1〕我們作陳子昂的接受史研究，將其放回到初盛唐原初的文學環境審視其地位是一項基礎工作，畢竟「與後世的理解和評價相比，同時代人的認識和評價更具有一種參照作用。」〔註2〕本節將探討同輩人對陳子昂大致的接受情況；以及盧藏用作為「第一讀者」在陳子昂接受史中的重要意義。

〔註1〕陳文忠：〈走出接受史的困境——經典作家接受史研究反思〉，《陝西師範大學學報》，2011年第4期，頁29。

〔註2〕袁曉薇：《王維詩歌接受史研究》（合肥：安徽大學出版社，2012年），頁7。

一、陳子昂在世前後時人之接受

　　《舊唐書》載陳子昂「初為〈感遇詩〉三十首，京兆司功王適見
而驚曰：『此子必為天下文宗矣！』由是知名。」〔註3〕《新唐書》稱
其「初，為〈感遇詩〉三十八章，王適曰：『是必為海內文宗。』乃請
交。子昂所論著，當世以為法。」〔註4〕兩部史書對陳子昂所作的描
述出於盧藏用之〈陳子昂別傳〉：

> 初為詩，幽人王適見而驚曰：「此子必為文宗矣。」年二十
> 一，始東入咸京，遊大學，歷抵群公，都邑靡然屬目矣，由
> 是為遠近所籍甚。〔註5〕

　　史書與別傳之區別在於盧藏用僅言「初為詩」，並未言明具體是
哪些陳詩，而到了新舊唐書中，「詩」變作明確的「感遇詩」，這是很
有問題的。因為〈感遇詩〉三十八首並非一時一地所作〔註6〕；且其
中不少篇章流露出惴惴不安的情緒，及遁隱以全身遠禍的想法，顯然
非子昂早期的作品。再是《舊唐書》的行文邏輯為陳子昂因受到王適
的高度褒許，而聲名鵲起。縱有時人寇泚（？～？武周長安三年703年賢良
方正科及第）〈唐韋志潔墓誌〉稱「時文士王適、陳子昂虎據詞場，高

〔註3〕〔後晉〕劉昫等撰：《舊唐書·文苑中》（北京：中華書局，1975年），
　　　卷一百九十，頁5018。
〔註4〕〔宋〕歐陽脩、宋祁等撰：《新唐書·陳子昂傳》，卷一百七十，頁
　　　4078。
〔註5〕〔唐〕盧藏用：〈陳子昂別傳〉，《全唐文》，卷二百三十八，頁1065。
〔註6〕筆者按：如體現子昂雄心壯志之〈感遇三十八首·其十一〉：「吾愛鬼
　　　谷子，青溪無垢氛。囊括經世道，遺身在白雲。七雄方龍鬥，天下久
　　　無君。浮榮不足貴，遵養晦時文。舒之彌宇宙，卷之不盈分。豈徒山
　　　木壽，空與麋鹿群。」（《陳子昂集》，頁5）當為其即將入仕或初入
　　　仕時作。又有激昂者如「每憤胡兵入，常為漢國羞。」（〈其三十四〉，
　　　頁10）；「感時思報國，拔劍起蒿萊。」（其三十五，頁10）然後期子
　　　昂深感世道動蕩，其心境明顯有所轉變：「盲飆忽號怒，萬物相紛
　　　劇。溟海皆震蕩，孤鳳其如何。」（〈其三十八〉，頁11）遂逐漸產生
　　　隱遁的念頭：「一繩將何繫，憂醉不能持。去去行採芝，勿為塵所
　　　欺。」（〈其二十〉，頁7）；「箕山有高節，湘水有清源。唯應白鷗鳥，
　　　可為洗心言。」（〈其三十〉，頁9）

視天下。」〔註7〕可孤證難立，王適本人「官至雍州司功」〔註8〕，在當時的文壇似無甚名氣，又如何會有如許劭月旦評之效？我們須知曉，王適及盧藏用作為陳子昂之友，其論評很可能存在溢美之嫌。又像是盧藏用之弟盧若虛為李渾金（661～710）作墓誌，云「時蜀中有李崇嗣、陳子昂者，並文章之伯，高視當代。」〔註9〕就有誇張的成分。況且，即使同輩人之作品有與陳作極為相似者，也未必是他人仿擬陳作，而有可能是子昂效法他人，我們不能因當代中國文學史對陳子昂的定位較高，就一概視那些與陳作相似的作品是對陳的接受，否則就容易犯想當然的錯誤。下面先讓我們瞭解陳作在當時如何傳播。

（一）陳子昂詩文在當世之傳播途徑

關於陳作在當世之傳播，顯例者按盧藏用之說，時逢唐高宗李治（628～683）於洛陽駕崩，其梓宮將西遷長安，以歸葬乾陵。陳子昂上〈諫靈駕入京書〉，武后奇其才召見問狀，擢麟臺正字。有此一事，洛陽爭相傳抄其書：

> 勅曰：「梓州人陳子昂，地籍英靈，文稱偉曜，拜麟臺正字。」時洛中傳寫其書。市肆閭巷，吟諷相屬，至轉相貨鬻，飛馳遠邇。」〔註10〕

據陳子昂不遠，唐太宗朝之虞世南（558～638）嘗為法師釋法琳（572～640）作序，稱其「撰〈破邪論〉一卷……於是傳寫不窮，流布長世。」〔註11〕說明手抄的確是當時一種重要的傳播方式。陳之後

〔註7〕　〔唐〕寇泚：〈唐故陝州河北縣尉京兆韋府君墓誌銘并序〉，金石年代為先天元年（712）葬，見浙江大學圖書館古籍碑帖研究與保護中心所製「中國歷代墓誌數據庫」之拓片：https://tinyurl.com/yky6awep。

〔註8〕　〔後晉〕劉昫等撰：《舊唐書・文苑中》，卷一百九十，頁5017。

〔註9〕　〔唐〕盧若虛：〈大唐故通直郎行并州陽曲縣令隴西李府君墓志銘并序〉，見趙文成、趙君平編：《秦晉豫新出墓誌搜佚續編》（北京：國家圖書館出版社，2015年），頁494。

〔註10〕　〔唐〕盧藏用：〈陳子昂別傳〉，《全唐文》，卷二百三十八，頁1065。

〔註11〕　〔唐〕虞世南：〈破邪論序〉，《全唐文》，卷一百三十八，頁615。

的中唐人李肇（約唐憲宗元和中 813 年在世）也說：「自漢永平（漢明帝年號，58～75）至唐開元（唐玄宗年號，713～741），祖述之士，凡一百七十六人。有桑門之重譯，有居士之覃思，有長老之辨論，<u>有才人之撰集</u>。校其經、律、論、傳、記、文集刪改之，總五千四十八卷，號為實錄⋯⋯五都之市，十室之邑，必設書寫之肆。」〔註12〕既有書肆的出現，說明唐人詩文的流傳已有初步商業化的傾向。只是受限於手抄的方式，其效率及質量必然普遍沒有雕版高。雖然經孫毓修考，雕版印刷「肇自隋時，行於唐世，擴於五代，精於宋人」〔註13〕可印刷術在唐代終究並不發達，唐代之書籍基本上都還是手抄本。〔註14〕吳淑玲曾以敦煌留存的大量唐代寫卷為例，表示其很少抄自雕版，而詩卷絕對沒有抄自雕版印品的情況，說明唐人詩文集的傳播，主要方式還是依靠寫卷和其他途徑，而非印刷。〔註15〕盧藏用為去世後的子昂編集，稱「其文章散落，多得之於人口」〔註16〕說明除去抄寫本，陳作之保留還有最原始的途徑──以口頭記誦相傳，從此點可側面反映出陳子昂的詩文在當世有一定的流傳度。

古人常在宴飲聚會時相互唱和、交流切磋，有的在宴會結束後還收編成集，這也是一種詩文傳播方式。陳子昂曾參加由高正臣（？～？唐高宗上元二年 675 年書〈明徵君碑〉，次年立碑）主持的三宴，每次宴會均有作詩，共計三首：〈上元夜效小庾體〉、〈晦日宴高氏林亭并序〉、〈晦日重宴高氏林亭〉，收錄於《高氏三宴詩集》。此集所載為「高氏在三

〔註12〕〔唐〕李肇：〈東林寺經藏碑銘并序〉，《全唐文》，卷七百二十一，頁3286。

〔註13〕孫毓修撰：《中國雕版源流考》（上海：上海古籍出版社，2008 年），頁 1。

〔註14〕參看辛德勇：《中國印刷史研究》（北京：生活·讀書·新知三聯書店，2016 年），頁 3～5。唐人文本例證如吳兢：〈請總成國史奏〉：「卷軸稍廣，繕寫甚難，特望給臣楷書手三數人，并紙墨等，至絕筆之日，當送上史館。」《全唐文》，卷二百九十八，頁 1337。

〔註15〕吳淑玲：《唐詩傳播與唐詩發展之關係》（北京：中華書局，2013 年），頁 66。

〔註16〕〔唐〕盧藏用：〈陳子昂別傳〉，《全唐文》，卷二百三十八，頁 1066。

次宴會中與陳子昂、周彥暉、長孫正隱等二十一人唱和之五言律詩，以一會為一卷，各冠以序，分上中下三卷，凡三十四首。」〔註17〕尤其是第一宴由子昂作序，說明在這個唱和群體中，子昂的詩文水平得到了其他出席者的認可。再者，通過陳詩〈酬田逸人見尋不遇題隱居里壁〉、〈古意題徐令壁〉〔註18〕之詩題，可知子昂亦通過「題壁」的方式傳播自己的作品，然而就此二篇來看，子昂是在友人家中壁上題詩，並非如王績（約590～644）喜好在人員流動密集的酒店樓壁上留下墨跡：「（王無功）止宿酒店，動經歲月，往往題詠作詩」。〔註19〕子昂這兩首「題壁詩」屬於比較私人的場合，而且其中一位還是深居簡出的隱者，故流傳的範圍想必不廣。

（二）陳子昂友人詩作與陳詩相似者

　　按理來說，盧藏用與陳子昂關係密切，盧是陳別集的編纂者，讀過大量陳作，且在集序中可見其推崇之意，因而盧詩與陳詩或許會有相似處。據《新唐書》載「《盧藏用集》三十卷」〔註20〕，《舊唐書》本傳〔註21〕與〈經籍志〉作「二十卷」〔註22〕，然均已佚亡。《全唐詩》現存盧詩8首，4首為應制詩，可比較的範圍太小，現今留存的盧詩中，僅「聖澤煙雲動，宸文象緯迴。小臣無以荅，願奉億千杯」〔註23〕與陳子昂「方覩升中禪，言觀拜洛迴。微臣固多幸，敢上萬年

〔註17〕 陳伯海、李定廣編著：《唐詩總集纂要》（上海：上海古籍出版社，2016年），上冊，頁8。

〔註18〕 〔唐〕陳子昂：〈酬田逸人見尋不遇題隱居里壁〉，《陳子昂集》，頁33；〈古意題徐令壁〉，頁36。

〔註19〕 〔唐〕呂才：〈東皋子集序〉，載〔唐〕王績著，韓理洲校點：《王無功文集》（上海：上海古籍出版社，1987年），序頁5。按：王績有詩〈題酒店壁〉（《王無功文集》，頁57）、〈戲題卜鋪壁〉（頁59）及〈題酒店樓壁絕句〉八首（頁99～100）可印證呂才序言。

〔註20〕 〔宋〕歐陽脩、宋祁等撰：《新唐書・藝文志四》，卷六十，頁1601。

〔註21〕 〔後晉〕劉昫等撰：《舊唐書・盧藏用傳》，卷九十四，頁3004。

〔註22〕 〔後晉〕劉昫等撰：《舊唐書・經籍志下》，卷四十七，頁2076。

〔註23〕 〔唐〕盧藏用：〈九日幸臨渭亭登高應制得開字〉，《全唐文》，卷九十三，頁235。

杯」〔註24〕有相似處，只是這樣卑己以奉上的寫法在應制詩中很常見，如同時人趙彥昭（？～714？）云：「器乏雕梁器，材非構廈材。但將千歲葉，常奉萬年杯。」〔註25〕不過，陳之應制詩不同尋常，如子昂為〈奉和皇帝上禮撫事述懷應制〉：

> 大君忘自我，膺運居紫宸。揖讓期明辟，謳歌且順人。
> 軒宮帝圖盛，皇極禮容申。南面朝萬國，東堂會百神。
> 雲陛旂裳滿，天廷玉帛陳。鍾石和睿思。雷雨被深仁。
> 承平信娛樂，王業本艱辛。願罷瑤池宴，來觀農扈春。
> 卑宮昭夏德，尊老睦堯親。微臣敢拜手，歌舞頌惟新。〔註26〕

全詩雖帶有一般應制詩明麗華美的色彩，但未陷入模式化地雕刻頌美。子昂是少見的在寫應制詩時仍想著陳情述懷的臣子，此詩非點綴浮華、潤色鴻業的妝飾陪襯之作，而是飽含愛民之心的規勸詩，這在千篇一律的應制詩中實屬難得。陳詩有其與眾不同之處，如今可見子昂好友傳下來的詩中，唯王無競與喬知之有幾首邊塞詩和陳詩相似。

1. 陳詩與王無競、喬知之詩

王無競（652～705）字仲烈，與陳子昂關係甚篤，盧藏用言陳與王為「篤歲寒之交」〔註27〕。《新唐書》將王氏事跡緊附於〈陳子昂傳〉之後，載其「家足于財，頗負氣豪縱。擢下筆成章科」，「神龍初，詆權幸，出為蘇州司馬」〔註28〕子昂年輕時則「以富家子，尚氣決，弋博自如」〔註29〕，可見王、陳的家境與性格相差不遠。無競嘗用西

〔註24〕〔唐〕陳子昂：〈洛城觀酺應制〉，《陳子昂集》，頁18。

〔註25〕〔唐〕趙彥昭：〈奉和元日賜群臣柏葉應制〉，《全唐文》，卷一○三，頁254。

〔註26〕〔唐〕陳子昂：〈奉和皇帝上禮撫事述懷應制〉，《陳子昂集》，頁17。
按：現今留存下來的陳詩中唯有兩首應制詩，一為此詩，一為〈洛城觀酺應制〉。

〔註27〕〔唐〕盧藏用：〈陳子昂別傳〉，《全唐文》，卷二百三十八，頁1066。

〔註28〕〔宋〕歐陽脩、宋祁等撰：《新唐書》，卷一百七，頁4078。

〔註29〕〔宋〕歐陽脩、宋祁等撰：《新唐書》，卷一百七，頁4067。

漢元封元年（公元前110年）武帝劉徹「行自雲陽，北歷上郡、西河、五原，出長城，北登單于臺，至朔方，臨北河。勒兵十八萬騎，旌旗徑千餘里，威震匈奴。」〔註30〕之典，〈詠漢武帝〉云：

> 漢家中葉盛，六世有雄才。廄馬三十萬，國容何壯哉！
> <u>東歷琅琊郡，北上單于臺</u>。好僊復寵戰，莫救茂陵隈。〔註31〕

子昂〈感遇三十八首・其三十五〉亦用此典：

> 本為貴公子，平生實愛才。感時思報國，拔劍起蒿萊。
> <u>西馳丁零塞，北上單于臺</u>。登山見千里，懷古心悠哉。
> 誰言未忘禍，磨滅成塵埃。〔註32〕

我們可以看到，以上劃線的兩聯詩句式相同，均為一個方向狀語（東、西）修飾謂語動詞（歷、馳），後跟一個偏正結構的名詞作賓語（二字聯綿詞組「琅琊」、「丁零」作定語，修飾「郡」、「塞」）。饒是在句式上毫無二致，然這並不一定是王、陳二人相互借鑒的結果。因為對偶是古詩中常見的修辭手法，王、陳兩人的構句是從《漢書・武帝紀》之「北登單于臺」衍化而來。後人如晚唐馬戴（799？～869？）有句：「東征遼水迴，北近單于臺。」〔註33〕北宋劉敞（1019～1068）亦云：「南并桂林地，北守單于臺。」〔註34〕不過，王、陳這兩首詩在詩意層次的構思上有相近之處，都是先表現一種慷慨激昂的雄姿，以表達願以身報國之赤心；最後轉到對歷史教訓之深沉的悲思。無競在末句指出漢武帝雖有雄才大略，其將士亦氣勢恢弘，但他晚年迷信方士，渴求長生不老，且好大喜功、窮兵黷武，終難逃魂歸茂陵，為

〔註30〕〔漢〕班固撰：《漢書・武帝紀》（北京：中華書局，1962年），頁189。

〔註31〕〔唐〕王無競：〈詠漢武帝〉，載王重民等輯錄：《全唐詩外編》（北京：中華書局，1982年），敦煌殘卷斯二七一七，頁9。

〔註32〕〔唐〕陳子昂：〈感遇三十八首・其三十五〉，《陳子昂集》，頁10。
按：子昂〈感遇詩其三十七〉又有「朝入雲中郡，北望單于臺」，《陳子昂集》，頁11。

〔註33〕〔唐〕馬戴：〈離夜二首・其一〉，《全唐詩》，卷五五六，頁1422。

〔註34〕〔宋〕劉敞：〈漢武帝二首・其一〉，載劉敞著：《公是集》（北京：商務印書館，1937年），卷九，頁95。

後人所評點。子昂則感慨統治者不應忘卻歷代邊患帶給百姓的災禍，而要採取有效的抵禦策略。

　　唐人寫詩，往往以漢喻唐，又如邊塞詩人李益（748～829）吟詠：「秦築長城城已摧，漢武北上單于臺。古來征戰虜不盡，今日還復天兵來。」〔註35〕言及漢武，實謂唐軍殺敵建功之壯志。再有王無競〈滅胡〉云：

　　　漢軍屢北喪，胡馬遂南驅。羽書夜驚急，邊柝亂傳呼。
　　　鬭軍卻不進，關城勢已孤。黃雲塞沙落，白刃斷交衢。
　　　朔霧圍未解，鑿山泉尚枯。伏波塞後援，都尉失前途。
　　　亭障多墮毀，金鏃無全軀。獨有山東客，上書圖滅胡。〔註36〕

　　全詩氣氛緊張，呈苦戰之勢，是為結尾山東客上滅胡書作鋪墊。「山東客」疑指河南人卜式，居華山之東，故稱。〔註37〕本詩用此典是因王無競祖籍山東瑯琊，後移居東萊，亦有書言滅胡事〔註38〕，借為詩人自稱。陳子昂則有〈答韓使同在邊〉：

　　　漢家失中策，胡馬屢南驅。聞詔安邊使，曾是故人謨。
　　　廢書悵懷古，負劍許良圖。出關歲方晏，乘障日多虞。
　　　虜入白登道，烽交紫塞途。連兵屯北地，清野備東胡。〔註39〕

〔註35〕〔唐〕李益：〈塞下曲四首‧其二〉，《全唐詩》，卷二八三，頁717。
〔註36〕〔唐〕王無競：〈滅胡〉，載王重民等輯錄：《全唐詩外編》，頁10。
〔註37〕陳貽焮主編：《增訂注釋全唐詩》第一冊（北京：文化藝術出版社，2001年），頁462。《漢書‧卜式傳》載：「時漢方事匈奴，式上書，願輸家財半助邊。」武帝遣使問其所欲。答曰：「天子誅匈奴，愚以為賢者宜死節，有財者宜輸之，如此而匈奴可滅也。」參見〔漢〕班固撰：《漢書》（北京：中華書局，1962年），卷五十八，頁2625。
〔註38〕〔唐〕孫逖〈太子舍人王公墓志銘〉：「公諱無競，字仲烈，其先琅琊人也，因官遂居東萊……天冊中（武周年號：天冊萬歲，使用時間695年10月22日～696年1月20日），公與故人魏州牧獨孤莊書，忿林胡之倡狂，哀冀方之阢陧，誡以軍志，示之死所。客有薦其書者，則天見而異之，有制召見，驟膺寵渥。」《全唐文》，卷三百十三，頁1405～1406。
〔註39〕〔唐〕陳子昂：〈答韓使同在邊〉，《陳子昂集》，頁28。按：正文節錄前十二句，後有十二句，主要意在勉勵韓使。

首句之「中策」指周宣王將入侵的玁狁驅逐出境即罷兵的戰略〔註40〕，此處借漢家諷喻武周，不能學漢武主動遠征，招致兵連禍結，國力衰退。陳、王兩詩主題相近，有相似之句不足為奇。如子昂友人崔融（653～706）云：「漢兵開郡國，胡馬窺亭障。夜夜聞悲笳，征人起南望。」〔註41〕又有李白感於「胡馬風漢草，天驕蹙中原」〔註42〕杜甫歎「漢儀甚照耀，胡馬何猖狂。」〔註43〕劉禹錫稱「羈人懷上國，驕虜窺中原。胡馬暫為害，漢臣多負恩。」〔註44〕等等。

陳子昂〈度峽口山贈喬知之王二無競〉有言：「信關胡馬衝，亦距漢邊塞。豈伊河山險，將順休明德。物壯誠有衰，勢雄良易極。邐迆忽而盡，快浟平不息。之子黃金軀，如何此荒城。雲臺盛多士，待君丹墀側。」〔註45〕這與其提倡「中策」的思想相呼應，子昂認為應以德服人，悅近來遠，而非興師動眾，只想著通過戰爭解決問題，因為「恃德者昌，恃力者亡」〔註46〕。他感歎喬、王二友一心報國，卻因統治者常年發動戰爭處於淒涼的邊地；他希望立於朝廷丹墀兩側的濟濟多士，能向君上進言以化干戈。〔註47〕喬知之（？～697）〈擬古

〔註40〕〔漢〕班固撰：《漢書·匈奴傳下》：「周宣王時，獫允內侵，至于涇陽，命將征之，盡境而還。其視戎狄之侵，譬猶蚊虻之螫，毆之而已。故天下稱明，是為中策。漢武帝選將練兵，約齎輕糧，深入遠戍，雖有克獲之功，胡輒報之，兵連禍結三十餘年，中國罷耗，匈奴亦創艾，而天下稱武，是為下策。」卷九十四，頁3824。
〔註41〕〔唐〕崔融：〈關山月〉，《全唐詩》，卷六八，頁184。
〔註42〕〔唐〕李白：〈登金陵冶城西北謝安墩〉，《全唐詩》，卷一八〇，頁420。
〔註43〕〔唐〕杜甫：〈入衡州〉，《全唐詩》，卷二二三，頁541。
〔註44〕〔唐〕劉禹錫：〈旅次丹陽郡遇康侍御宣慰召募，兼別岑單父〉，《全唐詩》，卷一五〇，頁352。
〔註45〕〔唐〕陳子昂：〈度峽口山贈喬知之王二無競〉，《陳子昂集》，頁23～24。
〔註46〕〔漢〕司馬遷撰：《史記·商君列傳》（北京：中華書局，1959年），卷六十八，頁2235。
〔註47〕按：武后執政之垂拱三年，丁亥687年陳子昂上〈諫雅州討生羌書〉：「陛下務在仁，不在廣；務在養，不在殺：將以此息邊鄙，休甲兵，行乎三皇五帝之事者也。今又徇貪夫之議，謀動兵戈，將誅無罪之

贈陳子昂〉云：

> 惸惸孤形影，悄悄獨遊心。以此從王事，常與子同衾。
> 別離三河間，征戰二庭深。胡天夜雨霜，胡雁晨南翔。
> 節物感離居，同衾違故鄉。<u>南歸日將遠，北方尚蓬飄</u>。
> 孟秋七月時，相送出外郊。海風吹涼木，邊聲響梢梢。
> 勤役千萬里，將臨五十年。心事為誰道，抽琴歌坐筵。
> 一彈再三歎，賓御淚潺湲。送君竟此曲，從茲長絕弦。〔註48〕

此首古體贈別詩意境遼闊，悲感蒼涼，白描的敘事帶有漢魏自然古樸的意趣。陶成濤認為陳子昂所強調的「漢魏風骨」，實際上是以復古的姿態要求詩歌創作上取法漢魏古意，與漢魏古意的風格取得更緊密的銜接〔註49〕，喬知之此詩與陳提倡的創作理念相合。陳子昂則有〈西還至散關答喬補闕知之〉：

> 葳蕤蒼梧鳳，嘹唳白露蟬。羽翰本非乏，結交獨何全。
> 昔君事胡馬，余得奉戎旃。携手向沙塞，關河緬幽燕。
> 芳歲幾陽止，白日屢徂遷。功業雲臺薄，平生玉珮捐。
> <u>歎此南歸日，猶聞北戍邊</u>。代水不可涉，巴江亦潺湲。
> 攬衣度函谷，銜涕望秦川。蜀門自茲始，雲山方浩然。〔註50〕

陳詩追敘往昔與喬北征事，開篇曠遠淒清，字裡行間透露著陳、喬深厚的袍澤之誼。落句言止而意無窮。陳子昂與王無競、喬知之兩人之邊塞詩在遣詞造句與詩風上有相似處，或許並非巧合。三人曾一

戎，而遺全蜀之患，將何以令天下乎？此愚臣所甚不悟者也。」《陳子昂集》，頁234。後又上〈諫曹仁師出軍書〉（羅庸繫於694年作，彭慶生、徐文茂繫於688年）：「臣猶慮曹仁師未識典禮，肆兵長驅，窮極砂磧，不恤士馬，專以務得為利，不以全兵為上。今朝廷百僚雖有疑者，無敢言。臣誠愚昧，不識忌諱，曾聞事君之道，所貴盡心，心以為非，安可不言……昔漢室以衛青出塞，是時漢馬三十萬疋，旋師之日，唯餘四萬，四十年不得事匈奴，蓋由此也。臣願陛下考驗前古，取臣愚誠，望與三公大臣審更詳議。」《陳子昂集》，頁245～246。

〔註48〕〔唐〕喬知之：〈擬古贈陳子昂〉，《全唐詩》，卷八一，頁207。

〔註49〕陶成濤：《邊塞詩生成研究》（南京：南京大學博士學位論文，2014年），頁151。

〔註50〕〔唐〕陳子昂：〈西還至散關答喬補闕知之〉，《陳子昂集》，頁22。

同出征，子昂在詩文方面曾與王、喬有所交流討論〔註51〕，並有贈答詩與兩人，故很可能是陳與王、喬在不知不覺間用了他們交談時提到過的佳句。我們必須強調一點，由於陳、王、喬處於同一時空下，而古人寫詩撰文通常沒有明確的紀年，且原始語境中大量的詩文早已湮沒，我們無法得知究竟是誰影響了誰，所以本節只是言及相似性，或者說是王、喬存有對陳詩接受的可能性，又或是陳子昂對王、喬詩的接受。

2. 宴飲作同題詩之風

古人雅集宴飲時，有「命題共作」之俗，席上墨士們以文會友，切磋詩藝。與會者往往會在某種情感的推動之下，就某個題目同時寫出若干首詩歌，這些詩歌有時會彙編成集，比如《高氏三宴詩集》是一個典型的例子〔註52〕。三宴的首宴由陳子昂作序，其序末言道：「信皇州之盛觀也，豈可使晉京才子，孤標洛下之遊；魏室羣公，獨擅鄴中之會。盍各言志，以記芳遊。同探一字，以華為韻。」〔註53〕即限定以「華」字所在的麻韻作韻腳，記述芳遊之盛況。子昂詩〈晦日宴高氏林亭〉如下：

尋春遊<u>上路</u>，追宴<u>入山家</u>。主第簪纓滿，<u>皇州景望華</u>。

玉池初吐溜，珠樹始開花。歡娛方未極，林閣散餘霞。〔註54〕

高球（生卒年不詳，唐高宗時人）〈晦日宴高氏林亭〉則云：

溫洛年光早，<u>皇州景望華</u>。連鑣尋上路，乘興入山家。

輕苔網危石，春水架平沙。賞極林塘暮，處處起煙霞。〔註55〕

〔註51〕按：陳子昂〈觀荊玉篇并序〉云：「丙戌歲（武周垂拱二年，公元686年），余從左補闕喬公北征……時東萊王仲烈（無競表字）亦同旅……喬公信是言，乃譏余作〈採玉篇〉，謂宋人不識玉而寶珉石也。……感〈採玉〉詠，作〈觀玉〉篇以答之，并示仲烈，譏其失真也。」載《陳子昂集》，頁14～15。另，陳子昂曾為喬知之作〈為喬補闕慶武成殿表〉、〈為喬補闕論突厥表〉。

〔註52〕李正春：《唐代組詩研究》（南京：鳳凰出版社，2011年），頁214。

〔註53〕〔唐〕陳子昂：〈晦日宴高氏林亭并序〉，《陳子昂集》，頁276～277。

〔註54〕〔唐〕陳子昂：〈晦日宴高氏林亭并序〉，《陳子昂集》，頁276～277。

〔註55〕〔唐〕高球：〈晦日宴高氏林亭〉，《全唐詩》，卷七二，頁188～189。

　　從兩詩的用詞與構句我們可以看出，陳、高必有一人先行寫就，而另一人用相似的句子呼應對方。因處於同一宴席，所見的景物相差不遠，故兩詩色調相近，均給人明麗而充滿生氣之感。高、陳兩人還曾在上巳節時，同為一位王姓縣令之座上賓，高球〈三月三日宴王明府山亭得煙字〉云：

　　　洛城春禊，元巳芳年。季倫園裡，逸少亭前。
　　　曲中舉白，談際生玄。陸離軒蓋，淒清管弦。
　　　萍疏波盪，柳弱風牽。未淹歡趣，林溪夕煙。〔註56〕

　　子昂作同題詩〈三月三日宴王明府山亭〉：

　　　暮春嘉月，上巳芳辰。羣公禊飲，于洛之濱。
　　　奕奕車騎，粲粲都人。連帷競野，袨服縟津。
　　　青郊樹密，翠渚萍新。今我不樂，含意未申。〔註57〕

　　同樣的，因為詩人所處的時地相同、物候一致，加之上巳於水邊祓禊，並以宴遊風俗的傳承，以及四言詩體的限定，高、陳兩人前半段描述的內容相近。但值得關注的是，兩人在後半段都流露出悵怛的情緒。高詩筆下繪淒清，陳詩則直抒樂景中的哀情，較之東漢人「齊心同所願，含意俱未申」的婉曲〔註58〕，子昂直白地吟出「今我不樂，含意未申」，不似其他與會者多欣於燕喜，如席元明吟道：

　　　日惟上巳，時亨有巢。中尊引桂，芳筵藉茅。
　　　書僮橐筆，膳夫行炰。煙霏萬雉，花明四郊。

〔註56〕〔唐〕高球：〈三月三日宴王明府山亭得煙字〉，《全唐詩》，卷七二，頁189。

〔註57〕〔唐〕陳子昂：〈三月三日宴王明府山亭〉，《陳子昂集》，頁278。

〔註58〕〔東漢〕無名氏：《古詩十九首・其四》，〔清〕張庚纂：《古詩十九首解》（北京：中華書局，1985年），頁4。按：詩曰「今日良宴會，懽樂難具陳。彈箏奮逸響，新聲妙入神。令德唱高言，識曲聽其真。齊心同所願，含意俱未申。人生寄一世，奄忽若飆塵。何不策高足，先據要路津。無為守窮賤，轗軻長苦辛。」劃線句承上宴會之歡，既有妙曲佳樂，又有能一齊聽出曲中真意、有共同所願的與會者；同時引出下文對所含「真意」的感慨：人生如寄，急遽如被狂風捲起的塵土；個體是如此的渺小，所以要快馬加鞭、倍道兼行，努力讓自己成為有識之士，主動求取美好的事物。

沼蘋白帶，山花紫苞。同人聚飲，千載神交。〔註59〕

　　全詩充盈著忻悅的氣氛，人們推杯換盞、陶然筵中，談笑間仿佛有風生。又如崔知賢之刻畫：

京洛皇居，芳禊春餘。影媚元巳，和風上除。
雲開翠帟，水鶩鮮居。林渚縈映，煙霞卷舒。
花飄粉蝶，藻躍文魚。沿波式宴，其樂只且。〔註60〕

　　詩中流動的畫面絢麗多姿，無一不展現出詩人的喜色。再如韓仲宣云：

河濱上巳，洛汭春華。碧池涵日，翠罕澄霞。
溝垂細柳，岸擁平沙。歌鶯響樹，舞蝶驚花。
雲浮寶馬，水韻香車。熟記行樂，淹留景斜。〔註61〕

　　該詩結句表明韓氏亦知韶光易逝，故作詩以記行樂，盼將那繁盛的情景留在此六韻裡。同一場合，高球則覺得歡趣無法淹留，陳子昂也在熱鬧的宴席中直言不樂而依舊有未盡之言，或許兩人在心境上有強烈的共鳴，故其詩語有別於其他賓客。從上可見，唐人宴飲時有一齊作同題詩的現象。文人們在作同題詩時，有時會產生摹擬以酬和的情形，比如上述陳子昂與高球在兩宴上所作，這是唐人交際文化的一個縮影。

（三）陳子昂在初唐詩壇的實際地位

　　目前可見有關於陳子昂在世前後之時人對其詩文的評價，實寥寥無幾。《全唐文》中除去盧藏用所作的〈陳子昂別傳〉，僅有兩人提及陳子昂之文才：一是大手筆之燕國公張說（667～730）為孔季詡（一作「翊」，字季和，生卒年不詳，陳子昂同時人）〔註62〕的文集作序稱：

〔註59〕〔唐〕席元明：〈三月三日宴王明府山亭得郊字〉，《全唐詩》，卷七二，頁188。
〔註60〕〔唐〕崔知賢：〈三月三日宴王明府山亭得魚字〉，《全唐詩》，卷七二，頁188。
〔註61〕〔唐〕韓仲宣：〈三月三日宴王明府山亭得花字〉，《全唐詩》，卷七二，頁188。
〔註62〕按：據《新唐書》載：「（孔楨）子季詡，字季和。永昌初，擢制科，

永昌之始，接跡書坊，有廣漢陳子昂、鉅鹿魏知古、高陽許
望、信都杜澄、昌樂谷倚、廣陵馬懷素、東萊王無競、河南
元希聲、臨淄李伯魚、譙國桓彥範，僉謂季和神清韻遠，析
理探微，衛叔寶之比也。〔註63〕

「永昌」為唐睿宗李旦（662～716）年號，實由武后（624～705）
掌權，使用時間自公元 689 年正月至十一月。「書坊」在唐代指朝廷
藏書的館院，亦為文臣學士校書、修史之所，如韋述〈奉和聖制送張
說上集賢學士賜宴〉言：「台座徵人傑，書坊應國華。」〔註64〕張說
列舉陳子昂、魏知古等十人，並非意在稱許他們的才思，而是借此十
人對孔季詡的稱讚來表達對孔氏的期許。因而此處僅陳述陳子昂嘗任
麟臺正字，且欣賞孔季詡之事，非為專門推許子昂，意在褒揚孔氏。
二是王泠然（692～725）嘗以自薦的方式譏諷張說〔註65〕，其〈論薦
書〉提及子昂：

有唐以來，無數才子，至於崔融、李嶠、宋之問、沈佺期、
富嘉謀、徐彥伯、杜審言、陳子昂者，與公連飛並驅，更唱
迭和。此數公者，真可謂五百年挺生矣。〔註66〕

王泠然視陳子昂為唐代才子中傑出的一位，但將其列於最末，

授秘書郎。陳子昂常稱其神清韻遠，可比衛玠。終左補闕。」（《新唐
書‧儒學中》，卷一百九十九，頁 5684）；張說〈孔補闕集序〉：「唐
會稽孔季翊，字季和……弱冠制舉，授校書郎……卒於左補闕……考
槙。」（出處見下註）經比對，孔季詡與孔季翊應為同一人。

〔註63〕〔唐〕張說：〈孔補闕集序〉，《全唐文》，卷二百二十五，頁 1005。

〔註64〕〔唐〕韋述：〈奉和聖制送張說上集賢學士賜宴〉，《全唐詩》，卷一○
八，頁 260。

〔註65〕按：王文中借旱災稱張說尸祿素餐，甚至反問張說：「百官受賜，公
官既大，物亦多有，金銀器及錦衣等，聞公受之，面有喜色。今歲大
旱，黎人阻飢，公何不固辭金銀，請賑倉廩？懷寶衣錦，於相公安
乎？百姓餓欲死，公何不舉賢自代，讓位請歸？」王泠然對張說頗有
微詞，但聯繫上下文來看，他對陳子昂、崔融等八人的讚賞是真心
的：「此數公者，真可謂五百年挺生矣，天喪斯文，凋零向盡，唯相
公日新厥德，長守富貴，甚善甚善。」見〔唐〕王泠然：〈論薦書〉，
《全唐文》，卷二百九十四，頁 1318。

〔註66〕〔唐〕王泠然：〈論薦書〉，《全唐文》，卷二百九十四，頁 1318。

可見如宇文所安所言：「在陳子昂自己的時代，他僅是一個次要的有才能的詩人，被李嶠、杜審言、宋之問、沈佺期等人所掩蓋」，宇文稱七世紀最後幾十年和八世紀初的幾十年是宮廷詩風格發生變異的重要時期，而這變異對唐詩的長足發展有持久意義。但後來人們記住的多為陳子昂，而非沈宋，是因對後人而言，「陳子昂代表了一種徹底脫離近代文學傳統的必要幻想。」〔註67〕余恕誠也指出在陳子昂生活的那個年代，詩歌的創作內容與創作群體比重十有八九是宮廷詩苑中人，所以「把初唐詩歌演進的巨大而複雜的歷史任務看成似乎只與王績、四傑和陳子昂等人有關，是何等地以偏蓋全。」〔註68〕的確，從遺留下來的文獻來看，我們發現陳子昂於當世得到的關注度並不高，且基本限於其交際圈，而朋友之間的點評或有諛美之嫌，此點須加審慎之心。

　　日本學者安東俊六以為「至少在初唐文學史中，即使把陳子昂排除在外，也不會對大局造成任何影響。倒不如將其暫時從文學主流中來抽出來看，這樣才能更明確地說明初唐文學的大勢，同時也更容易將陳子昂與盛唐文學聯繫起來。」〔註69〕我們不認同此觀點中所謂子昂於初唐文學之大局無「任何影響」之說，因為雖然初唐整體為宮廷文學主導之語境，陳子昂在當世文壇的地位不高，接受度並不廣，但就其自身的作品而言，如上述例舉之遒勁有力的邊塞詩；少有的「述懷」應制詩；煒燁的宴飲詩以及其直抒胸臆的諤諤抗辭等，其中亦有

〔註67〕（美）宇文所安（Owen, Stephen）著，賈晉華譯：《初唐詩》（北京：生活‧讀書‧新知三聯書店，2014 年），頁 125。
〔註68〕余恕誠：〈初唐詩歌的建設與期待〉，《文學遺產》，1996 年第 5 期，頁 42～45。
〔註69〕（日）安東俊六：「少なくとも初唐の文學史は、陳子昂を除外し去っても何ら大勢に影響するところはなく、むしろ彼を一応文學の主流から切りはなして眺めた方が、より明確に初唐の文學の大勢を說明しうると共に、盛唐文學への結びつけ方を容易にしうるのではないか、と考える。」見安東俊六：〈初唐文學史における陳子昂の位置づけ〉（〈初唐文學史有關陳子昂地位的評價〉），《九州中國學會報》，1969 年第 15 卷，頁 27～28。

一定藝術水準之佳者。陳作的書寫技巧總體上雖稱不上爐火純青，但我們不能否定在初唐文學的星空中，陳子昂的詩文亦是獨特而微亮的一顆。不過安東之言，也有一定的參考價值：當我們現代人討論陳子昂的作品時，要回歸到初唐的文學氛圍，探究作為一種文學現象的陳詩、陳文，其意義何在，彼時的流行趨勢又為何，這樣得出的結論才更加真實。

二、盧藏用在陳子昂接受史中的重要意義

（一）盧藏用與陳子昂之友情

每當論及盧藏用（約 664～約 714），也許人們的第一反應通常是那個耳熟能詳的成語——「終南捷徑」，該成語出自劉肅（？～？唐憲宗元和中官江都主簿，元和年間 806～820）《大唐新語》卷十〈隱逸〉篇：

> 盧藏用始隱於終南山中，中宗朝累居要職。有道士司馬承禎者，睿宗迎至京，將還，藏用指終南山謂之曰：「此中大有佳處，何必在遠！」承禎徐答曰：「此僕所觀，乃仕宦捷徑耳。」藏用有慚色。〔註70〕

此蠅營之舉被時人譏作「隨駕隱士」〔註71〕，筆者亦覺不齒。魯迅先生曾說：「隱士，歷來算是一個美名，但有時也當作一個笑柄。」在魯迅先生看來，真正的隱士「是聲聞不彰，息影山林的人物。但這種人物，世間是不會知道的。」〔註72〕盧以「隱士」為招牌，難免令人嗤鼻。然就事論事，盧藏用待朋友卻屬真心：《舊唐書》其傳載「少與陳子昂、趙貞固友善，二人並早卒，藏用厚撫其子，為時所稱。」〔註73〕《新唐書》亦記「子昂、貞固前死，藏用撫其孤有恩，人稱能

〔註70〕〔唐〕劉肅撰，許德楠、李鼎霞點校：《大唐新語》（北京：中華書局，1984 年），頁 157～158。
〔註71〕〔後晉〕劉昫等撰：《舊唐書・盧藏用傳》，卷九十四，頁 3004。
〔註72〕魯迅著，魯迅先生紀念委員會編：《魯迅全集》第 6 卷《且介亭雜文二集》（上海：光華書店，1948 年），頁 227。
〔註73〕〔後晉〕劉昫等撰：《舊唐書・盧藏用傳》，頁 3004。

終始交。」〔註74〕年少同遊、吟詩作賦，互相往來或許易得，可在朋友不幸早逝後，能堅持接濟、恤養對方的遺孤，確為不可多得的情分，真歲寒知松柏，患難見良友也。

　　後世劉、柳間的厚誼與盧、陳相近：柳宗元（773～819）離世前夕寫遺書託孤嗣於劉禹錫（772～842）。劉禹錫聽聞老友之訃告，頓然悲慟不已、驚號失措。傷痛之餘含淚執筆，對亡友鄭重許諾「誓使周六，同於己子」〔註75〕。盧藏用在得知陳子昂為小尉段簡所害之凶耗時，亦是前嗟後泣，一時間舊感新悲湧上心頭，寫下長詩深切悼念。盧詩最後歎恨道：「無復<u>平原賦</u>，空餘<u>鄰笛聲</u>。泣對<u>西州使</u>，悲訪<u>北邙塋</u>。新墳蔓宿草，舊闕毀殘銘。為君成此曲，因言寄友生。默語無窮事，凋傷共此情。」〔註76〕平原賦者，指西晉陸機任平原內史期間所作〈嘆逝賦〉，「鄰笛聲」用向秀過亡友嵇康故居山陽，悲鄰人吹笛作〈思舊賦〉典，盧氏借此抒發對生命的哀思及對子昂的哀挽。又借東晉謝安之外甥羊曇，於謝安去世後不忍過西州之事狀淒然之貌。最後如淵明詩：「一旦百歲後，相與還北邙。」〔註77〕以「北邙」指稱墓地，傷悼之念，溢於言表。盧氏又有祭子昂文：「子之生也，珠圓流兮玉介潔；子之沒也，太山穨兮梁木折。士林闃寂兮人物疏，門館蕭條兮賓侶絕。嘆佳城之不返，辭玉階而長別。嗚呼！置酒祭子子不顧，失聲哭子子不迴。唯天道而無托，但撫心而已摧。尚饗。」〔註78〕

〔註74〕〔宋〕歐陽脩、宋祁等撰：《新唐書·盧藏用傳》，卷一百二十三，頁4375。

〔註75〕〔唐〕劉禹錫：〈祭柳員外文〉，《全唐文》，卷六百十，頁2732。此「周六」為柳宗元長子名，見韓愈〈柳子厚墓誌銘〉：「子厚有子男二人：長曰周六，始四歲；季曰周七，子厚卒乃生。女子二人，皆幼。」載《全唐文》，卷五百六十三，頁2523～2524。

〔註76〕〔唐〕盧藏用：〈宋主簿鳴臯夢趙六予未及報而陳子云亡今一無今字追為此詩答宋兼貽平昔遊舊〉，《全唐詩》，卷九三，頁236。

〔註77〕〔晉〕陶潛：〈擬古九首·其四〉，見冀斌校箋：《陶淵明集校箋》修訂本（上海：上海古籍出版社，2011年），頁296。

〔註78〕〔唐〕盧藏用：〈祭拾遺陳公文〉，《全唐文》，卷二百三十八，頁1065。

至於子昂有無同子厚一樣，在得知大限將至之前託孤於盧，似不可考。倘若陳子昂並無遺語，或是在獄中被害以致無法將遺願傳達給親朋，而盧藏用主動撫孤，雪中急送炭，幽冥之中，已無負於老友。

當然，盧藏用於陳子昂詩文接受史的重要意義並不在於存養其孤，如許難得的友情是盧氏後續搜集、編次陳子昂遺文成集，使歷史上出現首部陳子昂別集的根本原因。除了編撰陳集，盧藏用還為之作序，附寫陳子昂之〈別傳〉，為陳子昂詩文之接受史拉開了序幕。

（二）作為陳子昂接受史「第一讀者」的盧藏用

姚斯曾稱「第一個讀者的理解將在一代又一代的接受之鏈上被充實和豐富，一部作品的歷史意義就是在這過程中得以確定，它的審美價值也是在這過程裡得以證實。」〔註79〕此處的「第一個讀者」應該並非指第一個讀到作品的人，畢竟首位讀到作品的讀者通常就是定稿後的作者自己，而且就算史料中記載了那位讀到新鮮出爐之作品的人，要是沒有留下這個數列意義上「第一接觸人」的評點、闡發之語，就不能算是接受史意義上的「第一讀者」。陳文忠這樣理解姚斯之語：「所謂接受史上的『第一讀者』，是指以其獨到的見解和精闢的闡釋，為作家作品開創接受史、奠定接受基礎、甚至指引接受方向的那位特殊讀者。」〔註80〕從此定義上看，盧藏用是陳子昂詩文接受史當之無愧的揭幕人。理由詳陳如下：

一來，同劉禹錫悉心為亡友柳宗元編次最早的柳集〔註81〕一樣，盧藏用痛惜陳子昂「涅厄當世，道不偶時，委骨巴山，年志俱夭」，而與子昂存有「忘形之契，四海之內，一人而已」的情誼。如今「良友

〔註79〕（德）H. R. 姚斯：《走向接受美學》，頁 25。

〔註80〕陳文忠：《中國古典詩歌接受史研究》（合肥：安徽大學出版社，1998年），頁 64。

〔註81〕按：其事見劉禹錫〈唐故尚書禮部員外郎柳君文集序〉：「（子厚）病且革，留書抵其友中山劉禹錫曰：『我不幸卒以謫死，以遺草累故人。』禹錫執書以泣，遂編次為三十二通行於世。」載《全唐文》，卷六百五，頁 2707。

歿矣，天其喪予」，故「採其遺文可存焉編而次之，凡十卷。」〔註82〕
假使沒有盧、劉等好友為陳、柳整理遺文並論纂，也許今日傳世之陳
集、柳集中收錄的作品數量相對還要更少，又或許在陳子昂去世後不
久，其作品便漸漸佚亡？可以說，盧藏用為故友陳子昂編撰文集這樣
接受史意義上準備性的舉動，奠定了陳子昂詩文接受史的文獻基礎，
是陳子昂文學接受史開端的重大事件。如吳淑玲言：「從傳播學的角
度看，抄寫和編集者自覺或不自覺地成為唐詩當時傳播的活動組織
者、中間人。因為他們抄寫或編集的這些詩卷或詩集有了較為正規的
集合本，更利於傳播。」〔註83〕

　　傳播是從作品→讀者的中間環節，也是影響接受情況的原因之
一：當文集的發行量越大，傳播範圍就可能越廣，如此一來閱讀的
人越多，就有更多接受的可能性。問題是前文已經提及，唐代書籍
基本依靠手抄，故相對來說，唐人文集的發行總體而言相比於宋代，
其數量肯定比較少。但無論如何，文人所編的別集比起民間散見自
發的手抄品（或有錯字、遺漏、竄改），水準與完整度必然要高出許
多。盧藏用為陳子昂編集，是才學之士的惺惺相惜，更為陳集在當
世的廣泛流傳提供了可能性。且就後來陳集的版本情況來看，據王
永波考：「宋元時期的各種公私書目，記載《陳子昂集》就盧編本一
種，可見盧藏用的這個本子是得到認可並廣為流傳的。」〔註84〕王重
民亦認為南宋《群齋讀書志》、《直齋書錄解題》著錄的總卷數與敦
煌本唐《陳子昂集》殘卷相合，又《直齋書錄解題》所記卷末附盧所
作陳傳，敦煌殘卷本卷末亦附陳傳：「是知晁（公武）、陳（振孫）所
見，均為盧藏用定本之舊」〔註85〕，萬曼也稱明弘治本《陳伯玉文

〔註82〕〔唐〕盧藏用：〈右拾遺陳子昂文集序〉，《全唐文》，卷二百三十八，
　　　　頁1061。

〔註83〕吳淑玲：《唐詩傳播與唐詩發展之關係》，頁166。

〔註84〕王永波：〈陳子昂集版本源流考〉，《蜀學》，2011年第1期，頁99。

〔註85〕王重民：《敦煌古籍敘錄》（北京：商務印書館，1958年），卷五，頁
　　　　292。

集》「來源只有一個，大致保存了盧藏用所編十卷本的原貌，雖然幾經翻刻，卻沒有發現什麼大的差異，在唐集刻本中是比較單純而又完整的一種」。〔註86〕

張錫厚曾歸納六種代表今存各本主要來源的陳子昂集之書名（除去非十卷本），約可分為：（1）敦煌本《故陳子昂集》拾卷；（2）《陳子昂集》十卷；（3）《陳拾遺集》十卷；（4）《陳伯玉文集》十卷；（5）《子昂集》十卷；（6）《陳伯玉先生全集》十卷。〔註87〕吳其昱指出舊新唐書、《群齋讀書志》作「陳子昂集」，而《崇文總目》、《直齋書錄解題》作「陳拾遺集」，明本則多作「陳伯玉文集」後兩種名稱可能是因晚唐抄本避唐文宗李昂諱而來〔註88〕。茲錄吳先生所製陳子昂集古本先後表及引用陳文著作源流關係表〔註89〕於下，由此

〔註86〕萬曼著：《唐集敘錄》（開封：河南大學出版社，2008 年），頁 46。按：針對萬曼「《陳伯玉文集》的來源唯有盧編本一種」的觀點，岳珍有不同看法：岳珍認為《全唐文》所收陳文在編排體例、收文數量和文字方面與明弘治楊澄本有出入，主張陳集似有兩個來源：盧編本《陳子昂集》與唐末宋初間無名氏編《陳拾遺集》。岳氏在文末又稱「無名氏本收文對盧本有所補充，編排次第有所調整，但主要內容並無大異。」參看岳珍：〈陳子昂集版本考述〉，《四川圖書館學報》，1989 年第 3 期，頁 61～66。

〔註87〕張錫厚：〈敦煌本《故陳子昂集》補說〉，《敦煌學輯刊》，1994 年第 2 期，頁 33～34。

〔註88〕吳其昱：〈敦煌本故陳子昂集殘卷研究〉，收入香港大學中文系主編：《香港大學五十週年紀念論文集》（香港：萬有圖書公司，1966 年），第 2 冊，頁 250。吳文舉唐人避唐文宗諱事例三則：（1）唐代趙璘（約生於 803，至 870 仍在世）《因話錄》：「文宗對翰林諸學士，因論前代文章。裴舍人素數道陳拾遺名，柳舍人璟目之，裴不覺。上顧柳曰：『他字伯玉，亦應呼陳伯玉。』」（2）宋代王溥（922～982）《唐會要》卷二十三：「開成元年（唐文宗年號，836 年）十一月，中書舍人崔龜從奏：『前婺王府參軍宋昂與御名同，十年不改。昨日參選，追驗正身，改更稍遲，殊戾勅旨，宜殿兩選。』（3）唐代顧雲（約卒於 894）〈唐風集序〉：「聖上（唐昭宗）歎文教未張，思得如高宗朝射洪拾遺陳公（名犯文宗廟諱……）。」按：由趙璘、顧雲所記可見，中晚唐時，上層統治集團對陳子昂之詩文甚為重視。

〔註89〕吳其昱：〈敦煌本故陳子昂集殘卷研究〉，收入香港大學中文系主編：《香港大學五十週年紀念論文集》第 2 冊，頁 253～255。原文注：

兩表亦可看出，從版本學的角度來看，盧藏用所編的陳集著實具有開創性的意義。

表 2-1　吳其昱製各時期《陳子昂集》版本聯繫表

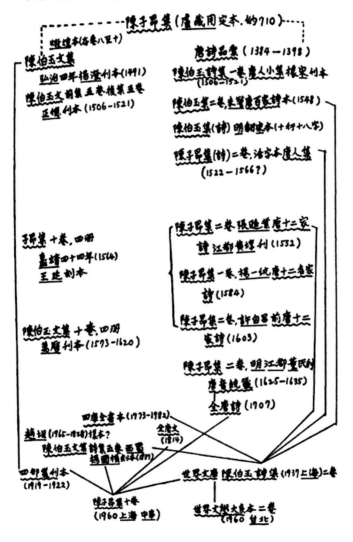

表 2-2 《陳子昂集》源流及其與引用陳文之唐五代北宋著作
關係表

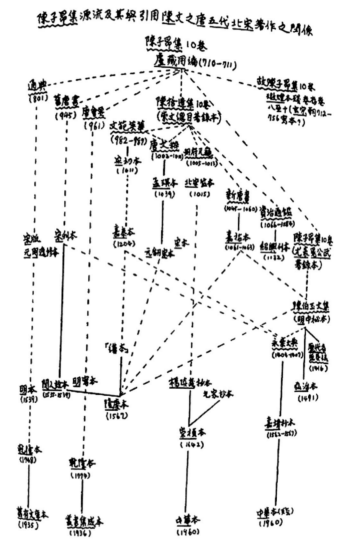

二來，盧藏用在編次陳集後，又寫下了為後世品評陳詩、陳文價
值基本定調的〈右拾遺陳子昂文集序〉。盧序先簡略評述自孔子以來
的「文之變」，論至南朝及初唐文風稱：

宋、齊之末，蓋顓頇矣。逶迤陵頹，流靡忘返。至於徐、庾，天之將喪斯文也。後進之士，若上官儀者，繼踵而生，於是風雅之道掃地盡矣。《易》曰：「物不可以終否。」故受之以泰。道喪五百歲而得陳君。君諱子昂，字伯玉，蜀人也。崛起江漢，虎視函夏。卓立千古，橫制頹波，天下翕然，質文一變。非夫岷峨之精，巫盧之靈，則何以生此！故有<u>諫諍之辭</u>，則為政之先也；<u>昭夷之碣</u>，則議論之當也；<u>國殤之文</u>，則大雅之怨也；<u>徐君之議</u>，則刑禮之中也。至於感激頓挫，微顯闡幽，庶幾見變化之朕，以接乎天人之際者，則<u>〈感遇〉之篇</u>存焉。〔註90〕

在盧藏用看來，南朝頹靡之風漫延，至唐初上官體接踵出以致風雅掃地而否極，蜀傑陳子昂的誕生則為開泰之祥兆。「道喪五百歲而得陳君」的說法似與陳詩〈修竹篇〉之詩序言「文章道弊五百年矣」〔註91〕相呼應。盧氏後逐一點評陳文、陳詩之特點：

1.「諫諍之辭」如〈諫靈駕入京書〉，〈諫雅州討生羌書〉、〈諫刑書〉、〈諫政理書〉等，均為施政之大事，子昂見不平事如骨鯁在喉，不惜觸逆鱗，敢以直言諫：上至祀與戎，下至刑與罰，無一不慷慨激昂，視作己事，可見其身為士的內在責任感。

2.「昭夷之碣」指子昂為友趙貞固所作〈昭夷子趙氏碑〉，碑文中提到「夫上德道全，器無不順，中庸以降，才好則偏」，列舉出子張、子路、顏淵、宰我、澹臺滅明、子貢、甯武子等先賢各自的性情才分，讚揚趙貞固能通眾德，卻唯獨薄命。故子昂最後發出疑問：「名聞天下而不達於堂上，智周萬物而不適乎一人也，其時歟？其事歟？」〔註92〕不遇、死生之話題自古興盛，子昂最後將思路導向無常的時運，也許是個沒有答案的答案，故盧氏也有通感，言其議論得當。

3.「國殤之文」指子昂為哀將軍王孝傑作〈國殤文并序〉，先有悲

〔註90〕〔唐〕盧藏用：〈右拾遺陳子昂文集序〉，《全唐文》，卷二百三十八，頁1061。

〔註91〕〔唐〕陳子昂：〈修竹篇并序〉，《陳子昂集》，頁16。

〔註92〕〔唐〕陳子昂：〈昭夷子趙氏碑〉，《陳子昂集》，頁105～106。

語「殤魂懼兮可奈何？恨非其死兮棄山阿。血流骨積殪荒楚，思歸道遠不得語」，又「重曰：壯士雖死精魂用，凶醜爾讎不可縱。我聞強死能厲災，古有結草抗杜回」［註93］故曰「大雅之怨」。

4.「徐君之議」為子昂〈復讎議狀〉論如何處理徐元慶為報父仇殺吏案：「同州下邽人徐元慶者，父爽為縣吏趙師韞所殺，卒能手刃父讎，束身歸罪。」［註94］李隆獻稱此案「乃開啟唐代復仇之議中『禮』/『法』爭議的關鍵案例」［註95］。後柳宗元有文〈駁復讎議〉直接回應反駁陳子昂，故盧氏評為「刑禮之中」。

5. 上述四例為文評，最後盧氏言陳詩，專評組詩〈感遇〉之旨趣，指出〈感遇〉諸詩因感而發，音聲頓挫，洞幽燭微，能見變化之徵，通感天人之道。後世讀者大多將「感遇篇」視為子昂詩之代表作，即始於盧評。

以上為盧藏用對陳子昂作品之簡評，為後人點評陳之詩文作出示範。其中最值得關注的，要屬盧序首次將陳子昂的文學地位放到南朝至唐初的脈絡中審視，並極力推崇。序中十六字「卓立千古，橫制頹波，天下翕然，質文一變」成為之後歷代褒崇陳子昂的主流評價基調，即將陳視作唐初文風革新之代表——從中唐時韓愈（768～824）述：「建安能者七，卓犖變風操。逶迤抵晉宋，氣象日凋耗。中間數鮑謝，比近最清奧。齊梁及陳隋，眾作等蟬噪。搜春摘花卉，沿襲傷剽盜。國朝盛文章，子昂始高蹈」［註96］到宋代姚鉉（968～1020）《唐文粹》之自序：「徐、庾之輩，淫靡相繼，下迨隋季，咸無取焉。有唐三百年，用文治天下。陳子昂起於庸蜀，始振風雅。」［註97］至於金

〔註93〕〔唐〕陳子昂：〈國殤文并序〉，《陳子昂集》，頁166。
〔註94〕〔唐〕陳子昂：〈復讎議狀〉，《陳子昂集》，頁175。
〔註95〕李隆獻：〈隋唐時期復仇與法律互涉的省察與詮釋〉，《成大中文學報》第20期（2008年4月），頁92。
〔註96〕〔唐〕韓愈：〈薦士薦孟郊於鄭餘慶也〉，《全唐詩》，卷三三七，頁834。
〔註97〕〔宋〕姚鉉：《唐文粹》，收入《四部叢刊初編集部》（北京：商務印書館，上海商務印書館縮印校宋明嘉靖刊本），頁3。

末元初元好問（1190～1257）高度評價子昂掃南朝靡弱文風之功：
「沈宋橫馳翰墨場，風流初不廢齊梁。論功若準平吳例，合著黃金鑄
子昂。」〔註98〕再到元末明初宋濂（1310～1381）言：「唐初承陳、
隋之弊，多尊徐、庾，遂致頹靡不振……唯陳伯玉痛懲其弊，專師
漢、魏，而友景純、淵明，可謂挺然不群之士，復古之功，於是為
大。」〔註99〕及至清康熙初監生賀裳（1654～1722）盛讚「蓋扶輪起
靡之功，獨歸之陳射洪耳」〔註100〕又至袁枚（1716～1797）語：「嘆
六朝之末，詩教大衰……初唐陳子昂起而一掃空之。」〔註101〕無不沿
盧序之波，可見此序當為陳子昂文學接受史鏈條上的第一環。

　　三來，盧序末云：「至於王霸之才，卓犖之行，則存之〈別傳〉，
以繼於終篇」〔註102〕盧藏用所作〈陳子昂別傳〉是和陳子昂深交者描
寫陳氏家世、生平、性格等方面少見的今存文獻。盧藏用作為陳子昂
的知交，他對子昂的人生經歷、處世態度都有切實的了解，其傳文有
助於後世之讀者立體地感受陳子昂的為人及心志，這對於理解陳作的
原始意涵有著深刻的意義。莫礪鋒先生有文闡述顏延之〈陶徵士誄并
序〉在陶淵明接受史上的地位〔註103〕，筆者以為「盧傳」之於陳，即
同「顏誄」之於陶，其影響不容小覷。另外，該傳還涉及到一個陳子
昂作品接受史中非常重要的問題，即那首大名鼎鼎的〈登幽州臺歌〉

〔註98〕〔金〕元好問：〈論詩三十首・其八〉，元好問著，賀新輝輯注：《元
　　　　好問詩詞集》（北京：中國展望出版社，1987 年），頁 454。
〔註99〕〔明〕宋濂：〈答章秀才論詩書〉，收入王筱雲，韋風娟等編：《中國
　　　　古典文學名著分類集成 28 文論卷・金元明卷》（天津：百花文藝出版
　　　　社，1994 年），頁 289～290。
〔註100〕〔清〕賀裳：《載酒園詩話》，收入郭紹虞編選，富壽蓀校點：《清詩
　　　　話續編》（上海：上海古籍出版社，2016 年），第一冊，頁 290～291。
〔註101〕〔清〕袁枚著，顧學頡校點：《隨園詩話》（北京：人民文學出版社，
　　　　1982 年），補遺卷九，下冊，頁 817。
〔註102〕〔唐〕盧藏用：〈右拾遺陳子昂文集序〉，《全唐文》，卷二百三十八，
　　　　頁 1061。
〔註103〕莫礪鋒：〈顏延之《陶徵士誄并序》在陶淵明接受史上的地位〉，《學
　　　　術月刊》，2012 年第 44 卷 1 月號，頁 109～117。

是否為陳子昂所寫？

（三）盧藏用留存〈登幽州臺歌〉文本之大功

相信大多數人對陳子昂最初的認知都是這首家喻戶曉的〈登幽州臺歌〉，然而此歌究竟是否為陳子昂的作品仍得闕疑。據筆者所見，最早關注到此問題的是學者羅時進，羅氏認為「前不見古人」數語非陳之詩作，理由有三：一、作為陳子昂契交的盧藏用編集時當不遺陳之佳作，而恰恰未收，無版本依據；二、非陳詩慣用體裁，寫法不符；三、所謂〈登幽州臺歌〉是以熟語破駢為散的章句而非詩歌。〔註104〕羅氏指在初唐的詩歌語境中，「前不見古人」等二十二字並不被時人看作是詩作。

繼有陳尚君先生在 2014 年 11 月 24 日《東方早報》發文〈《登幽州臺歌》獻疑〉〔註105〕，文中指出現今可見最早的陳子昂詩文全集本——明弘治四年（1491）楊澄刻本《陳伯玉文集》十卷中未收入此詩，且如今可見最早之陳集「唐人手抄本」——敦煌本 S.9432、S.5971、P.3590 存《故陳子昂遺集》殘卷與楊本次第相同，由此推出楊本基本保持原書面貌，即最早的盧編本也極大可能未收入此詩。進而有同樣的疑問：若此歌為陳子昂所作，那麼盧藏用編集時何以不加收錄？該詩最早的文本出處即為盧氏所作〈陳子昂別傳〉：

> 子昂知不合，因箝默下列，但兼掌書記而已。因登薊北樓，感昔樂生、燕昭之事，賦詩數首，乃泫然流涕而歌曰：「前不見古人，後不見來者，念天地之悠悠，獨愴然而涕下。」時人莫之知也。〔註106〕

〔註104〕 羅時進：〈《登幽州臺歌》獻疑〉，收入《陳子昂研究論集》（北京：中國文聯出版公司，1989 年），頁 214～219。

〔註105〕 陳尚君：〈《登幽州臺歌》獻疑〉，《東方早報》，2014.11.24 期（上海：上海文匯新民聯合報業集團），全文詳見「中國文明網」轉載之網址：http://www.wenming.cn/gxt_pd/bjzm/201411/t20141128_2316034.shtml。

〔註106〕 〔唐〕盧藏用：〈陳子昂別傳〉，《全唐文》，卷二百三十八，頁 1065。

　　陳先生認為上述「感昔樂生、燕昭之事，賦詩數首」，指子昂詩
《薊丘覽古贈盧居士藏用七首并序》之記事、興詠。後又撰文〈唐詩
的原題、改題和擬題〉〔註107〕詳論此疑：首先，據陳序可知陳、盧當
時並不一處，陳寄給盧的只有〈軒轅臺〉、〈燕昭王〉、〈樂生〉、〈樂太
子〉、〈田光先生〉、〈鄒子〉、〈郭隗〉等七首詩：

> 丁酉歲（697 年）吾北征，出自薊門，歷觀燕之舊都，其城
> 池霸迹已蕪沒矣，乃慨然仰歎。憶昔樂生、鄒子羣賢之遊盛
> 矣，因登薊丘，作七詩以志之，寄終南盧居士，亦有軒轅遺
> 迹也。〔註108〕

　　陳先生細讀七首陳詩，又援引清人凌揚藻（1760～1845）《蠢勺
篇》之〈古人詩不嫌相襲〉語：「屈子〈遠遊篇〉云：『惟天地之無窮
兮，哀人生之長勤。往者余弗及兮，來者吾不聞。』陳射洪〈登幽州
臺歌〉實本此數語，然屈綿邈而陳則骯髒矣。」〔註109〕認為「盧藏用
所錄歌，未必是陳子昂本人的創作，很大可能是盧藏用根據陳子昂〈薊
丘覽古〉七首的詩意，再加〈遠遊〉語意的提煉概括，而形成了這樣
幾句歌辭。」〔註110〕至於「登幽州臺歌」此五字，今可見最早之文本
出自明代楊慎（1488～1559），其著《丹鉛總錄》卷二十一載〈幽州臺
詩〉：

> 陳子昂登幽州臺，歌云：「前不見古人，後不見來者。念天

〔註107〕陳尚君：《唐詩求是》（上海：上海古籍出版社，2018 年），上冊，頁
　　　　216～219。
〔註108〕〔唐〕陳子昂：〈薊丘覽古贈盧居士藏用七首并序〉，《陳子昂集》，
　　　　頁 25。
〔註109〕〔清〕凌揚藻：《蠢勺編》（北京：中華書局，1985 年），卷二三，頁
　　　　380。
〔註110〕陳尚君：《唐詩求是》，上冊，頁 218。陳先生認為「前不見古人」與
　　　　〈軒轅臺〉句「應龍已不見」、「尚想廣成子，遺迹白雲隈」，〈燕昭
　　　　王〉「昭王安在哉，霸圖悵已矣」語意相近；「後不見來者」與〈鄒
　　　　子〉「興亡已千載，今也則無推」相近；「其事雖不立，千載為傷心」、
　　　　「伏劍誠已矣，感我涕沾衣」即「感天地之悠悠，獨愴然而涕下」，
　　　　筆者按：「感」當為「念」。

地之悠悠，獨愴然而涕下。」其辭簡質，有漢魏之風，而文集不載。〔註111〕

針對這段文本，李最欣對〈登幽州臺歌〉被歸至陳詩名下的來龍去脈有所考述。李文提出鍾惺（1574～1625）、譚元春（1586～1637）合編之《唐詩歸》卷二載〈登幽州臺歌〉，這是「前不見古人」等二十二字被看作是詩且首次被標上題目「登幽州臺歌」而出現〔註112〕。關於此題之由來，筆者揆之以常理：古籍中無新式標點符號，基本純為漢字的豎版接續排列，故很可能是鍾、譚讀到楊氏之文前九字，因不同之句讀，採其中五字變作「陳子昂〈登幽州臺歌〉云：『前不見古人……』」故以「登幽州臺歌」為詩名收至陳詩，後又經康熙御定《全唐詩》卷八十三〔註113〕、沈德潛《唐詩別裁集》卷五〔註114〕、孫洙《唐詩三百首》〔註115〕等影響力極大的詩集收錄，使「登幽州臺歌」之詩題名固定下來，成為現在聞名遐邇的經典作品。莫礪鋒先生點出：「一首唐詩因入選選本而成為名篇，有一個關鍵因素是選本自身的通行程度」，我們看到莫文之例詩「凡是知名度較高的名篇幾乎都曾入選《唐詩三百首》，便是最明顯的徵兆。」〔註116〕《唐詩三百首》作為現代人學習中國古典詩歌啟蒙階段之必讀的經典教材，對大眾

〔註111〕〔明〕楊慎：《丹鉛總錄》（臺北：臺灣商務印書館，景印文淵閣四庫全書，第八五五冊，1983 年），頁 595。筆者按：楊慎著《丹鉛摘錄》卷八，《升庵詩話》卷六亦載此段文字。

〔註112〕李最欣：〈《登幽州臺歌》非陳子昂詩考論〉，《台州學院學報》，2016年第 1 期，頁 31～33。

〔註113〕見《全唐詩》卷八十三錄陳子昂〈登幽州臺歌〉，頁 214。

〔註114〕〔清〕沈德潛選注：《唐詩別裁集》，收錄陳子昂：〈登幽州臺歌〉（上海：上海古籍出版社，1979 年），頁 158。筆者按：沈氏將此歌歸入「七言古詩」類，並標注：「不另列雜言一體，因附七言古體內。」後孫洙選唐詩三百首以沈氏《唐詩別裁》為藍本，故將〈登幽州臺歌〉亦編入七古。

〔註115〕〔清〕蘅塘退士編選、〔清〕陳婉俊補注，施適校點：《唐詩三百首》（上海：上海古籍出版社，2018 年），頁 37。

〔註116〕莫礪鋒：〈唐詩選本對小家的影響〉，《文學評論》，2020 年第 4 期，頁 130。

了解、記憶古詩之詩題及作者有根深蒂固的影響。而作為古典文學研究者，我們必須秉持明慎的態度，追本溯源，盡力還原客觀真實的歷史。

然不論這二十二字是盧藏用創作也好，又或是陳子昂所敘，歸根結底，此詩歌最初傳達的無疑是陳子昂登覽時所觸發的一種遼遠的孤獨感。現如今人們初識陳子昂，往往先會背誦〈登幽州臺歌〉。可若無盧藏用所作之陳氏別傳，想必也不會有後來的「幽州臺詩」，也就不會有馳譽當代的「登幽州臺歌」。盧傳於存續陳子昂此精神詩歌而言，有魯殿靈光之德，對於近世陳子昂文學之接受功莫大焉。

（四）小結

綜上，盧藏用個人之行徑雖有不堪，但就對待朋友而言，如陳尚君先生總結：「子昂冤死，盧藏用能克盡朋友之誼，為他編次文集，撰寫別傳，也有祭文留存，更在第一時間寫詩對子昂的成就做出評價。」〔註117〕盧氏在悼念子昂之詩中生動地介紹了他的生平及思想取向，飽含真情地向世人稱道陳子昂之志向與為人，為後人理解陳子昂之進退出處、優劣得失，尤其是陳子昂作品中表現出的襟懷及抒發的情感提供了珍貴的原始材料：

> 群有含妙識，眾象懸清機。雄談盡物變，精義解人頤。
> 在陰既獨善，幽躍自為疑。跛彼千里足，傷哉一尉欺。
> 陳生富清理，卓犖兼文史。思縟巫山雲，調逸岷江水。
> 鏗鏘哀忠義，感激懷知己。負劍登薊門，孤遊入燕市。
> 浩歌去京國，歸守西山趾。幽居探元化，立言見千祀。
> 埋沒經濟情，良圖竟云已。〔註118〕

在盧藏用眼中，陳子昂是一位心思清淨、見識廣博，常有真知灼見，能以妙語解頤的朋友。子昂家居時能獨善其身，明於事理，在文

〔註117〕陳尚君：〈陳子昂的孤寂與苦悶〉，《文史知識》，2019年第4期，頁57。

〔註118〕〔唐〕盧藏用：〈宋主簿鳴皋夢趙六予未及報而陳子云亡今一無今字追為此詩答宋兼貽平昔遊舊〉，《全唐詩》，卷九三，頁236。

史方面超絕出眾，盧傳載其「嘗恨國史蕪雜，乃自漢孝武之後，以迄於唐，為《後史記》」，只可惜「綱紀粗立，筆削未終，鍾文林府君憂，其書中廢」。又命途塞剝，不幸遇「縣令段簡，貪暴殘忍」，最終致子昂亡逝。子昂生平以忠義立身，常懷「提攜玉龍為君死」〔註119〕之報國志，只可惜「黃金臺」上無知遇之君，受上司武攸宜排擠的子昂只能獨遊薊北樓，慷慨悲歌後決定辭官隱退。其經世濟民的志向被埋沒，盧藏用不禁為之喟歎。子昂對朋友開心見誠，盧氏稱之「尤重交友之分，意氣一合，雖白刃不可奪也。」〔註120〕如果我們將此盧詩、盧傳及陳詩中有關寄贈之篇章對照著細讀，會發現陳子昂的確是一個意氣相投便「感激懷知己」的真誠的素心人〔註121〕。盧藏用筆下的陳子昂形象真實自然，為後人認識陳子昂其人、其詩、其文都有著積極的貢獻。

再者，後人對陳子昂文學作品之接受角度，或褒揚、或補充、或修正、或反對，多從盧藏用為陳子昂文集所作序引申而出，說明盧藏用對陳子昂詩文審美價值的點評是洞中肯綮的。盧氏不僅留下眾多細緻描述、接受陳子昂其人的文本，用心編撰陳子昂之別集，使其得以相對完整地被保存下來，而且開創陳子昂文學品評之先河。可見作

〔註119〕〔唐〕李賀：〈雁門太守行〉，《全唐詩》，卷三九○，頁974。

〔註120〕〔唐〕盧藏用：〈陳子昂別傳〉，《全唐文》，卷二百三十八，頁1065～1066。

〔註121〕按：試舉一例，如陳子昂〈送東萊王學士無競〉：「寶劍千金買，平生未許人。懷君萬里別，持贈結交親。孤松宜晚歲，眾木愛芳春。已矣將何道，無令白髮新。」，《陳子昂集》，頁42。按：所謂「酒逢知己飲，詩向會人吟」，子昂此詩言其將極為珍視的寶劍贈給摯友王無競，只為在離別前勉勵受挫的友人：要作那經得起風霜考驗、耐得住寂寞的孤松，而不作一門心思爭奇鬥艷、競趨繁華的眾木。同時亦不能頹唐消沉，徒令韶光逝，必須振作精神，以圖有所建樹。尾聯與「棄捐勿復道，努力加餐飯」有異曲同工之妙，均為飽含離愁別緒的深情的勸勉。（《古詩十九首其一·行行重行行》，〔清〕張庚纂：《古詩十九首解》，北京：中華書局，1985年，頁2。）全詩質樸剛健，氣骨豪邁，可見子昂照人之肝膽。

為陳子昂接受史「第一讀者」的盧藏用，在陳子昂文學接受史中洵然具有重大意義。

第二節　盛唐時期陳子昂詩文的接受與質疑之聲

　　盛唐者，唐之盛時也。文學史上的「盛唐」一般指唐玄宗在位的開、天（開元：713～741 年；天寶：742～756 年）年間，那時國家統一，政治清明，經濟繁榮，文化發達，對外交流頻繁，整個社會充滿自信。〔註 122〕可以說，是當時強盛的國勢造就了巨麗恢弘的氣象，而相對於文的「詩」無疑是盛唐藝術的典型代表。林庚指出詩歌中蓬勃健旺的盛唐氣象是盛唐之時代性格及精神風貌的反映。該氣象憑藉生活中豐富的想像力，結合自建安以來詩歌在思想、藝術上成熟的發展，在開朗的空間裡塑造出帶有時代性格的鮮明形象。〔註 123〕李澤厚也稱盛唐之音中滲透著豐滿而具有活力的熱情與想像，那是一種即使是享樂、頹喪、憂鬱、悲傷，也仍然閃爍著青春、自由和歡樂的藝術。〔註 124〕處於如此意氣風發、氣勢恢宏的社會文化環境中，各層次接受主體的期待視野必定在很大程度上受到浸潤，這是我們考察盛唐人對陳子昂接受情況與質疑之聲的大背景。

　　《河嶽英靈集》之選者殷璠（？～？主要生活在玄宗時開、天時期）嘗對盛唐詩歌的演進及特點作精闢地概述：殷氏以曹植、劉楨詩為例，以為建安詩「多直致語，少切對，或五字並側，或十字俱平，而逸價終存」，即雖然建安時期的詩歌不太使用工整的對仗，也不講究音律，但其質直情真，故存有高超的審美價值。而「挈缾膚受之流，責古人不辨宮商，詞句質素，恥相師範」，以致「都無比興，但

〔註 122〕袁行霈：〈詩國高峰——盛唐氣象與盛唐時代〉，見《唐詩風神及其他》（合肥：黃山書社，2017 年），頁 54。

〔註 123〕參見林庚：〈盛唐氣象〉，《北京大學學報（人文科學版）》，1958 年第 2 期，頁 87～95。

〔註 124〕李澤厚：《美的歷程》（北京：生活‧讀書‧新知三聯書店，2017 年），頁 117。

貴輕艷」，此種風尚「自蕭氏以還尤增矯飾，武德初（唐高祖李淵年號，618～626）微波尚在」，幸而「貞觀末（唐太宗李世民年號，627～649）標格漸高，景雲中（唐睿宗李旦年號，710～712）頗通遠調，開元十五年，聲律、風骨始備矣」〔註125〕。王運熙釋之為盛唐詩的特點在於風骨與聲律二者兼備，一方面表現為具有漢魏詩歌之風骨，另一方面又保持了六朝以至初唐時代的嚴密的聲律。〔註126〕即盛唐詩的輝煌不朽的原因在於對思想內容與藝術技巧的兼容，我們對此表示認同。

　　至于文的部分，必須說明的一點是，今人常言的「詩文」之「文」指與「詩」相對的散文及駢文。但在唐人的語境中，「文」的概念則寬泛得多，既包括詩，也包括駢散文，此點從唐人「文集」中既收文，亦收詩賦即可看出。自陳子昂言「文章道弊五百年矣」以降，唐人將一切文體，無論有韻無韻統稱「文章」，這是一種想讓文學回歸至與經、史不分階段的觀念上的復古，主要體現在對散文認識的變化，而未阻擋詩於重藝術特質的方向發展。〔註127〕

一、唐玄宗朝時人對陳子昂之群體接受與個人接受

（一）古文運動前驅者們於陳子昂的群體接受

　　唐玄宗時，為方便諸子讀書，玄宗敕令讓徐堅等人編修的一部簡明得要的中型類書《初學記》作為皇子王孫學習的文本材料，書中引錄初唐人作品頗多，且各類下均有事對，可見當時風氣。〔註128〕此

〔註125〕　〔唐〕殷璠：〈河嶽英靈集序〉，《全唐文》，卷四百三十六，頁1971。

〔註126〕　王運熙：〈釋「河嶽英靈集序」論盛唐詩歌〉，《復旦學報（人文科學版）》，1957年第2期，頁221。

〔註127〕　參看羅宗強、郝世峰、項楚等著：《隋唐五代文學史》（北京：高等教育出版社，1994年）之〈文、筆之分與「文章」觀念的復歸〉、〈詩、文分開的趨勢〉二節，中卷，頁354～360。

〔註128〕　陳尚君：〈隋唐五代文學與歷史文獻〉，《唐詩求是》（上海：上海古籍出版社，2018年），下冊，頁890。事見《新唐書・藝文志》：「《初學記》三十卷，張說類集要事以教諸王，徐堅、韋述、余欽、施敬本、張烜、李銳、孫季良等分撰。」載〔宋〕歐陽脩、宋祁等撰：

官修類書收陳文兩篇，《初學記》卷二十二載「旌旗第一……〔祭文〕……唐陳子昂〈禡牙文〉」〔註129〕；又卷二十六有「脯第十六……〔賦〕唐陳子昂〈塵尾賦〉」〔註130〕後節錄〈禡牙文〉、〈塵尾賦〉原文。將陳文選作天潢貴冑們啟蒙之讀物，知在玄宗朝前後，陳子昂確有文名。彼時與古文家蕭穎士並稱「蕭李」的李華（715？～774）為蕭集作序時轉引蕭言：

> 君以為六經之後，有屈原、宋玉，文甚雄壯，而不能經。厥後有賈誼，文詞最正，近於理體。枚乘、司馬相如，亦瓌麗才士，然而不近風雅……左思詩賦有雅頌遺風，干寶著論近王化根源，此後夐絕無聞焉。近日陳拾遺子昂文體最正，以此而言，見君之述作矣。〔註131〕

蕭氏非常重名教、尚復古，嘗云：「平生屬文，格不近俗，凡所擬議，必希古人，魏晉以來，未嘗留意。」〔註132〕上述李華所記蕭評歷代文士亦至晉止，且認為屈宋之辭、枚馬之賦雖壯麗，卻不合於政教經典。賞識者唯如左思詩賦與干寶著論，因蕭氏認為左、干之作能宣揚道德教化，故近雅頌。在蕭氏看來，「學也者，非云徵辨說，摭文字，以扇夫談端，輮厥詞意，其於識也，必鄙而近矣。所務乎憲章典法、膏腴德義而已；文也者，非云尚形似，牽比類，以局夫儷偶，放於奇靡，其於言也，必淺而乖矣。所務乎激揚雅訓、彰宜事實而已。」〔註133〕由此，我們便不難明白為何《新唐書·文藝傳》載蕭氏「所許可當世者，陳子昂、富嘉謨、盧藏用之文辭」〔註134〕，因其評價文學

《新唐書·藝文三》，卷五十九，頁1563。按：編修者孫季良，一名翌，有唐詩選集《正聲集》，收陳子昂詩十首。

〔註129〕〔唐〕徐堅、孫季良等著：《初學記》三十卷（北京：中華書局，1962年），頁525。

〔註130〕〔唐〕徐堅、孫季良等著：《初學記》三十卷，頁642。

〔註131〕〔唐〕李華：〈揚州功曹蕭穎士文集序〉，《全唐文》，卷三百五十五，頁1413～1414。

〔註132〕〔唐〕蕭穎士：〈贈韋司業書〉，《全唐文》，卷三百二十三，頁1448。

〔註133〕〔唐〕蕭穎士：〈江有歸舟三章并序〉《全唐詩》，卷一五四，頁363。

〔註134〕〔宋〕歐陽脩、宋祁等撰：《新唐書·文藝中》，卷二百二，頁5770。

之標準原不在文思、才藻之美，而陳子昂議論政事諸作精當要切、不事華彩，故被稱作「文體最正」〔註135〕。

李華本人也認為作文之要義在推行儒道，服務於政教：「立身揚名，有國有家，化人成俗，安危存亡。於是乎觀之，宣於志者曰言，飾而成之曰文。有德之文信，無德之文詐……屈平、宋玉哀而傷，靡而不返，六經之道遯矣。」〔註136〕無獨有偶，後獨孤及（725～777）為李華文集作序推崇風雅之指歸在「刑政之本根，忠孝之大倫」〔註137〕，倡導文之德：

> 志非言不形，言非文不彰，是三者相為用，亦猶涉川者假舟楫而後濟……有飾其詞而遺其意者，則潤色愈工，其實愈喪。及其大壞也，儷偶章句，使枝對葉比，以八病四聲為梏……文不足言，言不足志，亦猶木蘭為舟、翠羽為楫，翫之於陸而無涉川之用，痛乎流俗之惑人也舊矣！帝唐以文德夐祐下民，被王風，俗稍丕變。<u>至則天太后時，陳子昂以雅易鄭，學者浸而饗方</u>。天寶中，公與蘭陵蕭茂挺、長樂賈幼幾勃焉復起，振中古之風，以宏文德。〔註138〕

李華以為言之目的在宣志，進一步修飾之而成文；這與獨孤及將志比作渡河，而言、文如舟、楫意義相近。獨孤及反對過度的修辭，因過於潤色會令人遺忘言志之本意，尤其不能拘泥於執著律、偶之風氣，否則華而不實的技巧只會成為桎梏，其嘗引其友言曰：「揚、馬言大而迂，屈、宋詞侈而怨，沿其流者，或文質交喪、雅鄭

〔註135〕 王運熙、顧易生主編：《中國文學批評史新編》上冊（上海：復旦大學出版社，2006年），頁222。按：引自小節〈古文運動的前驅者〉（頁221～227），文中將蕭穎士、李華、賈至、獨孤及、梁肅、柳冕等六人視為古文運動的前驅。

〔註136〕 〔唐〕李華：〈贈禮部尚書清河孝公崔沔集序〉，《全唐文》，卷三百十五，頁1413。

〔註137〕 〔唐〕獨孤及：〈檢校尚書吏部員外郎趙郡李公中集序〉，《全唐文》，卷三百八十八，頁1746。

〔註138〕 〔唐〕獨孤及：〈檢校尚書吏部員外郎趙郡李公中集序〉，《全唐文》，卷三百八十八，頁1746。

相奪」而有悖中道〔註139〕，所謂「鄭、衛之音，亂世之音也，比於慢矣。桑間濮上之音，亡國之音也。其政散，其民流，誣上行私而不可止也。」〔註140〕獨孤及崇尚以文化民、宗經復古，而漢儒釋「雅者，正也。言王政之所由廢興也」。〔註141〕陳子昂詩文多針砭時弊之語且不尚潤色，盧藏用稱其「工為文而不好作，其立言措意，在王霸大畧而已」〔註142〕，故獨孤及云陳「以雅易鄭」。

梁肅（753～793）師事獨孤及，其年十八時，「趙郡李遐叔、河南獨孤至之始見其文，稱其美」〔註143〕梁氏在獨孤及去世後為其編集〔註144〕，稱獨孤「每申之話言，必先道德一作德禮而後文學。且曰：『後世雖有作者，六籍其不可及已。荀、孟樸而少文，屈、宋華而無根。有以取正，其賈生、史遷、班孟堅云爾。』」〔註145〕梁肅又為李翰（？～？約天寶五年 747 年進士及第，李華同族人）〔註146〕文集作序，對兩

〔註139〕〔唐〕獨孤及：〈唐故殿中侍御史贈考功郎中蕭府君文章集錄序〉，《全唐文》，卷三百八十八，頁 1744。

〔註140〕〔漢〕鄭玄注，〔唐〕孔穎達等正義，呂友仁整理：《禮記正義・樂記》（上海：上海古籍出版社，2008 年），中冊，卷第四十七，頁 1457。

〔註141〕〔漢〕毛亨傳：《毛詩注疏》，頁 21。

〔註142〕〔唐〕盧藏用：〈陳子昂別傳〉，《全唐文》，卷二百三十八，頁 1066。

〔註143〕〔唐〕崔元翰：〈右補闕翰林學士梁君墓誌〉，《全唐文》，卷五百二十三，頁 2356～2357。

〔註144〕按：據時人李舟〈獨孤常州集序〉：「常州諱及，有遺文三百篇，安定梁肅編為上下帙，分二十卷，作為後序。常州愛士，而肅最為所重，討論居多，故其為文之意，肅能言之。」載《全唐文》，卷四百四十三，頁 2001。

〔註145〕〔唐〕梁肅：〈常州刺史獨孤及集後序〉，《全唐文》，卷五百十八，頁 2329。

〔註146〕按：新舊唐書所記李翰身份有異，一為李華同族之人，見《舊唐書・文苑下》：「華宗人翰，亦以進士知名……嘗從陽翟令皇甫曾求音樂，每思涸則奏樂，神逸則著文……當時薄巡者言其降賊，翰乃序巡守城事迹，撰〈張巡姚誾等傳〉兩卷上之……」，卷一百九十，頁 5049。一為李華嫡長子，見《新唐書・文藝下》：「（李華）宗子翰，從子觀，皆有名。翰擢進士第，調衛尉……翰所善張巡死節睢陽，人媢其功，以為降賊，肅宗未及知。翰傳巡功狀，表上之……翰為

漢政論家和史家亦有襃語，梁氏讚「賈生、馬遷、劉向、班固，其文博厚，出於王風者也。」〔註147〕序中還提出初盛唐間「文章三變說」，將子昂視為初變之代表：

> 文之作，上所以發揚道德，正性命之紀；次所以財成典禮，厚人倫之義；又其次所以昭顯義類，立天下之中。……理勝則文薄，文勝則理消。理消則言愈繁，繁則亂矣；文薄則意愈巧，巧則弱矣……唐有天下幾二百載，而文章三變：<u>初則廣漢陳子昂以風雅革浮侈</u>，次則燕國張公說以宏茂廣波瀾，天寶已還，則李員外、蕭功曹、賈常侍、獨孤常州比肩而出，故其道益熾。〔註148〕

梁肅認為文章之作用在揚道德、厚人倫、顯義類，不可偏廢理與文，如劉勰言：「必雅義以扇其風，清文以馳其麗。然懇惻者辭為心使，浮侈者情為文使一作屈，必使繁約得正，華實相勝，唇吻不滯，則中律矣。」〔註149〕華而不實的文字無法教化人心，陳作經世致用，故能「以風雅革浮侈」。李舟（740？～787）亦在為獨孤集作序時尤其推重子昂：

> 文之時用大矣哉！在人賢者，得其大者，禮樂、刑政、勸誡是也。不肖者得其細者，或附會小說以立異端，或雕斫成言以褘對句，或志近物而玩童心，或順庸聲以諧俚耳。其甚者，則矯誣盛德，污衊風教，為蠱為蠹，為妖為孽。噫！文之弊有至是者，可無痛乎！<u>天后朝，廣漢陳子昂獨泝頹波，以趣清源</u>，自茲作者，稍稍而出。〔註150〕

文精密而思遲，常從令皇甫曾求音樂，思潤則奏之，神逸乃屬文。」卷二百三，頁5776～5778。

〔註147〕〔唐〕梁肅：〈補闕李君前集序〉，《全唐文》，卷五百十八，頁2329。筆者按：陳子昂「嘗恨國史蕪雜，乃自漢孝武之後，以迄於唐，為《後史記》。綱紀粗立，筆削未終，鍾文林府君憂，其書中廢。」載盧藏用：〈陳子昂別傳〉，《全唐文》，卷二百三十八，頁1065～1066。

〔註148〕〔唐〕梁肅：〈補闕李君前集序〉，《全唐文》，卷五百十八，頁2329。

〔註149〕〔南朝梁〕劉勰：〈文心雕龍‧章表〉，見周振甫著：《文心雕龍今譯》（北京：中華書局，2013年），頁208～209。

〔註150〕〔唐〕李舟：〈獨孤常州集序〉，《全唐文》，卷四百四十三，頁2001。

　　上述古文運動前驅者對文章主要功用的認識，均無出漢儒「厚人倫，美教化，移風俗」〔註151〕之疇。獨孤及云：「足志者言，足言者文。情動於中，而形於聲，文之微也；粲於歌頌，暢於事業，文之著也。」〔註152〕將儒家的教化原則貫徹於文學創作的思想，自漢而唐深根固柢。李舟之父李岑（？～？玄宗天寶四年745年進士及第）與蕭穎士、李華、賈至，獨孤及均交好〔註153〕，李舟從小耳濡目染，多少會受到蕭李文人集團的影響，故其有如上憤慨於頹靡文風弊端的激動之語，以及揚譽陳子昂之同調是很容易理解的。茲將文人們於陳子昂的相似評價製表如下：

表2-3　蕭李文人集團於陳子昂相似評價總覽表

序　　名	對　　象	對陳子昂的評價
李華〈揚州功曹蕭穎士文集序〉	→為蕭穎士集作序	引蕭穎士言「近日陳拾遺子昂文體最正」
獨孤及〈檢校尚書吏部員外郎趙郡李公中集序〉	→為李華集作序	「則天太后時，陳子昂以雅易鄭，學者浸而響方」
李舟〈獨孤常州集序〉	→為獨孤及集作序	「天后朝，廣漢陳子昂獨泝頹波，以趣清源」
梁肅〈補闕李君前集序〉	→為李翰（或為李華之子）集作序	「初則廣漢陳子昂以風雅革浮侈」

　　由此表可見，古文運動前驅者們對陳子昂之群體接受有兩個共同的特點：一則均通過為集團內部成員文集作序的方式實現，二則顯示出先後接龍式的認同。尚永亮曾歸納之：「思想品格、思維習慣、

〔註151〕〔漢〕毛亨傳：《毛詩注疏》，頁12。
〔註152〕〔唐〕獨孤及：〈唐故殿中侍御史贈考功郎中蕭府君文章集錄序〉，《全唐文》，卷三百八十八，頁1744。
〔註153〕按：李舟〈獨孤常州集序〉：「先大夫嘗因講文謂小子曰：『吾友蘭陵蕭茂挺、趙郡李遐叔、長樂賈幼幾，洎所知河南獨孤至之，皆憲章六藝，能探古人述作之旨。賈為元宗巡蜀命之詔，歷歷如西漢時文。』」載《全唐文》，卷四百四十三，頁2001。

個人嗜好、名譽意識、群體構成方式等，都可以成為群體接受的內容。這些因素雖不屬於文學本身，但卻是文學賴以存在的重要條件。」〔註154〕我們看到，蕭李文人集團對陳評價的自覺趨同性，或由蕭穎士個人對陳子昂的讚賞而起，進而得到由師友關係為紐帶形成的文人集團的普遍認可，即李華、獨孤及、李舟、梁肅在社交性極強的文集序間相互沿用前人的觀點，這種認可隨著時間推移及集序的一次次提及而得到鞏固和加深。

更重要的是，古文家們內在對文章作為教化之工具的共同認識，如太史公曰：「《大雅》言王公大人而德逮黎庶，《小雅》譏小己之得失，其流及上。所以言雖外殊，其合德一也。」〔註155〕劉勰亦云：「唯文章之用，實經典枝條，五禮資之以成文，六典因之致用，君臣所以炳煥，軍國所以昭明，詳其本源，莫非經典。而去聖久遠，文體解散，辭人愛奇，言貴浮詭，飾羽尚畫，文繡鞶帨，離本彌甚，將遂訛濫。」〔註156〕因六朝至唐初傳有綺艷空洞而忽視制典、忘卻實際民生疾苦、家國興亡，毫不注重聖人教化的浮靡文風，故深懷憂患意識的古文家們欲以儒道挽救該頹風，進而主張宗經復古，以創作與駢文相對的先秦兩漢散行為主的文藝為號召，從文體之角度提倡改革，而陳子昂的政論文〔註157〕直言敢諫、直陳軍國大事，具有強烈的現實意義，如〈答制問事八條〉：一、請措刑科；二、重任賢科；三、明必得賢

〔註154〕 尚永亮、劉磊等著：《中唐元和詩歌傳播接受史的文化學考察》，頁241。

〔註155〕 〔漢〕司馬遷撰：《史記‧司馬相如列傳》（北京：中華書局，1959年），卷一百一十七，頁3073。

〔註156〕 〔南朝梁〕劉勰：〈文心雕龍‧序志〉，見周振甫著：《文心雕龍今譯》，頁453。

〔註157〕 按：子昂政論類文章集中於陳子昂集卷八雜著類文，包括〈答制問事八條〉、〈上蜀川安危事三條〉、〈上蜀川軍事〉、〈上益國事〉、〈上軍國機要事〉、〈上軍國利害事三條〉、〈上西蕃邊州安危事三條〉；及卷九書類文，含〈諫靈駕入京書〉、〈諫雅州討生羌書〉、〈諫刑書〉、〈諫政理書〉、〈諫用刑書〉、〈申宗人冤獄書〉、〈諫曹仁師出軍書〉等共十四篇。

科；四、賢不可疑科；五、招諫科；六、勸賞科；七、請息兵科；八、安宗子科，通篇關注寬刑省法、招賢納才、整頓吏治、延納諫士、賞功勵勇、息兵輕徭、惠唐宗室等有關德教仁政之內容。再者，子昂的政論文除最早期之〈靈駕入京書〉外，其餘十三篇均無一句駢句，且極少用整飭的偶句。加之子昂有「思古人常遑逶頹靡，風雅不作，以耿耿也」[註158]的慨歎，此說雖針對齊、梁間彩麗競繁的詩風而發，然如錢穆先生言：「詩文本一脈，若必分疆割席論之，則恐無當於古人之真際爾。」[註159]故可知子昂在無論在創作上，還是理論層面都符合古文運動前驅者提倡的以文而教、復歸風雅的觀點，因而能得到該群體的廣泛接受。

（二）張九齡與李杜對陳子昂的追摹與評價

1. 張九齡對陳子昂的仿效與超越

游國恩主編版文學史稱「陳子昂〈感遇詩〉直接啟發了張九齡〈感遇〉和李白〈古風〉的創作，李白繼承他以復古為革新的理論，進一步完成唐詩革新的歷史任務。」[註160]張九齡（678～740）嘗作同名組詩《感遇十二首》，其「側見雙翠鳥，巢在三珠樹。」[註161]化用陳子昂之「翡翠巢南海，雄雌珠樹林」句[註162]，不同處在於張詩除了翡翠鳥，還多了一個江湖中的「孤鴻」意象，藉與身處廟堂

〔註158〕〔唐〕陳子昂：〈修竹篇并序〉，《陳子昂集》，頁16。
〔註159〕錢穆著：《中國學術思想史論叢（四）》（北京：生活·讀書·新知三聯書店，2009年），頁19。
〔註160〕游國恩、王起等主編：《中國文學史》第二冊，頁38。
〔註161〕〔唐〕張九齡：〈感遇十二首·其四〉，《全唐詩》，卷四七，頁144。按：為便於對讀，錄全詩：「孤鴻海上來，池潢不敢顧。側見雙翠鳥，巢在三珠樹。矯矯珍木巔，得無金丸懼。美服患人指，高明逼神惡。今我遊冥冥，弋者何所慕。」
〔註162〕〔唐〕陳子昂：〈感遇三十八首·其二十三〉，《陳子昂集》，頁8。按：全詩如下：「翡翠巢南海，雄雌珠樹林。何知美人意，嬌愛比黃金。殺身炎州裏，委羽玉堂陰。旖旎光首飾，葳蕤爛錦衾。豈不在遐遠，虞羅忽見尋。多材固為累，嗟息此珍禽。」

之高的「翠鳥」於形成對比，表明詩人「無心與物競，鷹隼莫相猜」〔註163〕之意。前一小節曾提到子昂是罕見的在奉和應制時，依舊心懷規勸君王意的臣子。此點在開元一代賢相張九齡的應制詩中亦時有閃光，如其〈奉和聖制賜諸州刺史以題座右〉曰：

> 聖人合天德，洪覆在元元。每勞蒼生念，不以黃屋尊。
> 與化俟羣辟，擇賢守列藩。得人此為盛，咨岳今復存。
> 降鑒引君道，殷勤啟政門。容光無不照，有象必為言。
> 成憲知所奉，致理歸其根。蕭蕭稟玄猷，煌煌戒朱軒。
> 豈徒任遇重，兼爾宴錫繁。載聞勵臣節，持答明主恩。〔註164〕

區別於一般歌功頌德、取悅君上的奉和詩，此詩通過真誠地讚揚玄宗當時勤政愛民、選賢任能、弘揚教化等英明決策，表現出曲江公心繫百姓，樂於德治的思想。的確，如杜公記憶中的美好：「憶昔開元全盛日，小邑猶藏萬家室。稻米流脂粟米白，公私倉廩俱豐實。九州道路無豺虎，遠行不勞吉日出。」〔註165〕唐玄宗早期勵精圖治，開創了極盛之世，張公此頌不虛。該詩前四句實取法於子昂詩〈感遇三十八首·其十九〉：

> 聖人不利己，憂濟在元元。黃屋非堯意，瑤臺安可論？
> 吾聞西方化，清淨道彌敦。奈何窮金玉，雕刻以為尊。
> 雲構山林盡，瑤圖珠翠煩。鬼工尚未可，人力安能存？
> 夸愚適增累，矜智道逾昏。〔註166〕

子昂詩情感鮮明，如該詩多用反問，語意層層推進以詰難：「安可論」、「奈何」、「尚未可」、「安能存」等字眼體現出縱橫家的气度。陳、張相同的觀念在於均以民為本，提倡愛民、恤民與安民。明清詩論家多常將陳、張兩人之感遇詩並舉而評述，如明人鍾惺（1574～1624）云：「〈感遇〉詩，正字氣運蘊含，曲江精神秀出；正字深奇，

〔註163〕〔唐〕張九齡：〈詠燕〉，《全唐詩》，卷四八，頁148。
〔註164〕〔唐〕張九齡：〈奉和聖製賜諸州刺史以題座右〉，《全唐詩》，卷四七，頁143。
〔註165〕〔唐〕杜甫：〈憶昔二首·其二〉，《全唐詩》，卷二二〇，頁526。
〔註166〕〔唐〕陳子昂：〈感遇三十八首·其十九〉，《陳子昂集》，頁7。

曲江淹密，皆出前人之上。」〔註167〕賀貽孫（1605～1688）以為「凡感遇詠懷，須直說胸臆，巧思夸語，無所用之。正字篇中屢用『仲尼』『老聃』……等語者，非本色也。若張曲江〈感遇〉，則語語本色，絕無門面矣，而一種孤勁秀澹之致。」〔註168〕清人宋長白（？～？康熙1661～1722年間人）曰：「唐初而陳伯玉、張子壽效之作〈感遇詩〉，陳之奇灝，張之森秀，當令潘、陸、顏、謝望而卻走。」〔註169〕或對陳、張俱為樂道，謂其超軼；或知賞曲江而指摘子昂。這些都是在詩論家們認為張曲江與陳子昂有可比之處基礎上的再接受之語。

　　將「感遇」一詞作為詩題，撰寫組詩之風氣始於子昂，沈德潛（1673～1769）以為「〈感遇〉詩，正字古奧，曲江蘊藉，本原同出嗣宗，而精神面目各別，所以千古。」〔註170〕通過細讀兩人的感遇詩，我們會發現陳、張之面貌的確大有不同。總體上，陳子昂有劍客的坦率真誠及行俠仗義的豪情，又兼憂讒畏譏者的苦悶與惶惑；張九齡則基本為典型的溫雅平和的儒生形象，給人一種丰神俊朗之感。史載自張九齡罷相後，「宰執每薦引公卿，上唐玄宗必問：『風度得如九齡否？』」〔註171〕由此至今，曲江風度成為名典。張之感遇詩顯出的常態有樂而不淫、哀而不傷、怨而不怒的特點。例如〈感遇十二首・其九〉：

　　　　抱影吟中夜，誰聞此嘆息。美人適異方，庭樹含幽色。

　　　　白雲愁不見，滄海飛無翼。鳳皇一朝來，竹花斯可食。〔註172〕

　　詩中的美人實指身懷賢才的詩人自己，因思君不見而在長夜顧影

〔註167〕　〔明〕鍾惺，〔明〕譚元春選評，張國光點校：《詩歸・唐詩歸》（武漢：湖北人民出版社，1985年），卷五，頁92。

〔註168〕　〔清〕賀貽孫：《詩筏》，收入郭紹虞編選，富壽蓀校點：《清詩話續編》第一冊，頁158。

〔註169〕　〔清〕宋長白編：《柳亭詩話》（上海：上海雜誌公司，1936年），下冊，卷十五，頁330。

〔註170〕　〔清〕沈德潛選注：《唐詩別裁集》，卷一，頁8。

〔註171〕　〔後晉〕劉昫等撰：《舊唐書・張九齡傳》，卷九十九，頁3099。

〔註172〕　〔唐〕張九齡：〈感遇十二首・其九〉，《全唐詩》，卷四七，頁144。

自憐，暗自歎息。詩的前六句飽含愁思，尾聯突然轉悲作喜，不僅節制了哀怨，而且顯得自信滿懷。假使鳳皇竟就不來，想必溫文爾雅的張曲江也會自我開解：「草木有本心，何求美人折。」〔註173〕就算偶爾因「眾情累外物，恕己忘內修」〔註174〕而於「日暮長太息」〔註175〕又或「浩歎楊朱子，徒然泣路岐」〔註176〕，甚至處於極端困頓的狀態，曲江也許亦會苦笑著獨自歸去：「至精無感遇，悲惋填心胸。歸來扣寂寞，人願天豈從。」〔註177〕相較之下，陳子昂〈感遇〉三十八首中繪景敘事的情緒就顯得相對特別得澎湃而熾烈，屬於「賢人君子，閔時病俗之所為」的變雅〔註178〕範疇。如〈感遇三十八首‧其二十九〉：

丁亥歲雲暮，西山事甲兵。贏糧匭邛道，荷戟爭羌城。
嚴冬嵐陰勁，窮岫泄雲生。昏曀無晝夜，羽檄復相驚。
攀躋競萬仞，崩危走九冥。籍籍峰壑裏，哀哀冰雪行。
聖人御宇宙，聞道泰階平。肉食謀何失，藜藿緬縱橫。〔註179〕

該詩的寫作背景為垂拱三年公元 687 年，武后「謀開蜀山，由雅州道襲生羌，因以襲吐蕃。子昂上書以七驗諫止之」〔註180〕此書即為〈諫雅州討生羌書〉，子昂力諫不可濫用武力，屠戮無罪羌人，而自行招致蜀患。按常理，該詩當與諫書繫同時所作：子昂借極言征途的艱險，刻畫出一幅幅愁慘駭人的畫面，是為勸諫統治宇內的「聖人」，當思安定太平，而非謀動干戈。結尾用劉向《說苑》祖朝答晉獻公之

〔註173〕〔唐〕張九齡：〈感遇十二首‧其一〉，《全唐詩》，卷四七，頁 144。
〔註174〕〔唐〕張九齡：〈感遇十二首‧其六〉，《全唐詩》，卷四七，頁 144。
〔註175〕〔唐〕張九齡：〈感遇十二首‧其十〉，《全唐詩》，卷四七，頁 144。
〔註176〕〔唐〕張九齡：〈感遇十二首‧其三〉，《全唐詩》，卷四七，頁 144。
〔註177〕〔唐〕張九齡：〈感遇十二首‧其十一〉，《全唐詩》，卷四七，頁 144～145。
〔註178〕〔宋〕朱熹集注：《詩集傳》（上海：上海古籍出版社，1980 年），頁 2。
〔註179〕〔唐〕陳子昂：〈感遇三十八首‧其二十九〉，《陳子昂集》，頁 9。
〔註180〕〔宋〕歐陽脩、宋祁等撰：《新唐書‧陳子昂傳》，卷一百七十，頁 4073。

典〔註181〕，強調一旦朝廷失策，死傷縱橫的是無辜的老百姓。孟子曰：「禹思天下有溺者，由己溺之也；稷思天下有飢者，由己飢之也，是以如是其急也。」〔註182〕子昂雖身處下位，悲天憫人的關懷及高度的社會責任感令他不由自主地直言極諫，並以觸目驚心的歌詩痛斥黷武之戰，托古以諷。

　　其實，儒雅敦厚的曲江公為人亦剛直不阿，敢於面折庭爭，其自有詩曰：「平生去外飾，直道如不羈。」〔註183〕司馬光評其「尚直」〔註184〕。對於用兵之事，曲江有語：「宗臣事有征，廟籌在休兵。」〔註185〕至於兩人的感遇詩呈現出不太相同的精神面目，一方面既因性格上有差異：曲江直而不躁，諫諍亦「誾誾如也」，子昂卻如子路般「行行如也」〔註186〕，故感遇時對於情感抒發的強烈程度把控不一；另一方面，有別於曲江的《感遇十二首》，子昂的卅八首感遇詩中涉及具體的時事，比如邊塞方面沉鬱雄渾的詩作，由於書寫題材的不同自然風格迥然有異。雖然張詩僅有個別明顯的仿效陳詩之例，但就從以上張詩摹仿陳之感遇十九、二十三的顯例可知陳之感遇詩的確有

〔註181〕　〔漢〕劉向撰：《說苑・善說》：「設使食肉者一旦失計於廟堂之上，若臣等藿食者，寧得無肝膽塗地於中原之野與？」（上海：上海古籍出版社，1990年），卷十一，頁93。

〔註182〕　〔戰國〕孟子及弟子著，楊伯峻譯註：《孟子譯註》，〈離婁下〉，頁199。

〔註183〕　〔唐〕張九齡：〈在郡秋懷二首・其一〉，《全唐詩》，卷四七，頁145。

〔註184〕　〔宋〕司馬光：「上自玄宗即位以來，所用之相，姚崇尚通，宋璟尚法……韓休、張九齡尚直，各其所長也。九齡既得罪，自是朝廷之士，皆容身保位，無復直言。」載《資治通鑑》，卷二百一十四，頁6825。

〔註185〕　〔唐〕張九齡：〈奉和聖製送尚書燕國公赴朔方〉，《全唐詩》，卷四九，頁149。

〔註186〕　〔春秋〕孔子及弟子著，楊伯峻譯注：《論語譯注》，〈先進篇第十一〉，頁112。筆者按：盧藏用稱「子昂貌寢寡援，然言王霸大略，君臣之際，甚慷慨焉。」〈陳子昂別傳〉，《全唐文》，卷二百三十八，頁1065；《舊唐書》載「子昂褊躁無威儀」，卷一百九十，頁5024；《新唐書》：「子昂資褊躁」，卷一百七，頁4077。

對張曲江起到一定的啟發作用；再者，張、陳感遇詩在比興手法的運用上亦給人以相似之感〔註187〕。只是比起效仿，曲江更多地是對子昂的超越。

自明清兩代，詩論家多將陳、張相提而論，尤其是明代論者胡應麟（1551～1602）曾對初唐至盛唐眾詩人於陳、張各自的傳承作出歸納：「唐初承襲梁、隋，陳子昂獨開古雅之源，張子壽首創清澹之派。盛唐繼起，孟浩然、王維、儲光羲、常建、韋應物，本曲江之清澹，而益以風神者也；高適、岑參、王昌齡、李頎、孟雲卿，本子昂之古雅，而加以氣骨者也。」〔註188〕沈德潛進一步指出：「唐初五言古漸趨於律，風格未遒。陳正字起衰而詩品始<u>正</u>，張曲江繼續而詩品乃<u>醇</u>。」〔註189〕今人陳建森釋「正」為「雅正」，指風雅中的言志、美刺傳統，而「醇」指向「詩緣情」，稱「『詩品始正』與『詩品乃醇』實質上是先唐『詩言志』與『詩緣情』的詩學傳統在初、盛兩唐文化語境中的創造性表述，揭示了初盛兩唐詩壇上兩種既有聯繫又有區別的審美取向。」〔註190〕前文所舉析的詩例確實反映出陳詩誠正，張詩清醇的特點。但我們絕對不能將「言志」與「緣情」對立起來，直觀武斷地認為子昂詩一味「言志」，絲毫未「緣情」；曲江詩只是「緣

〔註187〕〔南朝梁〕劉勰：〈文心雕龍・比興〉：「『比』者，附也；『興』者，起也。附理者切類以指事，起情者依微以擬議。」，見周振甫著：《文心雕龍今譯》，頁 324～325。筆者按：例如陳詩〈感遇三十八首・其二〉：「蘭若生春夏，芊蔚何青青。幽獨空林色，朱蕤冒紫莖。遲遲白日晚，嫋嫋秋風生。歲華盡搖落，芳意竟何成。」（《陳子昂集》，頁 3）與張詩〈感遇十二首・其一〉：「蘭葉春葳蕤，桂華秋皎潔。欣欣此生意，自爾為佳節。誰知林棲者，聞風坐相悅。草木有本心，何求美人折？」（《全唐詩》，卷四七，頁 144）兩詩均先言蘭生於春而引起感發，起興的運用如出一轍。

〔註188〕〔清〕胡應麟撰：《詩藪》（上海：上海古籍出版社，1979 年），內編卷二，頁 35。

〔註189〕〔清〕沈德潛選注：《唐詩別裁集》，卷一，頁 8。

〔註190〕陳建森：〈張九齡的文化價值取向與詩歌的美學追求〉，《文學遺產》，2001 年第 4 期，頁 45。

情」而不「言志」：如此割裂地看待就會顯得潦草。事實上，從古至今的詩人在寫詩時，多多少少都包含兩種書寫傳統的因子，只不過表現出的傾向和比重不同而已。

杜公評曲江「詩罷地有餘〔一作『詩地能有餘』〕，篇終語清省。一陽發陰管，淑氣含公鼎。乃知君子心，用才文章境。」〔註191〕該評抓住了曲江「其為人也，溫柔敦厚，《詩》教也」〔註192〕的個性特點。因對情感有所節制，故詩語清省蘊藉而有了深秀而可回味的餘地。韓經太指出雅正之體雖能再造淳風，一斫衰靡，卻也因無新意而顯粗率，或筋節外露而含蓄不足，於是就需要益之以精深圓熟、玲瓏透脫，從而趨之於清虛而「醇」的境界。〔註193〕可以說，張曲江是在對陳子昂古奧雅正之風的接受基礎上，以情志為靈氣，造就出雅澹清醇之詩境，繼而完成了對子昂的超越。

2. 李白對陳子昂的評價與鎔鑄

沈德潛又云：「唐顯慶（656～661）、龍朔（661～663）間，承陳、隋之遺，幾無五言古詩矣。陳伯玉力掃俳優，仰追曩哲，讀〈感遇〉等章，何啻黃初、正始間也？張曲江、李供奉繼起，風裁各異，原本阮公。唐體中能復古者，以三家為最。」〔註194〕王士禎（1634～1711）也以為「唐五言古詩凡數變，約而舉之：奪魏晉之風骨，變梁陳之俳優，陳伯玉之力最大，曲江公繼之，太白又繼之。〈感遇〉、〈古風〉諸篇，可追嗣宗〈詠懷〉、景陽〈雜詩〉。」〔註195〕沈、王均將李白視作繼陳、張而出的五古詩家。那麼李白本人是如何評價陳子昂的呢？其

〔註191〕 杜甫：〈八哀・故右僕射相國張公九齡〉，《全唐詩》，卷二二二，頁534。

〔註192〕 〔漢〕鄭玄注，〔唐〕孔穎達等正義，呂友仁整理：《禮記正義・經解》，下冊，卷第五十八，頁1903。

〔註193〕 韓經太：〈中國詩學的平淡美理想〉，《中國社會科學》，1991年第3期，頁183。

〔註194〕 〔清〕沈德潛著，霍松林校注：《說詩晬語》，卷上，頁206。

〔註195〕 〔清〕王士禎著，張宗柟纂集，戴鴻森校點：《帶經堂詩話》（北京：人民文學出版社，1982年），卷四，頁93。

詩〈贈僧行融〉曰：

> 梁有湯惠休，常從鮑照遊。峨眉史懷一，獨映陳公出。
>
> 卓絕二道人，結交鳳與麟。行融亦俊發，吾知有英骨。〔註196〕

　　詩中李白將陳子昂與鮑照對舉，喻二人為麟鳳。這不單單是對鮑、陳簡單地稱讚，其實李白是將自己與鮑、陳作比，構造出「鮑照↔惠休上人；陳子昂↔釋懷一；李白↔僧行融」三組卓絕的道人與文人交好的類比關係〔註197〕。如此既巧妙地映襯出自己與行融的交誼，又顯示了謫仙人的昂揚的自信心。大家都知道李白是十分敬佩鮑照的，他曾稱鮑明遠的詩風「清水出芙蓉，天然去雕飾。逸興橫素襟，無時不招尋。」〔註198〕更直言隨州僧人貞倩「好賢工文，即惠休上人與江、鮑往復，各一時也」〔註199〕說明李白讚賞的是鮑明遠的文學才華，杜甫也說：「白也詩無敵，飄然思不群。清新庾開府，俊逸一作『豪邁』鮑參軍」〔註200〕均是對鮑明遠的文思的欣賞。由此可知，李白以陳子昂與鮑照並舉，反映出他內心對陳子昂文才的肯定。

　　朱熹（1130～1200）嘗云：「太白五十篇〈古風〉是學陳子昂〈感遇詩〉，其間多有全用他句處。」〔註201〕又云「（太白）〈古風〉兩卷多效陳子昂，亦有全用其句處。太白去子昂不遠，其尊慕之如此。」〔註202〕實際上，李白不僅是古風詩與陳子昂感遇詩在句法，意象以及主題上有明顯的承應關係，其他詩作亦與陳詩桴鼓相應。為直觀地對比，今將李、陳詩之尤其相似者製表於下：

〔註196〕〔唐〕李白：〈贈僧行融〉，《全唐詩》，卷一七一，頁403。

〔註197〕按：李白類似的筆法還有〈酬裴侍御留岫師彈琴見寄〉：「君同鮑明遠，邀彼休上人。」《全唐詩》，卷一七八，頁416。

〔註198〕〔唐〕李白：〈經亂離後天恩流夜郎憶舊遊書懷贈江夏韋太守良宰〉，《全唐詩》，卷一七〇，頁400。

〔註199〕〔唐〕李白：〈江夏送倩公歸漢東序〉，《全唐文》，卷三百四十九，頁1566～1567。

〔註200〕杜甫：〈春日憶李白〉，《全唐詩》，卷二二四，頁544。

〔註201〕〔宋〕朱熹著，〔宋〕黎靖德編：《朱子語類》（武漢：崇文書局，2018年），卷第一百四十，頁2526。

〔註202〕〔宋〕朱熹著，〔宋〕黎靖德編：《朱子語類》，卷第一百四十，頁2526。

表2-4　李白與陳子昂相似詩對照表

	李詩〔註203〕	陳　詩	備　註
1	〈古風五十九首・其二〉 蟾蜍薄太清，蝕此瑤台月。<u>圓光</u>虧中天，金魄遂淪沒。	〈感遇詩三十八首・其一〉 微月生西海，幽陽始化昇。<u>圓光</u>正東滿，陰魄已朝凝。	
2	〈古風五十九首・其二〉 沉嘆終永夕，<u>感我涕沾衣</u>。	〈薊丘覽古七首・其五田光先生〉 伏劍誠已矣，<u>感我涕沾衣</u>。	張九齡〈故刑部李尚書輓詞三首・其二〉 龍門不可望，<u>感激涕沾衣</u>。
3	〈古風五十九首・其十三〉 觀變窮太易，探元一作玄化羣生……海客去已久，<u>誰人一作能測沉冥</u>。	〈感遇詩三十八首・其六〉 吾觀龍變化，乃知至陽精……玄感非象識，<u>誰能測淪一作沉冥</u>。	
4	〈古風五十九首・其十八〉 何如<u>鴟夷子</u>，散髮棹一作「弄」扁舟。	〈感遇詩三十八首・其十五〉 誰見<u>鴟夷子</u>，扁舟去五湖。	《史記・越王句踐世家》：「（范蠡）自與其私徒屬乘舟浮海以行，終不反……浮海出齊，變姓名，自謂鴟夷子皮，耕于海畔。」
5	〈古風五十九首・其三十二〉 <u>良辰竟何許</u>，大運有淪忽。	〈贈趙六貞固二首・其二〉 <u>良辰在何許</u>，白日屢頹遷。	魏晉・阮籍〈詠懷其十一〉 <u>良辰在何許</u>，凝霜霑衣襟。 南朝齊・謝朓〈在郡臥病呈沈尚書〉 <u>良辰竟何許</u>，夙昔夢佳期。
6	〈古風五十九首・其四十八〉 力盡功不贍，<u>千載為</u>悲辛。	〈感遇詩三十八首・其二十一〉 布衣取丞相，<u>千載為</u>辛酸。	

<hr>

〔註203〕本表所引李詩之版本均參照〔唐〕李白著，〔清〕王琦注：《李太白全集》（北京：中華書局，1977年）。

7	〈古風五十九首·其五十八〉 神女去一作知已久，襄王安在哉！	〈薊丘覽古七首·其二·燕昭王〉 丘陵盡喬木，昭王安在哉？	魏晉·阮籍〈詠懷其六十〉 簫管有遺音，梁王安在哉！
8	〈感遇四首·其四〉 巫山賦綵雲，郢路歌白雪。	〈感遇詩三十八首·其二十七〉 巫山綵雲沒，高丘正微茫。	南朝·王融〈古意詩二首其一〉 巫山彩雲沒，淇上綠條稀。
9	〈贈僧朝美〉 中有不死者，探得明月珠。	〈感遇詩三十八首·其十五〉 莫以心如玉，探他明月珠。	《莊子·列御寇》：「夫千金之珠，必在九重之淵而驪龍頷下，子能得珠者，必遭其睡也。」
10	〈送裴十八圖南歸嵩山二首·其一〉 同歸無早晚，潁水有清源。	〈感遇詩三十八首·其三十〉 箕山有高節，湘水有清源。	南朝·吳均〈酬別江主簿屯騎詩〉 濟水有清源，桂樹多芳根。
11	〈陪族叔當塗宰遊化城寺升公清風亭〉 濟人不利己，立俗無嫌猜。	〈感遇詩三十八首·其十九〉 聖人不利己，憂濟在元元。	張九齡〈奉和聖制賜諸州刺史以題座右〉 聖人合天德，洪覆在元元。
12	〈贈崔郎中宗之〉 時哉苟不會，草木為我儔。	〈感遇詩三十八首·其三十六〉 時哉悲不會，涕泣久漣洏。	
13	〈相逢行〉一作〈有贈〉 春風正澹蕩，暮雨來何遲。	〈修竹篇詩〉 春風正淡蕩，白露已清泠。	南北朝·鮑照〈代白紵曲二首·其二〉 春風澹蕩俠思多。天色淨綠氣妍和。
14	〈登峨眉山〉 儻逢騎羊子，攜手凌白日。	〈修竹篇詩〉 攜手登白日，遠遊戲赤城。	南北朝·吳均〈擬古四首·其四攜手曲〉 攜手清洛濱……長裾藻白日。
15	〈將游衡岳，過漢陽雙松亭，留別族弟浮屠談皓〉 青蠅一相點，流落此時同。	〈宴胡楚真禁所〉 青蠅一相點，白璧遂成冤。	〈毛詩正義·小雅·青蠅〉：「〈青蠅〉，大夫刺幽王也。營營青蠅止於樊，豈弟君子無信讒言。」東漢·鄭玄箋：「興者，蠅之為蟲，

	〈翰林讀書言懷，呈集賢諸學士〉 青蠅易相點，《白雪》難同調。		污白使黑，污黑使白，喻佞人變亂善惡也。言止於藩欲外之令遠物也。」
16	〈寄遠十二首・其八〉 坐思行歎成楚、越，春風玉顏畏銷歇。	〈魏氏園林人賦一物得秋亭萱草〉 今來玉墀上，銷歇畏秋風。	
17	〈陌上桑〉 徒令《文苑英華》作「勞」白日暮，高駕空踟躕。	〈題居延古城贈喬十二知之〉 徒嗟白日暮，坐對黃雲生。	
18	〈宿清溪主人〉 月落西山時，啾啾夜猿起。	〈宿空舲峽青樹村浦〉 的的明月水，啾啾寒夜猿。	先秦・屈原〈九歌・山鬼〉 雷填填兮雨冥冥，猿啾啾兮狖夜鳴。
19	〈酬坊州王司馬與閻正字對雪見贈〉 寧期此相遇，華館倍遊息。	〈江上暫別蕭四劉三旋欣接遇〉 寧期此相遇，尚接武陵洲。	
20	〈贈瑕丘王少府〉 清風佐鳴琴，寂寞道為一作為誰貴。	〈臥疾家園〉 縱橫策已棄，寂寞道為家。	
21	〈尋陽紫極宮感秋作〉 迴薄萬古心，攬之不盈掬。	〈贈趙六貞固二首・其二〉 舒可彌宇宙，攬之不盈拳。	魏晉・陸機〈擬明月何皎皎詩〉 照之有餘輝，攬之不盈手。
22	〈送梁四歸東平〉 大火南星月，長郊北路難。 〈早秋贈裴十七仲堪〉 南星變大火，熱氣餘丹霞。	〈東征至淇門答宋參軍之問〉 南星中大火，將子涉清淇。	魏晉・陸機〈贈尚書郎顧彥先詩二首・其一〉 大火貞朱光，積陽熙自南。
23	〈魯中送二從弟赴舉之西京〉 送君日千里，良會何由同。	〈送別出塞〉 蜀山余方隱，良會何時同。	

24	〈贈盧徵君昆弟〉 滄州即此地，<u>觀化遊無窮</u>。	〈登澤州城北樓宴〉 平生倦遊者，<u>觀化久無窮</u>。	《莊子・至樂》：「且吾與子觀化而化及我，我又何惡焉！」
25	〈贈別王山人歸布山〉 願言弄笙鶴，<u>歲晚來相依</u>。	〈贈別冀侍御崔司議〉 白雲岷峨上，<u>歲晚來相尋</u>。	
26	〈登高丘而望遠海〉 君不見驪山、茂陵盡灰滅，牧羊<u>之子來攀登</u>。	〈送魏兵曹使嶲州得登字〉 陽山淫霧雨，<u>之子慎攀登</u>。	
27	〈山中問答〉一作〈答問〉，一作〈山中答俗人〉 桃花流水<u>窅然</u>一作宛然去，<u>別有天地非人間</u>。	〈感遇詩三十八首・其五〉 <u>窅然遺天地</u>，乘化入無窮。	《莊子・知北游》：「夫道，<u>窅然難言哉</u>！」
28	〈題隨州紫陽先生壁〉 道與古仙合，<u>心將元化并</u>。	〈感遇詩三十八首・其六〉 古之得仙道，<u>信与元化并</u>。	

　　由上表可看出，李詩與陳詩確實有不少酷似之處，多集中〈古風五十九首〉中。雖然古詩的句式一般為一句七言之內，字數很少；加之唐人所讀的前代經典範疇大致一致，故常使用相同的典故；詩中的意象如白日、春風、巫山、彩雲等亦是古詩詞中俯拾即是的語彙。但我們知道，在創作時使用這樣近似的構句，且如此頻繁，純屬為巧合的概率是極其小的。比如以上將「南星」與「大火」一同書寫，在全唐詩中僅陳、李二人〔註204〕。我們有理由相信李白一定讀過陳子昂的作品，並有了一系列顯性的接受。由此可見，朱子謂之「太白〈古

〔註204〕筆者按：「南星」一詞在《全唐詩》中僅出現四次，與「大火」一同構句三次，最先使用者為陳子昂〈東征至淇門宋寥軍之問〉：「南星中大火，將子涉清淇。」其餘兩次為李白〈送梁四歸東平〉：「大火南星月，長郊北路難」；李白〈早秋贈裴十七仲堪〉：「南星變大火，熱氣餘丹霞。」單獨使用「南星」這個詞的還有杜甫〈寄高適〉一次：「北闕更新主，南星落故園。」

風〉是學子昂〈感遇〉」，該判斷是合於實際情況的。太白有意追摹子昂，卻並非亦步亦趨，而是後出轉精，對詩騷與漢魏六朝以及初唐時人優秀作品有所提煉，形成了其具有獨特個性之飄逸灑脫、浪漫清新的詩風。例如子昂〈感遇三十八首·其五〉云：

> 市人矜巧智，於道若童蒙。傾奪相誇侈，不知身所終。
> 曷見玄真子，觀世玉壺中。宕然遺天地，乘化入無窮。〔註205〕

此詩太過直白，說教味太重，未若太白〈山中問答〉之隨心而入化〔註206〕：

> 問余何意一作事棲碧山，笑而不答心自閒。
> 桃花流水宕然一作宛然去，別有天地非人間。〔註207〕

嚴滄浪（1192？～1245？）曰：「詩者，吟詠情性也。盛唐諸人惟在興趣，羚羊掛角，無跡可求。故其妙處透徹玲瓏，不可湊泊，如空中之音，相中之色，水中之月，鏡中之象，言有盡而意無窮。」〔註208〕太白此詩是也。李澤厚認為無論是內容還是形式上看，盛唐之音在詩歌上的頂峰當推李白，其詩痛快淋漓，是似乎毫無約束的天才極致，是「中國古代浪漫文學交響音詩的極峰」〔註209〕，此言確然。當然，我們要知道太白之所以能夠青出於藍，不僅在於其與生俱來的天才靈氣，同時離不開對歷代文學精華較全面地吸收。正如太白自己所言：「自從建安來，綺麗不足珍。聖代復元古，垂衣貴清真。群才屬休明，乘運共躍鱗。文質相炳煥，眾星羅秋旻。」〔註210〕他所追求的是文質炳煥的境界，倘若未有對綺麗文風的反思，太白的歌詩便

〔註205〕〔唐〕陳子昂：〈感遇三十八首·其五〉，《陳子昂集》，頁4。

〔註206〕〔明〕謝榛（1495～1575）：「詩有不立意造句，以興為主，漫然成篇，此詩之入化也。」載〔明〕謝榛著，郭紹虞主編：《四溟詩話》（北京：人民文學出版社，1961年），卷一，頁28。

〔註207〕〔唐〕李白：〈山中問答〉，載〔唐〕李白著，〔清〕王琦注：《李太白全集》（北京：中華書局，1977年），頁874。

〔註208〕〔宋〕嚴羽著，郭少虞校釋：《滄浪詩話校釋》（北京：人民文學出版社，1983年），〈詩辯〉，頁26。

〔註209〕李澤厚：《美的歷程》，頁122～123。

〔註210〕〔唐〕李白：〈古風五十九首·其一〉，《全唐詩》，卷一六一，頁380。

無法於百尺竿頭更進一步。

因此，李白所看重的陳子昂對齊梁文風鮮明的批判，想來會在一定程度上影響到李白的創作理念。其以〈古風〉五十九首作為宣言，表達了對初唐沿襲南朝風格充斥雕琢匠氣的華麗詩風的不滿，力主詩應有朗健的精神與強勁的骨格。〔註211〕錢志熙指出「陳子昂發現漢魏風骨，是想將詩歌引向齊梁程式化詩風出現之前的自由、個性化、創造性的審美理想。」〔註212〕而「李白復古詩學的思想與創作實踐，受到當時漸趨主流的陳子昂一派的復古詩學的影響，是對自身早年綺艷、偶儷、聲律的作風的揚棄。」〔註213〕太白以開闊的視野「鎔鑄經典之范，翔集子史之術，洞曉情變，曲昭文體」，故能「孚甲新意，雕畫奇辭」〔註214〕。

後魏顥（728？～？）及李陽冰（？～？唐肅宗寶應元年，762年官當塗令）在為李白之別集作序時不謀而合地都重點提及子昂。魏顥本名魏萬〔註215〕，其〈李翰林集序〉開篇云：

> 自盤古畫天地，天地之氣艮於西南。劍門上斷，橫江下絕，
> 岷、峨之曲，別為錦川。蜀之人無聞則已，聞則傑出是生，

〔註211〕（日）小川環樹：〈《古風》的宣言〉，載小川環樹著，周先民譯：《風與雲，中國詩文論集》（北京：中華書局，2005年），頁135。

〔註212〕錢志熙：〈論初盛唐時期古體詩體制的發展〉，《南開學報（哲學社會科學版）》，2011年第5期，頁67。

〔註213〕錢志熙：〈論李白《古風》五十九首的整體性〉，《文學遺產》，2010年第1期，頁25。

〔註214〕〔南朝梁〕劉勰：《文心雕龍·風骨》，見周振甫著：《文心雕龍今譯》，頁266。

〔註215〕《新唐書·宰相世系表十二中》之「館陶魏氏」條載：「魏萬先祖出於漢兗州刺史魏衡，至衡曾孫魏珉始居館陶。後至唐有魏徵相太宗，又三世至魏瞻、魏明、魏隋、魏萬仕，萬兼御史中丞。萬即魏顥，其祖、父不詳。據其自稱，始名萬，後名炎、顥，終以顥行。」〔宋〕歐陽脩、宋祁等撰：《新唐書》，卷七十二，頁2657～2659。按：李白有詩〈送王屋山人魏萬還王屋并序〉，其結句云：「我苦惜遠別，茫然使心悲。黃河若不斷，白首長相思。」《全唐詩》，卷一七五，頁409。

相如、君平、王褒、揚雄，降有陳子昂、李白，皆五百年矣。〔註216〕

一則因為陳李二人在地域上都出於蜀，二則兩人均在文學方面有所建樹，故魏顥將子昂作為近人之代表列於太白前與其並舉。李陽冰作為李白族叔，在〈唐李翰林草堂集序〉中亦特地轉引盧藏用對陳子昂的評語：

盧黃門云：「陳拾遺橫制頹波，天下質文，翕然一變。」至今朝詩體，尚有梁陳宮掖之風。至公大變，掃地併盡。今古文集，遏而不行，唯公文章，橫被六合，可謂力敵造化歟。〔註217〕

從李陽冰引用盧藏用為陳子昂集所作的序語可看出，在子昂去世後的幾十年裡，其集的確有所流傳。李陽冰專門在序中提及「陳拾遺」，說明他本人對陳子昂力圖掃除浮靡之功是表示一定認可的。魏、李兩人為太白編集，又在集序並舉陳、李，由此開啟了後世以陳、李並提的現象。

3. 杜甫對陳子昂的評述與緬懷

陳子昂與杜甫的祖父杜審言有交誼，子昂曾作〈送吉州杜司戶審言序〉，稱讚杜氏「炳靈翰林，研幾策府，有重名於天下，而獨秀於朝端。徐陳應劉，不得劘其壘；何王沈謝，適足靡其旗。而載筆下寮，三十餘載。秉不羈之操，物莫同塵；合絕唱之音，人皆寡和。」〔註218〕後杜甫在送別梓州李使君時，提及子昂被段簡所害之事，心感惻惻。因而作五排一首囑咐李使君在赴任途中經過子昂家鄉時，能夠替他追悼：「遇害陳公殞，于今蜀道憐。君行射洪縣，為我一潸然。」〔註219〕

〔註216〕〔唐〕魏顥：〈李翰林集序〉，《全唐文》，卷三百七十三，頁1680。

〔註217〕〔唐〕李陽冰：〈唐李翰林草堂集序〉，《全唐文》，卷四百三十七，頁1974～1975。

〔註218〕〔唐〕陳子昂：〈送吉州杜司戶審言序〉，《陳子昂集》，頁182～183。

〔註219〕〔唐〕杜甫：〈送梓州李使君之任〉，載〔清〕仇兆鰲注：《杜詩詳注》（上海：上海古籍出版社，1992年），頁917～918。

杜甫還專程去往子昂讀書與起居之地憑弔，作詩五古二首以追思：

> 涪右眾山內，金華紫崔嵬。上有蔚藍天，垂光抱瓊台。
>
> 系舟接絕壁，杖策窮縈迴。四顧俯層巔，澹然川谷開。
>
> 雪嶺日色死，霜鴻有餘哀。焚香玉女跪，霧裡仙人來。
>
> 陳公讀書堂，石柱仄青苔。悲風為我起，激烈傷雄才。〔註220〕

子昂少讀書於金華山，於是杜甫登高以追尋其學堂的遺跡。詩的前八句書寫學堂周邊的開闊而空明的自然環境，地靈而人傑。後八句由對晦色、哀鴻的刻畫轉入悲悼的心境，恍惚而迷離。杜甫悲於陳子昂的遭遇與才調，激動得借淒厲的寒風述說愴思。杜甫對子昂的「雄才」之評既有對子昂文學成就的認同，更深層的原因在於陳之詩文體現聖賢之道的部分：

> 拾遺平昔居，大屋尚修椽。悠揚荒山日，慘澹故園煙。
>
> 位下曷足傷，所貴者聖賢。有才繼騷雅，哲匠不比肩。
>
> 公生揚馬後，名與日月懸。同游英俊人，多秉輔佐權。
>
> 彥昭超玉價，郭振起通泉。到今素壁滑，灑翰銀鉤連。
>
> 盛事會一時，此堂豈千年。終古立忠義，感遇有遺編。〔註221〕

「拾遺」是掌供奉諷諫的諫官，杜甫亦嘗任左拾遺。拾遺的品級雖低，然其職在匡正君主言行過失，故為位下而無足傷懷的清望之官。詩聖的忠實追求者王嗣奭（1566～1648）解此詩曰：「稱文章而歸之『忠義』，才是真本領，亦公自道。『位下曷足傷』二語，亦公自道。『終古立忠義』，觀集中所上書疏及本傳可見，非謂〈感遇詩〉。若〈感遇詩〉，當世推為文宗，人皆知之；而公復推本於忠義，特闡其幽，亦見所重自有在也。」〔註222〕對此，我們表示認同：杜甫稱陳子昂「忠

〔註220〕〔唐〕杜甫：〈冬到金華山觀因得故拾遺陳公學堂遺迹〉，《杜詩詳注》，頁946～947。

〔註221〕〔唐〕杜甫：〈陳拾遺故宅〉，《杜詩詳注》，頁947～949。按：張戒（？～？宋徽宗宣和六年1124年進士）評杜甫詩〈陳拾遺故宅〉：「此宅蓋拾遺與趙彥昭、郭元振嘗題字于壁間，云『公後登宰輔』，少陵詩紀此而已。」見〔宋〕張戒撰：《歲寒堂詩話》（北京：中華書局，1985年），卷下，頁19。

〔註222〕〔明〕王嗣奭：《杜臆》（上海：上海古籍出版社，1983年），頁157。

義」緊接著言〈感遇〉，但想必令悲天憫人的杜公有所共鳴者，在於子昂〈感遇〉中憂國憂民，直指時弊的篇章以及侃侃多忠直語的書疏。晚唐人牛嶠（？～？唐僖宗乾符五年，878年進士及第）登子昂讀書臺，依舊可見杜甫留題之詩，於是有所根觸，寫下：

> 步出縣西郊，攀蘿登峭壁。行到蕊珠宮，暫喜拋火宅。
> 羽帔請焚修，霜鐘扣空寂。山影落中流，波聲吞大澤。
> 北廟引危檻，工部曾刻石。辭高謝康樂，吟久驚神魄。
> 拾遺有書堂，荒榛堆瓦礫。二賢間世生，垂名空烜赫。〔註223〕

牛嶠此詩印證了杜甫的觀點，僅百年內一座讀書堂便已是荒榛瓦礫，終古不朽的，唯有詩文中保留的文化基因：一種忠於職守，超越個人榮辱得失的大義。王夫之（1619～1692）曰：「唐初比偶，即有陳子昂、張子壽挖揚大雅。繼以李、杜代興，杯酒論文，雅稱同調」〔註224〕是將陳、張、李、杜相列。清末人高步瀛（1873～1940）《唐宋詩舉要》之五言古詩體小引又云：「唐初猶沿梁、陳餘習，未能自振，陳伯玉起而矯之，〈感遇〉之作，復見建安、正始之風。張子壽繼之，途軌益闢，至李、杜出而篇幅恢張，變化莫測，詩體又為之一變。」〔註225〕其實，陳子昂詩文對張九齡與李杜的影響並不限於五古，「別裁偽體親風雅」〔註226〕是四人共同的審美理想。從張曲江以清澹秀雅超越陳子昂的古奧樸拙；至李太白借鑒陳子昂復古的詩學理念及創作實踐，鎔鑄前人精華於其作臻至化境；再到杜拾遺瞻思陳子昂之文華與為人，了知立言千古的奧義——張、李、杜三人對陳子昂的接受情況反映出初唐至盛唐各式各樣的文學期待，這是醞釀出殷璠所謂「聲律與風骨備」之盛唐氣象的充要條件。

〔註223〕〔唐〕牛嶠：〈登陳拾遺書臺覽杜工部留題慨然成詠〉，載〈永樂大典〉卷三一三四，「陳子昂」條引〈潼川志〉，頁1821。
〔註224〕〔明〕王夫之著，舒蕪校點：《薑齋詩話》（北京：人民文學出版社，1961年），卷二，頁156。
〔註225〕〔清〕高步瀛撰注：《唐宋詩舉要》（上海：上海古籍出版社，1978年），卷一，頁1。
〔註226〕〔唐〕杜甫：〈戲為六絕句·其六〉，《全唐詩》，卷二二七，頁556。

二、顏真卿、釋皎然對盧評的質疑及評述

在健康的文學環境中，於一個有討論度的話題而言，有讚同就有反對，這是十分正常的現象。盧藏用為陳子昂的文學功績作出了極高的褒評，在盛唐時出現了見仁見智的聲音，像是顏真卿（709～785）與釋皎然（720？～798）就曾對盧評表示質疑，並作出評述。顏真卿在為孫逖（696～761，顏真卿、李華、蕭穎士皆出其門）文集作序時論道：

> 古之為文者，所以導達心志，發揮性靈，本乎詠歌，終乎雅頌。帝庸作而君臣動色，王澤竭而風化不行。政之興衰，實繫於此。然而文勝質，則繡其鞶帨，而血流漂杵；質勝文，則野於禮樂，而木訥不華。歷代相因，莫能適中。故詩人之賦麗以則，詞人之賦麗以淫，此其效也。〔註227〕

顏魯公作為書法大家，其文學主張與書家經驗相統一，均強調文質須並重。比如顏氏評懷素「雖姿性顛逸，超絕古今，而楷法精詳，特為真正。」〔註228〕即揮毫潑墨不但需要融入個性，一如醉素之顛狂放逸，一如顏體之端嚴溫醇，且要以精詳為典，以書體間各擅其美的技法相協調〔註229〕。顏氏認為文章裡內容與修辭的關係當適中而無所偏倚，繼云：

> 漢魏已還，雅道微缺；梁陳斯降，宮體聿興。既馳騁於末流，遂受嗤於後學。是以沈隱侯之論謝康樂也，乃云靈均已來，此未及覩；盧黃門之序陳拾遺也，而云道喪五百歲，而得陳君。若激昂頹波，雖無害於過正；榷其中論，不亦傷於厚誣。何則？雅鄭在人，理亂由俗。桑間濮上，胡為乎縣古之時？

〔註227〕〔唐〕顏真卿：〈尚書刑部侍郎贈尚書右僕射孫逖文公集序〉，《全唐文》，卷三百三十七，頁1510。

〔註228〕〔唐〕顏真卿：〈懷素上人草書歌序〉，《全唐文》，卷三百三十七，頁1511。

〔註229〕筆者按：如初唐書法家孫過庭語：「草不兼真，殆於專謹；真不通草，殊非翰札。真以點畫為形質，使轉為情性；草以點畫為情性，使轉為形質。草乖使轉，不能成字；真虧點畫，猶可記文。迴互雖殊，大體相涉。」見〔唐〕孫過庭撰，周士藝註疏：《書譜序註疏》（上海：上海古籍出版社，2009年），頁34～37。

正始皇風，奚獨乎凡今之代？蓋不然矣。〔註230〕

相較於蕭穎士、李華追崇復古、重質輕文而推陳文體正，顏真卿以為盧藏用評「道喪五百歲而得陳君……卓立千古，橫制頹波，天下翕然，質文一變。」〔註231〕過分偏重於質，有失偏頗，若從適中的文學觀來看陳之詩文，則盧評就顯得過於誇張虛妄。而且顏氏指出古今皆有雅有鄭，有治有亂。如學者嚴傑所釋，顏氏意指不雅正的作品，即使是在《詩經》的時代也曾流行；而發揚風化的作品，在唐朝與近唐時期亦有。因此，顏氏對文學之古與今不作截然劃分，不同意是古非今，也就不會強調復古。〔註232〕換言之，顏氏並未將「今」與「古」對立起來，也不認為古即代表「質」，今則代表「文」，他看重的是無論古今，均以文質之統一為上。顏氏的文學文質並重觀與孫過庭（646～691）《書譜》中提及的書法文質並重觀相近。孫氏曰：

> 評者云：「彼之四賢鍾張、二王，古今特絕；而今不逮古，古質而今妍。」夫質以代興，妍因俗易。雖書契之作，適以記言，而淳醨一遷，質文三變，馳騖沿革，物理常然。貴能古不乖時，今不同弊，所謂「文質彬彬，然後君子。」何必易雕宮於穴處，反玉輅於椎輪者乎！〔註233〕

有評論者認為鍾繇、張芝與王羲之、王獻之的書作都堪稱卓絕，但又以二王書法追求妍麗，故比不上鍾張的古樸。孫過庭針對此種一味尚古的書法觀，提出由於時代不同，崇尚的書風變化是常態。書家貴在既能學古又不違所處時代的風尚，既能知今又不流於俗弊，恰如杜公言「不薄今人愛古人，清詞麗句必為鄰。」〔註234〕總之，不以古為上，不以今為是，而看是否能夠達成文與質的恰到好處的融合。由

〔註230〕〔唐〕顏真卿：〈尚書刑部侍郎贈尚書右僕射孫逖文公集序〉，《全唐文》，卷三百三十七，頁1510。

〔註231〕〔唐〕盧藏用：〈右拾遺陳子昂文集序〉，《全唐文》，卷二百三十八，頁1061。

〔註232〕嚴傑：《顏真卿評傳》（南京：南京大學出版社，2005年），頁234。

〔註233〕〔唐〕孫過庭撰，周士藝註疏：《書譜序註疏》，頁6～7。

〔註234〕〔唐〕杜甫：〈戲為六絕句・其五〉，《全唐詩》，卷二二七，頁556。

上述論述可知，在蕭穎士、李華提倡復古、強調古質的同時，蕭李的同門顏真卿有不同的意見，也因此對陳子昂的評述有所差別。同顏真卿有酬唱往來的詩僧皎然〔註235〕亦與盧藏用意見相左，皎然論盧評「道喪五百年而有陳君」云：

> 司馬子長自序云，周公卒五百歲而有孔子，孔子卒五百歲而有司馬公。邇來年代既遙，作者無限。若論筆語，則東漢有班、張、崔、蔡；若但論詩，則魏有曹、劉、三傅，晉有潘岳、陸機、阮籍、盧諶，宋有謝康樂、陶淵明、鮑明遠，齊有謝吏部，梁有柳文暢、吳叔庠。作者紛紜，繼在青史，如何五百之數獨歸於陳君乎？藏用欲為子昂張一尺之羅蓋，彌天之宇，上掩曹、劉，下遺康謝，安可得耶？〔註236〕

皎然認為盧藏用於陳子昂之評價過高，一則「五百年」之語是評周公、孔子、司馬公之語；二則自漢至唐無論筆、詩，都有眾多出眾的文士，而盧氏對其視而不見；三則盧氏有刻意抬高陳子昂之嫌。皎然後具體舉例，認為陳之〈感遇〉似阮籍〈詠懷〉卻無法和阮比肩：

> 子昂《感寓》三十首，出自阮公〈詠懷〉，〈詠懷〉之作，難以為儔。子昂詩曰：「荒哉穆天子，好與白雲期。宮女多怨曠，層城閉蛾眉。」曷若阮公「三楚多秀士，朝雲進荒淫。朱華振芬芳，高蔡相追尋。一為黃雀哀，涕下誰能禁？」此〈序〉或未淪湎千載之下，當有識者，得無撫掌乎？〔註237〕

皎然又作復變之論曰：「作者須知復、變之道：返古曰復，不滯曰變。若惟復不變，則陷於相似之格，其狀如駑驥同廄，非造父不能辨……陳子昂復多而變少，沈、宋復少而變多。」〔註238〕清人葉燮（1627～1702）亦稱「子昂古詩，尚蹈襲漢魏蹊徑，竟有全似阮籍

〔註235〕 按：皎然有詩〈奉和顏使君真卿與陸處士羽登妙喜寺三癸亭〉，《全唐詩》，卷八一七，頁2001。該詩一作顏真卿：詩〈贈僧皎然〉，《全唐詩》，卷一五二，頁361。

〔註236〕 〔唐〕皎然著，李壯鷹校注：《詩式校注》（北京：人民文學出版社，2003年），卷三，頁221。

〔註237〕 〔唐〕皎然著，李壯鷹校注：《詩式校注》，卷三，頁221～222。

〔註238〕 〔唐〕皎然著，李壯鷹校注：《詩式校注》，卷五，頁330。

〈詠懷〉之作者，失自家體段」〔註239〕葛曉音以為陳子昂之所以被評
「復多而變少」「失自家體段」，部分原因在於其〈感遇〉的某些意象、
詞語對阮籍模仿過甚，如阮籍好用「夸毗子」「繁華子」「繽紛子」之
類的稱謂，陳也用「驕豪子」「夸毗子」「夭桃子」「玄真子」「巢居子」
等語詞；加之陳在天運變化、歷史興衰的輪迴中思考時命的角度與阮
相同，其玄言也有不少相似。〔註240〕劉文忠則認為陳子昂、李白等
人是以復古為革新作「通變」〔註241〕，而非完全照搬古制。林邦鈞
也認為陳子昂的側重點在於推陳出新，由「復」求「變」，「復」中有
「變」〔註242〕。關於復變之論，明末清初人吳喬（1611～1695）有深
刻的見解：

> 詩道不出乎變復。變，謂變古；復，謂復古。變乃能復，復
> 乃能變，非二道也。漢魏詩甚高，變《三百篇》之四言為五
> 言，而能復其淳正。盛唐詩亦甚高，變漢魏之古體為唐體，
> 而能復其高雅；變六朝之綺麗為渾成，而能復其挺秀。藝至
> 此尚矣！〔註243〕

我們讚同吳喬此說，如同上述孫過庭論書風之變通，詩道的通變
亦是自然而然之事，變革和復古實為一體，須在繼承優秀傳統的基礎
上適應詩體之發展，亦如孫子言：「凡戰者，以正合，以奇勝。故善出

〔註239〕〔清〕葉燮著，霍松林校註：《原詩》（北京：人民文學出版社，1979
　　　　年），頁8。
〔註240〕葛曉音：〈陳子昂與初唐五言詩古、律體調的界分——兼論明清詩
　　　　論中的「唐無五古」說〉，《文史哲》，2011年第3期，頁106。
〔註241〕劉文忠：《正變·通變·新變》（南昌：百花洲文藝出版社，2017年），
　　　　頁167。按：「通變」一詞最早見於《易·繫辭上》：「極數知來之謂
　　　　占，通變之謂事。」後劉勰有專篇《文心雕龍·通變》。關於「通變」
　　　　之內涵眾說紛紜，在此，我們取劉先生的闡釋：劉勰的「通變」不
　　　　是復古論，它是繼承與革新、借鑒與發展、不變與變的辯證統一。
　　　　參看劉文忠：《正變·通變·新變》，頁125～137。
〔註242〕林邦鈞：〈「復」與「變」的互動——論陳子昂詩歌理論和創作的創
　　　　新〉，《齊魯學刊》，2001年第3期，頁5。
〔註243〕〔明末清初〕吳喬撰：《圍爐詩話》（北京：中華書局，1985年）此
　　　　據借月山房彙鈔本排印，卷一，頁1。

奇者，無窮如天地，不竭如江河……奇正之變，不可勝窮也。奇正相
生，如環之無端，孰能窮之！」〔註244〕子昂確實「觀齊梁間詩，彩麗
競繁，而興寄都絕」，故「每以永歎」，同時也提出「骨氣端翔，音情
頓挫，光英朗練，有金石聲」用以「洗心飾視，發揮幽鬱」〔註245〕的
詩美理想。皎然評作「復多變少」，實出於其對齊梁詩的認知，嘗論
曰：「夫五言之道，惟工惟精。論者雖欲降殺齊梁，未知其旨」又云齊
梁「格雖弱，氣猶正，遠比建安，可言體變，不可言道喪。」〔註246〕
皎然因對齊梁詩「精工之變」頗有好感，而主張以遠紹漢魏風骨，以
糾正齊梁間詩無興寄之風。故皎然以為陳子昂「復多而變少」。

三、小結

　　在陳子昂去世後的幾十年裡，大唐進入豪邁宏闊、奮發進取的繁
盛時期，在那響亮的盛世強音之中，陳子昂的詩文迎來了多元的討
論，既有效法與突破，也有異議和質疑。自盛唐起，對陳子昂的評價
有不同的意見與廣泛的討論，這說明陳之詩文為時人所讀所知。因陳
子昂憑藉對現實透闢的認識，無懼於觸逆鱗，膽大地揭露真相，廣泛
地論及省刑、納諫、除奸、任賢、安邊、利民、輕徭、薄賦等重大問
題。〔註247〕故時有以蕭穎士、李華為首，強調文章政教功用的古文家
們對陳子昂作出群體性的接受。又因陳之五言詩既有思想內容上深刻
的現實內容，又不乏藝術層面的價值，故引起張九齡、李白、杜甫等
後起之秀的承繼與借鑒。同期，顏真卿、皎然於盧藏用對陳子昂文學

〔註244〕〔春秋〕孫武著：《孫子兵法・勢篇》（武漢：崇文書局，2004年），
　　　　頁35～36。
〔註245〕〔唐〕陳子昂：〈修竹篇并序〉，《陳子昂集》，頁16。
〔註246〕〔唐〕皎然著，李壯鷹校注：《詩式校注》，卷四，頁273。筆者按：
　　　　皎然此「道喪」之說明顯相對於陳子昂〈修竹篇序〉之「文章道弊
　　　　五百年」及盧藏用〈陳子昂別傳〉之「道喪五百年而得陳君」的看
　　　　法。
〔註247〕孫昌武：《唐代古文運動通論》（天津：百花文藝出版社，1984年），
　　　　頁47～48。

地位的褒評持異，為後人相對更客觀地評價陳子昂作出了啟發。如明人胡震亨（1569～1645）有中肯的評說：

> 唐人推重子昂，自盧黃門後，不一而足……獨顏真卿有異論，僧皎然采而著之詩式。近代李于麟，加貶尤劇。余謂諸賢軒輊，各有深意。子昂自以復古反正，於有唐一代詩功為大耳。正如黥涉為王，殿屋非必沈沈，但大澤一呼，為羣雄驅先，自不得不取冠漢史。〔註248〕

胡震亨將陳子昂比作在大澤鄉揭竿而起的陳勝、吳廣起義，甚是貼切。如今人周祖譔所述：陳子昂的確在初唐詩向盛唐詩發展過程中起到了積極的作用，但他對盛唐的影響決不是帶有本質性的或者是全局性的。〔註249〕陳吳起義亦非推翻秦朝的絕對性力量，而是那個先聲階段具有敏銳的歷史嗅覺的代表性人物。陳子昂旗幟鮮明地反對頹靡之風，以標舉漢魏風骨作為革新的良方，且通過實際具有一定藝術水準與內容的詩文創作為後俊作出示範，順應了文學發展的大勢。學者張伯偉稱讚陳子昂如同「羅馬神話中的伊阿諾斯神（Janus）一樣有著兩張臉：一張面對過去，向著建安、正始的文學傳統皈依；一張朝向未來，為盛唐文學的到來作開路先鋒。」〔註250〕此言不虛。

第三節 中晚唐時期陳子昂詩文的接受

一、韓柳、元白對陳作的點評及取法

（一）韓愈、柳宗元的褒評

清人鄧繹（1831～1900？）云：「唐人之學博而雜，豪俠有氣之士多出於其間，磊落奇偉，猶有西漢之遺風，而見諸文辭者，有陳子

〔註248〕〔明〕胡震亨著：《唐音癸籤》（上海：上海古籍出版社，1981年），卷五，頁44～45。

〔註249〕周祖譔：〈關於陳子昂歷史作用的再思考〉，《唐代文學研究》，1992年第8期，頁191。

〔註250〕中華文化通志編委會編，張伯偉撰：《中華文化通志·詩詞曲志》（上海：上海人民出版社，1998年），頁136。

昂、李白、杜甫、韓愈、柳宗元之屬，堪與誼、遷、相如、揚雄輩相馳騁。」〔註251〕視子昂、李杜、韓柳為以文祖述西漢遺風者，本自梗概多氣之性情。韓文公〈送孟東野序〉語則體現其慷慨剛直：

> 大凡物不得其平則鳴……人之於言也亦然。有不得已者而後言，其謌也有思，其哭也有懷。凡出乎口而為聲者，其皆有弗平者乎？……漢之時，司馬遷、相如、揚雄，最其善鳴者也。……唐之有天下，陳子昂、蘇源明、元結、李白、杜甫、李觀，皆以其所能鳴。其存而在下者，孟郊東野，始以其詩鳴，其高出魏晉，不懈而及於古，其他浸淫乎漢氏矣。〔註252〕

該序為韓愈（768～824）送別摯友孟郊（751～814）時書寫的贈序，是成語「不平則鳴」的出處。序中歷數自唐堯、虞舜起至於孟郊、李翱、張籍等韓氏所認為的善鳴者，並將陳子昂列為唐朝開國以來首位善鳴之人。上自屈子「惜誦以致愍兮，發憤以抒情」〔註253〕，後有太史公司馬子長意有鬱結不得通，故著書以舒憤，子昂亦曾醉書散灑，作歌曰：「孤憤遐吟，誰知我心，孺子孺子，其可與理兮！」〔註254〕韓文公所列善鳴者，均在文學方面有一定的造詣。韓公嘗「讀阮籍、陶潛詩，乃知彼雖偃蹇不欲與世接，然猶未能平其心，或為事物是非相感發，於是有托而逃焉者也。」〔註255〕即不平而鳴、有感而發，而非矯揉造作的無病呻吟，子昂繼阮籍之「詠懷」以「感遇」為詩題作組詩，俯仰感懷，即事起興，抒發的都是本於心的真情實感。言為心聲，書亦為心聲，在韓公看來，無論是文字還是書法，藝術的抒情性是相通的，只是憑藉不同而已：

〔註251〕〔清〕鄧繹撰：《藻川堂譚藝·三代篇》，載蔡鎮楚編：《中國詩話珍本叢書》第十九冊（北京：北京圖書館出版社，2004年），頁878。
〔註252〕〔唐〕韓愈：〈送孟東野序〉，《全唐文》，卷五五十五，頁2486。
〔註253〕〔戰國〕屈原：〈九章·惜誦〉，〔漢〕劉向編集，〔漢〕王逸章句：《楚辭》（北京：中華書局，1985年），卷三，頁54。
〔註254〕〔唐〕陳子昂：〈喜馬參軍相遇醉歌并序〉，《陳子昂集》，頁52～53。
〔註255〕〔唐〕韓愈：〈送王秀才序〉，《全唐文》，卷五百五十五，頁2489。

往時張旭善草書，不治他伎：喜怒、窘窮、憂悲、愉佚、怨
恨、思慕、酣醉、無聊、不平有動於心，必於草書焉發之。
觀於物，見山水、崖谷、鳥獸、蟲魚、草木之花實、日月、
列星、風雨、水火、雷霆、霹靂、歌舞、戰鬥，天地事物之
變，可喜可愕，一寓於書。故旭之書，變動猶鬼神，不可端
倪，以此終其身而名後世。〔註256〕

　　韓愈以為張旭草書可名於後世的原因在於能寓情於書，從此點
我們可看出韓文公對文藝抒情性的重視。子昂之詩如〈感遇〉三十八
首觸物傷情，〈薊丘覽古〉七首感昔嗟今；其文如〈上益國事〉〈諫刑
書〉〈申宗人冤獄書〉等無不激憤陳詞以求仁義〔註257〕，而韓文公之
「明道」是要明確純粹以儒家仁義為本的道德內涵，使之內化為一種
文化承擔的人格力量。〔註258〕故韓公稱子昂「善鳴」。韓公特別強調
為文者當修其身，亦認同「言之無文，行而不遠」〔註259〕：

夫所謂文者，必有諸其中。是故君子慎其實。實之美惡，其
發也不掩，本深而末茂，形大而聲宏，行峻而言厲，心醇而
氣和。昭晰者無疑，優游者有餘；體不備不可以為成人，辭
不足不可以為成文。〔註260〕

〔註256〕〔唐〕韓愈：〈送高閑上人序〉，《全唐文》，卷五百五十五，頁2490。
〔註257〕按：(1) 子昂〈上益國事〉云：「伏見松潘軍糧費過甚，太平百姓，
　　　　未得安居。臣參班一命，庶幾仁類，不敢自見避諱，忍之不言。所
　　　　以不懼身誅，區區上奏，冒越非次，伏待顯戮。」《陳子昂集》，頁
　　　　200～201。(2) 子昂〈諫刑書〉云：「獄官務在急刑，以傷陛下之仁，
　　　　以誣太平之政，臣竊私恨之……夫獄吏不可信，多弄國權，自古敗
　　　　亡，聖王所誡。」《陳子昂集》，頁227～228。(3) 子昂〈申宗人冤
　　　　獄書〉云：「(鳳閣舍人) 今乃遭誣罔之罪，被構架之詞，陷見疑之
　　　　辜，困無驗之告，幽窮詔獄，吏不見明，肝血赤心，無所控告，母
　　　　年八十，老病在床，抱疾喘息，朝不保夕。今日身幽獄戶，死生斷
　　　　絕，朝蒙國榮，夕為孤囚，臣竊痛之。」《陳子昂集》，頁242。
〔註258〕傅璇琮，蔣寅主編：《中國古代文學通論·隋唐五代卷》(瀋陽：遼
　　　　寧人民出版社，2005年)，頁152。
〔註259〕〔春秋〕傳為左丘明著：《左傳·襄公二十五年》，楊伯峻編著：《春
　　　　秋左傳注》修訂本，頁1106。
〔註260〕〔唐〕韓愈：〈答尉遲生書〉，《全唐文》，卷五百五十一，頁2471。

　　韓文公「思古人而不得見，學古道，則欲兼通其辭。通其辭者，本志乎古道者也。」〔註261〕志在弘揚雅道典則，自云「愈之所志於古者，不惟其辭之好，好其道焉爾。」〔註262〕可知韓公主張文本於道，道文兼濟；又稱「讀書以為學，纘言以為文，非以誇多而鬪靡也。蓋學所以為道，文所以為理耳。苟行事得其宜，出言適其要，雖不吾面，吾將信其富於文學也。」〔註263〕行事得宜者，重於修身；出言適要者，在乎辭令。子昂為人忠直率性、耿介毅然，其作文從字順、至情至性，確不忝於「善鳴」之評。韓公又於〈薦士〉詩云：

> 周詩三百篇，雅麗理訓誥。曾經聖人手，議論安敢到。
> 五言出漢時，蘇李首更號。東都漸瀰漫，派別百川導。
> 建安能者七，卓犖變風操。逶迤抵晉宋，氣象日凋耗。
> 中間數鮑謝，比近最清奧。齊梁及陳隋，眾作等蟬噪。
> 搜春摘花卉，沿襲傷剽盜。國朝盛文章，子昂始高蹈。
> 勃興得李杜，萬類困陵暴。後來相繼生，亦各臻閫奧。〔註264〕

　　韓公論先唐詩風之變遷，對齊梁陳隋詩的評價生動而犀利。就此詩之語境來看，韓公評子昂「文章」高蹈，此處之「文章」傾向於指其詩。晉宋以來詩壇總體氣象日凋，流行刻意雕琢風花雪月之辭，好似夏之聒噪的蟬鳴，多浮詞濫調。在此背景下，生活在初唐至盛唐過渡階段的子昂，以尤其鮮明的論調重倡漢魏之風骨及作品之興寄，又以〈感遇〉、〈薊丘覽古〉等慨然而作的五古組詩為代表作，實踐其詩學主張，可謂適逢其時。這與韓文公的浸淫漢氏、不平則鳴的理念相一致，故評其「始高蹈」。

　　在古文上與韓愈並稱「韓柳」的柳宗元（773～819）對文與道之看法與韓愈相近，都主張文以明道，河東先生曰「始吾幼且少，為文

〔註261〕〔唐〕韓愈：〈題哀辭後〉，《全唐文》，卷五百六十七，頁2543。
〔註262〕〔唐〕韓愈：〈答李秀才書〉，《全唐文》，卷五百五十二，頁2475。
〔註263〕〔唐〕韓愈：〈送陳秀才彤序〉，《全唐文》，卷五百五十五，頁2489。
〔註264〕〔唐〕韓愈：〈薦士薦孟郊於鄭餘慶也〉，《全唐詩》，卷三三七，頁834。

章以辭為工。及長乃知文者以明道，是故不苟為炳炳烺烺，務采色夸聲音而以為能也。」〔註265〕柳河東為楊凌（？～790？）文集作序時提及其對文章功用的看法：「文之用，辭令褒貶、導揚諷諭而已。雖其言鄙野，足以備於用。然而闕其文采，固不足以竦動時聽，誇示後學。立言而朽，君子不由也。故作者抱其根源，而必由是假道焉。」〔註266〕此說主張文須假道，亦須講究文辭，這與提倡文道統一的韓說源於一端。河東繼曰：

> 文有二道：辭令褒貶，本乎著述者也；導揚諷諭，本乎比
> 興者也。著述者流，蓋出於《書》之謨、訓，《易》之象、
> 系，《春秋》之筆削，其要在於高壯廣厚，詞正而理備，謂
> 宜藏於簡冊也。比興者流，蓋出於虞、夏之詠歌，殷、周
> 之風雅，其要在於麗則清越，言暢而意美，謂宜流於謠誦
> 也。〔註267〕

　　這裡提出「文」有兩種分類，一種是源於高古壯闊、廣大深厚的典籍之著述類作品；一種是源於虞夏歌謠、商周歌詩的比興類作品。著述類作品講究辭令褒貶、微言大義，而比興類作品講究導揚諷諭、清越意美。南朝時劉勰敘曰：「今之常言，有『文』有『筆』，以為無韻者『筆』也，有韻者『文』也。」〔註268〕上述柳河東論文體之分是對南朝以來筆、文概念的再闡發，從古文家的角度總體上把握散文與詩的特點。柳氏以為這兩類作品由於主旨與意圖不同，故一般書寫者往往擅長某一方面而無法兼善，若有能在兩類作品都達到一定藝術水準之人，就可視作文學大家：

> 茲二者，考其旨義，乖離不合。故秉筆之士，恆偏勝獨得，

〔註265〕〔唐〕柳宗元：〈答韋中立論師道書〉，載《柳河東集》（上海：上海人民出版社，1974 年），卷三十四，頁 542。

〔註266〕〔唐〕柳宗元：〈楊評事文集後序〉，《柳河東集》，卷二十一，頁 371。

〔註267〕〔唐〕柳宗元：〈楊評事文集後序〉，《柳河東集》，卷二十一，頁 371～372。

〔註268〕〔梁〕劉勰：〈文心雕龍・總術〉，見周振甫著：《文心雕龍今譯》，頁 385。

而罕有兼者焉。厥有能而專美，命之曰藝成。雖古文雅之盛
世，不能並肩而生。唐興以來，稱是選而不作者，梓潼陳拾
遺。其後，燕文貞以著述之餘，攻比興而莫能極；張曲江以
比興之隙，窮著述而不克備。其餘各探一隅，相與背馳于道
者，其去彌遠。文之難兼，斯亦甚矣。〔註269〕

　　在柳河東看來，自唐初至其年代能兼善著述及比興者，特舉陳子
昂一人，又舉被稱作「燕許大手筆」之燕國公張說、曲江公張九齡為
例，認為張說善於著述，而其詩仍有待提升；張九齡精通詩作，卻未
在著述上有所成──可見河東先生對陳作之隆崇。柳氏嘗於永州作
《感遇二首》，其一吟道：

西陸動涼氣，驚烏號北林。棲息豈殊性，集枯安可任。
鴻鵠去不返，勾吳阻且深。徒嗟日沈湎，丸鼓驚奇音。
東海久搖蕩，南風已駸駸。坐使青天暮，小星愁太陰。
眾情嗜姦利，居貨捐千金。危根一以振，齊斧來相尋。
攬衣中夜起，感物涕盈襟。微霜眾所踐，誰念歲寒心。〔註270〕

柳河東此詩與子昂下之所感在時節、心境與意象的擇選上相近：

微霜知歲晏，斧柯始青青。況乃金天夕，浩露沾羣英。
登山望宇宙，白日已西暝。雲海方蕩漾，孤鱗安得寧。〔註271〕

　　我們發現無論是阮籍〈詠懷〉，或是陳子昂〈感遇〉，再到張九齡
〈感遇〉、李白〈古風〉，又至後人之感懷類組詩，一般在修辭上有一
個共通的特點，常好用反問及遞進句〔註272〕，河東之感遇亦然。《文

〔註269〕〔唐〕柳宗元：〈楊評事文集後序〉，《柳河東集》，卷二十一，頁372。
〔註270〕〔唐〕柳宗元：〈感遇二首・其一〉，《全唐詩》，卷三五三，頁876。
〔註271〕〔唐〕陳子昂：〈感遇三十八首・其二十二〉，《陳子昂集》，頁7～8。
〔註272〕按：比如經統計，阮籍〈詠懷〉八十二首主要以「豈」作反問，共
　　　　30句，如「布衣可終身，寵祿豈足賴」（其八）「求仁自得仁，豈復
　　　　歎咨嗟」（其十七）「豈與鶉鷃遊，連翩戲中庭」（其二十四）「豈若
　　　　雄傑士，功名從此大」（其四十八）「豈為明哲士，妖蠱諂媚生」（其
　　　　七十四）等。陳子昂〈感遇〉三十八首以「豈」作反問8句：（1）
　　　　「豈徒山木壽，空與麋鹿羣」（其十一）（2）「豈無當世雄，天道與
　　　　胡兵」（其十七）（3）「豈無感激者，時俗顏此風」（其十八）（4）「豈

選註》載顏延之評阮籍〈詠懷〉曰：「嗣宗身仕亂朝，常恐罹謗遇禍，因茲發詠，故每有憂生之嗟。雖志在譏刺，而文多隱避。」〔註273〕所謂「隱避」者，指多用隱喻如草木鳥獸，陳詩與柳詩於憂嗟之情之抒發延續了阮詩的筆法，如子昂借物以感：

　　玄蟬號白露，茲歲已蹉跎。羣物從大化，孤英將奈何。

　　瑤臺有青鳥，遠食玉山禾。崑崙見玄鳳，豈復虞雲羅。〔註274〕

《禮記・月令》云：「涼風至，白露降，寒蟬鳴，鷹乃祭鳥，用始行戮。」〔註275〕河東先生感遇之第二首歎曰：

　　旭日照寒野，鷖斯起蒿萊。啁啾有餘樂，飛舞西陵隈。

　　迴風旦夕至，零葉委陳荄。所棲不足恃，鷹隼縱橫來。〔註276〕

　　此詩借寒野、枯葉、寒鴉、鷹隼等黯黮淒切的意象營造了一種蕭殺之氣，棲息的樹林無法依靠，兇狠的鷹隼從四面八方襲來，直教人戰慄不已。韓文公〈柳子厚墓誌銘〉述曰：「斥時，有人力能舉之，且必復用不窮。然子厚斥不久，窮不極，雖有出於人，其文學辭章，必不能自力以致必傳於後如今，無疑也。」〔註277〕柳公被貶永州而有所感，子昂隨武攸宜北征獻策而不納，因登薊丘賦詩仰歎：千古之感懷而佳者，多窮而後工，此幸與不幸之相通也。

不在遐遠，虞羅忽見尋」（其二十三）（5）「崑崙見玄鳳，豈復虞雲羅」（其二十五）（6）「日耽瑤臺樂，豈傷桃李時」（其二十六）（7）「豈茲越鄉感，憶昔楚襄王」（其二十七）（8）「豈不盛光寵，榮君白玉墀」（其三十一）。張九齡〈感遇〉十二首以「豈」作反問4句，如「徒言樹桃李，此木豈無陰」（其三）「有生豈不化，所感奚若斯」（其五）等。李白〈古風〉五十九首以「豈」作反問7句，如「豈無佳人色，但恐花不實」（其四十七）「流俗多錯誤，豈知玉與珉」（其五十）等。

〔註273〕〔梁〕蕭統編，〔唐〕李善等注，〔元〕方回撰：《六臣注文選》（上海：上海古籍出版社，1993年），卷二十三，頁515。

〔註274〕〔唐〕陳子昂：〈感遇三十八首・其二十五〉，《陳子昂集》，頁8。

〔註275〕〔漢〕鄭玄注，〔唐〕孔穎達等正義，呂友仁整理：《禮記正義》，上冊，卷第二十四，頁689。

〔註276〕〔唐〕柳宗元：〈感遇二首・其二〉，《全唐詩》，卷三五三，頁876。

〔註277〕〔唐〕韓愈：〈柳子厚墓誌銘〉，《全唐文》，卷五百六十三，頁2524。

（二）白居易、元稹對陳、杜之共同接受與新樂府運動
1.「拾遺」之職對白居易於陳杜之接受的影響

人們在提及陳子昂時，多以「陳拾遺」代稱，因其官至「右拾遺」〔註278〕，子昂自勉曰：「聖人脩備以待時，是以正天下如拾遺」〔註279〕拾遺一職始設於武周時期，據宋代王溥（922～982）所撰《唐會要》載：「垂拱元年（685）二月十九日敕：記言書事，每切於旁求。補闕、拾遺，未弘於注選。瞻言共理，必藉眾才。寄以登賢，期之進善。可置左右補闕各二員，從七品。左右拾遺各二人，從八品上，掌供奉諷諫。」〔註280〕以「補闕」「拾遺」為名，即取匡補君主過失之意，屬於諫官之列。點評過子昂之文人如盧藏用、獨孤及、梁肅、杜甫、元稹、白居易等均曾任拾遺。白居易（772～846）在剛被任命為拾遺時，特作詩〈初授拾遺〉描述他激動而忐忑的心情：

> 奉詔登左掖，束帶參朝議。何言初命卑，且脫風塵吏。杜甫
> 陳子昂，才名括天地。當時非不遇，尚無過斯位。況予寒薄
> 者，寵至不自意。驚近白日光，慚非青雲器。天子方從諫，
> 朝廷無忌諱。豈不思匡躬，適遇時無事。受命已旬月，飽食
> 隨班次。諫紙忽盈箱，對之終自愧。〔註281〕

前代任拾遺者眾多，如曲江公亦曾任左拾遺，樂天獨以杜、陳自

〔註278〕按：陳子昂以「右拾遺」稱於世，其〈上蜀川安危事三條〉自云：「聖曆元年（698）五月十四日，通直郎行右拾遺陳子昂狀。」《陳子昂集》，頁198。盧藏用〈陳氏別傳〉、中唐趙儋碑、新舊唐書均稱陳子昂官拜「右拾遺」，未提及任「左拾遺」之事，而筆者發現陳子昂〈祭韋府君文〉云：「維年月日，左拾遺陳子昂謹以少牢清酌之奠，致祭故人臨海韋君之靈。」羅庸、彭慶生、徐文茂皆繫此文作於695年，《陳子昂集》，頁172。不知是否是刊印有誤，將「右」印為「左」而有待修訂。若非訛誤，子昂自稱「左拾遺」，說明曾有官職調動，此事有待考證。特錄於此，表示存疑。

〔註279〕〔唐〕陳子昂：〈為喬補闕論突厥表〉，《陳子昂集》，頁100。

〔註280〕〔宋〕王溥：《唐會要》（北京：中華書局，1955年），卷五十六，頁965。

〔註281〕〔唐〕白居易著，顧學頡點校：《白居易集》（北京：中華書局，1979年），卷一，頁7～8。

比，可見其對前賢之瞻仰，這也開啟了後世以陳杜並舉的風氣。樂天初任拾遺，常思恪盡職守以報知遇之恩，故常做針砭時弊的政論詩如《秦中吟》者，怨刺諷喻，慷慨陳詞。傅紹良指出，相對於白居易的新樂府及《秦中吟》諸詩，陳子昂的「諷」不是以詩代諫式的直陳時事，而是取類託喻、寫物附意，雖具有明顯的針對性，但並不追求「廷議」的時效性。〔註282〕的確，子昂之勸諷多用曲筆，如其〈感遇三十八首·其四〉：

> 樂羊為魏將，食子殉軍功。骨肉且相薄，他人安得忠。
>
> 吾聞中山相，乃屬放麑翁。孤獸猶不忍，況以奉君終。〔註283〕

陳沆（1786～1826）箋此詩曰：「刺武后寵用酷吏淫刑以逞也」〔註284〕筆者以為此解不確切。「食子」、「骨肉」之語悲痛懇切，初讀時的思緒會集中於對樂羊竟食親子的不解及憤慨，仔細思量才發覺後有深意。章懷太子李賢有詩：「種瓜黃臺下，瓜熟子離離。一摘使瓜好，再摘使一作令瓜稀。三摘猶一作尚自可，摘絕抱蔓歸。」〔註285〕黃臺共四瓜，武后有四子：李弘、李賢、李顯、李旦，其中諷喻之意自明。劉遠智指出子昂〈感遇詩〉詠史之作甚多，蓋傷心人寫懷抱，多不能作婉轉語，若直以入詩，必失峻切許直。以史寄慨，經過一層間接輻射作用，可使詩意益加深婉，然其失則時空差距太遠，易流於晦澀。〔註286〕相比之下，白居易之《秦中吟》直白了當，言辭辛辣，如其傷閿鄉縣囚而作詩云：

> 秦中歲雲暮，大雪滿皇州。雪中退朝者，朱紫盡公侯。
>
> 貴有風雲興，富無饑寒憂。所營唯第宅，所務在追遊。

〔註282〕傅紹良：〈唐代詩人的拾遺、補闕經歷與詩歌創作〉，《陝西師範大學學報》，2005年第4期，頁59。

〔註283〕〔唐〕陳子昂：〈感遇三十八首·其四〉，《陳子昂集》，頁4。

〔註284〕〔清〕陳沆撰：《詩比興箋》（上海：上海古籍出版社，1981年），卷三，頁103。

〔註285〕〔唐〕李賢：〈黃臺瓜辭〉，《全唐詩》，卷六，頁34。

〔註286〕劉遠智：《陳子昂及其感遇詩研究》（臺北：文津出版社，1987年），頁73。

朱輪車馬客，紅燭歌舞樓。歡酣促密坐，醉暖脫重裘。

秋官為主人，廷尉居上頭。日中為一樂，夜半不能休。

豈知閶鄉獄，中有凍死囚！〔註287〕

通過強烈的對比，令聞者目怵心驚，不覺想到杜公之「勸客駝蹄羹，霜橙壓香橘。朱門酒肉臭，路有凍死骨」〔註288〕。江南旱魃為虐，白氏《秦中吟》又吟道：「食飽心自若，酒酣氣益振。是歲江南旱，衢州人食人！」〔註289〕權貴花天酒地，小民呼天搶地，實為荒唐的人間慘劇。白氏之友唐衢（？～？唐穆宗795～824時人）被其視為知己，在唐衢去世後，樂天回憶起往事：

憶昨元和初，忝備諫官位。是時兵革後，生民正憔悴。

但傷民病痛，不識時忌諱。遂作秦中吟，一吟悲一事……

惟有唐衢見，知我平生志。一讀興歎嗟，再吟垂涕泗。

因和三十韻，手題遠緘寄。致吾陳杜間，賞愛非常意。

此人無復見，此詩猶可貴。今日開篋看，蠹魚損文字。

不知何處葬，欲問先歔欷。終去哭墳前，還君一掬淚。〔註290〕

從樂天的文字中能看出，令他非常欣慰的是唐衢對《秦中吟》的見解，以及唐衢將他視為能與陳子昂、杜甫並肩之人物。唐衢之詩今不存，今人所知唐衢者，笑云「唐衢善哭」〔註291〕，樂天作〈寄唐生〉闡之：

〔註287〕〔唐〕白居易：〈秦中吟·歌舞〉，顧學頡點校：《白居易集》，卷二，頁34。按：白居易另有〈奏閶鄉禁囚狀〉，《全唐文》，卷六百六十八，頁3008～3009。

〔註288〕〔唐〕杜甫：〈自京赴奉先縣詠懷五百字〉，《全唐詩》，卷二一六，頁512。

〔註289〕〔唐〕白居易：〈秦中吟·輕肥〉，顧學頡點校：《白居易集》，卷二，頁33。

〔註290〕〔唐〕白居易：〈傷唐衢二首·其二〉，顧學頡點校：《白居易集》，卷一，頁16～17。

〔註291〕〔後晉〕劉昫等撰：《舊唐書·唐衢傳》：「唐衢者，應進士，久而不第。能為歌詩，意多感發。見人文章有所傷歎者，讀訖必哭，涕泗不能已。每與人言論，既相別，發聲一號，音辭哀切，聞之者莫不淒然泣下。」卷一百六十，頁4205。

賈誼哭時事，阮籍哭路岐。唐生今亦哭，異代同其悲。

唐生者何人？五十寒且飢。不悲口無食，不悲身無衣；

所悲忠與義，悲甚則哭之……我亦君之徒，鬱鬱何所為？

不能發聲哭，轉作樂府詩……惟歌生民病，願得天子知。

未得天子知，甘受時人嗤……歌哭雖異名，所感則同歸。

寄君三十章，與君為哭詞。〔註292〕

按樂天所描述，唐生其實是一個嚮往忠義且共情力特別強的人。樂天認為這與他自己同情百姓之疾苦是相通的，由於他覺得於他而言放聲大哭並無助於事，故轉作批判現實的樂府詩，而樂天興起新樂府運動的動因之一為前代陳、杜之感發，立志能克紹感遇興寄以美刺的傳統。如其在〈與元九書〉中云：

唐興二百年，其間詩人，不可勝數。所可舉者，陳子昂有《感遇詩二十首》，鮑防有《感興詩十五首》，又詩之豪者，世稱李杜……詩人多蹇，如陳子昂、杜甫，各授一拾遺，而迍剝至死……自拾遺來，凡所遇所感，關於美刺興比者。又自武德（唐高祖李淵年號：618～626）訖元和（唐憲宗李純年號：806～820），因事立題，題為「新樂府」者，共一百五十首，謂之「諷諭詩」；又或退公獨處，或移病閒居，知足保和，吟玩情性者一百首，謂之「閒適詩」；又有事務牽於外，情性動於內，隨感遇而形於歎詠者一百首，謂之「感傷詩」。〔註293〕

在樂天心目中，唐朝立國近二百年，詩人數不勝數，但值得稱道者屈指可數，其中首提子昂之〈感遇〉，但言「二十首」說明陳詩之流傳至中唐已有所減損，而鮑防感興詩至今全部失傳。繼提李杜，提出「詩人多蹇」，嘗感曰「每歎陳夫子，常嗟李謫仙。名高折人爵，思苦減天年。」〔註294〕又云「已矣夫，已矣夫，前不見往者，後不見來者，

〔註292〕〔唐〕白居易：〈寄唐生〉，顧學頡點校：《白居易集》，卷一，頁15～16。

〔註293〕〔唐〕白居易：〈與元九書〉，顧學頡點校：《白居易集》，卷四十五，頁961～964。

〔註294〕〔唐〕白居易：〈江樓夜吟元九律詩成三十韻〉，《全唐詩》，卷四四〇，頁1093。

吁嗟乎騶虞！」〔註295〕世道雖艱險，但有所感遇，依然因詩立題，興舉「文章合為時而著，歌詩合為事而作」〔註296〕白氏將其作為「拾遺」之責任感訴諸詩文，是為祖述陳李。此外，白詩有與陳詩相似者如子昂曰「詩禮固可學，鄭衛不足聽。」〔註297〕樂天云「泠泠聲滿耳，鄭衛不足聽。」〔註298〕子昂有句「舒之彌宇宙，卷之不盈分。」〔註299〕樂天則曰「卷之不盈握，舒之亘八陲。」〔註300〕

再者，需要討論的一點是，傅紹良認為「陳子昂的文學理論和創作與其諍官身份和諫諍活動密切相關。所以從根本上來說，陳子昂的文學成就的取得和文學地位確立，是一個諫官的價值在藝術上的體現。」〔註301〕此論過於誇大「諫官」之職對子昂之影響，其實不然。在陳子昂未入仕時，就於684年上書諫高宗靈駕入京，以念蒼生苦。初拜為「麟臺正字」，其本職工作為讎校典籍，刊正文章，而非諫官。直至「以繼母憂解官，服闋，拜右拾遺。」〔註302〕子昂被擢拔為拾遺的時間在693年之後，而如今流傳下來的作品中，子昂上奏之政論類書疏絕大多數都在任正字期間所寫。〔註303〕雖然其後來的「諍官身份」確實會在一定程度上影響到文學創作，但所任「拾遺」之官職並非子昂作政論文的決定性因素，而是其心中的正義感使然。白氏對

〔註295〕〔唐〕白居易：〈騶虞畫贊〉，顧學頡點校：《白居易集》，卷三十九，頁879。

〔註296〕〔唐〕白居易：〈與元九書〉，顧學頡點校：《白居易集》，卷四十五，頁962。

〔註297〕〔唐〕陳子昂：〈座右銘〉，《陳子昂集》，頁282。

〔註298〕〔唐〕白居易：〈和答詩十首・其三・答《桐花》〉，顧學頡點校：《白居易集》，卷二，頁42。

〔註299〕〔唐〕陳子昂：〈感遇三十八首・其十一〉，《陳子昂集》，頁5。

〔註300〕〔唐〕白居易：〈和答詩十首・其五・答《四皓廟》〉，顧學頡點校：《白居易集》，卷二，頁44。

〔註301〕傅紹良：〈陳子昂的諫諍實踐及其文學地位的確認〉，《人文雜誌》，2008年第3期，頁118。

〔註302〕〔唐〕盧藏用：〈陳子昂別傳〉，《全唐文》，卷二百三十八，頁1065。

〔註303〕按：參看附錄之〈陳子昂文繫年比對表〉，可知子昂於684～689任麟臺正字年間頻有政論類奏疏，而非任右拾遺之後方才積極進諫。

陳、杜的共同接受離不開兩人都曾任「拾遺」，但更為重要的是對陳杜詩文中那份的恤民憂國、傷時感事之情懷的接受。

2. 元稹對白居易的回應及陳詩與杜詩

《新唐書・元稹傳》載：「稹尤長於詩，與白居易相埒，天下傳諷，號『元和體』，往往播樂府。」〔註304〕元稹（779～831）與白居易作為新樂府運動共同的倡導者，提出「凡所為文，多因感激，故自古風詩至古今樂府，稍存寄興，頗近謳謠」〔註305〕主張寓意於古題，刺美以見事。元氏在〈詩寄樂天書〉中云：

> 僕時孩騃不慣聞見，獨於《書》《傳》中初習「理亂萌漸」，心體悸震，若不可活，思欲發之久矣。適有人以陳子昂〈感遇詩〉相示，吟翫激烈，即日為《寄思元子詩二十首》……又久之，得杜甫詩數百首，愛其浩蕩津涯，處處臻到，始病沈、宋之不存寄興，而訝子昂之未暇旁備矣。〔註306〕

從元稹的話我們可看出，子昂〈感遇詩〉之一大特色為「言理」，元稹在讀罷感遇詩後受到感發而作《寄思玄子詩二十首》，可惜這二十首組詩已亡佚，否則可以進一步對比元、陳感懷類詩之相似處。元稹後又讀到杜詩，將陳、杜之詩一對比，便體會出杜公之集大成者。元氏嘗云：

> 予讀詩至杜子美，而知古人之才有所總萃焉……唐興，學官大振，歷世之文，能者經出，而又沈宋之流，研練精切，穩順聲勢，謂之為律詩……好古者遺近，務華者去實，效齊梁則不逮於晉魏，工樂府則力屈於五言，律切則骨格不存，閒暇則纖悄備。至於子美，蓋所謂上薄風騷，下該沈宋，言奪蘇李，氣吞曹劉，掩顏謝之孤高，雜徐庾之流麗，久古今之

〔註304〕〔宋〕歐陽脩、宋祁等撰：《新唐書・元稹傳》，卷一百七十四，頁5228。

〔註305〕〔唐〕元稹：〈進詩狀〉，《全唐文》，卷六百五十一，頁2927。

〔註306〕〔唐〕元稹：〈詩寄樂天書〉，《全唐文》，卷六百五十三，頁2939。
　　　　按：《寄思元子詩二十首》「元」為避康熙諱，原作「玄」。

　　體勢，而兼昔人之所獨專矣。〔註307〕

　　由此論可見，元氏主張文質並舉，律骨並存，讚杜公曰：「杜甫天材頗絕倫，每尋詩卷似情親。憐渠直道當時語，不著心源傍古人。」〔註308〕即推崇杜公之既尊古而不泥古，能融會貫通，形成自己獨特的風格。而子昂之〈感遇〉確有多效阮籍〈詠懷〉語，讓人讀起來不覺有古板之意；且陳詩之律偶等藝術方面的技巧仍未登峰，故稱「子昂之未暇旁備矣」。

　　在創作上，元稹或有對陳詩的取法，比如陳詩言「秦王日無道，太子怨亦深。」〔註309〕元稹有「秦王轉無道，諫者鼎鑊親。」〔註310〕子昂於春夜別友人，作詩：

　　　　明月隱高樹，長河沒曉天。悠悠洛陽道，此會在何年。〔註311〕

　　元稹西還，偶遇友人得句：

　　　　悠悠洛陽夢，鬱鬱灞陵樹。落日正西歸，逢君又東去。〔註312〕

　　兩詩有相近處，不知是否是巧合，又或是元氏吟味陳詩，吸收其句法與構思後所得。

二、中晚唐時期陳作的傳播及時人的接受

（一）中晚唐時期陳作的傳播與創作層面之接受

1. 中晚唐時陳集的傳播

　　上述提及元白讀子昂之〈感遇詩〉，表明陳詩在中唐有流傳，元稹是由朋友傳示而得聞〈感遇〉，晚唐人劉蛻（821？～？）則是主動

〔註307〕〔唐〕元稹：〈唐故工部員外郎杜君墓係銘〉，《全唐文》，卷六百五十四，頁2945～2946。

〔註308〕〔唐〕元稹：〈酬孝一作李甫見贈十首·其二〉，《全唐詩》，卷四一三，頁1014。

〔註309〕〔唐〕陳子昂：〈薊丘覽古贈盧居士藏用七首·其四燕太子〉，《陳子昂集》，頁26。

〔註310〕〔唐〕元稹：〈四皓廟〉，《全唐詩》，卷三九六，頁987。

〔註311〕〔唐〕陳子昂：〈春夜別友人·其一〉，《陳子昂集》，頁41～42。

〔註312〕〔唐〕元稹：〈西還〉，《全唐詩》，卷四〇〇，頁993。

向家藏陳集的朋友借讀，其〈覽陳拾遺文集〉云：

　　鄞中好事人，家藏君十軸。余來多暇日，借得晝夜讀。

　　意氣高於頭，冰霜冷人腹。就中大雅篇，日日吟不足。

　　生遇明皇帝，君臣竟不識。沉湮死下位，我輩更莫卜。

　　射洪客來說，露碑今已踣。剜刓存滅半，勢欲入溝瀆。

　　寓書託宰君，請為試摩拭。樹之四達地，覆碑高作屋。

　　憤君死後名，再依泥沙辱。世路重富貴，婉娩好眉目。

　　文學如君輩，安得足衣食。不死橫路渠，為幸已多福。

　　我有平生心，摧殘不局促。揖君盛年名，萬鍾何足祿。

　　量長復校短，兔脛不願續。悲君淚垂頤，雲山空蜀國。〔註313〕

　　劉蛻，即那位被稱作「破天荒」之進士，曾任左拾遺。劉生在此詩中極力讚頌子昂之文學成就，詳細敘述了他讀陳集的感悟：一感興寄筆，二感士不遇，三感壁垣頹，四感俗世媚，五感子昂悲。又有陸龜蒙（？～881？）〈讀陳拾遺集〉詩云：

　　蓬顆何時與恨平，蜀江衣帶蜀山輕。

　　尋聞騎士梟黃祖，自是無人祭禰衡。〔註314〕

　　從詩題可看出，陸氏亦是讀陳集後有感，說明晚唐時陳集有所流傳。不過我們發現，最初盧藏用編陳集名為「陳子昂集」，到晚唐普遍改稱「陳拾遺集」，此點當為避唐文宗李昂（809～840，於826～840年在位）諱而來。陸氏此詩意涵比較隱晦，禰衡性剛傲而有才辯，敢擊鼓罵曹，或借喻子昂。黃祖者，為曹操、劉表借刀殺人之刀，或借喻殺害子昂之酷吏段簡。那麼梟黃祖首之騎士馮則〔註315〕，即為子昂報

〔註313〕〔唐〕劉蛻：〈覽陳拾遺文集〉，載〔明〕解縉等編：〈永樂大典〉（北京：中華書局，1986年），卷三一三四，「九真」「陳」字「陳子昂」條引〈潼川志〉，頁1821。

〔註314〕〔唐〕陸龜蒙：〈讀陳拾遺集〉，《全唐詩》，卷六二九，頁1586。

〔註315〕按：事見《三國志・吳主傳》：「十三年建安十三年208年春，權復征黃祖，祖先遣舟兵拒軍，都尉呂蒙破其前鋒，而凌統、董襲等盡銳攻之，遂屠其城。祖挺身亡走，騎士馮則追梟其首。」載〔晉〕陳壽撰，〔南朝宋〕裴松之注，陳乃乾校點：《三國志・吳書二》（北京：中華書局，1959年），卷四十七，頁1117。

仇雪恨而誅段簡者又為誰呢？晚唐人范攄（？～？約唐僖宗862～888年間人）在其筆記小說集《雲溪友議》中提及「或謂章仇大夫兼瓊為陳拾遺雪獄陳晃字子昂」〔註316〕學者余嘉錫認為「開元二十七年（739）章仇兼瓊為節度使，段簡雖老亦不過七八十歲，未必不尚在人間。兼瓊苟欲為子昂昭雪，自不妨捕簡而殺之，何謂迥不相及乎。陸龜蒙《甫里集》卷九《讀陳拾遺集》絕句……以黃祖比段簡。據其所言，簡之頭已為人所梟矣。證之以《雲溪友議》，梟簡者必即章仇兼瓊之騎士也。」〔註317〕此假設在邏輯上是通的，但范攄《雲溪友議》有小字注「陳晃字子昂」，此「子昂」或非彼「子昂」，姑且存疑。總之，陸氏此詩是讀陳集後對子昂之緬懷，這總是不會錯的。陸氏又有詩讚曰：「李杜氣不易，孟陳節難移。信知君子言，可並神明菁。」〔註318〕孟者，不知是指孟浩然還是孟郊，又或是孟雲卿？陳者，應該指的是陳子昂。

2. 中晚唐人對陳詩之效仿

　　孟雲卿（725？～？）其人為唐代宗時校書郎，高仲武《中興間氣集》收選孟詩六首，評其曰：

> 祖述沈千運，漁獵陳拾遺，詞意傷怨。如「虎豹不相食，哀哉人食人」，方於《七哀》「路有飢婦人，抱子棄草間」，則雲卿之句深矣。雖效於沈、陳，才得升堂，猶未入室，然當今古調，無出其右，一時之英也。〔註319〕

《中興間氣集》收孟雲卿詩六首均為五言，其中一首〈傷時〉云：

〔註316〕〔唐〕范攄撰，陽羨生校點：《雲溪友議‧嚴黃門》（上海：上海古籍出版社，2012年），卷上，頁89。

〔註317〕余嘉錫著：《四庫提要辨證》（長沙：湖南教育出版社，2009年），第二冊，頁890。

〔註318〕〔唐〕陸龜蒙：〈襲美先輩以龜蒙所獻五百言，既蒙見和復示榮唱至於千字，提獎之重，蔑有稱實，再抒鄙懷用伸酬謝〉，《全唐詩》，卷六一七，頁1561。

〔註319〕〔唐〕高仲武：《中興間氣集》，卷下，收入傅璇琮，陳尚君，徐俊編：《唐人選唐詩新編》增訂本（北京：中華書局，2014年），頁524。

太虛流素月，三五何明明。光耀侵白日，賢愚迷至精。

四時更變化，天道有虧盈。常恐今夜沒，須臾還復生。〔註320〕

雲卿此詩帶有模仿子昂〈感遇〉開篇的痕跡，陳詩曰：

微月生西海，幽陽始代昇。圓光正東滿，陰魄已朝凝。

太極生天地，三元更廢興。至精諒斯在，三五誰能徵。〔註321〕

　　孟雲卿又有《感懷八首》，誤作孟郊詩，該組詩從阮籍〈詠懷〉和子昂〈感遇〉得到孳乳，試圖從更廣闊的空間來思考時政和人生。〔註322〕晚唐人張為（？～？約為唐宣宗846～859年間人）稱孟云卿為「高古奧逸主」，又舉「群物歸大化，六龍頹西荒」為例〔註323〕，孟氏此例句與陳詩「群物從大化，孤英將奈何」〔註324〕相似。

　　再者，韋應物（737～792？）亦有與陳詩似者，如其贈王侍御詩「自歎猶為折腰吏一作客，可憐驄馬路傍行。」〔註325〕子昂贈喬侍御詩歎「可憐驄馬使，白首為誰雄。」〔註326〕韋擬古詩云：「游泳屬芳時一云遊冶詠康時，平生自云畢。」〔註327〕陳詩曰：「宿昔心所尚，平生自茲畢。」〔註328〕又有戴叔倫（732～789）之詩與陳詩相類，如陳詩云：「世上無名子，人間歲月賒。」〔註329〕戴詩曰：「與道共浮沈，人間歲月深。」〔註330〕陳詩：「自言幽燕客，結髮事遠遊。赤丸殺公

〔註320〕〔唐〕孟雲卿：〈傷時二首・其二〉，載〔唐〕高仲武：《中興間氣集》，卷下，收入傅璇琮等編：《唐人選唐詩新編》增訂本，頁527。

〔註321〕〔唐〕陳子昂：〈感遇詩三十八首・其一〉，《陳子昂集》，頁3。

〔註322〕參見陳尚君：〈元結與《篋中集》作者之佚詩〉，《文史知識》，2018年第7期，頁47～49。

〔註323〕〔唐〕張為撰：《主客圖》（北京：中華書局，1985年），頁7～8。

〔註324〕〔唐〕陳子昂：〈感遇詩三十八首・其二十五〉，《陳子昂集》，頁8。

〔註325〕〔唐〕韋應物：〈贈王侍御〉，《全唐詩》，卷一百八十七，頁435。按：此詩一作張籍詩。

〔註326〕〔唐〕陳子昂：〈題祀山烽樹贈喬十二侍御〉，《陳子昂集》，頁24。

〔註327〕〔唐〕韋應物：〈擬古詩十二首・其三〉，《全唐詩》，卷一百八十六，頁433。

〔註328〕〔唐〕陳子昂：〈秋園臥疾呈暉上人〉，《陳子昂集》，頁53。

〔註329〕〔唐〕陳子昂：〈臥疾家園〉，《陳子昂集》，頁53。

〔註330〕〔唐〕戴叔倫：〈贈韋評事償〉，《全唐詩》，卷二百七十三，頁688。

吏，白刃報私讎。」〔註331〕戴詩：「丈夫四方志，結髮事遠遊。遠遊
歷燕薊，獨戍邊城陬。」〔註332〕陳詩：「登山望不見，涕泣久漣洏。」
〔註333〕戴詩：「今日登高望不見，楚雲湘水各悠悠。」〔註334〕據搜韻
網之數據檢索，押先韻之五律以「禪、泉、玄、緣」次第為韻者，從
古至今流傳下來的似乎只有三首。首篇為陳子昂〈酬暉上人秋夜獨坐
山亭有贈〉：

　　鐘梵經行罷，香林坐入禪。巖庭交雜樹，石瀨瀉鳴泉。
　　水月心方寂，雲霞思獨玄。寧知人世裏，疲病苦攀緣。〔註335〕

　　其次則為《全唐詩》歸入戴叔倫名下之詩作〈暉上人獨坐亭〉：
　　蕭條心境外，兀坐獨參禪。蘿月明磐石，松風落潤泉。
　　性空長入定，心悟自通玄。去住渾無跡，青山謝世緣。〔註336〕

　　然而，據蔣寅所考，戴詩因其詩集有一個散佚重輯的經過，篡偽
情況嚴重而罕見。蔣氏觀子昂詩題知暉上人先有獨坐山亭詩相贈，而
此首原唱《全唐詩》未見，而詩中參禪入定之語是僧人口吻，疑題中
「暉上人」原為作者名，後人誤竄入題中。〔註337〕此推論於邏輯上能
自洽，但此詩是否是子昂所和暉上人之原作，仍須存疑。不過筆者相
信，此詩並非戴叔倫之作。第三首為明代「前七子」之一邊貢（1476
～1532）的〈入寺〉詩：

〔註331〕〔唐〕陳子昂：〈感遇詩三十八首·其三十四〉，《陳子昂集》，頁10。
〔註332〕〔唐〕戴叔倫：〈從軍行〉，《全唐詩》，卷二百七十三，頁685。
〔註333〕〔唐〕陳子昂：〈感遇詩三十八首·其三十二〉，《陳子昂集》，頁10。
〔註334〕〔唐〕戴叔倫：〈湘川野望〉，《全唐詩》，卷二百七十四，頁693。
〔註335〕〔唐〕陳子昂：〈酬暉上人秋夜獨坐山亭有贈〉，《陳子昂集》，頁31
　　　　～32。
〔註336〕題做〔唐〕戴叔倫：〈暉上人獨坐亭〉，《全唐詩》，卷二百七十三，
　　　　頁687。
〔註337〕參看蔣寅：〈戴叔倫作品考述〉，收入朱東潤主編：《中華文史論叢》，
　　　　1985年第4輯（上海：上海古籍出版社，1985年），頁247～258。
　　　　按：蔣先生還發現署名為戴詩之〈送崔融〉、〈游少林寺〉用韻與內
　　　　容也與陳子昂、沈佺期同題詩合若符節，而這與戴叔倫之行年相悖，
　　　　故其真偽很是可疑。見蔣寅：〈我的大曆詩歌研究〉，《古典文學知
　　　　識》，1996年第5期，頁12。

　　共邀黃鶴侶，來問野狐禪。日出山中寺，風鳴樹裏泉。

　　落花空色相，啼鳥伴幽玄。莫叩輪迴事，吾生自有緣。〔註338〕

　　三首詩環環相扣，在題材、用韻及意境上都很相像，應有內在的傳承關係。另外，晚唐溫庭筠（812？～870？）有與子昂同韻詩一首，題為〈敷水小桃盛開因作〉：

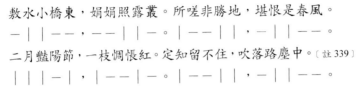

　　敷水小橋東，娟娟照露叢。所嗟非勝地，堪恨是春風。

　　二月豔陽節，一枝惆悵紅。定知留不住，吹落路塵中。〔註339〕

　　不過溫飛卿此詩是首句入韻，子昂之〈魏氏園林人賦一物得秋亭萱草〉則因時代所限，尚未有嚴格的格律規範：

　　昔時幽徑裏，榮耀雜春叢。今來玉墀上，銷歇畏秋風。

　　細葉猶含綠，鮮花未吐紅。忘憂誰見賞，空此北堂中。〔註340〕

　　兩詩在用韻上相合，所描繪的情景與心情亦相似，存有溫飛卿脫胎於陳詩的可能性。我們發現從晚唐開始，有了在詩題中直接言明仿擬陳詩之作的現象，如司空圖（837～908）有〈效陳拾遺子昂感遇二首〉，其一曰：

　　高燕飛何捷，啄害恣群雛。人豈玩其暴，華軒容爾居。

　　強欺自天稟，剛吐信吾徒。乃知不平者，矯世道終狐。〔註341〕

　　此用陳之歎息珍禽，孤鱗難寧意，其二曰：

　　陽和含煦潤，卉木競紛華。當為眾所悅，私已汝何誇。

〔註338〕〔明〕邊貢撰：〈華泉集〉（上海：上海古籍出版社，1993年），卷四，頁1264-67。

〔註339〕〔唐〕溫庭筠：〈敷水小桃盛開因作〉，「娟娟」一作「涓涓」，《全唐詩》，卷五八一，頁1484。

〔註340〕〔唐〕陳子昂：〈魏氏園林人賦一物得秋亭萱草〉，〈陳子昂集〉，頁276。

〔註341〕〔唐〕司空圖：〈效陳拾遺子昂感遇二首‧其一〉，《全唐詩》，卷六三二，頁1593。

北里秘穠艷，東園鎖名花。豪奪乃常理，笑君徒咄嗟。〔註342〕

又有〈效陳拾遺子昂〉一首：

醜婦競簪花，花多映愈醜。鄰女恃其姿，掇之不盈手。

量己苟自私，招損乃誰咎。寵祿既非安，於吾竟何有。〔註343〕

寵祿非安，「唯應白鷗鳥，可為洗心言」〔註344〕孫郃（？～？唐昭宗乾寧四年897登進士第）有〈古意二首擬陳拾遺〉其一是對子昂詩所題「七雄方龍鬬，天下久無君。浮榮不足貴，遵養晦時文」〔註345〕之命題的深入思索：

屈子生楚國，七雄知其材。介潔世不容，跡合藏蒿萊。

道廢固命也，瓢飲亦賢哉。何事葬江水，空使後人哀。〔註346〕

其二是對明君賢臣，而尤其是賢臣的歌詠：

魏禮段干木，秦王乃止戈。小國有其人，大國奈之何。

賢哲信為美，兵甲豈云多。君子戰必勝，斯言聞孟軻。〔註347〕

子昂則有詩曰「方謁明天子，清宴奉良籌。再取連城璧，三陟平津侯。不然拂衣去，歸從海上鷗。寧隨當代子，傾側且沉浮。」〔註348〕子曰：「天下有道則見，無道則隱。」〔註349〕此所言甚是。

（二）晚唐人對陳子昂詩文之批評

1. 晚唐於陳文之評

《全唐文》載晚唐人裴敬（？～？唐武宗會昌三年843年作〈翰林學士李公墓碑〉）為李白作墓碑文，其間提及：

〔註342〕〔唐〕司空圖：〈效陳拾遺子昂感遇二首·其二〉，《全唐詩》，卷六三二，頁1593。

〔註343〕〔唐〕司空圖：〈效陳拾遺子昂〉，《全唐詩》，卷六三二，頁1593。

〔註344〕〔唐〕陳子昂：〈感遇詩三十八首·其三十〉，《陳子昂集》，頁9。

〔註345〕〔唐〕陳子昂：〈感遇詩三十八首·其十一〉，《陳子昂集》，頁5。

〔註346〕〔唐〕孫郃：〈古意二首擬陳拾遺〉，《全唐詩》，卷六九四，頁1752。

〔註347〕〔唐〕孫郃：〈古意二首擬陳拾遺〉，《全唐詩》，卷六九四，頁1752。

〔註348〕〔唐〕陳子昂：〈答洛陽主人〉，《陳子昂集》，頁31。

〔註349〕〔春秋〕孔子及弟子著，楊伯峻譯注：《論語譯注》，〈泰伯第八〉，頁81。

唐朝以詩稱，若王江寧、宋考功、韋蘇州、王右丞、杜員外
之類；以文稱者，若陳拾遺、蘇司業、元容州、蕭功曹、韓
吏部之類……翰林李白其以詩稱之一也。〔註350〕

　　裴敬認為李白、王昌齡、宋之問、韋應物、王維、杜員外杜甫別
稱，或是指杜甫祖父杜審言等以詩聞名；陳子昂、蘇源明、元結、蕭穎士、
韓愈等以文聞名。韓愈列舉「陳子昂、蘇源明、元結、李白、杜甫、
李觀、孟郊」等七人善鳴，這與裴敬所列聞名者多相合。相較於同時
代大多數文論者一般將陳子昂之五言視作其代表作而加以闡發，裴敬
則將陳子昂的文學成就放入「文」之脈絡論評，這代表了晚唐評論陳
作的一種聲音。又見陸希聲（？～895？）為李觀（字元賓，766～794）
文集作序云：

夫文興於唐虞，而隆於周漢。自明帝後，文體寖弱，以至於
魏晉宋齊梁隋，嫣然華媚，無復筋骨。唐興，猶襲隋故態。
至天后朝，陳伯玉始復古制，當世高之。雖博雅典實，猶未
能全去諧靡。至退之乃大革流弊，落落有老成之風。而元賓
則不古不今，卓然自作一體。激揚發越，若絲竹中有金石聲；
每篇得意處，如健馬在御，踥踥不能止。其所長如此，得不
謂之雄文哉！〔註351〕

　　陸希聲曾任右拾遺，他在這篇序的開頭對比了韓愈與李觀的文
章特點，認為兩人各有所長：「元賓尚於辭，故辭勝其理；退之尚於
質，故理勝其辭。退之雖窮老不休，終不能為元賓之辭；假使元賓
後退之之死，亦不能及退之之質」並提出「文以理為本，而辭質在所
尚」〔註352〕的文質並重觀。在此既注重文章之思想內容，又注重文辭
表達之藝術性的觀念基礎上，陸希聲評唐初沿襲六朝筋骨不存之故

〔註350〕〔唐〕裴敬：〈翰林學士李公墓碑〉，《全唐文》，卷七百六十四，頁
　　　　3521～3522。
〔註351〕〔唐〕陸希聲：〈唐太子校書李觀文集序〉，《全唐文》，卷八百十三，
　　　　頁3790。
〔註352〕〔唐〕陸希聲：〈唐太子校書李觀文集序〉，《全唐文》，卷八百十三，
　　　　頁3790。

態，而子昂「始復古制」即是針對初唐「無質」之風，評陳文「博雅典實」，這是非常高的評價。但後面指出陳文尚未能達到盡善盡美、和諧美妙的境界，此為陸氏在思考文學本身的發展規律與審美價值後所得出的論評。

2. 晚唐於陳詩之評

比起對子昂文的批評，晚唐更多可見的是對陳詩之論。如張祜（791？～852？）敘詩曰：

> 陳隋後諸子，往往沙可披。拾遺昔陳公，強立制頹萎。英華自沈宋，律唱牙相維。其間豈無長，聲病為深宜。江寧王昌齡，名貴人可垂。波瀾到李杜，碧海東獮獮。曲江兼在才，善奏珠累累。四面近劉復，遠與何相追。邇來韋蘇州，氣韻甚怡怡。〔註353〕

張祜稱陳子昂能強力地應對頹靡衰微之詩風，一個「制」字，寫出了陳詩之氣勢，然這也反映出古代文論最大的短處，常常是浮光掠影，感悟多而論證少。再如皮日休（834？～883？）論陳詩亦然，其曰：

> 元狩富材術，建安儼英賢……後至陳隋世，得之拘且縲。太浮如激灩，太細如蚊蟍。太亂如靡靡，太輕如芊芊……所以文字妖，致其國朝遷。吾唐革其弊，取士將科縣。……射洪陳子昂，其聲亦喧闐。惜哉不得時，將奮猶拘攣。
>
> 〔註354〕

皮日休感歎子昂不得其時，個人雖有奮發之風貌卻被小吏關押至死。皮氏點評子昂之聲「喧闐」，當指後來有許多人響應子昂之主張風骨興寄詩論的熱鬧情景，卻未對陳詩展開詳論。當然，這受限

〔註353〕〔唐〕張祜：〈敘詩〉，載《張承吉文集》（上海：上海古籍出版社，1994年），卷十，頁174。

〔註354〕〔唐〕皮日休：〈魯望昨以五百言見貽，過有褒美，內揣庸陋，彌增媿悚，因成一千言上述吾唐文物之盛，次敘相得之歡，亦迭和之微旨也〉，《全唐詩》，卷六〇九，頁1541。

於詩之體裁，本就惜墨如金又得考慮韻律，故難有詳實而具體的論證。不過，唐人就是以文評詩也常是多感性之語，常有眾多的比喻卻不舉實例。如顧雲（？～894？）於景福元年壬子（唐昭宗李曄年號，892 年）夏為杜荀鶴作〈唐風集序〉引裴贄（？～905，唐昭宗時的禮部尚書）語云：

> 公（河東裴公贄）揖生謂曰：「聖上（唐昭宗，於 888～904 年在位）嫌文教之未張，思得如高宗朝拾遺陳公，作詩出沒二雅，馳驟建安。削苦澀僻碎，略淫靡淺切，破艷冶之堅陣，擒雕巧之酋帥。皆摧撞折角，崩潰解散。掃蕩詞場，廓清文祲。」〔註 355〕

《唐風集》是杜荀鶴（846～904）之詩集，從裴氏之語可看出當時統治階級上層對陳子昂的認可，其評陳詩得二雅及建安精髓，可憑之破除艷巧，修正淫靡。但其追思子昂的根本原因在於欲張「文教」，而不在於其文學上的價值。又孫樵（？～？唐宣宗大中九年 855 年進士）〈與賈希逸書〉云：

> 不窮則禍，天地讐也。文章亦然，所取者廉，其得必多。所取者深，其身必窮。六經作，孔子削迹不粒矣。孟子述，子思坎軻齊魯矣。馬遷以《史記》禍，班固以西漢禍……陳拾遺以〈感遇〉窮……杜甫、李白、王江寧，皆相望於窮者也。〔註 356〕

孫樵主張文章為物之精華者，天地將秘惜之，所以如孔孟班馬皆有坎坷。有如子昂命途迍剝，而有感遇之作品。此為古人自我安慰之常調，亦是窮而後工的認知。孟棨（？～？唐僖宗乾符二年，875 年進士及第）則純粹從詩之本體演進論陳詩。其〈本事詩・高逸第三〉是繼魏萬、李陽冰之後特以陳、李並提，稱二人「先後合德」：

〔註 355〕〔唐〕顧雲：〈唐風集序〉，《全唐文》，卷八百十五，頁 3806。按：此事後見於計有功《唐詩紀事》杜荀鶴章，載〔宋〕計有功編：《唐詩紀事》（上海：上海古籍出版社，2013 年），卷六十五，頁 981。

〔註 356〕〔唐〕孫樵：〈與賈希逸書〉，《全唐文》，卷七百九十四，頁 3690。

> 白才逸氣高，與陳拾遺齊名，先後合德。其論詩云：「梁陳
> 以來，艷薄斯極，沈休文又尚以聲律。將復古道，非我而誰
> 與？」故陳、李二集律詩殊少。嘗言「興寄深微，五言不如
> 四言，七言又其靡也，況使束於聲調俳優哉！」〔註357〕

這裡，孟棨指出陳、李相對而言較少作律詩的原因在於提倡復
古，且以為不受律偶之律所束縛的古詩在「興寄深微」上更廣闊自
由，稱太白是與子昂「齊名」，可知陳子昂在孟棨心中的才名是很高
的。唐末王贊（？～905）曰：

> 風雅不主於今之詩，而其流涉賦。今之詩蓋起於漢魏南齊五
> 代，文愈深，詩愈麗。陳隋之際，其君自好之，而浮靡恧恧，
> 流於淫樂，故曰音能亡國，信哉！唐興，其音復振。陳子昂
> 始以骨氣為主，而寖拘四聲五七字律。建中（唐德宗李適年號
> 780～783）之後，其詩彌善。錢起為最，杜甫雄鳴於至德（唐
> 肅宗李亨年號756～758）大曆（唐代宗李豫年號766～779）間，而詩
> 人或不尚之。〔註358〕

王贊認為越講究修辭，詩就越華麗，陳隋時的君主愛好過度的奢
靡之樂以致國亡，這其實是錯誤的歸因。一個國家並不會因詩樂而
亡，詩樂表現出的浮靡傾向是一種危險的徵兆，問題在於沉迷其中者
能否及時自省。後唐朝立，子昂倡導以「骨氣」糾正頹靡，而後詩體
逐漸講究聲律，這是詩歌發展的健康信號。

三、小結

中晚唐時期，陳子昂之文集有所流傳，但並非都以完整的文集傳
播，也有單獨以個別篇章的形式在文人間相示交流。從白居易寫給元
稹的信中，提及感遇詩只有殘缺的二十首，說明此階段陳集已有所散
佚。其間有韓柳、元白等名家對陳子昂的評點，以柳宗元對陳子昂的
評判最高，稱陳子昂為超越張說、張九齡，能兼及著述與比興的藝成

〔註357〕〔唐〕孟棨著：《本事詩》（上海：古典文學出版社，1957年），頁16。
〔註358〕〔唐〕王贊：〈元英先生詩集序〉，《全唐文》，卷八百六十五，頁4021。

者。韓柳對子昂詩文的批評之語與其二人的文道觀及文質論相關，他
們繼承了魏徵〈隋書・文學傳序〉中主張文、理並重的觀念，提倡一
種合時用、詠歌為一體的文學理想：

> 江左宮商發越，貴於清綺，河朔詞義貞剛，重乎氣質。氣
> 質則理勝其詞，清綺則文過其意，理深者便於時用，文華
> 者宜於詠歌，此其南北詞人得失之大較也。若能掇彼清音，
> 簡茲累句，各去所短，合其兩長，則文質斌斌，盡善盡美
> 矣。〔註359〕

　　這說明韓柳對陳之詩文的悅可不局限於其所載之道，同時也包
含對陳作藝術技巧的認同。元白則因任拾遺形成對陳子昂、杜甫之
諫諍精神與關注現實思想的共同接受，並受到陳詩感興方面的觸發，
成為發動新樂府運動的內因之一。至於中晚唐人對陳作的批評兼及
詩文，主要集中在其對頹靡之風的矯正之功上。於創作層面，多有與
陳詩尤其相似者，如柳宗元之〈感遇二首・其一〉、孟雲卿〈傷時〉、
溫庭筠的同韻詩〈敷水小桃盛開因作〉，但無法完全確定是否為有意
模仿之作。值得注意的是，自晚唐起，出現如司空圖、孫郃明確在
詩題中點明是效仿陳子昂而作詩的現象，這直接表明是對陳詩創作
上的接受，也開啟了後世於詩題或詩序寫明是為仿效陳詩的風氣。

第四節　「唐人選唐詩」與陳子昂詩

　　選詩作為一種通過主觀之「選」，來表明接受傾向的特殊文學批
評方式，既表現詩選家個人的審美取向，同時反映出選家們所處時代
的文學特質，而「唐人選唐詩」是唐朝當代人選唐朝當代詩，呈現的
是時間上最貼近作品的文學批評，傳達的是「唐詩抄本的原始形態，
文字更近真，史料更可靠，且與當時的詩歌創作同步，是唐代社會的
文學批評界對文學創作界所激發出的反響」〔註360〕從接受史的角度

〔註359〕〔唐〕魏徵等撰：《隋書・文學傳》，卷七十六，頁1730。
〔註360〕李德輝：〈《唐人選唐詩新編（增訂本）》的學術價值和當代啟示〉，
　　　　　《清華大學學報（哲學社會科學版）》，2016年第5期，頁98。

看，詩選家是有明確接受意識的讀者，不同的選家有不同的「期待視野」。從不同選家對作家作品的取捨多寡，可見該作家作品在不同時期的接受情況，我們可以通過研究選本考察作家聲望的起伏，進而理解作品之動態的接受史。

只可惜「唐人選唐詩」之詩集大多亡佚，今可見者寥寥。據陳尚君先生考：「唐人編選詩歌總集，今存者惟十餘種，僅占曾見著錄之集的十分之一左右」，因此單從「今存唐集來研究唐代詩選學的特點和成就，顯然是很不夠的。」〔註361〕然如鄒雲湖所述：「選者之『選』必然要受到個體才、學、識及所處的社會時代環境的影響與制約，因此選本往往是特定文學思潮甚至社會思潮的直接產物。」〔註362〕雖然今存「唐人選唐詩」選本的數量不多，我們還是可以通過歷劫僅存的詩選及《全唐文》保存的選家選集序，概觀陳子昂詩在唐代的選錄情況，從而略覽「詩唐」之風貌與特徵。

一、今存 16 本「唐人選唐詩」選本收錄陳詩情況分析

學者傅璇琮在 2014 年新出版的《唐人選唐詩新編》增訂本之序言表示，上世紀 90 年代《新編》本共收唐人詩選本 13 種，此增訂本新增 3 種：即陳尚君校點之《元和三舍人集》、《竇氏聯珠集》，徐俊輯校之《瑤池新詠集》，並按各集編選時間排列。〔註363〕茲據增訂本各集前記，製表於下：

表 2-5　今存 16 本「唐人選唐詩」概況表

選集名	選集編者	選詩範圍
《翰林學士集》	佚名	初唐，太宗時期
《珠英集》	崔融	初唐

〔註361〕陳尚君：〈唐人編選詩歌總集敘錄〉，《唐詩求是》，下冊，頁 653。
〔註362〕鄒雲湖：《中國選本批評》（上海：上海三聯書店，2002 年），頁 4。
〔註363〕傅璇琮、陳尚君、徐俊編：《唐人選唐詩新編》增訂本（北京：中華書局，2014 年），序頁 1〜4。

《搜玉小集》	佚名	初唐至開元前期
《丹陽集》	殷璠	盛唐
《河嶽英靈集》	殷璠	盛唐，開、天時期
《國秀集》	芮挺章	初、盛唐（以盛唐為主）
《篋中集》	元結	盛、中唐
《玉臺後集》	李康成	南朝梁末至唐代
《中興間氣集》	高仲武	中唐，肅、代兩朝
《御覽詩》	令狐楚	中唐
《元和三舍人集》	佚名	僅收王涯、令狐楚、張仲素詩
《極玄集》	姚合	盛、中唐（以中唐為主）
《竇氏聯珠集》	褚藏言	僅收竇常、竇牟、竇群、竇庠、竇鞏五兄弟詩
《又玄集》	韋莊	初唐至晚唐
《瑤池新詠集》	蔡省風	最早的專選女詩人詩之詩集
《才調集》	韋縠	初唐至晚唐（以晚唐為主）

　　上述現存 16 種「唐人選唐詩」中，有且僅有《搜玉小集》選錄陳子昂詩一首：〈白帝懷古〉。其他詩選本或因選詩範圍不在初唐，如殷璠〈河嶽英靈集序〉自述選詩範圍「起甲寅，終乙酉」〔註364〕，即選自開元二年（714）至天寶四年（745），而陳子昂此時已去世十余年。或如《翰林學士集》、《元和三舍人集》、《竇氏聯珠集》、《瑤池新詠集》限定了特定的收詩對象，或因選家之自身的審美主張，有不同的選詩標準，故未選收陳詩。像是芮挺章《國秀集》推尚「彩色相宣，煙霞交映，風流婉麗……可被管弦者」〔註365〕，而陳詩不尚麗詞，亦

〔註364〕〔唐〕殷璠：〈河嶽英靈集序〉，《全唐文》，卷四百三十六，頁 1971。
　　　　筆者按：一說「起甲寅，終癸巳」，即 714～753 年。學者吳企明認為殷璠《河嶽英靈集》收詩當終於癸巳歲，參看吳企明：《唐音質疑錄》（上海：上海古籍出版社，1985 年），頁 210～213。
〔註365〕〔唐〕芮挺章：〈國秀集序〉，《全唐文》，卷三百五十六，頁 1601。

極少絕句,難以入樂。韋莊〈又玄集序〉則云:「載雕載琢,方成瑚璉之珍」欲於「華林」尋「珠樹」〔註366〕。韋縠〈才調集序〉稱許「韻高而桂魄爭光,詞麗而春色鬭美」〔註367〕,主選艷體詩,自與陳詩風格迥異。

　　至於《珠英集》之選者崔融與陳子昂有交遊〔註368〕而未收陳詩者,亦受限於選詩之對象。《珠英集》又稱《珠英學士集》,顧名思義為奉武則天召編撰《三教珠英》之「珠英學士」的詩選,如《新唐書》載:「《珠英學士集》五卷崔融集武后時脩《三教珠英》學士李嶠、張說等詩。」〔註369〕而《舊唐書》載薛曜「以文學知名,聖歷中,修《三教珠英》」〔註370〕「聖歷」為武周時年號,共使用三年,即698~700年。言稱「聖歷中」,則武則天召撰《三教珠英》的時間當在聖歷二年,即699年。而據盧藏用《陳子昂別傳》:「(子昂)以父老表乞罷職歸侍,天子優之,聽帶官取,急而歸。」〔註371〕又緒論部分已提及,陳子昂為其父陳元敬撰寫墓誌文的時間在「太歲己亥」〔註372〕可知其父於699年去世。質言之,陳子昂在時間上剛好返鄉侍養其父,無法響應武則天的號召參修《三教珠英》,故未立於「珠英學士」之列,也就自然不具有被崔融收進《珠英集》之「身份」。高仲武《中興間氣集》之選詩範圍雖僅限於唐肅宗、代宗兩朝,陳詩並不在收選時間範圍內,然高氏介紹蘇渙詩稱「其文意長於諷刺,亦肓有陳拾遺一

〔註366〕〔唐〕韋莊:〈又元集序〉,《全唐文》,卷八百八十九,頁4118。筆者按:《全唐文》為避清康熙帝玄燁名諱,諱「玄」作「元」。

〔註367〕〔唐〕韋縠:〈才調集序〉,《全唐文》,卷八百九十一,頁4126。

〔註368〕筆者按:陳子昂贈崔融詩今存三首:〈詠主人壁上畫鶴寄喬主簿崔著作〉、〈送著作佐郎崔融等從梁王東征并序〉、〈登薊城西北樓送崔著作融入都并序〉,見於2013版徐鵬校點《陳子昂集》卷二,頁39、44~45、50~51。

〔註369〕〔宋〕歐陽脩、宋祁等撰:《新唐書·藝文四》,卷六十,頁1623。

〔註370〕〔後晉〕劉昫等撰:《舊唐書》,卷七十三,頁2591。

〔註371〕〔唐〕盧藏用:〈陳子昂別傳〉,《全唐文》,卷二百三十八,頁1065。

〔註372〕〔唐〕陳子昂:〈我府君有周居士文林郎陳公墓誌文〉,《陳子昂集》,頁131~132。

鱗半甲，故善之」〔註373〕此「陳拾遺」疑為陳子昂〔註374〕，若如此可見高氏對子昂的認可。

收選陳詩之《搜玉小集》者，據李珍華、傅璇琮考證，其集「所收詩人，大部分屬初唐時期，少數幾個，如裴濯、許景先、韓休、王諲、余（徐）延壽等，均生活至開元初、中期。《直齋書錄解題》將《搜玉小集》列於《國秀集》之後，《竇氏聯珠集》、《御覽詩》、《河嶽英靈集》之前，從這些方面看來，《搜玉小集》當編成於開元後期或天寶前期。」〔註375〕若依李、傅言，《搜玉小集》的編成時間便在陳子昂去世後半個世紀內。然日本學者伊藤正文有不同看法，他認為「十卷本的《搜玉集》就是現在一卷本《搜玉小集》的祖本」，並推測「《搜玉集》十卷本的成書年代在開元十二年（724）前後，《搜玉小集》一卷本則在南宋中期」，不過伊藤又稱兩本關係密切，《搜玉小集》相當程度上傳承了《搜玉集》的原貌。〔註376〕即不論《搜玉小集》成書於唐，或是節選唐本《搜玉集》於宋，可以確定的是它反映的基本上是唐玄宗時期某位選家的選詩觀念。

《搜玉小集》今存本共收 34 位詩人之詩作，存詩 61 首，其中宋之問是被收入最多數量的詩人，共 6 首，且另有 4 首向誤作宋之問詩：分別為魏徵〈述懷〉、〈暮秋言懷〉，崔融〈詠寶劍〉、陳子昂〈白帝懷古〉，以及 1 首劉希夷〈代白頭吟〉或刻宋之問集。至於其他詩人收詩情況，詳見下表。〔註377〕

〔註373〕傅璇琮等編：《唐人選唐詩新編》增訂本，《中興間氣集》，頁 491。

〔註374〕筆者按：劉大傑稱「蘇渙詩，走的阮籍〈詠懷〉和陳子昂〈感遇〉的一路……高仲武說他有陳子昂之鱗甲，是不錯的」，見劉大傑：《中國文學發展史》（上海：上海人民出版社，1976 年），第 2 冊，頁 229。

〔註375〕李珍華、傅璇琮：〈《搜玉小集》考略〉，收入傅璇琮，周祖譔主編：《唐代文學研究》第五輯（桂林：廣西師範大學出版社，1994 年），頁 701。

〔註376〕參見（日）伊藤正文撰，李慶譯：〈論《搜玉小集》〉，《古典文獻研究》，2008 年第 11 輯，頁 456～477。

〔註377〕數據統計自傅璇琮、陳尚君、徐俊編：《唐人選唐詩新編》增訂本所收《搜玉小集》，頁 97～119。

表2-6 今存《搜玉小集》所收詩人情況表

6首	<u>宋之問</u>1人
4首	<u>沈佺期</u>、<u>崔湜</u>、<u>徐彥伯</u>3人
3首	崔融、劉希夷、<u>鄭愔</u>、張諤4人
2首	魏徵、喬知之、<u>李嶠</u>、王泠然、徐晶5人
1首	陳子昂、王、楊、盧、駱、<u>杜審言</u>、蘇味道、東方虹、崔顥、裴漼、賀朝、屈同、韓休、郭元振、<u>劉允濟</u>、劉幽求、許景先、余延壽、徐璧、王諲、張泚21人
筆者按：集中注崔湜〈奉和御制白鹿觀〉或作鄭愔詩；張泚〈怨辭〉向誤張炫，或刻張紘。	

通過此表我們能看出《搜玉小集》之選者尤重沈、宋者流，試舉一例可見《搜玉小集》選詩之傾向，集中選詩4首以上者均為唐中宗時宮廷唱和詩人：

> 中宗景龍二年（708）……<u>李嶠</u>、宗楚客、趙彥昭、韋嗣立為大學士，適、劉憲、<u>崔湜</u>、<u>鄭愔</u>、盧藏用、李乂、岑羲、劉子玄為學士，薛稷、馬懷素、<u>宋之問</u>、武平一、<u>杜審言</u>、<u>沈佺期</u>、閻朝隱為直學士，又召徐堅、韋元旦、<u>徐彥伯</u>、<u>劉允濟</u>等滿員。其後被選者不一。凡天子饗會游豫，唯宰相及學士得從……帝有所感即賦詩，學士皆屬和，當時人所歆慕。〔註378〕

上述遊宴賦詩，互相屬和之事在初唐時期十分常見，楊慎曰：「唐自貞觀至景龍，詩人之作，盡是應制。命題既同，體製復一，其綺繪有餘，而微乏韻度。」〔註379〕《搜玉小集》雖只明確選收錄5首奉和應制詩：崔湜或作鄭愔〈奉和御制白鹿觀〉、裴漼〈奉和御制平

〔註378〕 〔宋〕歐陽脩、宋祁等撰：《新唐書》，卷二百二，頁5748。筆者按：文段劃線者為《搜玉小集》所收詩人，為方便比對，筆者又於上方「情況表」同樣用下劃線標出對應的，唐中宗時期之宮廷唱和文人。

〔註379〕 〔明〕楊慎：《升菴集》（上海：上海古籍出版社，1993年）據四庫全書文淵閣本影印，卷五一七，頁1270-517。

胡〉、韓休〈奉和御制平胡〉、徐彥伯〈送公主和戎〉〔註380〕、李嶠
〈太平公主山亭侍宴應制〉，但細細體會選詩之意象的選擇與用詞之
色彩，選集總體上偏愛綺麗華美之語是顯而易見的。比如選詩中常
擇用「金」、「玉」、「錦」作修飾成分的詞彙，如「金屋」、「金屏」、
「金堂」、「金盆」、「金鋪」、「金囊」、「金鼎」、「金壇」、「金車」、「金
鉞」、「金鞭」，及「玉兵」、「玉劍」、「玉女」、「玉輦」、「玉樹」、「玉
盤」、「玉盃」、「玉筯」、「玉霜」、「玉露」，又「錦繡」、「錦字」、「錦
筵」、「錦屏」、「錦帶」等等。再如集中多收哀婉纏綿的閨怨詩，選蘇
味道〈觀燈〉、王諲〈觀燈〉、沈佺期〈夜遊〉、〈翦彩〉、余延壽〈人日
剪彩〉、張諤〈岐王席上詠美人〉，單從詩題就可感受到明亮艷麗的色
調。另經筆者統計《搜玉小集》收詩之詩體情況，知該集選者多選近
體，亦不排斥收選古體，列表如下：

表 2-7　今存《搜玉小集》所收詩體情況表

詩體	數量	佔全集比	備　注
五律	23 首	37.70%	按：7 首含「三仄尾」句，5 首含拗句，1 首失黏，另 1 首之首聯出律。
五排	10 首	16.39%	按：5 首含「三仄尾」句，1 首含拗句。
五絕	3 首	4.92%	按：1 首含「三仄尾」句。
七律	2 首	3.28%	按：1 首含「三仄尾」句，另首律韻極工。
七絕	1 首	1.64%	按：此首為張泌〈怨辭〉，多拗句。
古風	22 首	36.06%	按：多歌行體邊塞詩，有樂府舊題如劉希夷〈搗衣篇〉。

〔註380〕　筆者按：此為唐中宗景龍四年（710）正月，眾臣奉命作詩送金城公
　　　　主和親吐蕃事，《全唐詩》卷七十六收錄，詩題有異，作徐彥伯〈奉
　　　　和送金城公主適西蕃應制〉。《全唐詩》中共載 18 位和者，且多以
　　　　「奉和送金城公主適西蕃應制」為題，包括徐彥伯、崔湜、李嶠、
　　　　閻朝隱、韋元旦、唐遠悊、李適、蘇頲、薛稷、馬懷素、趙彥昭、
　　　　徐堅 12 人。又有沈佺期、鄭愔 2 人以〈送金城公主適西蕃應制〉為
　　　　題；張說〈奉和聖制送金城公主適西蕃應制〉、劉憲〈奉和送金城公
　　　　主入西蕃應制〉、崔日用〈奉和送金城公主適西蕃〉、武平一〈送金
　　　　城公主適西蕃〉。此事印證了上文楊慎語。

統計過程中，筆者發現一個特別的現象，選集中 5 首奉和詩在聲律上均十分考究，其中韓休五排〈奉和御制平胡〉雖有「功成奏凱樂，戰罷策歸勳」[註381] 之「奏凱樂」三仄尾句，然三仄尾在近體詩中常見，是可被允許的。[註382] 其他 4 首奉和詩大體嚴整，尤其是李嶠之七律〈太平公主山亭侍宴應制〉[註383]，通篇講究音律，頷、頸聯對仗極工：

> 黃金瑞榜絳河隈，白玉仙輿紫禁來。
> －－｜｜｜－－，｜｜－－｜｜－。
> 碧樹青岑雲外聳，朱樓畫閣水中開。
> ｜｜－－－｜｜，－－｜｜｜－－。
> 龍舟下瞰鮫人室，羽節高臨鳳女臺。
> －－｜｜－－｜，｜｜－－｜｜－。
> 遽惜歡娛歌吹晚，揮戈更卻曜靈回。
> ｜｜－－－｜｜，－－－｜｜－－。

作為現存唯一一部收錄了陳詩的「唐人選唐詩」集，《搜玉小集》選收了陳子昂的五言排律〈白帝懷古〉，然而要說明的是，據羅偉國、胡平所編《古籍版本題記索引》可知《搜玉小集》最早的版本為宋刊本，之後有明刊本、汲古閣刊本、明馮巳蒼校明嘉靖刊本、校本、舊抄本等。[註384] 惜宋刊本已亡佚，現存較早的版本為明代汲古閣本。據汲本後跋：「其諸姓氏隨點次釐正，謹列目次於首」及

〔註381〕〔唐〕韓休：〈奉和御制平胡〉，《唐人選唐詩新編》增訂本收錄之《搜玉小集》，頁 101。

〔註382〕如王力先生《漢語詩律學》引趙執信《聲調譜》云：「平平仄仄仄，下句仄仄仄平平，律詩常用。若仄平仄仄仄，則為落調矣。蓋下有三仄，上必二平也。」注稱「力按：趙氏的話是對的」，見王力：《漢語詩律學》（北京：中華書局，2015 年），上冊，頁 91。筆者按：此聯「功成奏凱樂，戰罷策歸勳」即為「平平仄仄仄，仄仄仄平平」句式例。

〔註383〕〔唐〕李嶠：〈太平公主山亭侍宴應制〉，《唐人選唐詩新編》增訂本收錄之《搜玉小集》，頁 116。

〔註384〕羅偉國，胡平編：《古籍版本題記索引》（上海：華東師範大學出版社，2011 年），頁 544。

〈搜玉小集姓氏總目〉原本目錄今訂正,「宋之問四首」之小注「或
刾〔註385〕十首,攷誤入魏徵二首,陳子昂一首,崔融一首,今悉刪
去,存六首。」〔註386〕可推出毛晉（1599～1659）之前見到的《搜玉
小集》是將陳子昂〈白帝懷古〉誤當作宋之問詩的,而宋之問作為
全集被收錄最多詩、誤入最多詩的詩人,可見其受到《搜玉小集》選
者無上的推崇。《搜玉小集》的選者最初可能未有收陳詩之意,機緣
巧合之下誤將這首〈白帝懷古〉當作宋詩收入,經後人校正,才將著
作權「還」給陳子昂。然就作品而言,《搜玉小集》之選者自是喜好
此首〈白帝懷古〉。該詩為押東韻之五言排律,全詩格律謹嚴,氣韻
幽遠:

> 日落滄江晚,停橈問土風。城臨巴子國,臺沒漢王宮。
> ｜｜－－｜,－｜｜－－。－－－｜｜,－｜｜－－。
> 荒服仍周甸,深山尚禹功。巖懸青壁斷,地險碧流通。
> －｜－－｜,－－｜｜－。－－－｜｜,｜｜｜－－。
> 古木生雲際,歸帆出霧中。川途去無限,客思坐何窮。〔註387〕
> ｜｜－－｜,－－｜｜－。－－｜－｜,｜｜｜－－。

詩之起句渾厚,中間四聯雖基本上對偶工整,卻毫無雕琢感,尾
聯前句用「平平仄平仄」式拗句,格調高古。後世方回（1227～1307）
對此詩推崇備至,甚至稱「此一篇置之老杜集中,亦恐難別,乃唐人
律詩之祖。如沈,如宋,如老杜之大父審言,併子昂四家觀之可也。」
〔註388〕胡應麟（1551～1602）也表示:「排律自工部、考功外,雲卿
〈酬蘇員外〉、〈塞北〉,必簡〈答蘇味道〉,伯玉〈白帝懷古〉……皆

〔註385〕按:經筆者業師振念先生指點,知此汲古閣本原文之「刾」為「刻」
之異體字。
〔註386〕不著編人:《搜玉小集》一卷,明崇禎元年（1628 年）海虞毛氏汲
古閣刊唐人選唐詩八種,國立中央圖書館藏善本。
〔註387〕〔唐〕陳子昂:〈白帝懷古〉,《唐人選唐詩新編》增訂本收錄之《搜
玉小集》,頁 113。2013 版徐鵬校點《陳子昂集》題作〈白帝城懷
古〉,頁 18。
〔註388〕〔元〕方回:《瀛奎律髓》（上海:上海古籍出版社,1993 年）據四
庫全書文淵閣本影印,卷三,頁 1366-25。

一代大手筆，正法眼，學者朝夕把玩可也。」〔註389〕著實緩緩吟味後，方知《搜玉小集》之選者選此陳詩之奕奕眼力，誠如紀昀（1724～1805）評：「『問土風』三字，領下四句。與下《峴山》一首俱以氣格壓一切。」〔註390〕雄渾的氣勢來自古今交織的宏闊感及興衰更替的悲壯感：一如逆旅的人生自有時盡，然千百年共通的客思是無窮的。身處唐朝的子昂感念的是「周甸禹功」，二十一世紀的我們又該如何實現人生價值呢？此詩在《搜玉小集》中向誤作宋詩，而宋之問亦寫過相似行旅題材之五排〈下桂江龍目灘〉，然相比一番，高下立判：

> 停午出灘險，輕舟容易前。峰攢入雲樹，崖噴落江泉。
> ―｜｜―，・―――。―｜―｜｜，―｜｜―。
> 巨石潛山怪，深篁隱洞仙。鳥遊溪寂寂，猿嘯嶺娟娟。
> ｜｜――｜，―――｜―。
> 揮袂日凡幾，我行途已千。暝投蒼梧郡，愁枕白雲眠。〔註391〕
> ―｜｜――，｜――｜―。―｜――｜，――｜――。

比起陳詩〈白帝懷古〉，宋氏此詩在格律上，除了第一、五聯有雙拗救，第二聯出句「峰攢入雲樹」為單拗救外，尚有末聯出句「暝投蒼梧郡」出律，旨趣上也無法望其項背。關於陳、宋五言排律相似之處，葛曉音先生概括道：「宋之問排律以工整的鋪陳形容為主，不追求散敘意脈的貫穿和複雜內容的交錯，情景分層簡單。這與陳子昂區分排律和古詩的做法是完全一致的。」〔註392〕上舉宋詩〈下桂江龍目灘〉與陳詩〈白帝懷古〉即為例證。由此可見，《搜玉小集》選者一開始或誤將陳詩當作宋詩而選入選本，不無可能。

〔註389〕〔明〕胡應麟：《詩藪》（上海：上海古籍出版社，1979年），內編卷四，頁76。

〔註390〕〔元〕方回選評，〔清〕紀昀刊誤，李慶甲集評校點：《瀛奎律髓匯評》（上海：上海古籍出版社，1986年），頁79。

〔註391〕〔唐〕宋之問：〈下桂江龍目灘〉，《全唐詩》，卷五三，頁161。

〔註392〕葛曉音：〈陳子昂與初唐五言詩古、律體調的界分──兼論明清詩論中的「唐無五古」說〉，《文史哲》，2011年第3期，頁109。

以往人們常因陳子昂「復古」之主張忽略陳氏亦擅長律詩的史實，元代方回曰：「天下皆知其能為古詩，一掃南北綺靡，殊不知律詩極精」〔註393〕為檢視方回之語，筆者將通過梳理統計今存陳詩之詩體比例看陳子昂創作古詩與律詩的實際傾向。今人徐鵬校點修訂本《陳子昂集》共收陳詩共 129 首，其中卷一 51 首，卷二 70 首，補遺 8 首。〔註394〕補遺所收七絕〈楊柳枝〉經學者彭慶生〔註395〕、蔣寅〔註396〕、韓理洲先後考並非陳所作，而為晚唐人胡曾〈詠史詩〉誤入陳集〔註397〕。除此之外，〈登幽州臺歌〉之歸屬尚存疑，故且算作 127 首，詩體分類統計如下表：

表2-8　今存 127 首陳子昂詩之詩體情況表

詩體	數量	比　重		備　注
五律	22 首	17.32%	28.34%	按：陳詩已有極工整之五律，如〈送魏大從軍〉、〈送梁李二明府〉、〈落第西還別劉祭酒高明府〉、〈酬暉上人秋夜獨坐山亭有贈〉、〈上元夜效小庾體〉等。必須說明的是，對於律化程度非常高，然尚有失黏處之五言八句詩如〈晚次樂鄉縣〉、〈落第西

〔註393〕〔元〕方回：《瀛奎律髓》，卷三，頁 1366-25。

〔註394〕陳詩之版本參照徐鵬校點：《陳子昂集》（上海：上海古籍出版社，2013 年），卷一至卷二，頁 3～59，補遺，頁 276～282。筆者按：計數以詩為單位，而非以題名為單位，如〈贈趙六貞固二首〉即算作 2 首，而非 1 首；補遺卷之〈座右銘〉雖收入《全唐文》，卷二百十四，頁 956。然通篇採五言句式，兩兩相對；除「詩禮固可學，鄭衛不足聽。」之「聽」押青韻外，其餘俱押庚韻，故統計時仍視作五言古詩。筆者注意到陳詩中，還有〈修竹篇〉、〈還至張掖古城聞東軍告捷贈韋五〉、〈送殷大入蜀〉、〈于長史山池三日曲水宴〉、感遇詩其二、五、八、十七、二十二、二十九等 10 首詩均為青、庚兩韻合押。

〔註395〕〔唐〕陳子昂著，彭慶生注釋：《陳子昂詩注》（成都：四川人民出版社，1981 年），頁 256。

〔註396〕蔣寅：〈陳子昂集《楊柳枝》證偽〉，《學術研究》，1982 年第 6 期，頁 13。

〔註397〕韓理洲：〈《楊柳枝》非陳子昂所作考〉，《西南師範大學學報（人文社會科學版）》，1984 年第 1 期，頁 55～57。

				還別魏四懍〉、〈送客〉、〈送著作佐郎崔融等從梁王東征并序〉等 12 首折腰體，筆者統計時亦將其算作律詩，各詩之平仄詳見附表。〔註398〕
五排	10 首	7.87%		按：陳詩五排大多含拗句。
五絕	4 首	3.15%		按：〈題田洗馬游巖桔橰〉除有一拗句，整首詩嚴格合律；而〈題祀山烽樹贈喬十二侍御〉、〈薊丘覽古贈盧居士藏用七首其七·郭隗〉、〈初入峽苦風寄故鄉親友〉3 首為折腰體。〔註399〕
古風	90 首	70.87%	71.65%	按：除〈喜馬參軍相遇醉歌并序〉、〈春臺引〉、〈綵樹歌〉、〈山水粉圖〉4 首為雜言詩，其餘均為五言詩。
四言	1 首	0.78%		按：為補遺所收之〈三月三日宴王明府山亭〉，見《歲時雜詠》。

〔註398〕 按：「折腰體」一詞作為詩體名，首見於高仲武《中興間氣集》選崔峒〈清江曲內一絕〉（一名〈同從季卿晴江極目〉）之小註。此詩平仄為：「八月長江去浪平（一作「萬里晴」，平仄相同），片帆（一作「千帆」：平仄）一道帶風輕。仄仄平平仄仄平，仄平仄仄平平平。極目不分天水色，南山南是岳陽城。仄仄仄平平仄仄，平平平平仄仄平平。」，載傅璇琮等編：《唐人選唐詩新編》增訂本，頁 502。此詩第三句與第二句失黏，「折腰」之說當指未遵黏律。饒少平認為「折腰體是近體詩的一種特殊形式。」參饒少平：〈折腰體新解〉，《文學遺產》，2002 年第 4 期，頁 119～121。若按杜曉勤之概念歸類，則五言八句失黏一次至兩次者，遵「黏對律」（指全詩各聯間既有「黏」又有「不黏」的格律形式），而五言四句失黏則遵「對式律」（指全詩各聯之間均以「不黏」，也稱之為「對」的方式組合而成的格律形式），參杜曉勤：《齊梁詩歌向盛唐詩歌的嬗變》（臺北：商鼎文化出版社，1996 年），頁 5，陳詩之折腰體通篇最多失黏兩次，即均遵「黏對律」。如筆者業師語「對於所謂律化，宜採取較為寬泛的定義，於初唐詩中舉凡三平調或折腰體皆視為近體詩，而除非有犯孤平之病，否則一三（五）皆可不論平仄，因為唯有以唐人實際詩作講求平仄情形來規範才能還原唐詩格律真貌，若以中晚唐或今日近體之格律來規矩全唐，則不免鑿枘不入矣。」，參蔡振念：〈論唐代樂府詩之律化與入樂〉，《文與哲》第 15 期（2009 年 12 月），頁 69。故筆者統計陳詩之體類，亦將折腰體算作律絕。

〔註399〕 陳子昂〈題田洗馬游巖桔橰〉：望苑長為客，商山遂不歸。仄仄平平仄，平平仄仄平。誰憐北陵客，未息漢陰機。平平仄平仄，仄仄仄平平。其它三首折腰體五絕之平仄詳見附表。

　　由此表可見陳子昂之創作多數確為古詩，同時有將近三成的律詩，而且古體詩中不乏講究對偶，律化程度高的作品，如下押東韻之〈春晦餞陶七於江南同用風字并序〉：

> 黃鶴烟雲去，青江琴酒同。離帆方楚越，溝水復西東。
> －｜－－｜，－－－｜－。－－－｜｜，－｜｜－－。
> 芙蓉生夏浦，楊柳送春風。明日相思處，應對菊花叢。〔註400〕
> －－－｜｜，－｜｜－－。－｜－｜｜，－｜｜－－。

　　該詩除頸聯「芙蓉生夏浦」失黏，尾聯對句第二、四字平仄與出句相同外，前三聯均用偶句，屬於格律色彩濃厚的古體。現代日本學者伊藤正文談及他認為之《搜玉小集》祖本《搜玉集》的選詩標準時，直接將陳子昂放在沈、宋的反面：「對於喜愛宮體風，也愛新樣式詩的《搜玉集》的編者來說，站在陳子昂對立面的宋之問、沈佺期的作品多被採錄，不講對偶的陳子昂，是過於異端了。」〔註401〕言外之意是沈、宋為宮體風、近體詩之代表，而陳子昂則完全相反。其實不然，陳詩之五律當如莫礪鋒先生所總結：「陳子昂的五律清新質樸，已啟盛唐之風而異於南朝新變體」〔註402〕陳子昂雖多寫五古，然亦寫五絕、五律及五排，且陳詩近體大有可觀處。

　　綜上所述，若將《搜玉小集》確定看作反映唐玄宗時某選家詩學主張之詩選本，便可從中探究盛唐時期的一種美學趣尚──偏愛宮廷詩人詩、尤重絢麗辭藻及近體聲律，兼愛古風邊塞歌行體，兼選古體詩的選詩取向。現存 16 本「唐人選唐詩」選本中唯有《搜玉小集》選了陳詩，且只有一首〈白帝懷古〉。值得關注的是，最初這首〈白帝懷古〉還可能被當成宋之問詩而選入。若真是如此，或可從側面說明

〔註400〕〔唐〕陳子昂：〈春晦餞陶七於江南同用風字并序〉，《陳子昂集》，頁 45～46。

〔註401〕（日）伊藤正文撰，李慶譯：〈論《搜玉小集》〉，《古典文獻研究》，2008 年第 11 輯，頁 475。

〔註402〕莫礪鋒：〈論初盛唐的五言古詩〉，《唐代文學研究》，1992 年第 3 輯，頁 148。

陳子昂的別集在開、天時期未全面流行，其作散見於手抄，而冥冥之中《搜玉小集》的選者讀到了這首寓意旨宏遠、聲律精工，署名為「宋之問」的陳詩，便將其收入。對此，我們要尤其引起重視，過去因文學史上推揚陳子昂「復古之功」的主導評價，造成人們的第一印象常將陳子昂視作古體詩代表。而許多人又未深入品讀陳詩，導致往往給陳詩貼上「古」字標籤而輕忽陳詩之律，造成一定的誤解。

二、佚失之「唐人選唐詩」詩選與陳詩

吳企明在〈唐人選唐詩傳流、散佚考〉中表示：「唐人選唐詩，學術價值極高，歷來為學人所重視。它們既可以提供校勘、輯佚的原始資料，又可以為考訂詩作真偽、甄辨詩作撰人提供明證，更可以從中窺見唐人論詩的藝術標準，有助於唐詩、唐文學史的研究。據前人著錄，唐人選唐詩的集子種類很多，可惜大多散佚，流傳至今的極稀少。」〔註403〕的確，在文獻學、文學批評、文學現象研究方面，「唐人選唐詩」都具有重大價值，無奈存者不多，實在令人長歎。然不幸中的萬幸，佚失之「唐人選唐詩」詩選有的還存有概述其選本內容的詩序，以及散見於其他文獻，關於選本的隻言片語。比如孫季良之《正聲集》與顧陶《唐詩類選》全集雖已不可見，但從中唐人趙儋所記碑文，及存留下來的〈唐詩類選序〉可知此兩本失傳的「唐人選唐詩」選收了陳子昂詩，且顧陶相當重視陳子昂。

（一）孫季良《正聲集》收陳子昂詩十首

據《舊唐書》載：「孫季良者，河南偃師人也，一名翌。開元中，為左拾遺、集賢院直學士。撰《正聲詩集》三卷，行於代。」〔註404〕《新唐書》亦載：「孫季良《正聲集》三卷」〔註405〕又胡震亨（1569

〔註403〕吳企明：〈唐人選唐詩傳流、散佚考〉，《唐音質疑錄》（上海：上海古籍出版社，1985年），頁127。
〔註404〕〔後晉〕劉昫等撰：《舊唐書》，卷一百八十九，頁4975。
〔註405〕〔宋〕歐陽脩、宋祁等撰：《新唐書‧藝文四》，卷六十，頁1623。

～1645）《唐音癸籤》云:「唐人選唐詩……選初唐有《正聲集》。孫季良撰,三卷。」〔註406〕以及《大唐新語》卷八:「劉希夷……少有文華,好為宮體,詞旨悲苦,不為時所重。……後孫翌撰《正聲集》以希夷為集中之最。由是稍為時人所稱。」〔註407〕可見這是一本盛唐人專選初唐詩,且有一定影響力的選本。唐人高仲武在〈大唐中興間氣集序〉嘗提及許多前人詩選本,然多指摘,唯獨肯定《正聲集》之水準:

> 暨乎梁昭明,載述已往,撰集者數家,榷其風流,《正聲》
> 最備。其餘著錄,或未至正焉,何者?《英華》失於浮游,
> 《玉臺》陷於淫靡,《珠英》但紀朝士,《丹陽》止錄吳人。
> 此由曲學專門,何暇兼包眾善?使夫大雅君子,所以對卷而
> 長歎也。〔註408〕

今人孫琴安《唐詩選本提要》開篇即述孫季良撰《正聲集》,指出「撇開《續古今詩苑英華集》、《麗則集》、《詩人秀句》、《古今詩人秀句》、《玉臺後集》這些將唐詩和前代詩合選的詩歌選本不論,以專選唐詩為準,《正聲集》似乎可以說是我國最早的一本唐詩選本。」〔註409〕李珍華、傅璇琮也讚許「孫翌編《正聲集》,第一個把唐代詩歌作為獨立的發展階段,而不是以前的一些選本那樣把初唐詩附麗於六朝之後,這是一個大功績。」〔註410〕即知孫季良《正聲集》在「唐人專選唐詩」層面的開創性意義,孫氏首編純選唐詩之選集,為後續「唐人選唐詩」提供了一個範本,引導著詩選學的發展方向,在學術史上具有重大貢獻,唯歎其之闕佚。

《全唐文》載中唐人趙儋文:「(子昂)年四十有二,葬於射洪

〔註406〕〔明〕胡震亨著:《唐音癸籤》,卷三十一,頁320。

〔註407〕〔唐〕劉肅撰,許德楠、李鼎霞點校:《大唐新語》,頁128。

〔註408〕〔唐〕高仲武:〈大唐中興間氣集序〉,《全唐文》,卷四百五十八,頁2074。

〔註409〕孫琴安:《唐詩選本提要》(上海:上海書店出版社,2005年),頁1。

〔註410〕李珍華、傅璇琮:〈唐人選唐詩與《河嶽英靈集》〉,《中國韻文學刊》,1988年第Z1期,頁7。

獨坐山。有《正聲集》十卷著於代,友人黃門侍郎盧藏用為之序。」
〔註411〕很明顯此處文字有脫漏,導致舛誤。因為《正聲集》顯然並非
陳子昂之作品集,陳子昂之別集為盧藏用所編《陳子昂集》,又據清
代藏書家孫星衍(1753~1818)《續古文苑》同載趙儋此文,記「年四
十有二,葬於射洪獨坐山。有詩十首入《正聲》。集十卷著於代,友人
黃門侍郎范陽盧藏用為之序。」〔註412〕當作此,即文意原為《正聲
集》收入陳詩十首,陳子昂本人有別集十卷,盧藏用為之作序。《正聲
集》現已佚,故無法得知孫季良具體選了陳子昂哪十首陳詩,但僅從
數量上便可知孫氏對陳詩的肯定。

　　論及《正聲集》選詩之標準,宋代曾慥(?~1155 或 1164)編
《類說》錄李淑(1002~1059)《詩苑類格》「孫翌論詩」條云:

　　孫翌曰:漢自韋孟、李陵為四、五言之首,建安以曹、劉為
　　絕唱,阮籍〈詠懷〉、束皙《補亡》,頗得其要。永明文章散
　　錯,但類物色,都乏興寄。晚有詞人爭立別體,以難解為幽
　　致,以難字為新奇。攻乎異端,斯(依陳尚君先生考:下衍
　　「無」字,據《記纂淵海》卷一六九刪)亦太過。〔註413〕

陳尚君先生稱「此節應即孫翌《正聲集》之序論,頗可見其論詩
之旨。」〔註414〕由此段文字可知孫季良對淵源自漢魏之「興寄」詩學
思想的看重。「興寄」一詞由陳子昂首創,陳氏在〈修竹篇〉詩的序言
發出慨歎:「文章道弊五百年矣!漢、魏風骨,晉、宋莫傳,然而文獻
有可徵者。僕嘗暇時觀齊、梁間詩,彩麗競繁,而興寄都絕……不圖

〔註411〕〔唐〕趙儋:〈大唐劍南東川節度觀察處置等使戶部尚書兼御史大
　　　　夫梓州刺史鮮于公為故右拾遺陳公建旌德之碑〉,《全唐文》,卷七百
　　　　三十二,頁 3345。
〔註412〕〔清〕孫星衍輯:《續古文苑》第五冊,卷十九(北京:中華書局,
　　　　1985 年),頁 1107。
〔註413〕〔宋〕曾慥編纂,王汝濤校注:《類說校注》(福州:福建人民出版
　　　　社,1996 年),下冊,卷五一,頁 1537。
〔註414〕陳尚君:〈唐人編選詩歌總集敘錄〉,《唐代文學叢考》(北京:中國
　　　　社會科學出版社,1997 年),頁 188。

正始之音，復覩於茲，可使建安作者相視而笑。」〔註415〕將陳序與孫
序相對照，可知孫、陳之詩學理想相近，都崇尚建安及正始時代，以
慷慨悲涼、剛健爽朗為主調的詩風，而對齊梁間主要追求辭藻華美、
完全偏重於詩文形式技巧以致思想內容貧瘠靡艷的詩風不以為然。既
然孫季良與陳子昂的觀念大抵相似，孫氏在選初唐詩時收進十首陳詩
以表示認同就不言而喻了。

（二）顧陶《唐詩類選》對陳詩的體認

　　從晚唐人顧陶為其選集《唐詩類選》所作序中，我們能得知顧陶
是一位志向遠大的詩選者。顧陶認為殷璠《河嶽英靈集》、高仲武《中
興間氣集》、孫季良《正聲集》及竇常《南薰集》雖為俊才選，選詩亦
可圈可點，但仍因個人偏愛而未盡得精髓。他希望涉獵各家，編出一
本盡善盡美的詩選，以彌補他認為之前人未從通盤考慮的遺憾。此序
作於唐宣宗大中十年（856），共收詩 1232 首，誠然是一部大型詩選
集，也是目前已知的「唐人選唐詩」中選詩數量最多的一個選本：

> 雖前賢纂錄不少，殊途同歸，《英靈》、《間氣》、《正聲》、《南
> 薰》之類，朗照之下，罕有孑遺。而取捨之時，能無少誤？
> 未有遊諸門而英菁畢萃，成篇卷而玷纇全無。詩有之流，語
> 多及此，豈識者寡，擇者多，實以體詞不一，憎愛有殊，苟
> 非通而鑒之，焉可盡其善者。由是諸集悉閱，且無情勢相託，
> 以雅直尤異成章而已……始自有唐，迄於近歿，凡一千二百
> 三十二首，分為二十卷，命曰《唐詩類選》。……時大中景
> 子之歲也。〔註416〕

　　奈何此集在宋之後散失，幸而《文苑英華》收顧陶〈唐詩類選序〉
與〈唐詩類選後序〉〔註417〕我們得已概覽選集之一二。顧陶〈唐詩類

〔註415〕　〔唐〕陳子昂：〈修竹篇并序〉，《陳子昂集》，頁 16。

〔註416〕　〔唐〕顧陶：〈唐詩類選序〉，《全唐文》，卷七百六十五，頁 3527～
　　　　　3528。

〔註417〕　〔宋〕李昉等編：《文苑英華》（臺北：大化書局，1985 年），卷七百
　　　　　十四，頁 1681。

選後序〉云：「余為《類選》三十年，神思耗竭，不覺老之將至……行
年七十有四，一名已成，一官已棄，不懼勢逼，不為利遷。」〔註418〕
顧陶為此選集嘔心瀝血，耗盡半生心力，待基本定稿時已過古稀之
年，他自云因已立名，且掛冠歸養，所以選詩時不會受到權勢或利益
的逼誘，處於相對自由的狀態，意在表明自身選集的純粹性。顧氏在
前序中首推杜甫、李白，次推王昌齡、陳子昂、孟雲卿、沈千運、韋
應物、李益、高適、王建、顧況、于鵠、暢當、儲光羲、孟郊、韓愈、
張籍、姚合等18人〔註419〕，讚揚他們能挺立於浮偽的頹波間，以端
直駿爽〔註420〕之風骨抑退流艷之辭：

> 國朝以來，人多反古，德澤廣被。詩之作者繼出，則有杜、
> 李挺生於時，羣才莫得而並。其亞則昌齡、伯玉、雲卿、千
> 運、應物、益、適、建、況、鵠、當、光羲、郊、愈、籍、
> 合十數子，挺然頹波間。得蘇、李、劉、謝之風骨，多為清
> 德之所諷覽，乃能抑退浮偽流艷之辭，宜矣。〔註421〕

以上我們可知顧陶對氣格遒勁之「風骨」的尊崇，他繼而又論
述道：

> 爰有律體，祖尚清巧，以切語對為工，以絕聲病為能。則有
> 沈、宋、燕公、九齡、嚴、劉、錢、孟、司空曙、李端、二
> 皇甫之流，實繁其數，皆妙於新韻，播名當時，亦可謂守章
> 句之範，不失其正者矣。〔註422〕

顧氏認為近體詩當以清新工巧為上，要點有二：注重對偶和聲
律。顧氏在評價擅長律體新韻的詩人時用了「妙」字，且認可他們的

〔註418〕〔唐〕顧陶：〈唐詩類選後序〉，《全唐文》，卷七百六十五，頁3528。
〔註419〕序文所列詩人對應之人物參見〈唐人選唐詩的總結期〉，陳伯海、蔣
　　　　哲倫主編，倪進、趙立新等著：《中國詩學史隋唐五代卷》（廈門：
　　　　鷺江出版社，2002年），頁341。
〔註420〕〔南朝梁〕劉勰：〈文心雕龍‧風骨〉：「結言端直，則文骨成焉；意
　　　　氣駿爽，則文風清焉。」見周振甫著：《文心雕龍今譯》（北京：中
　　　　華書局，2013年），頁264。
〔註421〕〔唐〕顧陶：〈唐詩類選序〉，《全唐文》，卷七百六十五，頁3527。
〔註422〕〔唐〕顧陶：〈唐詩類選序〉，《全唐文》，卷七百六十五，頁3527。

詩名，謂之能守「範」、不失「正」。這表示顧陶並未將作詩的形式技巧——偶、律視作頹波一類。他所反感的，是「齊、梁、陳、隋，德祚淺薄，無能激切於事，皆以浮艷相誇，風雅大變」[註423] 之流俗。顧陶列引各位詩人並未完全按照出生年代先後排序，如將杜甫（712～770）列於李白（701～762）前以示尊杜觀念[註424]，將王昌齡（約698～約756）列於陳子昂（659～700，或661～702）前，說明應是按照某一時段之詩人在顧氏心中的成就大小而排列，如此則陳子昂算是顧氏屬意之排名十分靠前的詩人，至于《唐詩類選》的 1232 首詩中究竟選了多少首陳子昂詩，卻已不得而知。筆者匯整前人有關《唐詩類選》所收詩人之研究成果，目前可知《唐詩類選》很可能收選的詩人有 47 人[註425]，按其所處年代，列表於下。

表 2-9　《唐詩類選》極大可能收選之詩人情況表（不完全統計）

初唐	陳子昂、沈佺期、宋之問、張循之、張說、張九齡、韋承慶 7 人
盛唐	張潮、孟浩然、王昌齡、李白、杜甫、綦毋潛、儲光羲、高適、常建、金昌緒、嚴維、顏舒、劉長卿、孟雲卿、沈千運 15 人
中唐	秦系、孫叔向、韋應物、李益、鮑溶、朱灣、暢當、顧況、于鵠、錢起、郎士元、司空曙、李端、皇甫冉、皇甫曾、楊衡、孟郊、韓愈、張籍、王建、姚合、楊郇伯、朱絳、李敬方、楊牢 25 人

[註423]　〔唐〕顧陶：〈唐詩類選序〉，《全唐文》，卷七百六十五，頁 3527。
[註424]　卞孝萱先生提出，中唐時「李杜」是一個約定俗成的稱呼，即使認為杜甫優於李白的詩人如元、白，亦稱「李杜」，可見此處顧陶稱「杜、李」，是有意而為之。詳見卞孝萱：〈《唐詩類選》是第一部尊杜選本〉，《冬青書屋文存》（西安：陝西人民出版社，2008 年），頁 304～305。
[註425]　參看（1）陳尚君：《唐代文學叢考》，1997 年，頁 193～194。（2）倪進等著：《中國詩學史隋唐五代卷》，2002 年，頁 339～341。（3）（日）三木雅博：〈中國晚唐期的唐代詩受容と平安中期的佳句選——顧陶撰《唐詩類選》と《千載佳句》《和漢朗詠集》〉，《國語と國文學》第 82 卷 5 號（2006 年 1 月），頁 65～76。（4）金程宇：〈追尋消逝的唐詩選本——顧陶《唐詩類選》的復原與研究〉，《古典文獻研究》，2015 年第 2 期，頁 92～96。金程宇在整合前人研究的基礎上，補充了宋代姚寬《西溪叢語》、計有功《唐詩紀事》、曾季貍《艇齋詩話》對顧陶《唐詩類選》引錄的文本材料。

　　雖為不完全統計，其中被認定收入《唐詩類選》的 30 人為《文苑英華》保留下來的顧陶本人所作〈唐詩類選序〉稱許之人物，照理顧陶特地在序中提及，那麼集中當選之；另 17 人來自其他後世典籍明確提及，轉引自顧陶《類選》詩，假託之嫌當不大。因此，我們仍然能從留存下來的各個分期的選收人數差異看出顧陶的大致收選趨勢，初唐較少，盛唐次之，而中唐最多。《新唐書》載：「顧陶《唐詩類選》二十卷大中校書郎。」〔註 426〕說明顧陶為唐宣宗大中年間校書郎。唐代校書郎屬於基層文官，其「工作與圖書緊密相連，主要從事圖書校讎、整理編次等事務」，校書郎的職務範圍除了編著校理典籍，收集整理圖書，還外出搜訪圖書。〔註 427〕又唐代「秘府徵集、購求、接受進獻的圖書，保存了大量當代文人的詩文集」〔註 428〕明代胡震亨對唐代官方搜存唐人詩集之盛況作過這樣的描述：

> 唐人詩集，多出人主下詔編進。如王右丞、盧允言諸人之在朝籍者無論；吳興晝公，一釋子耳，亦下勅徵其詩集置延閣。更可異者，駱賓王、上官婉兒，身既見法，仍詔撰其集傳後，命大臣作序，不泯其名。重詩人如此，詩道安得不昌？〔註 429〕

「詩唐」之所以昌盛並非偶然，從官方兼收並蓄的包容心態便可感受到上層對詩的重視。比起其他文人，作為校書郎兼選詩者的顧陶有得天獨厚的優勢，他可以看到當時「國家圖書館」裡所藏前人的所有詩文集。不過中間曾歷經安史之亂（755～763），梁明玉從宋人王溥（922～982）所撰《唐會要》載文關注到「在安史之亂發生前，唐政府搜集和編撰的重要典籍大多在長安和洛陽兩地存放」〔註 430〕：

〔註 426〕〔宋〕歐陽脩、宋祁等撰：《新唐書‧藝文四》，卷六十，頁 1623。

〔註 427〕黎文麗：《唐代校書郎與文學》（西安：陝西師範大學博士學位論文，2011 年），頁 77～82。

〔註 428〕吳淑玲：〈唐代秘府對唐詩的彙集與播散〉，《石家莊學院學報》，2013 年第 1 期，頁 63。

〔註 429〕〔明〕胡震亨著：《唐音癸籤》，卷二十七，頁 284。

〔註 430〕梁明玉：〈安史之亂對唐代圖書編撰與保存的影響〉，《蘭台世界》，2021 年第 1 期，頁 152。

（開元）二十四年（736）十月，車駕從東都還京。有敕，百
司從官，皆令減省集賢書籍，三分留一，貯在東都。〔註431〕

而後誰料「漁陽鼙鼓動地來，驚破霓裳羽衣曲」〔註432〕，首當
其衝的便是長安、洛陽兩都，如《舊唐書》載：「祿山之亂，兩都覆
沒，乾元舊籍，亡散殆盡。」〔註433〕因唐肅宗至德元年，即756年時
長安、洛陽已被攻陷，因此這裡的「乾元」非指肅宗之年號「乾元」
（使用近三年：758～760年）按《易經》，乾有四德：「元、亨、利、貞。」
〔註434〕元是四德之首，乾元，既乾之元，為天道伊始之意。元，指開
始，乾元也就是唐朝開國之初。故此處理解為安史之亂中，兩都陷落
以致唐初以來的秘府典籍，幾乎亡散。按《舊唐書》的說法，官方「國
家圖書館」因安史之亂導致典籍受損嚴重，那麼顧陶少收初唐詩人，
是否因為他所處的時期，大部分初唐詩人的別集都因兵燹殘亡，所以
秘府所存前人的別集數量銳減，顧氏所選初唐詩人的範圍本身就很
小？筆者以為不無可能，然此種可能性或許比較小。據《舊唐書》載
「文宗（在位時間，826～840）時，鄭覃侍講禁中，以經籍道喪，屢以為
言。詔令秘閣搜訪遺文，日令添寫。開成（唐文宗年號，836～840）初，
四部書至五萬六千四百七十六卷」〔註435〕，若我們將唐文宗開成初
年，搜訪補佚後所得之總卷數，與唐玄宗（在位時間713～756）時學士毋
煚所編《古今書錄》的總卷數相比較：「凡四部之錄四十五家……五
萬一千八百五十二卷，成《書錄》四十卷。」〔註436〕可知從數量上，
唐文宗時四部書總數比起毋煚《古今書錄》所載還要多出四千多卷，
而先唐之典籍想必不會突增，故唐文宗時期「國家圖書館」所藏唐人
別集應該與唐玄宗時相去不會太遠，明人陸深（1477～1544）亦云：

〔註431〕〔宋〕王溥：《唐會要》（臺北：世界書局，1968年），卷三十五，頁
644。
〔註432〕〔唐〕白居易：〈長恨歌〉，《全唐詩》，卷四三五，頁1075。
〔註433〕〔後晉〕劉昫等撰：《舊唐書‧經籍志上》，卷四十六，頁1962。
〔註434〕〔唐〕李鼎祚輯：《周易集解》（北京：中華書局，1985年），頁1。
〔註435〕〔後晉〕劉昫等撰：《舊唐書‧經籍志上》，卷四十六，頁1962。
〔註436〕〔後晉〕劉昫等撰：《舊唐書‧經籍志上》，卷四十六，頁1965。

「安史亂後備加搜採,而四庫之書復完。」〔註437〕若果真如此,身為校書郎的顧陶又自稱悉閱諸集,而顧氏少選初唐,並非是沒法看到初唐人的別集,而與其崇尚六義、風骨、雅直的選詩觀有關。

初唐之詩壇如錢志熙言:「雖不能說漢魏、晉宋之詩歌傳統完全被中斷,局部的學習漢魏、晉宋的作法也時有所見,針對時風復古、崇雅的思想也時有發難,但整體來看,新體之流衍、轉加靡麗精巧,是齊梁迄唐初的主流則為不爭之事實。」〔註438〕高宗時出現綺錯婉媚的「上官體」便是例證。〔註439〕這種流行的宮廷詩風與顧陶前序反對之「浮偽流艷之辭」有密切的關聯,因此便不難理解顧陶為何少選初唐詩,及在此選詩傾向下,顧氏在選集序中將同樣提倡「風骨」的陳子昂列為重要人物了。但我們必須要看到,顧陶僅將陳子昂列作「挺然頹波間」十數子中的一位,這雖體現出顧陶對陳子昂的體認,然並未視其為首屈一指的詩風革新領袖。這與盧藏用對陳子昂在初唐革新「靡弱詩風」之功的至高推崇,在程度上有很大差異。

三、小結

聞一多先生嘗云人們都愛說「唐詩」,而他要講「詩唐」,所謂「詩唐者,詩的唐朝也。」〔註440〕正因詩這一文體在唐朝尤受重視而大放異彩,故有唐人選詩之肥沃土壤;同時詩選家選詩成集又進一步為唐詩發展的土壤細緻澆灌,使之益發膏腴,自然開花結果:有大量詩可選且需要「選」說明詩壇創作之盛況,而當世流行的詩選集所代表的詩學標準反過來又會在一定程度上影響詩人之創作,兩者前後呼

〔註437〕〔明〕陸深撰:《停驂錄》(臺北:藝文印書館,1966年),《儼山外集》卷二十,頁8～2。

〔註438〕錢志熙:〈論初唐詩人對元嘉體的接受及其詩史意義〉,《中國文化研究》,2007年第2期,頁155。

〔註439〕〔後晉〕劉昫等撰:《舊唐書》:「(上官儀)工於五言詩,好以綺錯婉媚為本。儀既顯貴,故當時頗有學其體者,時人謂之『上官體』。」卷八十,頁2743。

〔註440〕聞一多:《唐詩雜論》(合肥:安徽人民出版社,2013年),頁199。

應，相得益彰。

　　從傳播層面看，唐時的印刷技術尚在萌芽期，運用並不廣泛，故當時文學作品的傳播主要還是依靠手抄。唐詩手寫本的裝幀形式依吳淑玲歸納有卷軸裝、經折裝、旋風裝、折葉冊子裝、筒裝等等〔註441〕。無論哪種裝幀法，古人既用毛筆手寫，其字體的大小肯定比現代印刷之書籍的字號要大。相應的，同樣的篇幅耗費的紙張要比現在多得多，再加上具體的裝幀，其重量必然不輕，唐人行旅遊學時也就不方便攜帶大量書籍，而「選本薈萃精華，一編在手，可以遍窺各家風貌，朝夕相對，諷詠揣摩，所以大為流行，促進了詩歌的傳播和普及。」〔註442〕

　　唐時的各種選本體現了詩選家們各自的審美追求，宋代姚寬（1105～1162）《西溪叢語》曰：「殷璠為《河嶽英靈集》，不載杜甫詩。高仲武為《中興間氣集》，不取李白詩。顧陶為《唐詩類選》，如元、白、劉、柳、杜牧、李賀、張祐、趙嘏皆不收。姚合作《極玄集》，亦不收杜甫、李白。彼必各有意也。」〔註443〕詩選家借「選」表明自己的文學主張，我們可從選家自撰選集序顯露的好惡傾向、收選詩人作品的多寡，詩人所處時期的集散，選集中各種詩體的比重，詩歌題材的異同等方面推知其選詩標準，體會選家之「意」，或曰編選目的。筆者在上文主要藉列表的形式歸納各選集與陳子昂別集所呈現的特點，繼而對表所呈現的現象加以辨析。在目前仍存的 16 本「唐人選唐詩」選集中，唯有反映唐玄宗時某位選者選詩主張的《搜玉小集》選收了 1 首陳子昂詩〈白帝懷古〉，且根據現存版本相對較早之汲古閣本《搜玉小集》中毛晉的題跋可知前人最初或將此詩當作宋之問詩而收入。如此在論述《搜玉小集》選者對陳子昂的接受情況時，只能

〔註441〕參看吳淑玲：《唐詩傳播與唐詩發展之關係》，頁 87～106。
〔註442〕陶敏：〈唐人選唐詩與《唐人選唐詩（十種）》〉，《古典文學知識》，1994 年第 4 期，頁 101。
〔註443〕〔宋〕姚寬輯：《西溪叢語》（北京：中華書局，1985 年），頁 26。

視為對誤作「宋之問詩」之陳詩〈白帝懷古〉的認可,而非對陳子昂本人的推服,此點不得不察。我們注意到的是,陳子昂此首〈白帝懷古〉已屬格律十分工整之五言排律,明代許學夷(1563～1633)稱讚此詩為初唐排律詩之翹楚:

> 初唐五言,雖未成律,然盧照鄰「地道巴陵北」、駱賓王「二庭歸望斷」及陳子昂「日落滄江晚」三篇,聲體盡純而氣象宏遠,乃排律中翹楚,盛唐諸公亦未有相匹者。〔註444〕

由此例,可知耿耿於齊梁頹靡詩風,疾呼「文章道弊五百年矣!漢魏風骨,晉宋莫傳」,主張「興寄」的陳子昂年輕時〔註445〕就已擅長寫律體,我們不能先入為主地認為陳子昂是「古體詩」的代表,而忽視陳子昂亦擅長律詩,且陳之近體不乏佳作的事實。章培恆、駱玉明指出唐人否定前代文學大致有三個原因:文學本身的發展需要,常對前代文學風氣之缺陷矯枉過正;政治上,新政權需要在理論上樹立優於前朝文化的形象以昭聖德;復興儒學的呼聲在唐代始終存在,此起彼伏。所以「對唐詩與前代詩歌的關係,不能完全聽信唐人自己的宣言,而必須從他們的實際創作中尋找結論。」〔註446〕《搜玉小集》因重麗辭與近體聲律,多收宮廷詩人詩,選者誤將陳子昂詩作宋之問詩,就從側面說明陳、宋創作的詩體並非判然分明。現存陳子昂的127首詩中,近七成為古詩,這表示陳子昂的創作是傾向古體的,時常也作近體。

雖然在今存16本「唐人選唐詩」中,惟有一本盛唐詩選《搜玉

〔註444〕〔明〕許學夷著,杜維沫校點:《詩源辨體》(北京:人民文學出版社,1987年),卷十二,頁141。

〔註445〕此首陳詩〈白帝城懷古〉據羅庸《陳子昂年譜》繫作唐高宗開耀元年,辛巳681年左右作;彭慶生與徐文茂一致繫作唐高宗儀鳳四年後改元調露元年,己卯679年作,詳見附錄之〈陳子昂詩賦繫年比對表〉。我們可以判斷此首詩基本上是陳子昂二十來歲,初出蜀時的作品。

〔註446〕章培恆、駱玉明主編:《中國文學史》(上海:復旦大學出版社,1996年),中冊,頁10。

小集》收選陳詩，且只有一首〈白帝懷古〉，這並不代表陳子昂在唐代完全收到詩選家的冷落，因為大部分唐時詩選集都已佚亡，我們能看到的並非全貌。僅從草蛇灰線般散見在其他文籍中的零星文字便可知有兩本佚亡的「唐人選唐詩」是肯定陳子昂的：一是「從選詩的觀念、範圍及選詩標準來看，都是一個較為成熟的唐詩選本，可作為唐人選唐詩第一個範本」的孫季良《正聲集》〔註447〕；二是令海外漢學家宇文所安同為之歎歟的：「如果我們遺憾有一部詩選亡佚的話，那麼就是顧陶的《唐詩類選》。序言顯示，顧陶是一位獨特而思慮深致的選家，深切注意本朝的詩歌歷史，常常從全集中選詩，並且關注有眼光的詩選。」〔註448〕《唐詩類選》收選了1232首詩，光從數量看就知此集等價連城。

　　盛唐孫季良是專選唐詩的首創者，其所編《正聲集》後被中唐《中興間氣集》的編者高仲武，及顧陶專門在前序中提及，可知此選本在唐詩選集界有一定地位。如今我們只能從中唐人趙儋為陳子昂立的碑文知道《正聲集》收了十首陳詩，以及北宋人李淑《詩苑類格》載「孫翌論詩」的內容了解到孫季良同陳子昂一樣，有著追念建安，倡導「興寄」的詩學理想。《正聲集》所選最多詩作的詩人為劉希夷，石樹芳認為該集收選劉、陳體現了孫季良眼光非凡，並稱「《正聲集》的最大意義似乎在於明確的選擇意識以及跨越階層對優秀詩人的敏感挖掘和全面關照。」〔註449〕至於顧陶《唐詩類選》，一方面，我們從序言可看出顧氏最推尚的是「由政治以諷諭，繫國家之盛衰」的詩教觀，顧氏認為齊梁陳隋因無德以致對時事無感，由詩之靡靡反映

〔註447〕陳伯海主編：《唐詩學史稿》（石家莊：河北人民出版社，2004年），頁43。

〔註448〕（美）宇文所安：〈唐人眼中的杜甫：以《唐詩類選》為例〉，卞東波編譯：《中國古典文學研究的新視鏡》（合肥：安徽教育出版社，2016年），頁99。本文原發表於美國《唐學報》（T'ang Studies）第25卷，2007年，題作 *A Tang Version of Du Fu: The Tang shi Lei xuan*.

〔註449〕石樹芳：《唐人選唐詩研究》（北京：中國社會科學出版社，2016年），頁145。

出國運的衰頹，因而提倡復歸風雅，遵漢魏之風。另一方面，顧陶並未將詩歌創作技巧層面的聲律、對偶和頹靡詩風劃上等號，較客觀地肯定了律體為「守章句之範，不失其正者。」〔註450〕這和「陳子昂所批判的，乃是當時詩壇上普遍存在的一種意蘊膚淺、辭采繁麗的傾向」〔註451〕相一致，陳、顧反對的是詩文內容的浮艷傾向，而非那種頹態表面的技巧形式。盛唐氣象是在初唐既提倡思想內容，兼善技巧形式的基礎上發展而來的。顧氏〈唐詩類選序〉表現了以性情為先，亦重視聲色的選詩觀，這與陳子昂〈修竹篇序〉傳達的詩學思想及陳詩兼用律、偶的實際創作情況相吻合，因此顧陶才與陳詩產生共鳴，將子昂視作僅次於李杜的「群才」之一。

　　本小節敘述了「唐人選唐詩」之意義，《正聲集》、《搜玉小集》、《唐詩類選》等詩選集的選詩理念，及三部選集與陳子昂詩之內在關聯──相似共通的審美觀。選者以「選」表達臧否，各個時期詩人的入選與否，入選之數量，呈現出接受的變化態勢。因「唐人選唐詩」選本十有八九都已亡佚，我們無法完整還原陳子昂在唐代詩選學界的接受史脈絡。從有限的資料看來，盛唐人孫季良與中唐人顧陶曾在他們的選集中透露出對陳子昂的體認。再有反映盛唐某位選者審美精神的《搜玉小集》則表現出對陳詩五排〈白帝懷古〉的悅可。此外，如孫桂平所述：「唐朝人看當朝詩歌選本有一種『身在此山』的時代局限。從接受的角度看，唐代選家與詩歌的閱讀者身處詩歌創作氛圍濃厚的環境中，選家與讀者往往就是詩歌創作的好手，對本朝詩歌的認識難免帶有個人的喜好情緒，因而其對本朝詩歌選本的軒輊，難以做到客觀理智。」〔註452〕其實不論是唐人選唐詩，還是宋人選唐詩，明清人選唐詩，只要是「選」，就必定帶有個性的主觀色彩，

〔註450〕〔唐〕顧陶：〈唐詩類選序〉，《全唐文》，卷七百六十五，頁3527。
〔註451〕葛曉音：〈論宮廷文人在初唐詩歌藝術發展中的作用〉，《遼寧大學學報》，1990年第4期，頁72。
〔註452〕孫桂平：《唐人選唐詩研究》（北京：中國社會科學出版社，2012年），頁3。

但個性又會受到時代共性的沾溉。康熙《御選唐詩》之提要對此問題有所概述：

> 撰錄總集者，或得其性情之所近，或因乎風氣之所趨，隨所撰錄，無不可各成一家。故元結尚古淡，《篋中集》所錄皆古淡；令狐楚尚富贍，《御覽詩》所錄皆富贍；方回尚生拗，《瀛奎律髓》所錄即多生拗之篇。〔註453〕

選集是個性與共性，主觀與客觀，個人性情與時代風氣的集合體，或許不該稱作「時代局限」，而是特定時代的特色，是選家預期的外化表現。最後，引魯迅先生語作結：「讀者讀選本，自以為是由此得了古人文筆的精華的，殊不知卻被選者縮小了眼界……選本既經選者所濾過，就總只能吃他所給與的糟或醨。」〔註454〕總得來說，再優秀的選集也只是一種導引，一份指南，倘若意在真正全面地認識一位詩人，依然要通讀其全集才可觸到其實相。比如《搜玉小集》只選了一首陳詩〈白帝懷古〉，要想體會陳子昂年少出蜀，行旅之經歷，還是要去讀《陳子昂集》，尤其是將繫年相近的其它詩篇，如〈度荊門望楚〉〈峴山懷古〉〈初入峽苦風寄故鄉親友〉一起品味，方知子昂的少年襟懷。

〔註453〕〔清〕紀昀、陸錫熊等：《欽定四庫全書總目》（北京：中華書局，1997 年），卷一百九十，頁 2658。

〔註454〕魯迅：〈選本〉，收入魯迅先生紀念委員會編：《魯迅全集》第 7 卷《集外集》（上海：光華書店，1948 年），頁 504～505。

第三章　宋人對陳子昂詩文的接受

第一節　宋代詩文選集與陳子昂之作品

　　宋代繼往開來，編有四大部書，分別是宋太宗（趙光義，於 976～997 在位）時編就的《太平廣記》、《太平御覽》、《文苑英華》與宋真宗（趙恆，於 997～1022 在位）年間完成的《冊府元龜》。其中，《太平御覽》節錄陳子昂兩篇，一為兵部七十之〈禡牙文〉〔註1〕，二為治道部四之治政篇節錄陳文〈諫政理書〉，內容上緊跟魏徵〈諫太宗十思疏〉之後〔註2〕，可見編排者對子昂諫諍精神的認可。《冊府元龜》亦節錄陳文共兩篇，均為諫文：一是規諫第九的〈上軍國利害事三條〉〔註3〕，二是奏議第三的〈諫政理書〉。〔註4〕相較之下，《文苑英華》收陳子昂之詩文最多，所收陳詩 50 首，陳文 76 篇。

　　再有姚鉉（968～1020）所編《唐文粹》收錄陳詩 45 首，陳文 7 篇。此外，還有其它一些宋代的詩選集與類書，諸如王溥（922～982）

〔註1〕〔宋〕李昉等編：《太平御覽》（上海：上海古籍出版社，2008 年），卷三百三十九，頁 896～149。

〔註2〕〔宋〕李昉等編：《太平御覽》，卷六百二十三，頁 898～666。

〔註3〕〔宋〕王欽若等編纂：《冊府元龜》校訂本（南京：鳳凰出版社，2006 年），第六冊，卷五三二，諫諍部，頁 6061。

〔註4〕〔宋〕王欽若等編纂：《冊府元龜》校訂本，第七冊，卷六百四，學校部，頁 6962。

《唐會要》收陳子昂文 3 篇；洪邁（1123～1202）《萬首唐人絕句》收陳詩 6 首，郭茂倩（1041～1099）《樂府詩集》收陳詩 1 首，蒲積中（？～？於南宋高宗紹興十七年 1147 年作序）《古今歲時雜詠》收陳詩 5 首；王應麟（1223～1296）《玉海》收陳文 4 篇，祝穆（？～1255）《古今事文類聚》收陳文 15 篇等等。以下將從《文苑英華》、《唐文粹》、其它文獻收選陳子昂詩文情況等三節展開討論。

一、《文苑英華》選錄陳子昂詩文之統計與分析

（一）《文苑英華》收選 50 首陳詩

《文苑英華》是李昉（925～996）、徐鉉（916～991）、宋白（936～1012）等人奉宋太宗之命共同編纂的文學總集，其所收絕大部分為唐人作品。學者凌朝棟將編纂《文苑英華》的文學意義總結為四個方面：引導促進宋初文學的發展；保存文獻；推進文學研究、普及文化；以及對於接受史研究而言十分重要的，能夠反映宋初宮廷官僚乃至皇帝的文學觀。[註5] 王園曾將唐代分作五段：初唐、盛唐、大曆、中唐、晚唐，對《文苑英華》所收各階段詩人所作詩的數量作出統計並按多寡進行排名，茲翻製其表如下：

表 3-1 《文苑英華》所收唐代各時期詩歌數量作家排行表[註6]

	初　唐		盛　唐		大　曆		中　唐		晚　唐	
1	宋之問	139	杜甫	246	劉長卿	177	白居易	287	賈島	151
2	李嶠	105	李白	245	皎然	160	劉禹錫	169	鄭谷	149
3	沈佺期	77	王維	159	盧綸	158	張籍	123	溫庭筠	142
4	唐太宗	67	張說	111	韋應物	95	權德輿	88	羅隱	138
5	駱賓王	66	張九齡	108	司空曙	90	楊巨源	60	許渾	132

[註5] 凌朝棟：《〈文苑英華〉研究》（上海：上海古籍出版社，2005 年），頁 22～24。

[註6] 按：翻製王園《唐詩與宋代詩學》（天津：南開大學博士學位論文，2009 年）原表，頁 22～23。

6	盧照鄰	62	孟浩然	94	戴叔倫	82	孟郊	57	劉得仁	112
7	陳子昂	49	王昌齡	70	顧況	76	楊衡	52	張喬	110
8	王勃	40	蘇頲	62	李嘉佑	69	韓愈	50	趙嘏	108
9	李乂	36	岑參	61	錢起	59	王建	48	方干	106
10	楊炯	32	高適	56	李端	55	于鵠	47	陳陶	98

筆者按：此表按王園所製原表翻製，僅標明數字，省略計量單位「首」。另，
　　　《文苑英華》實收陳子昂詩為 50 首，而非 49 首，其中〈春夜別
　　　友人〉二首、〈贈趙貞固〉二首數量上當算作四首，並非兩首；而
　　　〈送魏兵曹使巂州〉一詩重出，雖兩卷有載，當算作一首。詳情
　　　參見下文筆者統計之「《文苑英華》所收 50 首陳子昂詩分類一覽
　　　表」。

　　從上表可見，宋初上層階級對於初唐詩之收選數量，相比於其他
階段而言是最少的，且集中於收選主要創作宮廷應制詩之詩人群體，
在這種收詩傾向下，《英華》亦收選陳子昂詩 50 首，其中雖包括 2 首
應制詩，但大部分為其他題材，可見《英華》編者的審美品位並不局
限於對宮廷詩的推重。今將《英華》收 50 首陳詩按分類及數量多少
排序製表如下：

表 3-2　《文苑英華》所收 50 首陳子昂詩分類一覽表

悲悼 9 首	卷三百一　悲悼一	〈薊州覽古贈盧居士藏用〉七首并序：〈軒轅臺〉〈燕王〉〈樂生〉〈燕太子〉〈田光先生〉〈鄒衍〉〈郭隗〉
	卷三百八　悲悼八	〈峴山懷古〉 〈白帝城懷古〉
送行 7 首	卷二百六十七　送行二	〈送東萊王學士無競〉 〈送魏兵曹使巂州得登字〉 筆者按：此詩重出。 〈送客〉 〈送殷大入蜀〉 〈送梁李二明府〉 〈送別陶七同用風字〉 〈送崔著作東征〉

留別 6 首	卷二百八十六　留別一	〈落第西還別魏四懍〉 〈落第西還別劉祭酒高明府〉 〈春夜別友人〉二首 〈遂州南江別鄉里故人〉 〈別李參軍崇嗣〉
寄贈 5 首	卷二百四十九　寄贈三	〈入東陽峽與李明府船前後不相及〉 〈贈嚴倉曹乞推命錄〉 〈度峽口山贈喬補闕知之王二無競〉 〈贈趙貞固〉二首
酬和 4 首	卷二百四十一　酬和二	〈東征答朝達相送〉 〈酬李參軍崇嗣旅館見贈〉 〈答洛陽主人〉 〈東征至淇門答宋十一參軍之問〉
行邁 4 首	卷二百八十九　行邁一	〈西還至散關答喬補闕知之〉 〈宿空舲峽青樹村浦〉
	卷二百九十六　行邁八	〈送魏兵曹使雋州〉卷中注：此詩二百六十七卷重出，今已削注異，同為一作。
	卷二百九十七　行邁九	〈宿襄河驛浦〉
居處 4 首	卷三百十一　居處一	〈登澤州城北樓宴〉 〈登薊丘樓送賈兵曹入都〉
	卷三百十五　居處五	〈同王員外雨後登開元寺南樓因酬暉上人獨坐山亭有贈〉
	卷三百十七　居處七	〈南山家園林木交映盛夏五月幽然清涼獨坐思遠率成十韻〉
人事 3 首	卷二百十八　人事五	〈江上暫別蕭四劉三旋欣接遇〉 〈遇荊州崔兵曹使〉 〈遇崔司議泰之冀侍御珪二使入蜀〉
地部 2 首	卷一百六十五　地部七	〈于長史山池三日曲水〉
	卷一百六十六　地部八	〈入峭峽〉
道門 1 首	卷二百二十六　道門二	〈春日登金華觀〉
帝德 1 首	卷一百六十八　帝德	〈洛城觀酺宴應制〉

應制 1 首	卷一百六十七　應制	〈奉和皇帝上禮撫事述懷〉
軍旅 1 首	卷三百　軍旅二	〈送魏大從軍〉
天 1 首	卷三百三十一　天	〈慶雲章〉筆者按：四言詩。
圖畫 1 首	卷三百三十九　圖書	〈山水粉圖〉
樓臺宮閣 1 首	卷三百四十三　樓臺宮閣	〈春臺引[寒食集畢錄事宅作]〉

筆者按：〈送魏兵曹使雋州〉一詩出現兩次，卷二百六十七只載詩名，不載詩文，全詩見卷二百九十六，統計時算作一首。另〈慶雲章〉為陳子昂〈大周受命頌〉四章中的一章，總體被視為「文」，載《陳子昂集》（上海：上海古籍出版社，2013 年），卷七雜著，頁 164～165。《文苑英華》單獨摘錄出來，視為「詩」。

　　我們看到，《文苑英華》收 50 首陳子昂詩，集中於懷古、送別、酬贈之題材。《英華》沒有收被現代文學史所看重的〈感遇〉三十八首及〈修竹詩〉。或許是沒有合適的歸類，《英華》亦未收張九齡〈感遇〉十二首、李白〈古風〉五十九首等名篇及任何以「感遇」為題的詩。文體上，《英華》既收子昂之五古、五排及五律，也收錄像〈春臺引〉及〈山水粉圖〉這樣的歌行體，還收了從陳文〈大周受命頌〉四章并序抽取出的一章四言詩〈慶雲章〉，這說明《英華》對陳詩的收選並未有文體上的限制。

　　不過，《英華》在陳詩之詩題的採用上，與陳集多有出入。有無傷大雅者如增加或刪減詩人名號排行：如陳集之〈贈趙六貞固〉二首，《英華》本作〈贈趙貞固〉二首；陳集之〈東征至淇門答宋參軍之問〉，《英華》作〈東征至淇門答宋十一參軍之問〉。這或許是在文本流傳過程中因版本不一所致，並非刻意改動，然送別類陳詩詩題有異者全被簡化，就應是《英華》之編者有意為之。如陳集本〈送著作佐郎崔融等從梁王東征并序〉，《英華》作〈送崔著作東征〉；集本〈春晦餞陶七於江南同用風字并序〉，《英華》為〈送別陶七〉；集本〈夏日暉上人房別李參軍索嗣并序〉，《英華》為〈別李參軍索嗣〉：以上三例在《英華》中均刪去「并序」二字以及關於送別之具體的時節、其他相關的人名，如此刪改之例又有陳集本〈秋日遇荊州府崔兵曹使宴并

序〉,《英華》本改為〈遇荊州崔兵曹使〉。又有集本〈入峭峽峽安居谿
伐木谿源幽邃林嶺相映有奇致焉〉,《英華》本刪去 18 字,簡作〈入
峭峽〉而選入「地部」這可能是因為《文苑英華》為類書,為使所收
選的詩更符合選者設置之歸類,而在主觀上刪改之。再者像〈薊州覽
古贈盧居士藏用〉七首中的兩首,陳集取作〈燕昭王〉,《英華》作〈燕
王〉;集本之〈鄒子〉,《英華》為〈鄒衍〉,或暗含一字褒貶意。

　　對此,程章燦指出:在編輯過程中,總集不僅對詩題進行整合與
類化,甚至為了切題而對詩歌文本進行某些剪裁。也就是說,對於前
代的詩文作品尤其是別集中的作品,總集並非單向的接受、使用,
而是雙向的反饋,是對作品的再創作。[註7] 從《文苑英華》對陳詩
題目的改動,我們能夠了解選家對作品的接受未必是原封不動地收
錄,他們通過「選」之方式及改動題目的行為表達他們的審美觀及話
語權。同時,這也反映出研究接受史對文學史的重要性,這有助於進
一步釐清一部作品的前世今生,以及背後所象徵的複雜性。

(二)《文苑英華》收選 76 篇陳文

　　現今流傳下來的《陳子昂集》存有 110 篇陳文及 127 首確定為陳
詩的作品。不知宋人看到的陳集版本所包含的子昂詩文是否會比現代
人多出許多,但就《文苑英華》收選陳詩 50 首,76 篇陳文的數量來
看,可見宋初上層文人對陳子昂作品的嘉許。通過對《英華》所收 76
篇陳文進行歸納,同樣按照所收選數量的多少排列,製表如下:

表 3-3　《文苑英華》所收 76 篇陳子昂文分類一覽表

表 26 篇	〈代赤縣父老勸封禪表〉卷五百五十六‧封禪
	〈為朝官及岳牧賀慈竹再生表〉卷五百六十三‧賀祥瑞三
	〈為建安王賀破賊表〉卷五百六十六‧賀捷一

[註7] 程章燦:〈總集與文學史權力——以《文苑英華》所采詩題為中心〉,
　　　《南京大學學報(哲學‧人文科學‧社會科學版)》,2011 年第 1 期,
　　　頁 125。

	〈為鄭資州讓官表〉卷五百七十六·節度刺史讓官
	〈為司刑袁卿讓官表〉卷五百七十七·文官讓官
	〈為司農李卿讓官表〉卷五百七十七·文官讓官
	〈為金吾將軍陳令英請免官表〉卷五百八十·辭官一
	〈為將軍程處弼謝放流表〉卷五百九十（**按：見卷六百十八**）
	〈謝賜冬衣表〉卷五百九十三·謝春冬衣
	〈為宗舍人謝賻贈表〉卷五百九十七·謝追贈官喪葬
	〈初七謝恩表〉卷五百九十七·謝追贈官喪葬
	〈遷祔謝恩表〉卷五百九十七·謝追贈官喪葬
	〈為義興公求拜掃表〉卷五百九十七·謝追贈官喪葬
	〈為義興公陳請終喪〉二首卷五百九十七·謝追贈官喪葬
	〈為人陳情表〉卷六百一·陳情一
	〈為人請子弟出家表〉卷六百五·太子公主上請
	〈進神鳳頌表〉卷六百十·進文章一
	〈為陳御史進奉和秋景觀競渡詩表〉卷六百十·進文章一
	〈為建安郡王獻食表〉卷六百十三·雜進奉
	〈為喬補闕論突厥表〉卷六百十四·邊防一
	〈為將軍程處弼謝放流表〉二首卷六百十八·刑法二
	〈為副大總管營田大將軍蘇宏暉謝罪表〉二首卷六百十八·刑法二
	〈謝免罪表〉卷六百十八·刑法二
	〈為人謝放父免罪表〉卷六百十八·刑法二
序13篇	〈薛大夫山亭宴序〉卷七百九·遊宴二
	〈冬夜宴臨邛李錄事宅序〉卷七百九·遊宴二
	〈洪崖子鸞鳥詩序〉卷七百十五·詩序一
	〈登薊城西北樓送崔著作入都序〉卷七百十八·餞送一
	〈送著作佐郎崔融等從梁王東征序〉卷七百十八·餞送一
	〈送麴郎將使默啜序〉卷七百十九·餞送二
	〈送吉州杜司戶審言序〉卷七百十九·餞送二

	〈暉上人房餞齊少府使入京序〉卷七百十九·餞送二
	〈餞陳少府從軍序〉卷七百十九·餞送二
	〈別冀侍御崔司議序〉卷七百三十四·贈別
	〈別中岳二三真人序〉卷七百三十四·贈別
	〈忠州江亭喜重遇吳參軍見牛司議序〉卷七百三十六·雜序二
	〈喜遇冀侍御崔司議二使序〉卷七百三十六·雜序二
書啟 10 篇	〈上薛令文章啟〉卷六百五十六·謝文序并和詩
	〈為蘇令本與岑內史啟〉卷六百五十八·投知一
	〈諫刑書〉卷六百七十四·刑法部下
	〈申宗人冤獄書〉卷六百七十四·刑法部下
	〈諫靈駕入京書〉卷六百七十五·諫諍上
	〈諫曹仁師出軍書〉卷六百八十三·邊防中
	〈諫雅州討生羌書〉卷六百八十四·邊防下
	〈為建安王與安東諸軍州事書〉卷六百八十四·邊防下
	〈為建安王答王尚書書〉卷六百八十四·邊防下
	〈與韋五虛己書〉卷六百九十一·遷謫上
祭文 9 篇	〈為建安王祭苗君文〉卷九百七十九·交舊二
	〈祭黃州高府君文〉卷九百七十九·交舊二
	〈祭韋府君文〉卷九百七十九·交舊二
	〈祭率府孫錄事文〉卷九百七十九·交舊二
	〈祭孫府君文〉卷九百七十九·交舊二
	〈祭外姑宇文夫人文〉卷九百九十一·親族一
	〈禜海文〉卷九百九十五·神祠一
	〈禡牙文〉卷九百九十五·神祠一
	〈弔國殤文〉卷九百九十九·哀弔上
墓誌 8 篇	〈申州司馬王府君墓誌〉卷九百五十五·職官十七
	〈宣義郎騎都尉行曹州離孤縣丞高君墓誌銘〉卷九百六十·職官二十二
	〈陳明經墓誌文〉卷九百六十一·雜一

	〈高氏子墓誌銘〉卷九百六十一‧雜一		
	〈陳孜墓誌銘〉卷九百六十一‧雜一		
	〈袁州參軍李府君妻張氏墓誌銘〉卷九百六十四‧婦人二		
	〈館陶郭公姬薛氏墓誌銘〉卷九百六十四‧婦人二		
	〈陳州苑丘縣令高府君夫人河南宇文氏墓誌銘〉卷九百六十四‧婦人二		
雜著 6 篇	〈為建安王誓眾詞〉卷三百七十七‧征伐		
	〈復讐議并序〉卷七百六十八‧刑法		
	〈周故內供奉學士懷州河內縣尉陳公石人銘〉卷七百八十五‧紀德		
	〈燕然軍人畫像銘〉卷七百八十五‧紀德		
	〈座右銘〉卷七百九十‧雜銘		
	〈荊州大崇福觀記〉卷八百二十二‧觀		
碑文 3 篇	〈續唐故中嶽體玄先生潘尊師碑〉卷八百四十八‧道一		
	〈梓州射洪縣武東山陳居士碑〉卷八百七十三‧隱居		
	〈梓州司馬楊君神道碑〉卷九百二十六‧職官三十四		
賦 1 篇	〈塵尾賦并序〉卷一百八‧器用七		

筆者按：〈座右銘〉雖歸入「文」類，然全銘為五言古詩體寫就；〈為將軍程處弼謝放流表〉此篇重出，卷五百九十、卷六百十八兩卷均有載，統計時算一篇。

　　從上表能看出，《文苑英華》所收最多的陳文在於陳子昂替他人所作謝上表、賀表及請歸表；其次是餞別序；再是祭文、墓誌以及碑文和啟。相較於《太平御覽》與《冊府元龜》均收錄子昂之〈諫政理書〉，《英華》雖有收諫書 6 篇，但所收陳之政論文的比例總得來說並不算高。比如，《英華》沒有收錄〈諫政理書〉，也沒有收如〈答制事問八條〉、〈上軍國利害事三條〉等這兩篇於《新唐書》、《資治通鑑》論及陳子昂時都提及並摘錄原文的政論文。

　　我們看到，《英華》中既收入了陳子昂的墓誌文，也有碑文。據程章燦先生統計，就唐代碑文而言，《英華》共錄作者 109 人，作品

279 篇，其中入選作品不少於 2 篇的只有 26 人；再就墓誌文來看，所錄作者只有 28 人，作品 213 篇，不少於 7 篇的共 12 人。〔註8〕而《英華》收入陳子昂之碑文 3 篇，墓誌文 8 篇，由此可見選者對子昂之碑誌文水準的認可。

二、《唐文粹》對陳作的評價及收選

（一）姚鉉對陳子昂文學地位的評騭

姚鉉是宋太宗太平興國八年（983）的進士，撰有對後世選家影響甚著的詩文總集《唐文粹》。姚氏自序云「大中祥符紀號之四禩，皇帝祀汾陰后土之月，吳興姚鉉集《文粹》成。『文粹』謂何？纂唐賢文章之英粹者也……掇菁擷英，十年於茲，始就厥志。」即此集初編於宋真宗咸平五年（1002），終成書於宋真宗大中祥符四年（1011）旨在「止以古雅為命，不以雕篆為工，故侈言蔓辭，率皆不取」〔註9〕，選其視作唐人詩文之精粹者。姚氏還於〈唐文粹・自序〉云六朝以來詩文之變，敘述過程中言及對陳子昂的評價：

> 魏晉文風下衰，宋齊以降，益以澆薄。然其間鼓曹、劉之氣燄，聳潘、陸之風格，舒顏、謝之清麗，藹何、劉之婉雅，雖風興或缺，而篇翰可觀。至梁昭明太子統，始自楚騷，終於本朝，盡索歷代才士之文，築臺而選之，得三十卷，號曰《文選》，亦一家之奇書也。厥後徐、庾之輩，淫靡相繼，下迨隋季，咸無取焉。有唐三百年，用文治天下。陳子昂起於庸蜀，始振風雅。繇是沈、宋嗣興，李、杜傑出。六義四始，一變至道。〔註10〕

〔註8〕 程章燦：〈《文苑英華》選錄碑誌文的統計與分析〉，《古典文獻研究》，2003 年期，頁 195～197。

〔註9〕 〔宋〕姚鉉：《唐文粹》，收入《四部叢刊初編集部》，頁 2～3。

〔註10〕 〔宋〕姚鉉：《唐文粹》，收入《四部叢刊初編集部》，頁 3。按：後有惠洪（1071～1128）評：「律詩拘於聲律，古詩拘於句語，以是詞不能達。夫謂之『行』者，達其詞而已，如古文而有韻者耳。自唐陳子昂一變江左之體，而歌行暴於世。」載〔宋〕釋惠洪撰：《石門洪

　　從上述可見，姚鉉並未將六朝視作一體而全盤否定，而是稱宋齊之後雖時有缺風雅比興之作，但仍有「篇翰可觀」。子昂之〈修竹篇序〉亦云：「漢魏風骨，晉宋莫傳，然而文獻有可徵者」〔註11〕姚氏作為選家，著重提及《昭明文選》之意義。但之後以南朝陳之徐陵（507～583）和北周庾信（513～581）為代表工於宮體詩之「徐庾體」盛行，興起淫麗的文風，隋朝沿襲此餘波，就是在這樣的文學背景下，姚氏對陳子昂的評價為「起於庸蜀，始振風雅」，而有沈宋、李杜之繼承振興。按前章所述，實際上沈佺期、宋之問並沒有對陳子昂顯著的接受之處，姚氏此評缺乏實際的證據，但李白、杜甫則確實有對陳作之借鑒與吸收。

（二）《唐文粹》所收陳子昂詩文

　　《唐文粹》的編選宗旨在於推崇古雅，而不喜雕言蔓辭。我們知道宋初的文壇又延續晚唐五代以來的淫靡文風，後有「西崑體」之風行。《西崑酬唱集》之編者楊億（974～1020）在集序中自云：「余景德（宋真宗趙恆年號 1004～1007）中，忝佐脩書之任，得接群公之遊……雕章麗句，膾炙人口……因以歷覽遺編，研味前作，挹其芳潤，發於希慕，更迭唱和，互相切劘。」〔註12〕言編集時間為「景德中」，即約在 1005 年前後，再對比姚鉉編纂《唐文粹》的時間是在 1002 至 1011 年間，加之姚氏在自序中言明之選擇詩文的標準，可見是對當時流行的工於雕琢、以追求形式美為上的浮靡文風的對抗。姚氏在《唐文粹》中收選陳子昂詩文共 52 篇，茲製表於下：

　　　覺範天廚禁臠》（北京：中華書局，1958 年），頁 53。洪邁（1123～
　　　1202）〈黃御史集序〉：「唐興……大都始沿江左頹習，競於緝繪，靡
　　　披靡而之氣骨。伯玉奮然洗刷，沈、宋、燕、許，輩出振響。」載〔唐〕
　　　黃滔撰，〔宋〕洪邁序：《莆陽黃御史集》（北京：中華書局，1985 年），
　　　頁 1～3。
〔註11〕〔唐〕陳子昂：〈修竹篇并序〉，《陳子昂集》，頁 16。
〔註12〕〔宋〕楊億編：《西崑酬唱集》（上海：上海古籍出版社，2005 年），
　　　序，頁 1。

表 3-4 《唐文粹》所收陳子昂詩文一覽表

收錄陳詩 45 首	〈送客〉卷十五
	〈西還至散關答喬補闕〉卷十五
	〈秋園臥疾呈暉上人〉卷十五
	〈酬暉上人夏日林泉見贈〉卷十六
	〈與東方左史脩竹篇并序〉卷十七
	〈鴛鴦篇〉卷十七
	感遇詩三十八首　卷十七
	〈觀玉篇并序〉卷十八
收錄陳文 7 篇	〈麈尾賦〉卷七
	〈唐中嶽體玄先生潘尊師碑頌〉卷二十一
	〈諫靈駕入京書〉卷二十六
	〈昭夷子趙氏碣頌并序〉卷六十七
	〈梓州射洪縣武東山陳居士之墓銘并序〉卷七十
	〈我府君有周居士文林郎陳公墓誌文并序〉卷七十
	〈別中嶽三真人序〉卷九十八

我們看到，姚鉉所錄 45 首陳詩全為五言古詩，其中更是將〈感遇〉三十八首全部選入，可見姚氏在選詩時確實貫徹了其序所述欲振興古道的文學理念。不過這也反映出《唐文粹》在選詩上存在一定的片面性。據統計，《唐文粹》入選詩歌較多者依次為李白、陳子昂、吳筠、白居易、張說、孟郊等等十數人，分別入選十六首至六十首不等，杜甫詩僅收八首。〔註 13〕《唐文粹》所收詩最多的詩人為李白，收李詩 60 首，而陳子昂排在第二，可見姚鉉本人對陳子昂的推重。

又見收陳文 7 篇，文體多樣，既有賦、頌、序，又有書、銘、墓誌文。《四庫提要》評《唐文粹》曰：「是編文賦惟取古體，而四六之文不錄；詩歌亦惟取古體，而五七言近體不錄……則鉉非不究心於聲

〔註 13〕陳伯海、李定廣編著：《唐詩總集纂要》，上冊，頁 109。

律者，蓋詩文儷偶，皆莫盛於唐，盛極而衰，流為俗體，亦莫雜於唐，
鉉欲力挽其末流，故其體例如是」〔註14〕此處的「四六文」當指通篇
大體用四六體寫作之駢文，像〈諫靈駕入京書〉與〈別中嶽三真人序〉
兩篇中多有四六句，文辭整飭華美〔註15〕。《提要》點出《唐文粹》
不收五七言近體詩，意在正本清源，鮮明地表達矯正「西崑體」之決
心與態度，但這亦有些矯枉過正，無法反映唐詩的全貌，算是該選集
的白圭之玷。

三、其它宋代總集對陳作的收選

（一）「宋人選唐詩」與陳子昂詩

陶敏云：「宋代以後，許多唐人選唐詩的選本逐漸失傳，原因之
一是刻書業的發達，許多大部頭的唐詩總集出現，易於購求。由於社
會文學風氣的演變，出現了許多或是迎合時尚、或是質量更高的新選
本，舊的選本也就逐漸被淡忘取代了。」〔註16〕可惜的是如今「宋人
選唐詩」也已大部分佚亡，比如對陳子昂作襃語的劉克莊（1187～
1269）有《唐五七言絕句》、《唐絕句續選》，奈何均已亡佚。不過流傳
下來的宋人詩選集未必都會收選陳子昂詩，又或僅收一兩首如郭茂
倩（1041～1099）《樂府詩集》收陳詩〈出塞〉一首：

> 忽聞天上將，關塞重橫行。始返樓蘭國，還向朔方城。
> 黃金裝戰馬，白羽集神兵。星月開天陣，山川列地營。

〔註14〕〔清〕紀昀總纂：《四庫全書總目提要》（石家莊：河北人民出版社，
　　　　2000 年），卷一百八十六，集部三十九，總集類一，頁 5100。
〔註15〕按：如子昂〈別中嶽三真人序〉寫道：「實欲執青節，從白蜺，陪飲
　　　　昆侖之庭，觀化玄元之府，宿心遂矣，冥骨甘焉。豈知瓊都命淺，金
　　　　格道微，攀倒景而迷途，顧中峰而失路。塵縈俗累，復汩吾和；仙人
　　　　真侶，永幽靈契。翳青芝而延佇，邈會何期；結丹桂而徘徊，遠心空
　　　　絕。紫烟去，黃庭極。仰寥廓而無光，視鑛區而寡色。悠悠何往，白
　　　　頭名利之交；咄咄誰嗟，玄運盛衰之感。」《陳子昂集》，頁 181。
〔註16〕陶敏：〈唐人選唐詩與《唐人選唐詩（十種）》〉，《古典文學知識》，
　　　　1994 年第 4 期，頁 101。

晚風吹畫角，春色耀飛旌。寧知班定遠，獨是一書生。〔註17〕

此詩壯志滿懷，反映出子昂意氣風發、渴望建功立業之積極心態，全詩用典自然，渾然天成，可以說郭茂倩將此詩作為樂府詩選入詩集是很有眼光的。下文將逐一分析王安石《唐百家詩選》、洪邁《萬首唐人絕句》、蒲積中《古今歲時雜詠》及其它宋人詩選集收選陳詩與否的原因。

1. 嚴羽對王安石《唐百家詩選》的批評

王安石（1021～1086）《唐百家詩選》收選初唐詩人共4人，12首詩：其中薛稷（649～713）1首，劉希夷（651？～680？）9首，王適（？～？和陳子昂同時）1首，韋述（？～757）1首，並未收選任何陳子昂詩。這或許與其選詩範圍有關。王荊公在《詩選》自序中說明編集的因緣：

> 安石與宋次道同為三司判官。時次道出其家藏唐詩百餘編，
> 誘余擇其精者，次道因名曰「百家詩選」。〔註18〕

宋次道即宋敏求（1019～1079）次道為其字。由此序可知王荊公收選的篩汰範圍是在宋敏求家藏百餘編的唐詩集中。據周必大（1126～1204）〈文苑英華序〉記錄：

> 蓋所集止唐文章，如南北朝間存一二。是時印本絕少，雖韓、
> 柳、元、白之文，尚未甚傳，其他如陳子昂、張說、九齡、
> 李翱等諸名士文集，世尤罕見。〔註19〕

既然大多唐人文集印本絕少，那麼按常理年代越久遠之集被保存下來的可能性相對越低，宋敏求家或許就不存有《陳子昂集》，且初唐人文集亦相對較少，所以王荊公此集總體相對較少收初唐詩。嚴

〔註17〕〔宋〕郭茂倩編撰：《樂府詩集》（上海：上海古籍出版社，2016年），卷二十一橫吹曲辭一，頁304～305。按：陳集詩題名作〈和陸明府贈將軍重出塞〉，《陳子昂集》，頁38。

〔註18〕〔宋〕王安石：《王荊公唐百家詩選》（北京：中華書局，1987年），前言，頁1。

〔註19〕〔宋〕李昉等編：《文苑英華》，卷首，頁5。

羽（1192？～1245？）對此集之收選情況頗有看法：

> 王荊公《百家詩選》……其去取深不滿人意。況唐人如沈、宋、王、楊、盧、駱、陳拾遺、張燕公、張曲江、賈至、王維、獨孤及、韋應物、孫逖、祖詠、劉眘虛、綦毋潛、劉長卿、李長吉諸公，皆大名家……而此集無之。〔註20〕

嚴滄浪以為《唐百家詩選》雖號稱「百家」，但有許多名家，一如陳子昂之詩都未被選入，所以其去取實在無法讓人滿意。

2. 洪邁《萬首唐人絕句》對陳子昂五言絕句的收選

洪邁（1123～1202）《萬首唐人絕句》共收陳子昂詩 6 首〔註21〕，製表如下：

表 3-5 《萬首唐人絕句》所收 6 首陳子昂詩一覽表

卷十三	〈郭隗〉	〈入峽苦風寄親友〉	〈題田洗馬桔槔〉	〈古意〉按：陳集作〈古意題徐令壁〉
卷二十四	〈題祁山烽樹贈喬侍御〉	〈別冀侍御崔司儀〉		

現今流傳下來的《陳子昂集》中體式上為五言四句的詩共 6 首，其中 4 首為律絕，2 首為古絕。也就是說，只收絕句體的《萬首唐人絕句》將 6 首子昂之絕句全都收錄，可見洪邁對陳詩之絕句的欣賞。

3. 蒲積中《古今歲時雜詠》與陳詩的保留

蒲積中之《古今歲時雜詠》是一部按照節氣時令選詩的詩集，其收選範圍涵蓋漢魏至宋，為一些詩歌的保留作出了巨大貢獻。比如其

〔註20〕 〔宋〕嚴羽著，郭少虞校釋：《滄浪詩話校釋》，〈考證〉，頁 243～244。
〔註21〕 〔宋〕洪邁輯：《萬首唐人絕句》（北京：文學古籍刊行社，1955 年），頁 2737、2757。按：其中〈古意〉、〈別冀侍御崔司儀〉為古絕：
（1）〈古意〉：
白雲蒼梧來，氛氳萬里色。問君太平世，栖泊靈臺側。
｜ーーーー・ーー｜｜　｜ーー｜・ー｜ー｜。
（2）〈別冀侍御崔司儀〉：
有道君匡國，無悶余在林。白雲岷峨上，歲晚來相尋。
｜｜ーーー・ーー｜ーー。ーーーーー・｜｜ーーー。

收陳子昂詩 5 首，分別為卷七〈上元夜效小庾體〉〔註22〕；卷九〈晦日高文學置酒外事并序〉、〈晦日重宴九首・之一〉〔註23〕；卷十六〈三月三日宴王明府山亭得人字〉、〈於長史池三日曲水〉〔註24〕。除去〈於長史池三日曲水〉在原本的陳集中有收錄外，另外 4 首詩均作補遺收入，具有非常高的專題研究價值。

4. 今見宋人詩選收選陳詩與否之原因推測

現今依然可見「宋人選唐詩」之選集同「唐人選唐詩」一樣亦為吉光片羽，其中存有收選陳子昂詩者，然大多數並未收選陳詩。一者因為體例的限制，比如趙蕃（1143～1229）、韓淲（1159～1224）撰選，謝枋得（1226～1289）注解的《注解唐詩絕句》專選唐人七言絕句；〔註25〕又有稱「論功若準平吳例，合著黃金鑄子昂」〔註26〕的元好問（1190～1257）《唐詩鼓吹》專選唐人七言律詩。〔註27〕而我們知道，子昂無七言詩作，故就算是推崇子昂之元遺山的詩選集亦未收入陳詩。二來像李龏（?～?約與劉辰翁1232～1297同時）《唐僧弘秀集》專選唐代僧人之詩，選詩之對象即不包括子昂，自然不會收有陳詩。此外，周弼（1194～1255）《三體唐詩》專選唐人七言律詩、七言絕句及五言律詩，所選多中晚唐近體。〔註28〕而根據我們先前的統計，陳詩有七成多為古體〔註29〕，且初唐時格律未定，並非十分嚴格，故周弼

〔註22〕〔宋〕蒲積中編：《歲時雜詠》（上海：上海古籍出版社，1993 年），卷七：上元，頁 51。筆者按：不載詩題，僅有詩文。詩題為筆者按《陳子昂集》補遺所加，頁 277。

〔註23〕〔宋〕蒲積中編：《歲時雜詠》，卷九・晦日，頁 71、74。按：陳集題作〈晦日宴高氏林亭并序〉、〈晦日重宴高氏林亭〉。

〔註24〕〔宋〕蒲積中編：《歲時雜詠》，卷十六・上巳，頁 131～132。

〔註25〕孫琴安：《唐詩選本提要》，頁 51。

〔註26〕〔金〕元好問：〈論詩三十首・其八〉載《元好問詩詞集》，頁 454。

〔註27〕孫琴安：《唐詩選本提要》，頁 59。

〔註28〕孫琴安：《唐詩選本提要》，頁 56～57。

〔註29〕按：參看表 2-8〈今存 127 首陳子昂詩之詩體情況表〉。今存 127 首陳子昂詩之詩體情況表，子昂古體詩之比例佔比為 71.65%，近體詩佔比 28.34%。

選詩時未收陳詩是比較好理解的。再者，蘇秋成考證發現：陳詩為成都新津人任淵（1090？～1164）《山谷內集詩注》、《後山詩注》及蜀州晉源人唐慎微（？～？約於公元 1082 年編成《經史證類備急本草》）的《證類本草》引用，具有地域上的特色。〔註30〕

尤為可惜的是趙孟奎（？～？南宋理宗趙昀寶祐四年 1256 年進士）之詩選集《分門纂類唐歌詩》，這是唐宋兩代收錄唐詩最多的唐詩集，共收詩 40791 首，其規模宏大，已經接近清編《全唐詩》的格局。該書當時雖曾刊刻，可惜到明末清初僅存十卷左右。〔註31〕奈何如今只保存下些許殘卷。趙孟奎自序云：

> 雪林李君彝嗜唐詩，窮一生以為工，予既畢舉子業，先公俾學詩，每相與講論，歎諸家不可盡見，因發吾家藏，手出鋟目，合訂分類，志成此編。宦轍東西，軸囑李君足成之，旁收逸墜，募致平生所未見者，得一千三百五十三家，四萬七百九十一首，大略備矣。列為若干卷，蓋首尾十餘年而後畢，繕而藏之。〔註32〕

趙氏的編纂內容分類為「是集之編，蒐羅包括，靡所不備。凡唐人所作：上自聖制，下及俚歌，郊廟軍旅、宴饗道塗、感事送行、傷時弔古、慶賀哀挽、遷謫隱淪、宮怨閨情、閑居邊思、風月雨雪、草木禽魚，莫不類聚而昕分之。」〔註33〕而今僅見天地山川類及草木魚蟲類兩編，據筆者翻閱，臺灣商務印書館《宛委別藏》系列叢書所收之《分門纂類唐歌詩》兩冊中並未見收一首陳子昂詩，然由於《分門纂類唐歌詩》已不全，無法確認其原貌是否有收陳詩，故詩選集的散佚也是影響接受史研究的關鍵因素之一。

〔註30〕蘇秋成：《宋元時期陳子昂接受研究》（桂林：廣西師範大學碩士學位論文，2018 年），頁 19。

〔註31〕陳尚君：〈述國家圖書館藏《分門纂類唐歌詩》善本三種〉，《文獻》，2011 年第 4 期，頁 3。

〔註32〕〔宋〕趙孟奎：《分門纂類唐歌詩》（臺北：臺灣商務印書館，1981年），序頁 2a。

〔註33〕〔宋〕趙孟奎：《分門纂類唐歌詩》，序頁 1b。

（二）南宋類書與陳子昂文

《古今事文類聚》是南宋末年祝穆（？～1255）整理自己生平的讀書筆記，參考《藝文類聚》、《初學記》之體例所編纂的類書，其中收陳子昂文 15 篇〔註34〕，製表如下：

表 3-6　祝穆《古今事文類聚》所收 15 篇首陳子昂文一覽表

〈為陳舍人讓官表〉新集卷二十七	〈為司刑卿讓官表〉新集卷二十七	〈臨邛縣令封君遺愛碑〉新集卷二十九
〈上軍國利害事〉別集卷七	〈座右銘〉別集卷八	〈為人請子弟出家表〉別集卷三十一
〈諫政理書〉外集卷八	〈為資州鄭使君讓官表〉外集卷十二	〈申州司馬王府君墓誌〉外集卷十三
〈唐故袁州參軍李府君妻清河張氏墓誌銘〉外集卷十三	〈彭州九隴縣丞獨孤君遺愛碑序〉外集卷十五	〈故宣議郎騎都尉行曹州離孤縣丞高府君墓誌銘〉外集卷十五
〈別中嶽二三真人序〉前集卷三十四	〈唐故朝議大夫梓州長史楊府君碑〉前集卷五十二	〈為金吾將軍陳令英請免官表〉後集卷九

從上表可見，《事文類聚》所錄陳文主要集中在碑誌文及陳子昂為他人代筆的奏表上，輔以兩篇政論文及別序。但並非如新舊唐書大段收錄陳子昂原文，《事文類聚》多為引用陳文中的幾句話，或是記錄子昂作文之事。又見王應麟（1223～1296）《玉海》收陳文 4 篇〔註35〕。

表 3-7　王應麟《玉海》所收 4 篇首陳子昂文一覽表

〈諫政理書〉卷九十五、卷九十六	〈上西蕃邊州安危事三條〉卷一百七十七	〈慶雲章〉卷一百九十五	〈賀慈竹再生表〉卷一百九十七

〔註34〕按：版本取自〔宋〕祝穆撰：《古今事文類聚》，上海：上海古籍出版社，1992 年。《事文類聚》有的並未記載陳子昂原題，正文為筆者根據《事文類聚》所錄文字參照陳集加上文題。

〔註35〕參照〔宋〕王應麟撰：《玉海》（臺北：臺灣商務印書館，1983 年）。

　　兩篇為政論文，一篇為頌之節選章，一篇為賀表。同《事文類聚》，《玉海》並未大段引用陳文，而是提及陳文中的幾句。畢竟作為工具性極強的類書，在引文時便不講究對原文的剖析，而意在作一個歸類，方便檢索者快速搜尋相關的信息。

第二節　宋人於創作層面對陳子昂詩的接受

一、北宋人於陳子昂詩的顯性接受

（一）韓維、二蘇與陳詩之相似

　　韓維（1017～1098）字持國，潁昌（今河南許昌）人，與歐陽脩、梅堯臣有詩唱和。據搜韻網之比對檢索，韓詩有與陳子昂詩相近者，如陳詩云「窅然遺天地，乘化入無窮」〔註36〕，韓詩云「窅然天地間，誰是忘言者。」〔註37〕陳詩「呦呦南山鹿，罹罟以媒和。」〔註38〕韓詩「呦呦山鹿羣，摩撫馴不畏。」〔註39〕四句詩均含有對自然的嚮往及避禍之心。子昂言「明日相思處，應對菊花叢。」〔註40〕此為餞別陶七句，韓維云：「日暮園林灑微雨，一樽猶對菊花叢。」〔註41〕均用淵明重九坐於菊花叢中典，表明對瀟灑之風的神馳。不過此六句詩雖有相近之處，然用典均為古人熟知的掌故，未必是韓維對陳詩的模仿，而可能只是巧合。

　　再有子瞻與子由兩位先生和子昂詩相近者，如子昂曰：「世人拘目見，酣酒笑丹經。」〔註42〕蘇軾（1037～1101）言：「世人賤目見，

〔註36〕〔唐〕陳子昂：〈感遇三十八首・其五〉，《陳子昂集》，頁4。
〔註37〕〔宋〕韓維：〈同陳道原詔象之〉載韓維撰：《南陽集》（《六府文藏》集部，別集類，四庫全書本）卷二，頁32。
〔註38〕〔唐〕陳子昂：〈感遇三十八首・其十二〉，《陳子昂集》，頁5。
〔註39〕〔宋〕韓維：〈和三哥入山〉載韓維撰：《南陽集》，卷一，頁21。
〔註40〕〔唐〕陳子昂：〈春晦餞陶七於江南同用風字并序〉，《陳子昂集》，頁45～46。
〔註41〕〔宋〕韓維：〈和晏相公小園靜話〉載韓維撰：《南陽集》，卷十八，頁238。
〔註42〕〔唐〕陳子昂：〈感遇三十八首・其六〉，《陳子昂集》，頁4。

爭笑千金帚。」[註43]陳詩有：「市人矜巧智，於道若童蒙。」[註44]蘇詩語：「市人爭誇翻巧智，野人喑啞遭欺謾。」[註45]均笑世人短視，而成昏昧的市人。子昂又於行旅中感慨「寧知巴峽路，辛苦石尤風。」[註46]蘇詞則有：「誰知巴峽路，卻見洛城花。」[註47]子昂在峴山懷古：「誰知萬里客，懷古正踟躕。」[註48]東坡先生於許州西湖思索：「誰知萬里客，湖上獨長想。」[註49]天地悠悠，蒼茫如是。

　　蘇轍（1039～1112）問：「平生亦何事，十載苦顛隮？」[註50]陳詩云：「平生亦何恨，夙昔在林丘。」[註51]子由曰：「平生高義重，未易俗人論。」[註52]子昂立志：「平生聞高義，書劍百夫雄。」[註53]子由曾打算「還尋赤松子，獨就丹砂術。」[註54]子昂則曰：「還疑赤松子，天路坐相邀。」[註55]無論是句法還是志趣，兩人均有相通的地方，但無法確定二蘇是否是在讀過陳詩後而在創作時表示出對子昂的接受，只是存在有這樣的可能性。清代詩論家翁方綱（1733～

〔註43〕〔宋〕蘇軾：〈林子中以詩寄文與可及余，與可既歿，追和其韻〉，《蘇軾詩集》，卷十九，頁983～984。

〔註44〕〔唐〕陳子昂：〈感遇三十八首‧其五〉，《陳子昂集》，頁4。

〔註45〕〔宋〕蘇軾：〈和子由蠶市〉，載〔宋〕蘇軾著，〔清〕王文誥輯注，孔凡禮點校：《蘇軾詩集》（北京：中華書局，1982年），卷四，頁162～163。

〔註46〕〔唐〕陳子昂：〈初入峽苦風寄故鄉親友〉，《陳子昂集》，頁27。

〔註47〕〔宋〕蘇軾：〈臨江仙‧細馬遠馱雙侍女〉，載〔宋〕蘇軾著，〔宋〕傅榦注，劉尚榮校證：《東坡詞傅榦注校證》（上海：上海古籍出版社，2016年），卷三，頁87。

〔註48〕〔唐〕陳子昂：〈峴山懷古〉，《陳子昂集》，頁19。

〔註49〕〔宋〕蘇軾：〈許州西湖〉，《蘇軾詩集》，卷二，頁81～82。

〔註50〕〔宋〕蘇轍：〈索居三首‧其二〉，載蘇轍著，曾棗莊、馬德富校點：《欒城集‧欒城後集》（上海：上海古籍出版社，2009年），卷三，頁1150。

〔註51〕〔唐〕陳子昂：〈遂州南江別鄉曲故人〉，《陳子昂集》，頁42。

〔註52〕〔宋〕蘇轍：〈吳沖卿夫人秦國挽詞二首‧其一〉，《欒城集‧欒城後集》，卷三，頁1147。

〔註53〕〔唐〕陳子昂：〈送別出塞〉，《陳子昂集》，頁36。

〔註54〕〔宋〕蘇轍：〈送張公安道南都留台〉，《欒城集》，卷三，頁68。

〔註55〕〔唐〕陳子昂：〈春日登金華觀〉，《陳子昂集》，頁55。

1818）在其《石洲詩話》以蘇軾和蘇轍詩為例，指出其中有對左思、陳子昂的傳承：

> 〈和子由記園中草木〉第一首「煌煌帝王都」四句，乃左太衝、陳伯玉之遺，而卻以起句揭過一層，此又一變。〔註56〕

東坡先生原詩為「煌煌帝王都，赫赫走羣彥。嗟汝獨何為，閉門觀物變。」〔註57〕類左思（250？～305）「濟濟京城內，赫赫王侯居。」〔註58〕之句，而後句「觀變」之語在子昂〈感遇詩〉中多有出現〔註59〕，故讀起來感覺相似，但依舊無法確定是否為刻意模擬左、陳詩。

（二）李復〈雜詩〉對陳子昂〈感遇〉的襲承

李復（1052～？）字履中，世稱潏水先生，京兆府長安（今陝西西安）人，其師事張載（1020～1077），工詩文。曾作〈雜詩〉二十三首，多有效陳子昂〈感遇詩〉三十八首。如其〈雜詩其二〉云：

> 應龍出重淵，矯矯昇天行。奮迅彌宇宙，雨施品物形。
> 收藏入無間，吻合元氣冥。神變不可測，乃知至陽精。
> 聖人鍊陰魄，調御元功成。乘時萬類覩，廓然日月明。
> 體用符龍變，潛躍惟時亨。顏伏德方求，舜見位已升。〔註60〕

子昂〈感遇其六〉曰：

> 吾觀龍變化，乃知至陽精。石林何冥密，幽洞無留行。
> 古之得仙道，信與元化並。玄感非象識，誰能測淪冥。

〔註56〕〔清〕翁方綱撰：《石洲詩話》（北京：中華書局，1985年），卷三，頁41。

〔註57〕〔宋〕蘇軾：〈和子由記園中草木十一首·其一〉，《蘇軾詩集》，卷五，頁202。

〔註58〕〔晉〕左思：〈詠史詩八首·其四〉，載〔梁〕蕭統編，〔唐〕李善等注：《六臣注文選》，卷二十一，頁476。

〔註59〕按：如子昂〈感遇三十八首·其六〉：「吾觀龍變化，乃知至陽精」；〈其七〉：「茫茫吾何思，林臥觀無始」；〈其八〉：「吾觀昆侖化，日月淪洞冥」；〈其十三〉：「閑臥觀物化，悠悠念無生」等等。

〔註60〕〔宋〕李復：〈雜詩·應龍出重淵〉，載《潏水集》（臺北：臺灣商務印書館，1971年），卷九，頁1a～1b。

世人拘目見，酖酒笑丹經。崑崙有瑤樹，安得采其英。〔註61〕

再有李復〈雜詩其十三〉云：

翩翩雲間鳥，翠羽光葳蕤。結巢占遠林，意與深靜期。

<u>盲飆忽號怒</u>，萬木無停枝。翻搖不容息，簸蕩孤巢危。

遐睇崑崙岡，玉樹蔚仙姿。<u>溟海皆震蕩</u>，秀立影不移。

空懷高舉心，感歎鼓翼遲。〔註62〕

子昂〈感遇其三十八〉曰：

仲尼探元化，幽鴻順陽和。大運自盈縮，春秋迭來過。

<u>盲飆忽號怒</u>，萬物相紛劘。<u>溟海皆震蕩</u>，孤鳳其如何。〔註63〕

李復此兩首一讀便知是自子昂〈感遇〉翻出，又如陳詩〈感遇其四〉：「樂羊為魏將，食子殉軍功。」〔註64〕李詩〈雜詩其十七〉：「魏國將樂羊，齊人疑吳起。」〔註65〕陳詩〈感遇其三十六〉：「探元觀羣化，遺世從雲螭。」〔註66〕李詩〈雜詩其一〉：「美人閑婉孌，遺世從雲螭。」〔註67〕很顯然，李復定然讀過陳子昂的〈感遇詩〉，進而有了上述之相近甚至相同的用句。此外，李復有句「四時溪水喧巖石，六月山陰滿戶庭。」〔註68〕子昂亦嘗於夏日林泉贈詩給暉上人：「林臥對軒窗，山陰滿庭戶。」〔註69〕此處之「山陰」借指美好的景致，典出《世說新語・言語篇》：

王子敬云：「從山陰道上行，山川自相映發，使人應接不暇。

若秋冬之際，尤難為懷。」〔註70〕

〔註61〕〔唐〕陳子昂：〈感遇三十八首・其六〉，《陳子昂集》，頁4。

〔註62〕〔宋〕李復：〈雜詩・翩翩雲間鳥〉，《潏水集》，卷九，頁3b～4a。

〔註63〕〔唐〕陳子昂：〈感遇三十八首・其三十八〉，《陳子昂集》，頁11。

〔註64〕〔唐〕陳子昂：〈感遇三十八首・其四〉，《陳子昂集》，頁4。

〔註65〕〔宋〕李復：〈雜詩・權利為禍根〉，《潏水集》，卷九，頁4b。

〔註66〕〔唐〕陳子昂：〈感遇三十八首・其三十六〉，《陳子昂集》，頁11。

〔註67〕〔宋〕李復：〈雜詩・猗蘭生幽林〉，《潏水集》，卷九，頁1a。

〔註68〕〔宋〕李復：〈陸渾王秀才園〉，《潏水集》，卷十四，頁15a。

〔註69〕〔唐〕陳子昂：〈酬暉上人夏日林泉見贈〉，《陳子昂集》，頁32。

〔註70〕〔南朝宋〕劉義慶編，張萬起等譯註：《世說新語譯註》（北京：中華書局，1998年），頁124。

王獻之（344～386）目見山陰道上，秀麗的景色交相輝映，尤其是在秋冬時節，目不暇接，著實難以忘懷。山陰者，古會稽也。顧愷之（345？～406）嘗自山陰還，云其壯麗奔騰之景及千巖萬壑旁鬱鬱蔥蔥的草木，令人感受到一股勃發的生命力，加之絢爛升騰的雲霧與瀰漫的彩霞，可知「山陰」不愧是美景之代名詞：

> 顧長康從會稽還，人問山川之美，顧云：「千巖競秀，萬壑爭流，草木蒙籠其上，若雲興霞蔚。」〔註71〕

上述李復與子昂兩詩云「山陰滿庭戶」者，意境相似，都給人一種清麗的感覺，能通過詩句感受到詩人內心的閒適與歡悅。

二、以朱熹為代表的南宋人於陳子昂詩的接受

（一）朱熹對陳詩的點評及仿效

朱熹（1130～1200）嘗有意仿陳子昂〈感遇〉三十八首而作〈齋居感興〉二十首，其詩序云：

> 余讀陳子昂〈感寓〉詩，愛其詞旨幽遠，音節豪宕，非當世詞人所及。如丹砂空青，金膏水碧，雖近乏世用，而實物外難得自然之奇寶。欲效其體，作十數篇，顧以思致平凡，筆力萎弱，竟不能就；然亦恨其不精於理，而自托於仙佛之間以為高也。齋居無事，偶書所見，得二十篇。雖不能探索微眇，追跡前言，然皆切於日用之實，故言亦近而易知。〔註72〕

從此序可知，朱熹在藝術層面對陳子昂的評價極高，以為其〈感遇詩〉旨意深奧，聲韻上有古風的洋溢奔放，在其時屬於一等一的作家。將〈感遇詩〉比作硃砂、孔雀石、水晶等可以煉藥的自然化合物，雖然少被世人使用，但為天然的奇寶。清人劉辰翁（1232～1297）嘗評「子昂〈感遇〉：「於音節猶不甚近，獨刊落凡語，存之隱約，在建

〔註71〕〔南朝宋〕劉義慶編，張萬起等譯註：《世說新語譯註》，頁122。
〔註72〕〔宋〕朱熹著，陳俊民校訂：《朱子文集》（臺北：德富文教基金會出版，2000年），第一冊，頁146。

安後自為一家。雖未極暢達，如金如玉，概有其質矣。」〔註73〕此排喻借指子昂感遇詩之璞質，指向其不加雕飾的特點。朱子後又遺憾子昂〈感遇〉不通於理學，而是托於仙佛。學者張毅云：「理學在南宋的日趨完善和流行，使這種以道德性理為萬物根本的倫理哲學成為支配作家創作的一種價值觀念，散文寫作向加強說理和思辨的方向發展，詩歌的道學氣也日見濃鬱。」〔註74〕朱子之詩學主張在於詩應展現義理，文即道，而子昂感遇志在寄興，抒發感慨而存未「切於日用之實」之作，朱子認為這是子昂〈感遇〉的不足之處，此評與理學家之身份契合。翁方綱云「作詩必從正道」，即是對朱熹「作詩當精於理」之審美期待的解讀：

> 朱子〈齋居感興〉二十首，於陳伯玉採其菁華，剪其枝葉，
> 更無論阮嗣宗矣。作詩必從正道，立定根基，方可印証千條
> 萬派耳。〔註75〕

朱子〈感興詩〉效仿子昂〈感遇詩〉典型的例子如其組詩最後一首：

> 玄天幽且默，仲尼欲無言。動植各生遂，德容自清溫。
> 彼哉夸毗子，呫囁徒啾喧。但逞言辭好，豈知神監昏。
> 日余昧前訓，坐此枝葉繁。發憤永刊落，奇功收一原。〔註76〕

朱子之構詞造句有完全採用子昂〈感遇詩〉者，可見明確的取法之意：史甄陶曾考察比對兩組詩，歸納出「崑崙」、「元化」、「金鼎」、「玄天」等兩詩人共用的詞彙。〔註77〕茲將朱子詩中與子昂詩尤其相似者匯集製表如下：

〔註73〕〔明〕高棅引劉須溪（劉辰翁號）語，載高棅編選：《唐詩品彙》（上海：上海古籍出版社，1988年），卷三，頁74。

〔註74〕張毅：《宋代文學思想史》（北京：中華書局，2016年），頁365。

〔註75〕〔清〕翁方綱撰：《石洲詩話》，卷四，頁67。

〔註76〕〔宋〕朱熹：〈齋居感興二十首・其二十〉，《朱子文集》，頁150。

〔註77〕參看史甄陶：〈論朱熹《齋居感興二十首》與丹道之學的關係〉，《清華中文學報》第17期（2017年6月），頁138～142。

表 3-8　朱熹與陳子昂相似詩對照表

	朱　詩	陳　詩	備　註
1	〈齋居感興二十首·其二〉吾觀陰陽化，升降八紘中。	〈感遇詩三十八首·其八〉吾觀崑崙化，日月淪洞冥。	
2	〈齋居感興二十首·其十四〉世人逞私見，鑿智道彌昏。	〈感遇詩三十八首·其十九〉吾聞西方化，清淨道彌敦。	
3	〈齋居感興二十首·其二十〉玄天幽且默，仲尼欲無言。	〈感遇詩三十八首·其二十〉玄天幽且默，群議曷嗤嗤。	《論語·陽貨篇第十七》：子曰：「予欲無言。」子貢曰：「子如不言，則小子何述焉？」子曰：「天何言哉？四時行焉，百物生焉，天何言哉？」
4	〈次子厚秋懷韻〉去去同採芝，高軒坐凝佇。	〈感遇詩三十八首·其二十〉去去行採芝，勿為塵所欺。	以「採芝」指遁隱，典見《史記·留侯世家》之商山四皓。
5	〈挽劉寶學二首·其一〉肉食謀何鄙，家山志忽齎。	〈感遇詩三十八首·其二十九〉肉食謀何失，藜藿緬縱橫。	《左傳·庄公十年》：「（曹）劌曰：肉食者鄙，未能遠謀。」
6	〈擬古八首·其四〉（頁）金石徒自堅，虛名真可傷。	〈贈趙六貞固二首·其二〉蓬蒿久蕪沒，金石徒精堅。	
7	〈和季通畫寒韻〉萬壑爭流處，千年樹石幽。	〈酬暉上人夏日林泉見贈〉巖泉萬丈流，樹石千年古。	
8	〈雲谷雜詩十二首·其四謝客〉此意良已勤，感歎情何極。	〈同宋參軍之問夢趙六贈盧陳二子之作〉晤言既已失，感歎情何一。	
9	〈舟中晚賦〉離離浮遠樹，杳杳沒孤鴻。	〈入東陽峽與李明府舟前後不相及〉離離間遠樹，藹藹沒遙氛。	

從上表可見，朱子對子昂詩的伐柯並不局限於〈感遇〉，其他題材的詩亦有取法。王夫之《薑齋詩話》評價朱熹之〈感興詩〉與陳子昂、張九齡〈感遇詩〉是曠世的奇遇：

> 《大雅》中理語造極精微，除是周公道得，漢以下無人能嗣其響。陳正字、張曲江始倡〈感遇〉之作，雖所詣不深，而本地風光，駘宕人性情，以引名教之樂者，風雅源流，於斯不昧矣。朱子和陳、張之作，亦曠世而一遇。〔註78〕

王夫之評判的落腳點亦在於精微的理語及以詩樂彰顯名教，此與朱熹之「探索微眇」，令詩「精於理」的主張相通，故有此評。

（二）馬廷鸞、張埴對陳子昂〈感遇〉句的化用

馬廷鸞（1222～1289）者，歷史學家馬端臨（1254～1323）之父也。據《宋史》載：「馬廷鸞，字翔仲，饒州樂平（今江西樂平市）人……試策言強君德，重相權，收直臣，防近習。」〔註79〕，馬廷鸞嘗在詩作中直言對陳子昂〈感遇詩〉的感觸，並化用陳句：

> 射洪高蹈翁，哀歌淚盈盈。幽居觀元化，悼此歲月更。
> 〈感遇〉三十篇，讀之慨余情。白露號玄蟬，春日鳴倉庚。
> 〔註80〕

「射洪」為子昂故鄉，「高蹈」是韓文公對子昂之評語，馬廷鸞是在對韓愈於陳子昂接受基礎上的再接受。如前人趙蕃（1143～1229）語：「子昂高蹈固家風，詩到後山仍更工。」〔註81〕馬詩中「幽居觀元化」句用子昂「深居觀元化，悱然爭朵頤」〔註82〕，「白露號

〔註78〕〔明〕王夫之著，舒蕪校點：《薑齋詩話》，卷二，頁62。
〔註79〕〔元〕脫脫等撰：《宋史》（北京：中華書局，1977年），卷四百一十四，頁12437。
〔註80〕〔宋〕馬廷鸞：〈次韻周公謹見寄五首·其四〉，載《碧梧玩芳集》（臺北：臺灣商務印書館，1983年），卷二十二，頁1187-158。
〔註81〕〔宋〕趙蕃：〈張叔叔尉曹借示贛陳丞擇之文編以長句還之〉，載《淳熙稿》（北京：中華書局，1985年），卷十二，頁249。按：又趙蕃〈寄楊溥子〉：「子昂感遇不嘗過，阮籍詠懷何念深。」《淳熙稿》，卷五，頁90。
〔註82〕〔唐〕陳子昂：〈感遇三十八首·其十〉，《陳子昂集》，頁5。

玄蟬」則化自「玄蟬號白露，茲歲已蹉跎」〔註83〕。馬氏他詩還有句
「與我制頹齡，悠悠白雲期。」〔註84〕脫出於子昂「念與楚狂子，悠
悠白雲期。〔註85〕」之語。同樣判然對子昂〈感遇〉有所化用者，還
有詩人張埴（？～？宋理宗開慶元年 1259 年辭官）字養直，號瀘濱，吉水（今
江西吉水縣）人，其有組詩〈和漢東先生韻〉六首，其二云：

> 行行采芝復采芝，相期萬世同一時。
>
> 可憐群動相啖食，利害恠然爭朵頤。〔註86〕

而子昂〈感遇其八〉曰：

> 深居觀元化，恠然爭朵頤。讒說相啖食，利害紛嶷嶷。
>
> 便便夸毗子，榮耀更相持。務光讓天下，商賈競刀錐。
>
> 已矣行采芝，萬世同一時。〔註87〕

張氏完全用子昂句語，只不過是在原來五言的基礎上加上兩字，
如子昂詩為「萬世同一時」，張詩作「相期萬世同一時」，子昂詩曰「恠
然爭朵頤」，張詩云「利害恠然爭朵頤」，其對陳詩的化用不言自明。

第三節　宋人對陳子昂詩文的批評與道德評判

一、將杜甫、陳子昂並提之風

從中唐白居易將曾任拾遺之杜甫、陳子昂並提之後，歷代多有
杜、陳對舉之例，這種風氣貫穿於兩宋對陳子昂的接受現象之中。總
體可歸作兩類，一為社交所作，二為詩學批評。

（一）於寄贈詩中借杜、陳勉勵、讚許友人

如早期的王禹偁（954～1001）〈書孫僅《甘棠集》後〉借陳、杜

〔註83〕〔唐〕陳子昂：〈感遇三十八首・其二十五〉，《陳子昂集》，頁 8。

〔註84〕〔宋〕馬廷鸞：〈次韻周公謹見寄五首・其五〉，載《碧梧玩芳集》，
　　　　頁 1187-158。

〔註85〕〔唐〕陳子昂：〈感遇三十八首・其三十六〉，《陳子昂集》，頁 10。

〔註86〕〔宋〕張埴：〈和漢東先生韻六首・其二〉，載《永樂大典》卷二二五
　　　　六，「翡翠湖」條引「宋張瀘濱詩」。

〔註87〕〔唐〕陳子昂：〈感遇三十八首・其十〉，《陳子昂集》，頁 5。

詩的古雅稱讚其友孫僅（969～1017）剛出世的《甘棠文集》，評價孫集傳道六義，文有骨氣：

> 新集《甘棠》盡雅言，獨疑陳杜指根源。
>
> 一飛事往名雖屈，六義功成道更尊。
>
> 骨氣向人蹲獅豸，波濤無敵瀉崑崙。
>
> 明年再就堯堦試，應被人呼小狀元。〔註88〕

從王氏之評可看出，他對陳子昂及杜甫詩的認知亦是如此，認為陳杜詩蘊含了風雅頌、賦比興之要義，且感情激越而富有骨氣。繼而有孫應時（1154～1206）〈和劉師文飲城西見懷〉曰：

> 劉侯元祐家，高標振流俗。益州西門外，勝日事幽矚。
>
> 襟期得佳士，命駕不待促……壯遊憶子美，感遇悲伯玉。
>
> 功名垂耳驥，歲月長飢鵠。此事置勿言，時情斗蠻觸。〔註89〕

孫應時借懷思杜公〈壯遊〉之進取向上的精神及對子昂〈感遇〉的悲歎，兩相比較表達對蠻爭觸鬥世情的感慨，勸勉友人要學會看淡功名，激流勇退。再有詩僧釋居簡（1164～1246）〈送滿上座〉對滿寺主住處周邊自然人文環境的回憶及讚歎：

> 文公住處兒時到，尚記崔嵬紫翠聯。
>
> 隔岸土封劉氏薁，它山石刻杜陵篇。
>
> 天開雙闕凌飛霧，經注千名富近年。
>
> 倘有異時陳伯玉，潸然為我作欣然。〔註90〕

釋居簡此詩暗用杜甫送梓州李使君的寄語：「君行射洪縣，為我一潸然。」〔註91〕本指杜公感悼子昂故而潸然，釋居簡反用杜詩，說明與滿寺主相交之榮幸及欣悅的心情。

〔註88〕〔宋〕王禹偁撰：《小畜集》（臺北：臺灣商務印書館，1983 年景印文淵閣四庫全書），第一○八六冊，頁 91。

〔註89〕〔宋〕孫應時：《燭湖集》（臺北：臺灣商務印書館，1983 年），卷十五，頁 1166-700。

〔註90〕〔宋〕釋居簡撰：〈送滿上座〉，載《北磵詩集》（《六府文藏》集部，別集類，清鈔本），卷第七，頁 146。

〔註91〕〔唐〕杜甫：〈送梓州李使君之任〉，載〔清〕仇兆鰲注：《杜詩詳注》，頁 918。

（二）南宋人詩學批評中的杜、陳並提

在詩學批評中以杜、陳並提的現象集中於南宋，如戴復古（1167～1248？）與嚴滄浪等朋友共觀宋之前人詩與晚唐詩，後論詩云：

> 飄零憂國杜陵老，感寓傷時陳子昂。
>
> 近日不聞秋鶴唳，亂蟬無數噪斜陽。〔註92〕

南宋前期曾有陸遊（1125～1210）、范成大（1126～1193）、尤袤（1127～1194）、楊萬里（1127～1206）等「中興四大詩人」至後期宋朝內外交困、國步艱難，卻少見有氣格高古、能夠激勵人心的作品。韓文公論齊梁陳隋之詩，喻其等同蟬噪。戴石屏又用此喻形容晚唐及宋末之寥落的詩壇。借懷念陳、杜憂國傷時的現實之作，以表其憂思及憤慨。趙次公〔註93〕（？～？宋孝宗隆興1163～1164年間人）為杜公作〈杜工部草堂記〉期待詩人們能寫出教化之詩：

> 華麗委靡，又失於六朝。唐自陳子昂、王摩詰，沉涵醇穩，稍為近古，而造之未深，其明教化者無聞焉。至李、杜號，詩人之雄，而白之詩多在於風月草木之間，神仙虛無之說，正何補於教化哉？惟杜陵野老，負王佐之才，有意當世，而骯髒不偶，胸中所蘊，一切寫之以詩。〔註94〕

趙氏主張詩人應像陳、杜那樣關心國事，而不該只是流連於風月草木，故對太白有微辭。後又有文天祥（1236～1283）與梅堯臣（1002～1060）跨時空的神交，文天祥〈題梅尉詩軸〉曰：

> 迺翁聖俞君，瑰辭燦琳琅。吾鄉歐陽子，逸韻諧宮商。

〔註92〕〔宋〕戴復古：〈昭武太守王子文日與李賈嚴羽共觀前輩一兩家詩及晚唐詩因有論詩十絕子文見之謂無甚高論亦可作詩家小學須知·其六〉，載戴復古撰：《石屏詩集》，收入《四部叢刊集部》（北京：商務印書館，常熟瞿氏藏明弘治刊本），卷七，頁20。

〔註93〕按：據林繼中梳理前人研究成果，言趙次公生平：「趙次公，字彥材，蜀人。與邵溥、晁公武交遊。隆興年間，任隆州司法。」參看林繼中輯校：《杜詩趙次公先後解輯校》（上海：上海古籍出版社，2012年），前言頁1～3。

〔註94〕〔宋〕袁說友等編；趙曉蘭整理：《成都文類》（北京：中華書局，2011年），卷四十二，頁808。

> 人物雄中原，閨閨盛洛陽。醲郁追皇風，詭恠抑晚唐。
>
> 雲仍四方志，生長百戰場。憂國杜少陵，感興陳子昂。
>
> 我亦青原人，君遺明月光。掩卷不能和，握手談肝腸。〔註95〕

　　文公天祥此詩借梅、歐、杜、陳自勉，期冀能發揚以國為家、榮辱與共、休戚相關的精神，當然，文公也用實際行動自始至終保持了那顆赤誠而深沉的愛國心。這已不限於對詩文本體層面的接受，而已和先賢達成了靈魂上的共鳴，是最高層次的傳承。

　　最後是宋末元初詩評家方回（1227～1305）對陳子昂的極度尊崇，評陳子昂〈白帝懷古〉詩可入杜甫集而難以辨別，竟稱子昂為「唐人律詩之祖」，方氏曰：

> 律詩自徐陵、庾信以來，寒壘尚工，然猶時拗平仄。唐太宗時，多見《初學記》中，漸成近體，亦未脫陳、隋間氣息。至沈佺期、宋之問，而律詩整整矣。陳子昂〈感遇〉古詩三十八首，極為朱文公所稱。天下皆知其能為古詩，一掃南北綺靡，殊不知律詩極精。此一篇〈白帝懷古〉置之老杜集中，亦恐難別，乃唐人律詩之祖。如沈，如宋，如老杜之大父審言，并子昂四家觀之可也，蓋皆未有老杜以前律詩。〔註96〕

　　提到〈白帝懷古〉詩，業已在第二章「唐人選唐詩」之《搜玉小集》收錄此詩之章節有所詳論，故不再贅述。方回認為將〈白帝懷古〉放入杜公的文集，也不會顯得突兀，此點或許可以反證出以風格來判斷古詩的歸屬是不可靠的，因為古人書寫詩文之語庫多半來自先唐之經典，同一題材中，他們描繪的意象也比較相近，所以倘若出現高水準的「偽詩」，不仔細考證只憑感性地閱讀，的確可能難以分辨。再是平心而論，方回評陳子昂為「唐人律詩之祖」是出於對陳詩〈白帝懷古〉詩的讚賞，想必是評點作家時突然興起之感，感性的成分居多，而未能對初唐詩壇及陳詩作全面而客觀地總結。

〔註95〕〔宋〕文天祥：《文山集》，卷一（上海：上海古籍出版社，1987年據文淵閣四庫全書影印），第一一八四冊，頁372。

〔註96〕〔元〕方回：《瀛奎律髓》，卷三，頁1366-24-25。

二、「詩話」的興起與對陳子昂詩的評述

詩話，是記事以資閒談，後來逐漸擴展為批評賞鑒的著作。「詩話」興起於宋，第一部詩話為歐陽脩（1007～1072）的《六一詩話》，繼有司馬光（1019～1086）的《續詩話》。〔註97〕我們看到，詩話興起之前，唐代於陳子昂詩文的文學評論基本上如蜻蜓點水般作一個總述，而未有詳細的論述。至宋代詩話興而有對子昂詩文更具體的點評，其中以劉克莊（1187～1269）的《後村詩話》為顯例，嚴羽（1192？～1245？）《滄浪詩話》亦對陳詩有些許評述。

（一）劉克莊《後村詩話》論陳詩

劉後村於子昂詩的總評，同前人普遍的評價相差不大，均立足於初唐之綺麗的文風，稱子昂為具有代表性的發起者。與前人不同的是，《後村詩話》中舉了許多具體的陳詩：

> 唐初王、楊、沈、宋擅名，然不脫齊梁之體。獨陳拾遺首倡高雅衝澹之音，一掃六代之纖弱，趨於黃初、建安矣。太白、韋、柳繼出，皆自子昂發之，如「世人拘目見，酤酒笑丹經。崑崙有瑤樹，安得採其英」；如「林居病時久，水木澹孤清。閒臥觀物化，悠悠念群生」……如「務光讓天下，商賈競刀錐。已矣行採芝，萬世同一時」；如「吾愛鬼谷子，青溪無垢氛。囊括經世道，遺身在白雲……」如「臨歧泣世道，天命良悠悠。昔日殷王子，玉馬遂朝周。寶鼎淪伊穀，瑤臺成古丘。西山傷遺老，東陵有故侯」——皆蟬蛻翰墨畦逕，讀之使人有眼空四海、神游八極之興。〔註98〕

劉後村一連舉了五個詩例，有一個共同的特性：都是子昂的〈感遇詩〉，包括其六、十、十一、十三、十四，讀來令其不禁有神遊之感。劉氏以蟬自幼蟲蛻變為成蟲時要脫殼的自然物象比喻破舊立新，以

〔註97〕羅根澤：《中國文學批評史》（北京：商務印書館，2017 年），頁 928 ～930。
〔註98〕〔宋〕劉克莊撰，王秀梅點校：《後村詩話》（北京：中華書局，1983 年），前集卷一，頁 6～7。

此證明陳詩趨向黃初、建安之觀點。又謂：

> 盧藏用序《陳拾遺集》，稱其「崛起江漢，虎視函夏，卓立
> 千古，橫制頹波。天下翕然，質文一變。」至於〈感遇〉之
> 篇，則「感激頓挫，顯微闡幽，庶幾見變化之朕，以接乎天
> 人之際」。韓、柳未出之前，能為此論，亦可謂之知言矣！
> 〔註99〕

　　劉後村認為盧序所評稱得上「知言」，說明其對陳子昂的認可度
不亞於盧氏。由於「詩話」的敘述比較閒散自由，故多有相同觀點分
散在不同章節的論述，如劉氏常以李白與陳子昂對舉，這承自唐代魏
顥、李陽冰以來以李、陳並稱的現象〔註100〕，如引兩人的詩學觀點與
作品輔證其以為子昂、太白為同道中人的觀點：

> 陳拾遺，李翰林一流人，陳之言曰：「漢魏風骨，晉宋浮艷。」
> 「僕嘗暇時觀齊梁間詩，彩麗雖繁而興寄都絕，每以永歎。」
> 李之言曰：「梁陳以來，艷薄斯極。沈休文又尚以聲律。將
> 復古道，非我而誰！」陳〈感遇〉三十八首，李〈古風〉六
> 十六首，真可以掃齊梁之弊而追還黃初、建安矣。〔註101〕

　　又云以來以李白古風詩與陳子昂〈感遇〉筆力相當，而評唐代其
他詩人處於下風，此評過於草率而失實，應為感性之語：

> 此六十八首（李白古風詩），與陳拾遺〈感遇〉之作筆力相上
> 下，唐諸人皆在下風。〔註102〕

　　劉後村視韋應物為陳、李的後來人，三人共同的特點為以清絕高
遠的詩風，對抗詩壇流行一時的氣格卑弱的脂粉氣：

〔註99〕〔宋〕劉克莊撰：《後村詩話》，後集卷二，頁61。按：又有朱弁（1085
　　　　～1144）《風月堂詩話》云：「唐初尚矜徐、庾風氣，逮陳子昂始變，
　　　　若老杜則凜然欲『方駕屈宋』而能允蹈之者。」載〔宋〕朱弁撰：《風
　　　　月堂詩話》（臺北：廣文書局，1973年），頁3。
〔註100〕按：宋代詩話家以李白、陳子昂對舉者又如胡仔（1110～1170）於
　　　　「李太白章」前後引李陽冰為李白集作序之語及盧藏題陳子昂別集
　　　　序語。參看〔宋〕胡仔纂集：《苕溪漁隱叢話前後集》（北京：中華
　　　　書局，1985年），後集卷四，頁440。
〔註101〕〔宋〕劉克莊撰：《後村詩話》，後集卷二，頁61。
〔註102〕〔宋〕劉克莊撰：《後村詩話》，前集卷一，頁8。

唐詩多流麗嫵媚，有粉繪氣，咸以辯博名家。惟韋蘇州繼陳
拾遺、李翰林崛起，為一種清絕高遠之言以矯之。〔註103〕

劉氏還在詩話中稱陳子昂為杜甫的「前輩」：

杜公為詩家祖宗，然於前輩，如陳拾遺、李北海，極其尊
敬。〔註104〕

又將獨孤及之詩與陳詩相比，認為獨孤之詩雄健渾厚，卻高雅不
及陳詩：

常州〈觀海篇〉云：「北登渤海島，回首秦東門……惟見石
橋足，千年潮水痕。」雖高雅未及陳拾遺，然氣魄雄渾，與
岑參適相上下。〔註105〕

劉後村特意說明他編詩的次序因由，認為朱熹對陳子昂之〈感
遇〉亦是欽佩：

編詩自唐人，有「李杜泛浩浩，韓柳摩蒼蒼」之句。余既以
此四君子冠篇首，然以輩行歲月較之，則陳拾遺在四君子之
上。〈感遇〉之作，雖朱文公命世大儒，亦凜然起敬。〔註106〕

後村之意為他將李杜、韓柳冠於篇首，是對四君子博大高深、泛
浩摩蒼之詩歌境界的推崇，又認為陳子昂「為四君子之上」，這不是
說陳詩之水準高於四君子，也不是說陳子昂出生早輩分高，而應當是
想說明陳子昂在漢魏六朝發展至盛唐的階段起到的重要作用。

（二）嚴羽《滄浪詩話》論陳詩

嚴羽的《滄浪詩話》不像劉克莊那樣，對陳子昂有大段的論述，
而是在作為多位詩人中的一位舉例時提及，比如嚴滄浪論讀詩的步
驟：

試取漢魏之詩而熟參之，次取晉宋之詩而熟參之，次取南
北朝之詩而熟參之，次取沈、宋、王、楊、盧、駱、陳拾遺
之詩而熟參之，次取開元、天寶諸家之詩而熟參之，次獨取

〔註103〕　〔宋〕劉克莊撰：《後村詩話》，新集卷三，頁184。
〔註104〕　〔宋〕劉克莊撰：《後村詩話》，後集卷二，頁59。
〔註105〕　〔宋〕劉克莊撰：《後村詩話》，續集卷二，頁96～97。
〔註106〕　〔宋〕劉克莊撰：《後村詩話》，新集卷一，頁149。

> 李、杜二公之詩而熟參之，又取大歷十才子之詩而熟參之，
> 又取元和之詩而熟參之，又盡取晚唐諸家之詩而熟參之，
> 又取本朝蘇、黃以下諸家之詩而熟參之，其真是非自有不
> 能隱者。〔註107〕

宋人好以禪喻詩，「熟參」一詞作為文學批評術語，是從佛學中移借過來，強調對作品熟讀深思，以領悟奧妙。〔註108〕嚴滄浪認為「學詩者以識為主：入門須正，立志須高；以漢魏晉盛唐為師，不作開元天寶以下人物。」〔註109〕故先讀漢魏詩，次而晉宋、南北朝詩，進而為沈宋、四傑及陳子昂詩等等，即嚴格按照詩歌誕生年代的先後順序讀詩。又歸納詩體曰：

> 以人而論，則有蘇李體李陵、蘇武也、曹劉體子建、公幹也、陶
> 體淵明也、謝體靈運也、徐庾體徐陵、庾信也、沈宋體佺期、之問
> 也、陳拾遺體陳子昂也、王楊盧駱體王勃、楊炯、盧照鄰、駱賓王
> 也、張曲江體始興文獻公九齡也、少陵體、太白體、高達夫體
> 高常侍適也、孟浩然體、岑嘉州體岑參也、王右丞體王維也韋蘇
> 州體韋應物也、韓昌黎體、柳子厚體。〔註110〕

嚴氏亦是按照時間先後順序，將各時期他認為具有成就的詩人羅列出來，視為一體，然並深入分析各詩人自成一體之「體」有哪些獨特的個性，有些可惜。但從其列陳拾遺為一「體」，且讀詩的進階過程中有陳子昂之名，可見嚴羽對陳詩造詣的認可。

三、從《新唐書》至馬端臨於陳子昂的道德批判兼及 陳作之批評

（一）宋祁於對陳子昂的論評及餘波

《新唐書》由歐陽脩、宋祁等人共同編撰，成書於宋仁宗（趙禎，

〔註107〕〔宋〕嚴羽著，郭少虞校釋：《滄浪詩話校釋》，〈詩辯〉，頁12。
〔註108〕參看鄔國平撰「熟參」條，載傅璇琮等主編：《中國詩學大辭典》（杭州：浙江教育出版社，1999年），頁145。
〔註109〕〔宋〕嚴羽著，郭少虞校釋：《滄浪詩話校釋》，〈詩辯〉，頁1。
〔註110〕〔宋〕嚴羽著，郭少虞校釋：《滄浪詩話校釋》，〈詩體〉，頁58～59。

於 1022～1063 年在位）嘉祐五年，即公元 1060 年。據歐陽公長子歐陽發
（1040～1089）述「先公事跡」：「（歐陽公）初奉敕撰《唐書》，專成
《紀》、《志》、《表》，而《列傳》則宋公祁所撰。」〔註 111〕歐陽脩本
人對陳子昂詩的評價不低，其〈書梅聖俞稿後〉云：

> 古者登歌清廟，太師掌之，而諸侯之國亦各有詩，以道其
> 風土性情。至於投壺、饗射，必使工歌，以達其意，而為賓
> 樂。蓋詩者，樂之苗裔歟！漢之蘇李，魏之曹劉，得其正
> 始。宋齊而下，得其浮淫流佚。唐之時，子昂、李、杜、沈、
> 宋、王維之徒，或得其淳古淡泊之聲，或得其舒和高暢之
> 節。〔註 112〕

此為歐陽公評梅聖俞詩敘述前代詩歌流變，提及陳詩淳厚古樸
之質。梅堯臣〈迴陳郎中詩集〉亦云：「嘗觀陳伯玉，〈感遇〉三十篇。
矯矯追古道，粲爾日星懸。」〔註 113〕梅公對子昂〈感遇〉組詩之評甚
高，認為其矯矯卓然，追尋古道，可與日月群星齊光。不過，宋祁雖
於《新唐書·陳子昂傳》對陳的文學功績表示認同：「唐興，文章承
徐、庾餘風，天下祖尚，子昂始變雅正」〔註 114〕，但宋祁對陳子昂之
政論文的論評就飽含貶義了，傳之結尾的總結詞曰：

> 贊曰：「子昂說武后興明堂太學，其言甚高，殊可怪笑。后
> 竊威柄，誅大臣、宗室，脅逼長君而奪之權。子昂乃以王者
> 之術勉之，卒為婦人訕侮不用，可謂蕞圭璧於房闥，以脂澤
> 污漫之也。瞽者不見泰山，聾者不聞震霆，子昂之於言，其
> 聾瞽歟。」〔註 115〕

宋祁認為武后誅殺唐宗室、大臣，威脅其子而奪權柄，陳子昂
卻向她一掌權的「婦人」上〈諫政理書〉，言及興建明堂、太學等王

〔註 111〕〔宋〕歐陽脩著，李逸安點校：《歐陽脩全集》，頁 2629。
〔註 112〕〔宋〕歐陽脩著，李逸安點校：《歐陽脩全集》（北京：中華書局，
　　　　　2001 年），頁 1048～1049。
〔註 113〕〔宋〕梅堯臣：《宛陵集》（上海：上海中華書局，1936 年）據縮宋
　　　　　本校刊，卷九，頁 6b。
〔註 114〕〔宋〕歐陽脩、宋祁等撰：《新唐書·陳子昂傳》，卷一百七，頁 4078。
〔註 115〕〔宋〕歐陽脩、宋祁等撰：《新唐書·陳子昂傳》，卷一百七，頁 4079。

者之術，這是如聾盲人一般不聞不識，而將祭祀朝聘等莊嚴場合用的禮器放到閨房中，任其由胭脂水粉玷污。此評言辭鋒銳，體現了宋人忿於武則天作為女皇帝的普遍不滿。時人文同（1018～1079）提及武氏亦是忿激，但對陳子昂之奏書有另一種看法，其〈射洪縣拾遺亭記〉云：

> 庚子（宋仁宗嘉祐五年1060年）秋，同被詔校《唐書》新本，見史第伯玉與傅奕、呂才同傳，謂伯玉以王者之術說武瞾，故〈贊〉貶之曰：「子昂之於言，其聲警警歟！」嗚呼，甚哉！其不探伯玉之為〈政理書〉之深意也。明堂大學，在昔帝王所以恢大教化之地，自非右文好治之主，為之且猶愧無以稱其舉，豈淫艷荒惑、險刻殘詖婦人之所宜興乎？緣事警奸，立文矯僭，伯玉之言有味乎其中矣。〔註116〕

文同奉詔校對《新唐書》，見宋祁評陳子昂之貶語，有不同的意見：他認為朝堂雖由「淫艷荒惑、險刻殘詖」的「婦人」掌權，但一方面，在無可奈何之下，還是要倡導宣揚教化，行聖人之道；另一方面，文同將陳子昂上書之行為解讀作以文警惕「僭越」的武后，既已篡權，必須有所作為。文同又對宋祁將陳子昂與傅奕、呂才編為一傳表示疑惑：

> 彼傅、呂者，本好曆數才技之書，但能畧顧大體，頗務記覽，以濟其末學，詎可引伯玉而為之等夷耶？杜子美、韓退之，唐之偉人也。杜云：「終古立忠義，〈感遇〉有遺編。」韓云：「國朝盛文章，子昂始高蹈。」其推尚伯玉之功也如此。後人或以己見而遽抑之，人之材識，信夫有相絕者矣。同當時嘗欲具疏於朝廷，以辨伯玉之不然，會除外官，不果。〔註117〕

〔註116〕 〔宋〕文同：〈射洪縣拾遺亭記〉，載〔明〕杜應芳，〔明〕胡承詔輯：《補續全蜀秋文志》明萬曆刻本，卷二十七，載《續修四庫全書》編纂委員會編：《續修四庫全書》一六七七冊（上海：上海古籍出版社，2002年），頁259。

〔註117〕 〔宋〕文同：〈射洪縣拾遺亭記〉，載〔明〕杜應芳，〔明〕胡承詔輯：

　　傅奕（555～639）是一位研究天文曆法的學者，呂才（606～665）亦精通陰陽之術。文同認為傅、呂兩人之技為末學，二人無法與陳子昂比肩，所以將傅、呂、陳三人放在一傳是不合適的。文同援引他所認為的「唐之偉人」杜甫、韓愈對陳子昂的評價，表示不是所有人都有識人之明，言下之意指宋祁不懂得辨識陳子昂的用意。文同本想上奏朝廷，為陳子昂申辯，卻由於被外放而無法上達天聽，故沒能實行。

　　司馬光（1019～1086）《資治通鑑》也多引陳子昂的政論文，如載子昂〈答制問事八條〉：「永昌元年（武后掌權，己丑 689 年）……三月……壬申，太后問正字陳子昂，當今為政之要。子昂退，上疏，以為：『宜緩刑崇德，息兵革，省賦役，撫慰宗室，各使自安。』辭婉意切，其論甚美，凡三千言。」〔註118〕司馬光以為陳之政論甚美：言辭婉轉，情真意切，其詩亦有和陳詩相近者，子昂詩曰「八月高秋晚，涼風正蕭颯。」〔註119〕司馬詩云：「涼風正蕭瑟，好月復徘徊。」〔註120〕陳詩「索居如幾日，炎夏忽然衰。」〔註121〕司馬詩「索居如幾日，河草已芳菲。」〔註122〕後又有張耒（1054～1114）詩「關心傷感知何處，過眼芳菲能幾時。」〔註123〕，均為相類之辭。王夫之（1619～1692）讀《資治通鑑》後，對陳子昂的評價非常高：

　　　　陳子昂以詩名於唐，非但文士之選也，使得明君以盡其才，駕馬周而頡頏姚崇，以為大臣可矣。其論開閤道擊吐蕃，既

　　　　《補續全蜀秋文志》明萬曆刻本，卷二十七，載《續修四庫全書》
　　　　編纂委員會編：《續修四庫全書》一六七七冊，頁259。
〔註118〕　〔宋〕司馬光編著，〔元〕胡三省音註：《資治通鑑》，頁6457。
〔註119〕　〔唐〕陳子昂：〈秋園臥病呈暉上人〉，《陳子昂集》，頁53。
〔註120〕　〔宋〕司馬光：〈和李殿丞倉中對菊三首·其三〉，載司馬光撰：《傳
　　　　家集》（臺北：臺灣商務印書館，1983年），卷六，頁1094-64。
〔註121〕　〔唐〕陳子昂：〈感遇三十八首·其三十二〉，《陳子昂集》，頁10。
〔註122〕　〔宋〕司馬光：〈河上督役懷器之寄呈公明叔度時器之鞫獄滄州〉，
　　　　載《傳家集》，卷三，頁1094-30。
〔註123〕　〔宋〕張耒：〈春日遣興二首·其二〉，《張右史文集》（臺北：臺灣
　　　　商務印書館，1967年），卷二十三，頁189。

經國之遠猷；且當武氏戕殺諸王、凶威方烈之日，請撫慰宗室，各使自安，攖其虓怒而不畏，抑陳酷吏濫殺之惡，求為伸理，言天下之不敢言，而賊臣凶黨弗能加害，固有以服其心而奪其魄者，豈冒昧無擇而以身試虎吻哉？故曰以為大臣任社稷而可也。〔註124〕

陳子昂事武后多被之後其他朝代的人所不齒，但如王夫之言，子昂心在社稷，當武氏用嚴刑、行猛政時，子昂不顧自身安危，敢多次站出來請求撫恤唐宗室，斥酷吏、伸公理，這也是不爭的事實，故王夫之甚至以馬周、姚崇等名相與陳子昂相媲美。繼北宋文同、司馬光，南宋藏書家晁公武（1105～1180）否定陳子昂人品的同時，對陳子昂於文學革新之功績表示肯定：

唐陳子昂伯玉也，梓州人。……唐興，文章承徐、庾餘風，天下祖尚，至是始變雅正。故雖無風節，而唐之名人無不推之。〔註125〕

同為藏書家兼目錄學家的陳振孫（？～約1261）亦云：

子昂為〈明堂議〉、〈神鳳頌〉，納忠貢諛於孽后之朝，大節不足言矣。然其詩文在唐初實首起八代之衰者。韓退之〈薦士詩〉言「國朝盛文章，子昂始高蹈」，非虛語也。盧序亦簡古清壯，非唐初文人所及。〔註126〕

南宋溫州永嘉人葉適（1150～1223）之觀點則與文同相近，其云：

新史（《新唐書》）……言「變徐、庾體，始追雅正」，又言「學堂至今猶存」，蓋用韓愈筆語，以唐古文所起尊異之也。然與傅奕、呂才同列，則不倫甚矣！又嗤其勸武后興明堂、太學「薦圭璧於房闥，以脂澤汙漫之」，則輕侮甚矣！惟聖賢自為出處，餘則因時各繫其所逢。如子昂，終始一武后爾，

〔註124〕〔明〕王夫之著：《讀通鑑論》（北京：中華書局，1975年），卷二十一，頁1677～1678。

〔註125〕〔宋〕晁公武撰：《郡齋讀書志》，卷十七，頁996。

〔註126〕〔宋〕陳振孫撰：《直齋書錄解題》（北京：中華書局，1985年），卷十六，頁442。

吐其所懷，信其所學，不得不然，可無訾也。〔註127〕

葉適和文同一樣，也認為傅、呂、陳三人同傳不匹配；宋祁評陳之語過於輕慢侮辱陳子昂。因為陳子昂從仕開始至去世，並未易主。時勢所至，子昂能忠於其心，踐行其志，無可訾議，我們以為葉適之語是比較中肯的。

（二）馬端臨《文獻通考》於陳作之評考辨

南宋史學家馬端臨承續了宋祁〈陳子昂傳贊〉的觀點，其《文獻通考》之《陳子昂集十卷》的按語云：

> 陳拾遺詩語高妙，絕出齊、梁，誠如先儒之論。至其他文，則不脫偶儷卑弱之體，未見其有以異於王、楊、沈、宋也。然韓吏部、柳儀曹盛有推許。韓言「國朝盛文章，子昂始高蹈」，柳言「備比興著述，二者而不作」，則不特稱其詩而已。二公非輕以文許人者，此論所未諭。本傳載其〈興明堂〉、〈建太學〉等疏，其言雖美，而陳之於牝朝，則非所宜。史贊所謂「薦珪璧於房闥，以脂澤汙漫之」，信矣。〔註128〕

馬端臨對陳子昂詩文作出了兩極的判斷：其以為陳詩高古絕妙，能杜絕齊梁綺靡之風；而陳文未脫「偶儷卑弱之體」。上節我們提道，馬端臨之父馬廷鸞對陳詩有明顯的效仿與評價，馬廷鸞曰：「〈感遇〉三十篇，讀之慨余情。」〔註129〕馬端臨對陳詩的認識想必會受到其父的影響，故云「高妙」；又云陳文因用偶儷語而顯「卑弱」，並認同宋祁之觀點，是因馬氏對陳子昂的文學成就與其道德評判相掛鉤，故而失之偏激。莫礪鋒先生揭橥道：若以道德判斷作為審美判斷的核心價值參數，完全取消審美判斷而僅以道德判斷作為作家評論的內容，這

〔註127〕〔宋〕葉適撰：《習學記言》（上海：上海古籍出版社，1992年），卷四十一，頁380～381。

〔註128〕〔宋〕馬端臨撰：《文獻通考·經籍考》（臺北：世界書局，1988年），卷二百三十一，頁22～23。

〔註129〕〔宋〕馬廷鸞：〈次韻周公謹見寄五首·其四〉，《碧梧玩芳集》，頁1187-158。

顯然不是正確的文學批評方式。〔註 130〕我們看到，今存之《陳子昂集》中共收文 110 篇〔註 131〕，茲按卷將此 110 篇陳文之駢偶句的使用情況大略統計，製表如下：

表 3-9 《陳子昂集》所收 110 篇陳文之駢偶情況分卷統計表
〔註 132〕

陳子昂集卷之一 詩賦	〈麈尾賦并序〉（頁 1~2）
	備註：全卷共 1 篇賦，其餘均為詩。該賦有通篇用偶句，存 1 句四六句：「或以神好正直，天蓋默默；或以道惡彊梁，天亦茫茫」。
陳子昂集卷之三 表	〈為義興公求拜掃表〉（頁 60~61）敘事筆法少用對偶，無四六句
	〈為程處弼辭放流表〉（頁 61~63）極少偶句，無四六句
	〈為宗舍人謝贈物表〉三首（頁 64~66）陳情懇切，無偶句，亦無四六句
	〈為將軍程處弼謝放流表〉（頁 67~68）極少偶句，無四六句
	〈為人陳情表〉（頁 68~69）極少偶句，無四六句
	〈為副大總管蘇將軍謝罪表〉（頁 69~70）少偶句，無四六句
	〈謝免罪表〉（頁 70~71）少偶句，無四六句
	〈為豐國夫人慶皇太子誕表〉（頁 71~72）通篇用駢偶之辭，1 句四六句
	〈為喬補闕慶武成殿表〉（頁 72~73）多偶句，1 句四六句
	〈為程處弼慶拜洛表〉（頁 73~74）用偶句，無四六句
	〈為人請子弟出家表〉（頁 75）用偶句，無四六句
	〈為陳御史上奉和秋景競渡詩表〉（頁 75~76）通篇用四六句及偶句，如「彩鷁蓮歌，乍起江吳之引；青龍桂檝，時搖甌越之風。鳥逝虹驚，沸珠潭而競逐；雲飛電集，橫玉浦而流光。」對仗工整，詞色華麗。

〔註 130〕 莫礪鋒：〈論朱熹關於作家人品的觀點〉，《文學遺產》，2000 年第 2 期，頁 73。

〔註 131〕 按：包括卷三「表」19 篇，卷四「表」17 篇，卷五「碑文」7 篇，卷六「誌銘」14 篇，卷七「雜著」26 篇，卷八言軍國事類「雜著」7 篇，卷九「書」7 篇，卷十「書啟」8 篇，補遺 5 篇。

〔註 132〕 按：版本參照〔唐〕陳子昂著，徐鵬校點：《陳子昂集》修訂本，上海：上海古籍出版社，2013 年。

	〈為朝官及岳牧賀慈竹再生表〉（頁77～78）通篇用四六句及偶句	
	〈為赤縣父老勸封禪表〉（頁79）通篇用四六句及偶句	
	〈為永昌父老勸追尊中山王表〉（頁80）通篇用偶句與四六句	
	〈為百官謝追尊魏國大王表〉（頁81）多偶句，2句四六句	
	〈為建安王獻食表〉（頁81～82）通篇用四六句及偶句	
	備註：全卷共19篇，均是子昂替他人所作之表，19篇均存偶句；存有四六句的篇數為8篇，集中於奉和、慶賀及勸進類文字。換言之，未用四六句之篇數所佔比例為11/19≈57.89%。	
陳子昂集卷之四　表	〈為司農李卿讓官表〉（頁83～84）多偶句，1句四六句	
	〈為陳舍人讓官表〉（頁84～85）多四字對，2句四六句	
	〈為司刑袁卿讓官表〉（頁85）多偶句，1句四六句	
	〈為張著作謝父官表〉（頁86）陳情之辭，少偶句，無四六句	
	〈為資州鄭使君讓官表〉（頁87）用偶句，無四六句	
	〈為武奉御謝官表〉（頁88）用偶句，1句四六句	
	〈為王美暢謝兄官表〉（頁89）多偶句，無四六句	
	〈為金吾將軍陳令英請免官表〉（頁89～90）用偶句，無四六句	
	〈為副大總管屯營大將軍蘇宏暉謝表〉（頁91～92）用偶句，通篇用四六句，如「將士同心，誓雪孟明之恥；殘魂共憤，思亢杜回之仇」，感情激昂，氣勢雄壯。	
	〈謝衣表〉（頁92～93）用偶句，無四六句	
	〈為建安王賀破賊表〉（頁93～94）用偶句，無四六句	
	〈為河內王等論軍功表〉（頁94～95）多偶句，無四六句	
	〈為建安王謝借馬表〉（頁96）多用四六句與偶句	
	〈奏白鼠表〉（頁96～97）少偶句，無四六句	
	〈為僧謝講表〉（頁97）用偶句，無四六句	
	〈謝藥表〉（頁98）用偶句，1句四六句	
	〈為喬補闕論突厥表〉（頁98～102）論述建言之長篇，少用偶句，無四六句。	
	備註：全卷共17篇，均是子昂替他人所作之文，17篇均存偶句；存有四六句的篇數為7篇，即未用四六句篇數佔比為10/17≈58.82%。	
陳子昂集卷之五　碑文	〈昭夷子趙氏碑〉（頁105～107）史傳筆法，少偶句，無四六句	
	〈臨邛縣令封君遺愛碑〉（頁108～111）多偶句，4句四六句	

	〈續唐故中岳體玄先生潘尊師碑頌〉（頁 113～114）用偶句，無四六句	
	〈漢州雒縣令張君吏人頌德碑〉（頁 115～119）用偶句，1 句四六句。文中多記敘，記敘部分極少對偶。	
	〈九隴縣獨孤丞遺愛碑〉（頁 119～120）用偶句，無四六句	
	〈唐故朝議大夫梓州長史楊府君碑〉（頁 121～124）用偶句，無四六句	
	〈梓州射洪縣武東山故居士陳君碑〉（頁 126～128）用偶句，無四六句	
	備註：全卷共 7 篇，均存偶句，2 篇有四六句，未用四六句篇數佔比為 5/7≈71.43%。	
陳子昂集卷之六　誌銘	〈我府君有周居士文林郎陳公墓誌文〉（頁 131～132）少偶句，無四六句	
	〈申州司馬王府君墓誌〉（頁 133～136）用偶句，無四六句	
	〈唐水衡監丞李府君墓誌銘〉（頁 137～138）少偶句，無四六句	
	〈唐故循州司馬申國公高君墓誌〉（頁 139～140）用偶，5 句四六句	
	〈率府錄事孫君墓誌銘〉（頁 141）多偶句，無四六句	
	〈故宣議郎騎都尉行曹州離狐縣丞高府君墓誌銘〉（頁 142～143）通篇用四六句及偶句	
	〈唐故袁州參軍李府君妻清河張氏墓誌銘〉（頁 144～146）通篇用四六句及偶句	
	〈上殤高氏墓誌銘〉（頁 147～148）少偶句，無四六句	
	〈堂弟孜墓誌銘並序〉（頁 149～150）用偶句，1 句四六句	
	〈館陶郭公姬薛氏墓誌銘〉（頁 151～152）用偶句，無四六句	
	〈唐陳州宛丘縣令高府君夫人河南宇文氏墓誌銘〉（頁 153～154）多偶句，2 句四六句	
	〈周故內供奉學士懷州河內縣尉陳君碩人墓志銘〉（頁 155～156）用偶句，無四六句	
	〈燕然軍人畫像銘並序〉（頁 157）用偶句，無四六句	
	〈冥寞窅冥君古墳記銘為張昌寧作〉（頁 158～159）多偶句，無四六句	
	備註：全卷共 14 篇，均存偶句，5 篇有四六句，未用四六句篇數佔比為 9/14≈63.29%。	
陳子昂集卷之七　雜著	〈上大周受命頌表天授元年〉（頁 161～162）用偶句，無四六句	
	〈大周受命頌四章並序〉（頁 162～165）多偶句，1 句四六句	
	〈國殤文並序〉（頁 166～167）用偶句，1 句四六句	

	〈禡牙文〉（頁 167～168）少偶句，無四六句	
	〈禜海文〉（頁 168～169）多偶句，無四六句	
	〈弔塞上翁文〉（頁 169～170）少偶句，無四六句	
	〈祭孫府君文〉（頁 170）用偶句，1 句四六句	
	〈為建安王祭苗君文〉（頁 171）用偶句，無四六句	
	〈祭黃州高府君文〉（頁 171～172）用偶句，無四六句	
	〈祭韋府君文〉（頁 172）用偶句，無四六句	
	〈祭外姑宇文夫人文〉（頁 173）用偶句，無四六句	
	〈祭率府孫錄事文〉（頁 174）用偶句，1 句四六句	
	〈復讎議狀〉（頁 175～176）邏輯推理文，用偶句，無四六句	
	〈為建安王誓眾詞〉（頁 177）多偶句，無四六句	
	〈金門餞東平序〉（頁 178）通篇駢偶，多四六句	
	〈梁王池亭宴序〉（頁 179）用偶句，1 句四六句	
	〈薛大夫山亭宴序〉（頁 179～180）通篇駢偶，多四六句	
	〈送中嶽二三真人序時龍集乙未十二月二十日〉（頁 180～181）通篇駢偶，多偶句	
	〈餞陳少府從軍序〉（頁 182）通篇駢偶，多偶句	
	〈送吉州杜司戶審言序〉（頁 182～183）通篇駢偶，多偶句	
	〈冬夜宴臨邛李錄事宅序〉（頁 184）通篇偶句，2 句四六句	
	〈忠州江亭喜重遇吳參軍牛司倉序〉（頁 184～185）通篇駢偶，多偶句	
	〈暉上人房餞齊少府使入京府序〉（頁 185～186）通篇駢偶，多四六句	
	〈洪崖子鸞鳥詩序〉（頁 186～187）用偶句，1 句四六句	
	〈送麴郎將使默啜序〉（頁 187）用偶句，無四六句	
	〈偶遇巴西姜主簿序〉（頁 188）用偶句，無四六句	
	備註：全卷共 26 篇，均存偶句，14 篇有四六句，未用四六句篇數佔比為 12/26≈46.15%。	
陳子昂集卷之八　雜著	〈答制問事八條〉（頁 189～196）多偶句，無四六句	
	〈上蜀川安危事三條〉（頁 197～198）少偶句，無四六句	
	〈上蜀川軍事〉（頁 198～200）少偶句，無四六句	
	〈上益國事〉（頁 200～201）少偶句，無四六句	

	〈上軍國機要事〉(頁201～204)多偶句,無四六句	
	〈上軍國利害事三條〉(頁205～210)多偶句,無四六句	
	〈上西蕃邊州安危事三條〉(頁211～215)少偶句,無四六句	
	備註:全卷共 7 篇,均存偶句,未用四六句篇數佔比為 7/7≈100%。	
陳子昂集卷之九 書	〈諫靈駕入京書〉(頁217～220)通篇駢偶,多四六句	
	〈諫雅州討生羌書〉(頁222～225)用偶句,無四六句	
	〈諫刑書〉(頁225～228)多偶句,無四六句	
	〈諫政理書〉(頁229～233)多偶句,無四六句	
	〈諫用刑書〉(頁235～239)用偶句,無四六句	
	〈申宗人冤獄書〉(頁241～243)多偶句,無四六句	
	〈諫曹仁師出書〉(頁245～246)少偶句,無四六句	
	備註:全卷共 7 篇,均存偶句,1 篇有四六句,未用四六句篇數佔比為 6/7≈85.71%。	
陳子昂集卷之十 書啟	〈為建安王與遼東書〉(頁247～248)用偶句,無四六句	
	〈為建安王答王尚書送生口書〉(頁248～249)少偶句,無四六句	
	〈為建安王與諸將書〉(頁249)無偶句,無四六句	
	〈為建安王與安東諸軍州書〉(頁250)少偶句,無四六句	
	〈為建安王答王尚書書〉(頁251)少偶句,無四六句	
	〈與韋五虛己書〉(頁251)用偶句,無四六句	
	〈為蘇令本與岑內史啟〉(頁252)多偶句,1句四六句	
	〈上薛令文章啟〉(頁253～254)用偶句,4句四六句	
	備註:全卷共 8 篇,1 篇〈為建安王與諸將書〉無偶句,未用四六句篇數佔比為 6/8=75%。	
陳子昂集補遺	〈為義興公陳請終喪第二表〉(頁278～279)少偶句,無四六句	
	〈為義興公陳請終喪第三表〉(頁279)無偶句,無四六句	
	〈謝賜冬衣表〉(頁280)少偶句,2句四六句	
	〈荊州大崇福觀記〉(頁280～282)多偶句,無四六句	
	〈無端帖〉(頁282)無偶句,無四六句	
	備註:全卷共 5 篇,2 篇無偶句,未用四六句篇數佔比為 4/5=80%	

　　經筆者通讀全文後彙整統計，陳文中約有 40 篇使用了四六駢句，且大多集中於慶表、謝表、勸追封表及餞別之宴序等社交之作。換言之，大致有 70 篇陳文中未曾有出現四六駢句，佔總篇數 110 篇的 63.64%，換言之，馬端臨評陳文「不脫偶儷卑弱之體」在子昂總體呈現的創作趨勢上來看，是不符合於實情的。我們知道，初唐文壇如歐陽公言：「南北文章至於陳、隋，其弊極矣。以唐太宗之致治，幾乎三王之盛，獨於文章不能少變其體，豈其積習之勢，其來也遠，非久而眾勝之，則不可以驟革也。」〔註 133〕南北朝西魏人蘇綽（498～546）也說：「近代以來，文章華靡，逮于江左，彌復輕薄。洛陽後進，祖述不已。」〔註 134〕就連上表隋文帝反對浮薄文體，思以深革其弊的李諤（？～？與隋文帝楊堅同時，541～604）在奏表中亦用錦心繡口的四六句：

> 連篇累牘，不出月露之形；積案盈箱，唯是風雲之狀。世俗
> 以此相高，朝廷據茲擢士……文筆日繁，其政日亂，良由棄
> 大聖之軌模，構無用以為用也。〔註 135〕

　　如此既能說明問題又美妙的言辭，又何必問罪於體式呢？謝無量綜考唐代駢文，指出「初唐猶襲陳隨餘響，燕許微有氣鼓。」〔註 136〕朱自清則表示：「駢體聲調鏗鏘，便於宣讀，又可鋪張詞藻不著邊際，便於酬酢，作應用文是很相宜的。」〔註 137〕曲景毅指出：「唐代應用文大多以駢文寫就，但逐漸地表現出亦駢亦散的傾向，因為制詔奏議、碑誌頌讚要在文體形式要求駢儷工整、對仗用典、聲韻，而實

〔註 133〕〔宋〕歐陽脩：〈隋太平寺碑開皇九年〉，載〔宋〕歐陽脩著，李逸安點校：《歐陽脩全集》（北京：中華書局，2001 年），《集古錄跋尾》卷五，頁 2179。

〔註 134〕〔唐〕令狐德棻等撰：《周書‧柳慶傳》（北京：中華書局，1971 年），卷二十二，頁 370。

〔註 135〕〔唐〕魏徵等撰：《隋書‧李諤傳》，頁 1544～1545。

〔註 136〕謝無量：《駢文指南》，收入《謝無量文集》第 7 卷（北京：中國人民大學出版社，2011 年），頁 214。

〔註 137〕朱自清：《經典常談》（南寧：廣西人民出版社，2017 年），頁 123。

用性又很強。為兼顧二者，須在合其兩長的同時，捨棄絕對的散或駢。」〔註138〕我們看到，在陳子昂登仕後詳述軍國大事之利害時，多議論，而少工整之偶句，且無一句四六駢句，頗有御史馬周（601～648）〈陳時政疏〉之遺風。而陳子昂尚為草莽時於甲申684年所上〈諫靈駕入京書〉，通篇之駢偶可謂俯拾即是，此當因時風所浸染，又為自薦而隨俗，摛鬐鬣以分虎豹犬羊之鞟，初出茅廬呈身之情亦可理解，大可不必吹毛求疵。

岳武穆（岳飛，1103～1142）之孫岳珂（1183～1234）有詩〈陳子昂《無端帖》贊〉：

> 麟臺正字垂拱臣，手持鴻筆扶金輪。
> 喔咿自擬教牝晨，尚欲圭璧全其身。
> 筆精墨妙雖有神，千載乃作無端人。
> 以人廢言古所聞，尚可展卷書吾紳。〔註139〕

岳珂以為子昂上書武后是為匡扶正道，子曰：「君子不以言舉人，不以人廢言」〔註140〕而「以人廢言」古已有之，值得思考。在岳珂看來，陳子昂是手持鴻筆，力扶金輪之人，但可惜其不逢其時，所以無奈。子昂〈無端帖〉曰：「道既不行，復不能知命樂天，又不能深隱於山藪。乃亦時出於人間，自覺是無端之人，況漸近無聞，不免自惜如何。」〔註141〕可見子昂純淨之心志。

〔註138〕曲景毅：〈論唐代文章之演進：以「大手筆」作家為視角〉收入黃霖等編：《視角與方法，復旦大學第三屆中國文論國際學術研討會論文集》（南京：鳳凰出版社，2013年），頁425。

〔註139〕〔宋〕岳珂：《寶真齋法書贊》（北京：商務印書館，1936年），卷五，頁54。

〔註140〕〔春秋〕孔子及弟子著，楊伯峻譯注：《論語譯注》，〈衛靈公第十五〉，頁164。

〔註141〕〔唐〕陳子昂：〈無端帖〉，《陳子昂集》補遺，補錄自〔宋〕岳珂《寶真齋法書贊》，〔清〕陸心源《唐文拾遺》，頁282。按：宋之問（656？～712）評陳子昂有言：「知君心許國，不是愛封侯。」

第四章　結　論

第一節　陳子昂詩文在唐宋兩代傳播接受情形之
　　　　　總結

　　本文以接受美學理論為視角切入探討，參照「接受史研究範式六層次」〔註1〕，用動態的眼光全面地考察陳子昂詩文在唐宋兩代的接受情形，以期還原陳子昂之文學史地位的構建過程。經過歷史化的檢視，可以說，陳子昂作為被當今各大文學史著作書寫進初唐章節的作家是實至名歸的，其詩文作品的確存有一定高度的藝術水準、文學潛質及美學價值。由于各時期審美觀念的變遷與多元化，讀者的期待視野或同或異，故產生了各式各樣接受與否的原因。

　　我們沿波討源，腳踏實地，通過對原典逐篇逐句進行量化分析援為依據，用傳統治學之方法鑽研學問，「據可信之材料，依常識之判

〔註1〕王兆鵬：〈建構文學接受史研究的範式——尚永亮《中唐元和詩歌傳
　　　播接受史的文化學考察》的方法論啟示〉，《北京大學學報（哲學社會
　　　科學版）》，2012 年第 1 期第 49 卷，頁 151。按：「接受史研究範式
　　　六層次」包括接受主體、接受內容、接受效應、接受方式、接受原因、
　　　接受過程，即從「5W1H」：Who、What、How、Why（此包括接受傳
　　　播環境 Where）、When 等層面思考陳子昂詩文在唐宋接受歷程中的
　　　各種因子。

斷」〔註2〕不作蹈空之論，從共時性及歷時性兩個層面追蹤唐宋兩代人刊行、借鑒、批評陳子昂詩文的脈絡，由此看到了美學法則的更新及豐富性。作家的窮通和作品的顯晦，雖不能排除偶然性的因素，但在一般情況下，窮通顯晦總是在一定的歷史條件下發生的，某一風格和流派的作家作品被理解；被欣賞與否，總是與某一時代的審美好尚密切相關，這是諸多歷史條件中重要的一條，須為接受美學加以考慮和重視。〔註3〕對於文學作品的解讀與本質，程千帆先生云：「每一理解的加深，每一誤解的產生和消除，都能找出其客觀的和主觀的因素。認識，是無限的。」〔註4〕以下將先從共時性的層面，用敘述性的語言概括陳子昂之詩文於唐宋兩代之接受概況；再從歷時性的層面，以解釋性的語言闡述唐宋人於陳作接受情形之異同及原因。

一、陳子昂詩文於唐宋兩代之接受概況

（一）唐代人於陳子昂詩文之傳播與接受

由於印刷術於唐代並不發達，雖以出現專營的書肆，初唐時陳子昂詩文在其當世的傳播主要依靠手抄、口誦、題壁等方式傳播。再者，古人聚飲有相互唱和之風，陳子昂曾參加高正臣主持的三宴，並有三首陳詩被收入《高氏三宴詩集》。從《全唐詩》來看，與陳子昂之詩存有於構句、遣詞上酷似之顯性接受的作品比較少，顯例如子昂之友王無競、喬知之、高球詩，然由於陳、王、喬互有交往，究竟是誰影響了誰不得而知。陳子昂與高球在高氏二宴上有用韻及思想上十分相近的作品，陳、高作同題之詩的現象反映了唐人的交際文化。於文學批評層面，就《全唐文》來看，陳子昂同輩人對陳作的評論寥寥，

〔註2〕 陳寅恪：《唐代政治史述論稿》，（上海：上海古籍出版社，1982年），頁11。

〔註3〕 程千帆：〈學詩愚得〉，《武漢大學學報（哲學社會科學版）》，1994年第1期，頁64。

〔註4〕 程千帆：〈張若虛《春江花月夜》的被理解和被誤解〉，《文學評論》，1982年第4期，頁25。

除去盧藏用為陳子昂所作別傳多有論評，僅有張說、王泠然兩人在為
他人文集作序時提及陳子昂的文才，所以我們推想陳子昂於當世得到
的關注度並不是特別高。

　　盧藏用作為陳子昂接受史中的「第一讀者」，不僅為陳子昂搜集
遺文、編定成集，奠定了陳子昂詩文接受史的文獻基礎；還為文集作
序並具體品評陳詩陳文，從南北朝至初唐文風之演變的文學史角度剖
析陳子昂的文學功績，稱其「卓立千古，橫制頹波，天下翕然，質文
一變」，雖稍顯誇張，畢竟是友人之間的溢美之詞，但這基本為後世
品評褒揚陳之詩文價值者定下了基調。於現代陳子昂之接受來說很重
要的一點是，家喻戶曉的〈登幽州臺歌〉並不一定是陳子昂的作品，
該二十二字的文本經由盧藏用為陳子昂作傳而保留，也是盧藏用對陳
子昂孤獨感的共鳴。盧藏用作為陳子昂的至交，在〈陳子昂別傳〉細
膩地刻畫出陳子昂自然真實、正直剛強的形象，為我們理解陳子昂其
作、其人提供了珍貴的原始材料。

　　盛唐時期，出現了由蕭穎士、李華、獨孤及、李舟、梁肅等古文
運動前驅者們對陳子昂作品的集體接受，以及張九齡、李白、杜甫等
名家對陳子昂作品讚揚及借鑒，其中李白多有與陳作相似之句，集中
於〈古風〉組詩，我們可以確定李白吸收了陳子昂作品中的精華，將
其熔鑄於自己的創作之中，於唐詩之藝術技巧更上一層樓。同時也出
現了以顏真卿、釋皎然為代表的質疑之聲，顏真卿認為從文質適中的
文學觀來看陳之詩文，盧藏用之評偏向於倡導「質」，「卓立千古」之
言顯得過於誇張虛妄；皎然也認為盧評是出於友情，存在刻意抬高陳
子昂之嫌。這些都對我們客觀地看待陳子昂詩文之成就有所幫助。

　　中晚唐時期，陳作之傳播常於友人之間相互傳閱。創作上有如孟
雲卿、韋應物、戴叔倫、溫庭筠等詩人與陳詩有十分相似的作品。自
晚唐起，出現如司空圖、孫郃明確在詩題中點明為效仿陳子昂而作詩
的直接接受，開啟了後世於詩題或詩序寫明是為仿效陳詩的風氣。於
批評層面，中晚唐人對陳作的批評兼及詩文，論述集中於陳子昂對頹

靡之風的矯正。中唐之韓愈、柳宗元、白居易、元稹等名家相繼有對陳子昂作品的讚譽，韓愈傾向於對陳子昂五言古詩的認可；柳宗元則有極力推崇之評：認為陳子昂能兼擅文之二道：著述與比興，柳詩也多有與陳詩酷似之作。元白對陳的接受不僅在於創作上有對陳詩的取法，更重要的是其發起的新樂府運動傳承了陳子昂、杜甫關注現實、民生的精神，以詩作踐行身為「拾遺」的職責。晚唐有張祜、皮日休、顧雲、孫樵、孟棨、王贊等文人對陳子昂詩文的多角度品評。

此外，唐代出現了本朝人選本朝詩的詩選集，「唐人選唐詩」是通過「選」這一具有高度自我意識的批判方式，以時代地域、作家身份、詩歌題材、體裁等範疇作劃分選詩，期冀以此建構一種理想的詩歌範式。從如今可見的 16 本唐人選唐詩之詩選集，及其它主體亡佚，但從保留的詩序中可見認可陳子昂詩者有三：一是反映盛唐某位不知名選者審美精神的《搜玉小集》收錄了最初題名為宋之問詩的陳詩〈白帝懷古〉；二是盛唐人孫季良《正聲集》收陳子昂詩十首，以及中唐人顧陶於〈唐詩類選序〉表達了對陳詩的體認。

（二）宋代人於陳子昂詩文之傳播與接受

宋代詩文選集多有收選陳子昂作品者，如宋代四大書之三《太平御覽》、《冊府元龜》、《文苑英華》均收錄陳子昂的文章，其中《御覽》、《元龜》收陳文較少，均為 2 篇。《英華》則大量收選了陳作，詩文合計共 126 篇，這為現代陳子昂集之校對、補遺留存下了寶貴的文獻資料，同時表現了《英華》編選者對陳子昂詩文水平的認可，尤其是其碑誌文之水準。不過，《英華》在陳詩之詩題的採用上，編選者常有刪改，如行旅題材之詩與陳集多有出入，再如陳集本之〈鄹子〉，《英華》本作〈鄹衍〉，或是選者有意改之，這在一定意義上是於接受史過程裡對陳詩的再創作。再有姚鉉《唐文粹》收錄陳作共計 52 篇，其它一些宋代詩選集、類書，像是洪邁《萬首唐人絕句》、郭茂倩《樂府詩集》、蒲積中《古今歲時雜詠》、王溥《唐會要》、王應麟《玉海》、祝穆《古今事文類聚》皆有收選陳作。

　　在創作上，北宋時的韓維、蘇軾、蘇轍多有與陳子昂詩相類者；
而李復的〈雜詩〉是明確襲承自陳子昂〈感遇〉。南宋時，朱熹因讀陳
子昂〈感遇〉而作〈齋居感興〉二十首，後又有馬廷鸞、張埴等人化
用陳子昂〈感遇〉句。在批評上，宋人常有將杜甫、陳子昂並提之風，
如王禹偁、孫應時、釋居簡、戴復古、趙次公、文天祥等詩人嘗以杜、
陳並舉，這是一種對體現杜、陳蘊含於作品之中，傷時感事、關注現
實之精神的共同追思。再者，朱弁《風月堂詩話》、劉克莊《後村詩
話》、嚴羽《滄浪詩話》均提及陳作，其中以劉克莊《後村詩話》最為
詳細。宋人對陳子昂詩文的批評還常與道德評判相掛鉤，此現象始自
宋祁《新唐書‧陳子昂傳》對陳子昂事武后而上書言事的大張撻伐，
文同、葉適對宋祁之說有不同看法，司馬光亦認為陳子昂的政論甚
美。後有目錄學家晁公武、陳振孫認為陳子昂雖不存風節，但其作品
確有可觀處。至馬端臨出現對陳子昂詩文的兩極評判，是以其道德觀
支配其審美觀，故失之不實。

二、唐宋人於陳作接受情形之異同及總評

　　法國評論家兼史學家丹納（H. A. Taine，1828～1893）曾說：「要
了解一件藝術品，一個藝術家，必須正確地設想他們所屬的時代的精
神和風俗概況，這是藝術品最後的解釋，也是決定一切的基本原
因……自然界有它的氣候，氣候的變化決定著這種那種植物的出現。
精神方面也有它的氣候，它的變化決定著各式各樣藝術的出現。」
〔註5〕同理，不同的時代觀念使文藝批評呈現出不同的面貌。再是科
技的發展也是影響文學發展的因素之一，宋代印刷術的發達與「詩
話」的興起，使宋代對陳子昂的批評相較於唐代，更加地具體和詳
細。唐宋兩代人總體上對陳子昂詩文的批評都呈現出普遍認可其文
學革新之功，也有部分質疑之聲。質疑者如唐代的顏真卿、皎然是從

〔註5〕（法）丹納著，傅雷譯：《藝術哲學》（杭州：浙江人民美術出版社，
　　　 2017 年），頁 14～15。

文質觀及復變觀展開論述，而宋代之質疑則基本從陳子昂仕於武則天朝之事加以攻訐，這是有唐一代所不存在的現象。若不論道德判斷，而僅從文學史的角度來看，《四庫全書總目提要》的評價可屬精道：

> 唐初文章，不脫陳隋舊習。子昂始奮發自為，追古作者。韓愈詩云：「國朝盛文章，子昂始高蹈。」柳宗元亦謂「張說工著述，張九齡善比興，兼備者子昂而已」。馬端臨《文獻通考》乃謂子昂「惟詩語高妙，其他文則不脫偶儷卑弱之體」。韓柳之論不專稱其詩，皆所未喻。今觀其集，惟諸表序猶沿排儷之習，若論事書疏之類，實疎樸近古，韓柳之論未為非也。〔註6〕

胡小石先生稱：陳子昂之論事書疏皆疏樸古茂，毫無華飾，完全帶有建安文人的風格。然其所作的賀表及序之類，仍用複筆。陳子昂是一個有意復到建安正始的文人，其之所以被韓退之所佩服，就是因為他們的文均主變，且以起衰為原則。陳文是唐代散文革新的發端。〔註7〕此言確然。

總之，誠如袁行霈先生言：「性情和聲色的統一，是盛唐詩歌超出於前代而又使後代不可企及的關鍵所在。而這正是初唐詩人在一百年間為盛唐所作的主要準備」〔註8〕，而「初唐詩人陳子昂大聲疾呼恢復漢魏風骨，成為中國文學史上第一次有影響的復古呼聲。陳子昂的復古實際上是革新，促成了聲色與性情的統一，是推動盛唐詩歌達到高峰的因素之一。」〔註9〕再有章、駱版文學史的論評亦切中肯綮：「陳子昂抓住了歷史的契機，從理論和創作兩個方面，為唐詩注入蓬

〔註6〕〔清〕紀昀總纂：《四庫全書總目提要》，卷一百八十六，卷一四十九，集部別集類二，頁3846。

〔註7〕胡小石：《中國文學史講稿》，收入《胡小石論文集續編》（上海：上海古籍出版社，1991年），頁123。

〔註8〕袁行霈：〈百年徘徊——初唐詩歌的創作趨勢〉，《北京大學學報（哲學社會科學版）》，1994年第6期，頁77。

〔註9〕袁行霈主編：《中國文學史（第三版）第一卷》（北京：高等教育出版社，2014年），頁10。

勃的生命力，以期清除南朝詩歌和唐初宮廷詩風的弊病。他不僅在文學上，而且在更廣義的精神上，開啟了盛唐整整一代詩人，贏得後代的仰慕。」〔註10〕

第二節　局限與展望

一、本論文之局限

　　由於古代文獻多有散佚，所以想要絕對全面而客觀地還原陳子昂詩文於唐宋兩代的接受史是不可能的事，故本文僅在《四庫全書》所見有關論及陳子昂的文本材料，尤其是《全唐詩》、《全唐文》及《文苑英華》及其他宋代文人別集的基礎上論述唐宋陳作之接受情形。

　　其次，本文在比對唐宋兩代之作家對陳子昂之接受時，完全集中於陳詩的論述，而缺乏陳子昂散文之接受的例子。再者，關於兩代對陳詩的仿效者，多用搜韻網之自動歸納相似句的功能，然這僅限於顯性的語詞的相似關係，對於隱性的語義還無法識別，故本文舉例只在相類的句子。再者，囿於筆者之識見，恐不免有思慮不周之處，敬望各位方家不吝珠玉，有所指教。

二、於陳子昂詩文元明清接受史研究的展望

　　美國學者韋勒克（René Wellek，1903～1995）說：「一件藝術品的全部意義，不能僅以其作者和作者的同代人的看法來界定，它是一個累積過程的結果，即歷代的無數讀者對此作品批評過程的結果。」〔註11〕本文考察了唐宋兩代陳子昂詩文之接受史，而後世仍有不少豐富的接受材料，比如明代胡應麟之《詩藪》、清代賀裳《載酒園詩話》、沈德潛《說詩晬語》、《唐詩別裁》等等，都有待繼續深入地考察方知由唐至今整個陳子昂作品接受史的完整脈絡。這也有助於釐清現代

〔註10〕章培恆、駱玉明主編：《中國文學史》，頁39。
〔註11〕（美）韋勒克（R. Wellek），沃倫（A. Warren）著，劉象愚等譯：《文學理論》（北京：生活‧讀書‧新知三聯書店，1984年），頁35。

關於陳子昂作品的一些論斷，比如日本學者筧文生（1934 年生）認為：後世對陳子昂散文注意得比較少，和宋以後對柳宗元的評價有關。尤其是文宗歐陽脩斷言柳宗元是「韓門罪人」，而柳宗元尊崇作為散文改革者的陳子昂，這就限制了後世很多人的想法。〔註12〕所謂「後世」，即包括北宋歐陽脩之後的世代，其中元、明、清三代是主要的時間段，若要考辨此說真假，得繼續檢視元明清三代之陳子昂詩文的接受史。欣然展望，以俟來者。

〔註12〕（日）筧文生：〈關於陳子昂散文的評價〉，收入（日）筧文生、筧久美子著，盧盛江、劉春林編譯：〈唐宋詩文的藝術世界〉（北京：中華書局，2007 年），頁 200。

參考文獻

一、古籍（各類依朝代排序）

（一）經部

1. 〔春秋〕孔子及弟子著，楊伯峻譯注：《論語譯注》，北京：中華書局，2009 年。

2. 〔春秋〕傳為左丘明著，楊伯峻編著：《春秋左傳注》修訂本，北京：中華書局，2009 年。

3. 〔戰國〕孟子及弟子著，楊伯峻譯注：《孟子譯注》，北京：中華書局，1960 年。

4. 〔漢〕毛亨傳，〔漢〕鄭玄箋，〔唐〕孔穎達疏，〔唐〕陸德明音釋，朱傑人、李慧玲整理：《毛詩注疏》，上海：上海古籍出版社，2013 年。

5. 〔漢〕戴聖著，〔漢〕鄭玄注，〔唐〕孔穎達等正義，呂友仁整理：《禮記正義》，上海：上海古籍出版社，2008 年。

6. 〔唐〕李鼎祚輯：《周易集解》，北京：中華書局，1985 年。

7. 〔宋〕朱熹集注：《詩集傳》，上海：上海古籍出版社，1980 年。

（二）史部

1. 〔漢〕司馬遷撰，〔唐〕司馬貞索引，〔唐〕張守節正義，〔宋〕裴

駰集解：《史記》，北京：中華書局，1959 年。

2.〔漢〕班固撰：《漢書》，北京：中華書局，1962 年。

3.〔晉〕陳壽撰，〔南朝宋〕裴松之注：《三國志》，北京：中華書局，1959 年。

4.〔唐〕令狐德棻等撰：《周書》，北京：中華書局，1971 年。

5.〔唐〕魏徵、令狐德棻等撰：《隋書》，北京：中華書局，1973 年。

6.〔後晉〕劉昫等撰：《舊唐書》，北京：中華書局，1975 年。

7.〔宋〕王溥：《唐會要》，北京：中華書局，1955 年。

8.〔宋〕歐陽脩、宋祁等撰：《新唐書》，北京：中華書局，1975 年。

9.〔宋〕司馬光編著，〔元〕胡三省音注：《資治通鑑》，北京：中華書局，1956 年。

10.〔宋〕晁公武撰：《郡齋讀書志》，臺北：廣文書局，1979 年。

11.〔宋〕陳振孫撰：《直齋書錄解題》，北京，中華書局，據聚珍版叢書本排印，1985 年。

12.〔宋〕馬端臨撰：《文獻通考》，臺北：世界書局，景印摛藻堂四庫全書薈要，1988 年。

13.〔元〕脫脫等撰：《宋史》，北京：中華書局，1977 年。

14.〔明〕王夫之著：《讀通鑑論》，北京：中華書局，1975 年。

15.〔清〕紀昀、陸錫熊等：《欽定四庫全書總目》，北京：中華書局，1997 年。

16.〔清〕紀昀總纂：《四庫全書總目提要》，石家莊：河北人民出版社，2000 年。

（三）子部

1.〔春秋〕孫武著，曾曉峰、曾俊偉評析：《孫子兵法》，武漢：崇文書局，2004 年。

2.〔戰國〕荀況著，張覺撰：《荀子譯注》，上海：上海古籍出版社，2012 年。

3.〔漢〕劉向撰：《說苑》，上海：上海古籍出版社，1990 年。

4. 〔南朝宋〕劉義慶編，張萬起等譯註：《世說新語譯註》，北京：中華書局，1998 年。

5. 〔唐〕歐陽詢撰，汪紹楹校：《藝文類聚》，上海：上海古籍出版社，1965 年。

6. 〔唐〕孫過庭撰，周士藝註疏：《書譜序註疏》，上海：上海古籍出版社，2009 年。

7. 〔唐〕徐堅、孫季良等撰：《初學記》三十卷，北京：中華書局，1962 年。

8. 〔唐〕范攄撰，陽羨生校點：《雲溪友議》，上海：上海古籍出版社，2012 年。

9. 〔宋〕李昉等編：《太平廣記》，北京：中華書局，1961 年。

10. 〔宋〕李昉等編：《太平御覽》，上海：上海古籍出版社，2008 年。

11. 〔宋〕王欽若等編纂：《冊府元龜》校訂本，南京：鳳凰出版社，2006 年。

12. 〔宋〕曾慥編纂，王汝濤校注：《類說校注》，福州：福建人民出版社，1996 年。

13. 〔宋〕姚寬輯：《西溪叢語》，北京：中華書局，1985 年。

14. 〔宋〕朱熹著，〔宋〕黎靖德編：《朱子語類》，武漢：崇文書局，2018 年。

15. 〔宋〕祝穆撰：《古今事文類聚》，上海：上海古籍出版社，1992 年。

16. 〔宋〕王應麟撰：《玉海》，臺北：臺灣商務印書館，1983 年。

17. 〔明〕解縉等編：《永樂大典》，北京：中華書局，1986 年。

18. 〔明〕陸深撰：《停驂錄》，臺北：藝文印書館，1966 年。

19. 〔清〕凌揚藻：《蠡勺編》，北京：中華書局，1985 年。

（四）集部

1. 〔漢〕劉向編集，〔漢〕王逸章句：《楚辭》，北京：中華書局，1985 年。

2. 〔漢〕無名氏著，〔清〕張庚纂：《古詩十九首解》，北京：中華書局，1985 年。

3. 〔晉〕陶潛著，龔斌校箋：《陶淵明集校箋》修訂本，上海：上海古籍出版社，2011 年。

4. 〔梁〕劉勰著，周振甫譯：《文心雕龍今譯》，北京：中華書局，2013 年。

5. 〔梁〕蕭統編，〔唐〕李善等注，〔元〕方回撰：《六臣注文選》，上海：上海古籍出版社，1993 年。

6. 〔唐〕王績著，韓理洲校點：《王無功文集》，上海：上海古籍出版社，1987 年。

7. 〔唐〕陳子昂著，徐鵬校點：《陳子昂集》修訂本，上海：上海古籍出版社，2013 年。

8. 〔唐〕不著編人：《搜玉小集》一卷，明崇禎元年（1628 年）海虞毛氏汲古閣刊唐人選唐詩八種，國立中央圖書館藏善本。

9. 〔唐〕李白著，〔清〕王琦注：《李太白全集》，北京：中華書局，1977 年。

10. 〔唐〕杜甫撰，〔清〕仇兆鰲注：《杜詩詳注》，上海：上海古籍出版社，1992 年。

11. 〔唐〕皎然著，李壯鷹校注：《詩式校注》，北京：人民文學出版社，2003 年。

12. 〔唐〕白居易著，顧學頡點校：《白居易集》，北京：中華書局，1979 年。

13. 〔唐〕柳宗元著：《柳河東集》，上海：上海人民出版社，1974 年。

14. 〔唐〕劉肅撰，許德楠、李鼎霞點校：《大唐新語》，北京：中華書局，1984 年。

15. 〔唐〕張祜著：《張承吉文集》，上海：上海古籍出版社，1994 年。

16. 〔唐〕張為撰：《主客圖》，北京：中華書局，1985 年。

17. 〔唐〕孟棨著：《本事詩》，上海：古典文學出版社，1957 年。

18. 〔唐〕黃滔撰，〔宋〕洪邁序：《莆陽黃御史集》，北京：中華書局，據天壤閣叢書本影印，1985 年。

19. 〔宋〕李昉等編：《文苑英華》，臺北：大化書局，1985 年。

20. 〔宋〕王禹偁撰：《小畜集》，臺北：臺灣商務印書館，景印文淵閣四庫全書，第一〇八六冊，1983 年。

21. 〔宋〕姚鉉：《唐文粹》，收入《四部叢刊集部》，北京：商務印書館，上海商務印書館縮印校宋明嘉靖刊本。

22. 〔宋〕楊億編：《西崑酬唱集》，上海：上海古籍出版社，2005 年。

23. 〔宋〕梅堯臣：《宛陵集》，上海：上海中華書局據繡宋本校刊。

24. 〔宋〕歐陽脩著，李逸安點校：《歐陽脩全集》，北京：中華書局，2001 年。

25. 〔宋〕司馬光撰：《傳家集》，臺北：臺灣商務印書館，1983 年。

26. 〔宋〕劉敞：《公是集》，北京：商務印書館，1937 年。

27. 〔宋〕王安石：《王荊公唐百家詩選》，北京：中華書局，1987 年。

28. 〔宋〕洪邁輯：《萬首唐人絕句》，北京：文學古籍刊行社，1955 年。

29. 〔宋〕蘇軾，〔清〕王文誥輯注，孔凡禮點校：《蘇軾詩集》，北京：中華書局，1982 年。

30. 〔宋〕蘇軾，孔凡禮點校：《蘇軾文集》，北京：中華書局，1986 年。

31. 〔宋〕蘇軾，〔宋〕傅幹注，劉尚榮校證：《東坡詞傅幹注校證》，上海：上海古籍出版社，2016 年。

32. 〔宋〕蘇轍：《欒城集》，上海：上海古籍出版社，2009 年。

33. 〔宋〕郭茂倩編撰：《樂府詩集》，上海：上海古籍出版社，2016 年。

34. 〔宋〕李復：《潏水集》，臺北：臺灣商務印書館，1971 年。

35. 〔宋〕張耒：《張右史文集》，臺北：臺灣商務印書館，1967 年。

36. 〔宋〕蒲積中編：《歲時雜詠》，上海：上海古籍出版社，1993 年。

37.〔宋〕釋惠洪撰：《石門洪覺範天廚禁臠》，北京：中華書局，1958年。

38.〔宋〕朱弁撰：《風月堂詩話》，臺北：廣文書局，1973年。

39.〔宋〕計有功編：《唐詩紀事》，上海：上海古籍出版社，2013年。

40.〔宋〕張戒撰：《歲寒堂詩話》，北京：中華書局，1985年。

41.〔宋〕胡仔纂集：《苕溪漁隱叢話前後集》，北京：中華書局，1985年，據海山仙館叢書本排印。

42.〔宋〕陸九淵著，鍾哲點校：《陸九淵集》，北京：中華書局，1980年。

43.〔宋〕袁說友等編；趙曉蘭整理：《成都文類》，北京：中華書局，2011年。

44.〔宋〕趙蕃：《淳熙稿》，北京：中華書局，1985年。

45.〔宋〕葉適撰：《習學記言》，上海：上海古籍出版社，1992年。

46.〔宋〕孫應時：《燭湖集》，臺北：臺灣商務印書館，1983年。

47.〔宋〕釋居簡撰：《北磵詩集》清鈔本，《六府文藏》之集部別集類，宋代。

48.〔宋〕戴復古撰：《石屏詩集》，收入《四部叢刊集部》，北京：商務印書館，上海涵芬樓景印常熟瞿氏鐵琴銅劍樓藏明弘治刊本。

49.〔宋〕岳珂：《寶真齋法書贊》，北京：商務印書館，1936年。

50.〔宋〕劉克莊撰，王秀梅點校：《後村詩話》，北京：中華書局，1983年。

51.〔宋〕嚴羽著，郭少虞校釋：《滄浪詩話校釋》，北京：人民文學出版社，1983年。

52.〔宋〕馬廷鸞：《碧梧玩芳集》，臺北：臺灣商務印書館，1983年。

53.〔宋〕趙孟奎：《分門纂類唐歌詩》，臺北：臺灣商務印書館，1981年。

54.〔宋〕文天祥：《文山集》，上海：上海古籍出版社，據文淵閣四庫全書影印，第一一八四冊，1987年。

55. 〔元〕方回:《瀛奎律髓》,上海:上海古籍出版社,據四庫全書文淵閣本影印,1993 年。

56. 〔元〕方回選評,〔清〕紀昀刊誤,李慶甲集評校點:《瀛奎律髓彙評》,上海:上海古籍出版社,1986 年。

57. 〔金〕元好問著,賀新輝輯注:《元好問詩詞集》,北京:中國展望出版社,1987 年。

58. 〔明〕劉基撰:《誠意伯文集》,北京:商務印書館,1937 年。

59. 〔明〕高棅編選:《唐詩品彙》,上海:上海古籍出版社,1988 年。

60. 〔明〕邊貢撰:《華泉集》,上海:上海古籍出版社,1993 年。

61. 〔明〕楊慎《丹鉛總錄》,臺北:臺灣商務印書館,景印文淵閣四庫全書,第八五五冊,1983 年。

62. 〔明〕楊慎:《升菴集》,上海:上海古籍出版社,1993 年,據四庫全書文淵閣本影印。

63. 〔明〕謝榛著,郭紹虞主編:《四溟詩話》,北京:人民文學出版社,1961 年。

64. 〔明〕胡應麟:《詩藪》,上海:上海古籍出版社,1979 年。

65. 〔明〕許學夷著,杜維沫校點:《詩源辨體》,北京:人民文學出版社,1987 年。

66. 〔明〕王嗣奭:《杜臆》,上海:上海古籍出版社,1983 年。

67. 〔明〕胡震亨:《唐音癸籤》,上海:上海古籍出版社,1981 年。

68. 〔明〕杜應芳,〔明〕胡承詔輯:《補續全蜀秇文志》,載《續修四庫全書》一六七七冊,上海:上海古籍出版社,2002 年,據福建省圖書館藏明萬曆刻本影印。

69. 〔明〕王夫之著,舒蕪校點:《薑齋詩話》,北京:人民文學出版社,1961 年。

70. 〔明〕吳喬撰:《圍爐詩話》,北京:中華書局,1985 年,據借月山房彙鈔本排印。

71. 〔清〕賀貽孫:《詩筏》,收入郭紹虞編選,富壽蓀校點:《清詩話

續編》，上海：上海古籍出版社，2016 年。

72. 〔清〕葉燮著，霍松林校註：《原詩》，北京：人民文學出版社，1979 年。

73. 〔清〕王士禛著，張宗柟纂集，戴鴻森校點：《帶經堂詩話》，北京：人民文學出版社，1982 年。

74. 〔清〕宋長白編：《柳亭詩話》，上海：上海雜誌公司，1936 年。

75. 〔清〕彭定求、沈三曾等編：《御定全唐詩》，上海：上海古籍出版社，1986 年，據康熙揚州詩局本剪貼縮影印製。

76. 〔清〕沈德潛編：《唐詩別裁集》，上海：上海古籍出版社，1979 年。

77. 〔清〕沈德潛著，霍松林校注：《說詩晬語》，北京：人民文學出版社，1979 年。

78. 〔清〕董誥、阮元等編：《全唐文》，上海：上海古籍出版社，1990 年。

79. 〔清〕賀裳《載酒園詩話》，收入郭紹虞編選，富壽蓀校點：《清詩話續編》，上海：上海古籍出版社，2016 年。

80. 〔清〕袁枚著，顧學頡校點：《隨園詩話》，北京：人民文學出版社，1982 年。

81. 〔清〕翁方綱撰：《石洲詩話》，北京：中華書局，1985 年，據粵雅堂叢書本排印。

82. 〔清〕孫星衍輯：《續古文苑》，北京：中華書局，1985 年。

83. 〔清〕陳沆撰：《詩比興箋》，上海：上海古籍出版社，1981 年。

84. 〔清〕劉熙載著，薛正興點校：《劉熙載文集》，南京：江蘇古籍出版社，2001 年。

85. 〔清〕李慈銘：《越縵堂讀書記》，上海：上海書店出版社，2015 年。

86. 〔清〕陳衍：《石遺室詩話》，瀋陽：遼寧教育出版社，1998 年。

87. 〔清〕鄧繹撰：《藻川堂譚藝》，載蔡鎮楚編：《中國詩話珍本叢書》

第十九冊，北京：北京圖書館出版社，2004 年。

88. 〔清〕蘅塘退士編選，〔清〕陳婉俊補注，施適校點：《唐詩三百首》，上海：上海古籍出版社，2018 年。

89. 〔清〕高步瀛撰注：《唐宋詩舉要》，上海：上海古籍出版社，1978 年。

二、專書

（一）專著（依作者姓氏筆畫排序）

1. 王重民：《敦煌古籍敘錄》，北京：商務印書館，1958 年。

2. 王重民、孫望、童養年輯錄：《全唐詩外編》，北京：中華書局，1982 年。

3. 王力：《漢語詩律學》，北京：中華書局，2015 年。

4. 卞孝萱：《冬青書屋文存》，西安：陝西人民出版社，2008 年。

5. 石樹芳：《唐人選唐詩研究》，北京：中國社會科學出版社，2016 年。

6. 朱立元：《接受美學導論》，合肥：安徽教育出版社，2004 年。

7. 朱光潛：《談美》，上海：華東師範大學出版社，2012 年。

8. 朱自清：《經典常談》，南寧：廣西人民出版社，2017 年。

9. 李正春：《唐代組詩研究》，南京：鳳凰出版社，2011 年。

10. 李澤厚：《美的歷程》，北京：生活·讀書·新知三聯書店，2017 年。

11. 辛德勇：《中國印刷史研究》，北京：生活·讀書·新知三聯書店，2016 年。

12. 余嘉錫：《四庫提要辨證》，長沙：湖南教育出版社，2009 年。

13. 杜曉勤：《齊梁詩歌向盛唐詩歌的嬗變》，臺北：商鼎文化出版社，1996 年。

14. 杜曉勤：《隋唐五代文學研究》，北京：北京出版社，2001 年。

15. 吳企明：《唐音質疑錄》，上海：上海古籍出版社，1985 年。

16. 吳淑玲：《唐詩傳播與唐詩發展之關係》，北京：中華書局，2013年。

17. 金元浦：《接受反應文論》，濟南：山東教育出版社，1998年。

18. 尚永亮、劉磊等著：《中唐元和詩歌傳播接受史的文化學考察》上卷，武漢：武漢大學出版社，2010年。

19. 陳子昂著，彭慶生注釋：《陳子昂詩注》，成都：四川人民出版社，1981年。

20. 陳寅恪：《唐代政治史述論稿》，上海：上海古籍出版社，1982年。

21. 陳尚君：《唐代文學叢考》，北京：中國社會科學出版社，1997年。

22. 陳文忠：《中國古典詩歌接受史研究》，合肥：安徽大學出版社，1998年。

23. 陳平原：《假如沒有文學史》，北京：生活・讀書・新知三聯書店，2011年。

24. 陳伯海、李定廣編著：《唐詩總集纂要》，上海：上海古籍出版社，2016年。

25. 陳尚君：《唐詩求是》上冊，上海：上海古籍出版社，2018年。

26. 陳尚君：《唐詩求是》下冊，上海：上海古籍出版社，2018年。

27. 陳貽焮主編：《增訂注釋全唐詩》第一冊，北京：文化藝術出版社，2001年。

28. 凌朝棟：《〈文苑英華〉研究》，上海：上海古籍出版社，2005年。

29. 孫昌武：《唐代古文運動通論》，天津：百花文藝出版社，1984年。

30. 孫琴安：《唐詩選本提要》，上海：上海書店出版社，2005年。

31. 孫毓修：《中國雕版源流考》，上海：上海古籍出版社，2008年。

32. 孫桂平：《唐人選唐詩研究》，北京：中國社會科學出版社，2012年。

33. 袁曉薇：《王維詩歌接受史研究》，合肥：安徽大學出版社，2012年。

34. 袁行霈：《唐詩風神及其他》，合肥：黃山書社，2017年。

35. 徐文茂：《陳子昂論考》，上海：上海古籍出版社，2002年。

36. 敏澤、黨聖元著：《文學價值論》，北京：社會科學文獻出版社，1997年。

37. 張伯偉：《中華文化通志‧詩詞曲志》，上海：上海人民出版社，1998年。

38. 張毅：《宋代文學思想史》，北京：中華書局，2016年。

39. 葛曉音：《漢唐文學的嬗變》，北京：北京大學出版社，1990年。

40. 葛曉音：《詩國高潮與盛唐文化》，北京：北京大學出版社，1998年。

41. 傅璇琮、許逸民等主編：《中國詩學大辭典》，杭州：浙江教育出版社，1999年。

42. 傅璇琮、陳尚君、徐俊編：《唐人選唐詩新編》增訂本，北京：中華書局，2014年。

43. 傅璇琮、蔣寅主編：《中國古代文學通論‧隋唐五代卷》，瀋陽：遼寧人民出版社，2005年。

44. 萬曼：《唐集敘錄》，開封：河南大學出版社，2008年。

45. 曾軍：《陳子昂詩全集匯校匯注匯評》，武漢：崇文書局，2017年。

46. 鄒雲湖：《中國選本批評》，上海：上海三聯書店，2002年。

47. 楊文雄：《李白詩歌接受史》，臺北：五南圖書出版公司，2000年。

48. 蔡振念：《杜詩唐宋接受史》，臺北：五南圖書出版公司，2002年。

49. 蔣寅：《大曆詩風》，南京：鳳凰出版社，2009年。

50. 聞一多：《唐詩雜論》，合肥：安徽人民出版社，2013年。

51. 趙文成、趙君平編：《秦晉豫新出墓誌搜佚續編》，北京：國家圖書館出版社，2015 年。

52. 魯迅著，魯迅先生紀念委員會編：《魯迅全集》第 6 卷，上海：光華書店，1948 年。

53. 魯迅著，魯迅先生紀念委員會編：《魯迅全集》第 7 卷，上海：光華書店，1948 年。

54. 魯迅著，魯迅先生紀念委員會編：《魯迅全集》第 17 卷，上海：光華書店，1948 年。

55. 劉遠智：《陳子昂及其感遇詩研究》，臺北：文津出版社，1987 年。

56. 劉文忠：《正變‧通變‧新變》，南昌：百花洲文藝出版社，2017 年。

57. 錢鍾書：《錢鍾書散文》，杭州：浙江文藝出版社，1997 年。

58. 錢穆：《中國學術思想史論叢（四）》，北京：生活‧讀書‧新知三聯書店，2009 年。

59. 錢志熙：《唐詩近體源流》，北京：北京大學出版社，2015 年。

60. 謝無量：《謝無量文集》第 7 卷，北京：中國人民大學出版社，2011 年。

61. 韓理洲：《陳子昂研究》，上海：上海古籍出版社，1988 年。

62. 曠新年：《把文學還給文學史》，上海：復旦大學出版社，2012 年。

63. 羅秀美：《宋代陶學研究：一個文學接受史個案的分析》，臺北：秀威資訊出版社，2007 年。

64. 羅偉國、胡平：《古籍版本題記索引》，上海：華東師範大學出版社，2011 年。

65. 嚴傑：《顏真卿評傳》，南京：南京大學出版社，2005 年。

（二）文學史、文論史專著（依出版時間排序）

1. 中國社會科學院文學研究所編：《中國文學史》，北京：人民文學出版社，1962 年。

2. 劉大傑：《中國文學發展史》，上海：上海人民出版社，1976 年。

3. 胡雲翼：《增訂本中國文學史》，臺北：三民書局，1982 年。

4. 王忠林、邱燮友等著：《增訂中國文學史初稿》，臺北：福記出版社，1985 年。

5. 葉慶炳：《中國文學史》上冊，臺北：臺灣學生書局，1987 年。

6. 胡小石：《中國文學史講稿》，收入《胡小石論文集續編》，上海：上海古籍出版社，1991 年。

7. 錢基博：《中國文學史》，北京：中華書局，1993 年。

8. 羅宗強、郝世峰、項楚等著：《隋唐五代文學史》中卷，北京：高等教育出版社，1994 年。

9. 羅根澤：《中國文學批評史》，北京：商務印書館，2017 年。

10. 林庚：《中國文學簡史》，北京：北京大學出版社，1995 年。

11. 章培恆、駱玉明主編：《中國文學史》，上海：復旦大學出版社，1996 年。

12. 王運熙，楊明著：《中國文學批評通史——隋唐五代卷》，上海：上海古籍出版社，1996 年。

13. 鄭振鐸著：《鄭振鐸全集第八卷：插圖本中國文學史》，河北：花山文藝出版，1998 年。

14. 游國恩、王起等主編：《中國文學史》，北京：人民文學出版社，2002 年。

15. 陳伯海、蔣哲倫主編，倪進等著：《中國詩學史隋唐五代卷》，廈門：鷺江出版社，2002 年。

16. 朱東潤：《中國文學批評史大綱》，上海：上海古籍出版社，2005 年。

17. 王運熙，顧易生主編：《中國文學批評史新編》上冊，上海：復旦大學出版社，2006 年。

18. 陸侃如、馮沅君著：《中國詩史》，天津：百花文藝出版社，2008 年。

19. 龔鵬程：《中國文學史》，臺北：里仁出版社，2009 年。

20. 臺靜農：《中國文學史》，臺北：臺灣大學出版中心，2009 年。

21. 郭紹虞：《中國文學批評史》，北京：商務印書館，2010 年。

22. 袁行霈主編：《中國文學史》第三版，北京：高等教育出版社，2014 年。

23. 王國瓔：《中國文學史新講》，臺北：聯經出版社，2006 年。

24. 錢穆講授，葉龍記錄整理：《中國文學史》，成都：天地出版社，2016 年。

25. 周嘯天：《簡明中國詩史》，成都：四川人民出版社，2019 年。

26.（日）吉川幸次郎著，章培恆等譯：《中國詩史》，合肥：安徽文藝出版社，1986 年。

27.（美）孫康宜，宇文所安主編：《劍橋中國文學史：1375 年之前》卷上，臺北：聯經出版社，2016 年。

（三）外文專著（依出版時間排序）

1.（美）蘇珊·朗格（Susanne K. Langer）著，滕守堯譯：《藝術問題》，北京：中國社會科學出版社，1983 年。

2.（美）韋勒克（R. Wellek），沃倫（A. Warren）著，劉象愚等譯：《文學理論》。北京：生活·讀書·新知三聯書店，1984 年。

3.（德）H. R. 姚斯（Hans Robert Jauss）：《走向接受美學》（根據美國明尼蘇達大學出版社，1983 年英文版譯出），收入周寧、金元浦譯：《接受美學與接受理論》，沈陽：遼寧人民出版社，1987 年。

4.（美）宇文所安（Stephen Owen）著，田曉菲譯：《他山的石頭記——宇文所安自選集》，南京：江蘇人民出版社，2003 年。

5.（美）M. H. 艾布拉姆斯（M. H. Abrams）著，酈稚牛等譯：《鏡與燈——浪漫主義文論及批評傳統》，北京：北京大學出版社，2004 年。

6.（意）安貝托·艾柯（Umberto. Eco）等著，王宇根譯：《詮釋與

過度詮釋》第 2 版，北京：生活・讀書・新知三聯書店，2005年。

7.（德）漢斯・羅伯特・耀斯（Hans Robert Jauss）著，顧建光、顧靜宇、張樂天譯：《審美經驗與文學解釋學》，上海：上海譯文出版社，2006 年。

8.（日）小川環樹著，周先民譯：《風與雲，中國詩文論集》，北京：中華書局，2005 年。

9.（日）筧文生、筧久美子著，盧盛江、劉春林編譯：《唐宋詩文的藝術世界》，北京：中華書局，2007 年。

10.（德）沃爾夫岡・伊瑟爾（Wolfgang Iser）著，朱剛等譯：《怎樣做理論》，南京：南京大學出版社，2008 年。

11.（意）伊塔洛・卡爾維諾（Italo Calvino）著，黃燦然、李桂蜜譯：《為什麼讀經典》，南京：譯林出版社，2012 年。

12.（美）宇文所安（Owen Stephen）著，賈晉華譯：《初唐詩》，北京：生活・讀書・新知三聯書店，2014 年。

13.（法）丹納（Hippolyte Adolphe Taine）著，傅雷譯：《藝術哲學》，杭州：浙江人民美術出版社，2017 年。

三、單篇論文及學位論文（各類依發表時間排序）

（一）期刊論文

1. 羅庸：〈陳子昂年譜〉，原載北京大學《國學季刊》，1935 年第五卷第二號，收入上海古籍出版社，2013 年出版之徐鵬校點《陳子昂集》修訂本附錄，頁 313～349。

2. 王運熙：〈釋「河嶽英靈集序」論盛唐詩歌〉，《復旦學報（人文科學版）》，1957 年第 2 期，頁 221～228。

3. 時萌：〈關於陳子昂〉，《文史哲》，1957 年第 3 期，頁 42～50。

4. 王運熙：〈陳子昂和他的作品〉，《文學遺產》，1957 年第 4 期，頁 92～121。

5. 林庚：〈盛唐氣象〉，《北京大學學報（人文科學版）》，1958 年第 2 期，頁 87～97。

6. 林庚：〈陳子昂與建安風骨——古代詩歌中的浪漫主義傳統〉，《文學評論》，1959 年第 5 期，頁 138～148。

7. 韓理洲：〈陳子昂生卒年考辯〉，《西南師範大學學報（人文社會科學版）》，1980 年第 4 期，頁 68～75。

8. 程千帆：〈張若虛《春江花月夜》的被理解和被誤解〉，《文學評論》，1982 年第 4 期，頁 18～25。

9. 蔣寅：〈陳子昂集《楊柳枝》證偽〉，《學術研究》，1982 年第 6 期，頁 13。

10. 張黎：〈關於「接受美學」的筆記〉，《文學評論》，1983 年第 6 期，頁 106～117。

11. 韓理洲：〈《楊柳枝》非陳子昂所作考〉，《西南師範大學學報（人文社會科學版）》，1984 年第 1 期，頁 55～57。

12. 周剛：〈陳子昂詩歌理論新探〉，《文史哲》，1984 年第 2 期，頁 59～62。

13. 張隆溪：〈仁者見仁，智者見智——關於闡釋學與接受美學‧現代西方文論略覽〉，《讀書》，1984 年第 3 期，頁 86～95。

14. 金濤聲：〈唐代邊塞詩的先聲——談初唐四傑和陳子昂的邊塞詩〉，《廣西大學學報（哲學社會科學版）》，1985 年第 1 期，頁 16～22。

15. 章國鋒：〈國外一種新興的文學理論——接受美學〉，《文藝研究》，1985 年第 4 期，頁 71～79。

16. 秦紹培：〈陳子昂評價質疑〉，《新疆大學學報（哲學社會科學版）》，1986 年第 2 期，頁 58～65。

17. 朱立元：〈文學研究的新思路——簡評堯斯的接受美學綱領〉，《學術月刊》，1986 年第 5 期，頁 39～45。

18. 吳奔星：〈一門新興的審美學科的崛起——「詩美鑒賞學」論

綱〉，《江海學刊》，1988 年第 1 期，頁 167～175。

19. 劉石：〈陳子昂新論〉，《文學評論》，1988 年第 2 期，頁 131～137。

20. 李珍華、傅璇琮：〈唐人選唐詩與《河嶽英靈集》〉，《中國韻文學刊》，1988 年第 Z1 期，頁 1～18。

21. 吳奔星：〈論詩學是情學〉，《社會科學戰線》，1989 年第 2 期，頁 267～274。

22. 秦紹培、蘇華：〈陳子昂評價斷想——陳子昂評價再質疑兼談古典文學研究問題〉，《新疆大學學報（哲學社會科學版）》，1989 年第 2 期，頁 61～65。

23. 王運熙、吳承學：〈論陳子昂的歷史貢獻〉，《許昌學院學報》，1989 年第 3 期，頁 33～38。

24. 岳珍：〈陳子昂集版本考述〉，《四川圖書館學報》，1989 年第 3 期，頁 61～67。

25. 鍾樹樑：〈陳子昂在我國歷史上的地位〉，《成都大學學報（社會科學版）》，1989 年第 3 期，頁 17～30。

26. 朱立元、楊明：〈試論接受美學對中國文學史研究的啟示〉，《復旦學報（社會科學版）》，1989 年第 4 期，頁 85～90。

27. 葛曉音：〈論宮廷文人在初唐詩歌藝術發展中的作用〉，《遼寧大學學報（哲學社會科學版）》，1990 年第 4 期，頁 69～74。

28. 周祖譔：〈武后時期之洛陽文學〉，《廈門大學學報（哲學社會科學版）》，1991 年第 1 期，頁 69～72。

29. 韓經太：〈中國詩學的平淡美理想〉，《中國社會科學》，1991 年第 3 期，頁 173～192。

30. 莫礪鋒：〈論初盛唐的五言古詩〉，《唐代文學研究》，1992 年第 3 輯，頁 138～162。

31. 吳光興：〈論初唐詩的歷史進程——兼及陳子昂、「初唐四傑」再評價〉，《文學評論》，1992 年第 3 期，頁 89～103。

32. 程千帆：〈學詩愚得〉，《武漢大學學報（哲學社會科學版）》，1994年第 1 期，頁 62～66。

33. 劉石：〈文學價值與文學史價值的不平衡性──陳子昂評價的一個新角度〉，《文學遺產》，1994 年第 2 期，頁 32～38。

34. 張錫厚：〈敦煌本《故陳子昂集》補說〉，《敦煌學輯刊》，1994 年第 2 期，頁 30～41。

35. 陶敏：〈唐人選唐詩與《唐人選唐詩（十種）》〉，《古典文學知識》，1994 年第 4 期，頁 100～106。

36. 袁行霈：〈百年徘徊──初唐詩歌的創作趨勢〉，《北京大學學報（哲學社會科學版）》，1994 年第 6 期，頁 74～83。

37. 許總：〈論盛唐開端的三股詩潮〉，《安徽師大學報（哲學社會科學版）》，1995 年第 1 期，頁 74～85。

38. 徐文茂：〈試論陳子昂的酬別詩〉，《天府新論》，1996 年第 2 期，頁 61～65。

39. 蔣寅：〈我的大曆詩歌研究〉，《古典文學知識》，1996 年第 5 期，頁 12～20。

40. 余恕誠：〈初唐詩歌的建設與期待〉，《文學遺產》，1996 年第 5 期，頁 42～51。

41. 陳文忠：〈古典詩歌接受史研究芻議〉，《文學評論》，1996 年第 5 期，頁 128～137。

42. 王祥：〈陳子昂〈感遇詩〉的詩史意義〉，《瀋陽師範學院學報》，1997 年第 4 期，頁 9～12。

43. 孟繁華：〈文學經典的確立與危機〉，《創作評譚》，1998 年第 1 期，頁 24～26。

44. 劉蔚：〈陳子昂山水詩的審美價值試探〉，《徐州師範大學學報》，1998 年第 2 期，頁 137～140。

45. 徐文茂：〈陳子昂「興寄」說新論〉，《文學評論》，1998 年第 3 期，頁 124～131。

46. 徐文茂：〈論陳子昂對唐代近體詩的貢獻〉，《上海社會科學院學術季刊》，1988 年第 3 期，頁 179～184。

47. 趙慧平：〈陳子昂文學地位與歷史貢獻的重新審視〉，《瀋陽師範學院學報（社會科學版）》，1999 年第 5 期，頁 5～9。

48. 莫礪鋒：〈論朱熹關於作家人品的觀點〉，《文學遺產》，2000 年第 2 期，頁 62～73。

49. 陳建森：〈張九齡的文化價值取向與詩歌的美學追求〉，《文學遺產》，2001 年第 4 期，頁 41～50。

50. 林邦鈞：〈「復」與「變」的互動——論陳子昂詩歌理論和創作的創新〉，《齊魯學刊》，2001 年第 3 期，頁 5～12。

51. 饒少平：〈折腰體新解〉，《文學遺產》，2002 年第 4 期，頁 119～121。

52. 程章燦：〈《文苑英華》選錄碑誌文的統計與分析〉，《古典文獻研究》，2003 年輯刊，頁 188～198。

53. 陳文忠：〈20 年文學接受史研究回顧與思考〉，《安徽師範大學學報（人文社會科學版）》，2003 年第 5 期，頁 534～543。

54. 李軍：〈論陳子昂詩歌理論的歷史貢獻〉，《江淮論壇》，2004 年第 4 期，頁 110～113。

55. 王志東：〈陳子昂「興寄」說的實質及其歷史地位〉，《湖南工業職業技術學院學報》，2004 年第 6 期，頁 55～58。

56. 傅紹良：〈唐代詩人的拾遺、補闕經歷與詩歌創作〉，《陝西師範大學學報》，2005 年第 4 期，頁 56～61。

57. 張紅運：〈「四唐」說源流考論〉，《貴州社會科學》，2006 年第 4 期，頁 124～128。

58. 錢志熙：〈論初唐詩人對元嘉體的接受及其詩史意義〉，《中國文化研究》，2007 年第 2 期，頁 155～167。

59. 傅紹良：〈陳子昂的諫諍實踐及其文學地位的確認〉，《人文雜誌》，2008 年第 3 期，頁 118～123。

60. 顏廷軍：〈陳子昂文學史地位之我見〉，《連雲港職業技術學院學報》，2008 年第 4 期，頁 64～65。

61. 李隆獻：〈隋唐時期復仇與法律互涉的省察與詮釋〉，《成大中文學報》第 20 期，2008 年 4 月，頁 79～109。

62. 蔡婷：〈給詮釋一個「度」——淺論艾柯的過度詮釋〉，《讀與寫（教育教學刊）》，2009 年第 1 期，頁 137～138。

63. 蔡振念：〈論唐代樂府詩之律化與入樂〉，《文與哲》第 15 期，2009 年 12 月，頁 61～98。

64. 錢志熙：〈論李白《古風》五十九首的整體性〉，《文學遺產》，2010 年第 1 期，頁 24～32。

65. 白貴、李朝傑：〈論唐人對陳子昂的接受〉，《河北學刊》，2010 年第 2 期，頁 88～91。

66. 張文婷：〈「唐人選唐詩」忽略陳子昂詩原因探析〉，《嘉應學院學報》，2010 年第 9 期，頁 48～51。

67. 袁曉薇：〈別讓「接受」成為一個「筐」——談古代文學接受史研究的變異和突圍〉，《學術界》，2010 年第 11 期，頁 90～95。

68. 王永波：〈陳子昂集版本源流考〉，《蜀學》，2011 年第 1 期，頁 98～105。

69. 程章燦：〈總集與文學史權力——以《文苑英華》所采詩題為中心〉，《南京大學學報（哲學‧人文科學‧社會科學版）》，2011 年第 1 期，頁 116～125。

70. 葛曉音：〈陳子昂與初唐五言詩古、律體調的界分——兼論明清詩論中的「唐無五古」說〉，《文史哲》，2011 年第 3 期，頁 97～110。

71. 陳文忠：〈走出接受史的困境——經典作家接受史研究反思〉，《陝西師範大學學報（哲學社會科學版）》，2011 年第 4 期，頁 26～37。

72. 陳尚君：〈述國家圖書館藏《分門纂類唐歌詩》善本三種〉，《文

獻》，2011 年第 4 期，頁 3～10。

73. 錢志熙：〈論初盛唐時期古體詩體制的發展〉，《南開學報（哲學社會科學版）》，2011 年第 5 期，頁 62～75。

74. 莫礪鋒：〈顏延之《陶徵士誄并序》在陶淵明接受史上的地位〉，《學術月刊》，2012 年第 44 卷 1 月號，頁 109～117。

75. 王兆鵬：〈建構文學接受史研究的範式——尚永亮《中唐元和詩歌傳播接受史的文化學考察》的方法論啟示〉，《北京大學學報（哲學社會科學版）》，2012 年第 1 期，頁 151～154。

76. 竇可陽：〈接受美學「中國化」的三十年〉，《文藝爭鳴》，2012 年第 2 期，頁 155～160。

77. 吳淑玲：〈唐代秘府對唐詩的彙集與播散〉，《石家莊學院學報》，2013 年第 1 期，頁 60～64。

78. 林闌露：〈闡釋與摹仿——論唐宋時期陳子昂的詩歌接受〉，《綿陽師範學院學報》，2015 年第 1 期，頁 95～99。

79. 金程宇：〈追尋消逝的唐詩選本——顧陶《唐詩類選》的復原與研究〉，《古典文獻研究》，2015 年第 2 期，頁 90～99。

80. 李德輝：〈《唐人選唐詩新編（增訂本）》的學術價值和當代啟示〉，《清華大學學報（哲學社會科學版）》，2016 年第 5 期，頁 98～102。

81. 史甄陶：〈論朱熹《齋居感興二十首》與丹道之學的關係〉，《清華中文學報》第 17 期，2017 年 6 月，頁 135～172。

82. 陳尚君：〈元結與《篋中集》作者之佚詩〉，《文史知識》，2018 年第 7 期，頁 43～50。

83. 劉康、朱立元、曾軍、毛雅睿、張俊麗：〈西方理論與中國問題——理論對話的新視角（座談實錄）〉，《上海文化》，2019 年第 8 期，頁 56～58。

84. 李最欣：〈《登幽州臺歌》非陳子昂詩考論〉，《台州學院學報》，2016 年第 1 期，頁 30～35。

85. 王慶華：〈「小說」何以進入「正史」？——以《新唐書》傳記增文採錄小說為例〉，《文藝研究》，2018 年第 6 期，頁 68～75。

86. 陳尚君：〈陳子昂的孤寂與苦悶〉，《文史知識》，2019 年第 4 期，頁 49～57。

87. 孫微：〈陳子昂「怒碎胡琴」故事的文獻解讀〉，《古典文學知識》，2020 年第 2 期，頁 135～140。

88. 莫礪鋒：〈唐詩選本對小家的影響〉，《文學評論》，2020 年第 4 期，頁 126～135。

89. 王兆鵬、邵大為：〈數字人文在古代文學研究中的初步實踐及學術意義〉，《中國社會科學》，2020 年第 8 期，頁 108～129。

90. 梁明玉：〈安史之亂對唐代圖書編撰與保存的影響〉，《蘭台世界》，2021 年第 1 期，頁 151～152、158。

91. 劉盼雨、王昊天、鄭棟毅、劉芳：〈多源異構文化大數據融合平台設計〉，《華中科技大學學報（自然科學版）》，2021 年第 2 期，頁 95～101。

92. （日）安東俊六：〈初唐文學史における陳子昂の位置づけ〉，《九州中國學會報》，1969 年第 15 卷，頁 16～28。

93. （德）沃・伊瑟爾（W. Iser）著，章國鋒譯：〈本文的召喚結構——不確定性作為文學散文產生效果的條件〉，《外國文學季刊》總第 15 期，北京：外國文學出版社，1987 年，頁 196～208。

94. （日）三木雅博：〈中國晚唐期の唐代詩受容と平安中期の佳句選——顧陶撰《唐詩類選》と《千載佳句》《和漢朗詠集》〉，《國語と國文學》第 82 卷 5 號，2006 年 1 月，頁 65～76。

95. （日）伊藤正文撰，李慶譯：〈論《搜玉小集》〉，《古典文獻研究》，2008 年第 11 輯，頁 456～477。

（二）論文集單篇論文

1. 吳其昱：〈敦煌本故陳子昂集殘卷研究〉，收入香港大學中文系主編：《香港大學五十週年紀念論文集》，香港：萬有圖書公司，

1966 年，第 2 冊，頁 253～254。

2. 蔣寅：〈戴叔倫作品考述〉，收入朱東潤主編：《中華文史論叢》，1985 年第 4 輯，上海：上海古籍出版社，1985 年，頁 247～272。

3. 羅時進：〈《登幽州臺歌》獻疑〉，收入四川省射洪縣陳子昂研究聯絡組等編：《陳子昂研究論集》，北京：中國文聯出版公司，1989 年，頁 214～219。

4. 佘正松：〈論初盛唐邊塞詩的發展和陳子昂的貢獻〉，收入四川省射洪縣陳子昂研究聯絡組編：《陳子昂研究論集》，北京：中國文聯出版公司，1989 年，頁 236～251。

5. 童嘉新：〈試論陳子昂的邊塞詩〉，收入四川省射洪縣陳子昂研究聯絡組編：《陳子昂研究論集》，北京：中國文聯出版公司，1989 年，頁 252～263。

6. 周祖譔：〈關於陳子昂歷史作用的再思考〉，收入中國唐代文學學會編：《唐代文學研究第三輯——中國唐代文學學會第五屆年會暨唐代文學國際學術討論會論文集》，桂林：廣西師範大學出版，1992 年，頁 193～199。

7. 李珍華、傅璇琮：〈《搜玉小集》考略（節要）〉，收入傅璇琮，周祖譔主編：《唐代文學研究第五輯》，桂林：廣西師範大學出版社，1994 年，頁 700～705。

8. 蔣寅：〈對中國詩學若干理論問題的思考〉，收入《東方叢刊》編輯部編：《東方叢刊》，1999 年第 2 輯，桂林：廣西師範大學出版社，1999 年，頁 115～130。

9. 張明非：〈文學史研究的使命〉，收入輔仁大學中國文學系主編：《建構與反思：中國文學史的探索學術研討會論文》，臺北：學生書局，2002 年，頁 13～25。

10. 岑仲勉：〈陳子昂及其文集之事迹〉，原載《輔仁學誌》第 14 卷第 1、2 合期，1946 年，收入向群、萬毅編：《岑仲勉文集》，廣州：中山大學出版社，2004 年，頁 327～347。

11. 曲景毅：〈論唐代文章之演進：以「大手筆」作家為視角〉，收入
黃霖、周興陸主編：《視角與方法，復旦大學第三屆中國文論國
際學術研討會論文集》，南京：鳳凰出版社，2013 年，頁 420～
428。

12.（美）宇文所安（Stephen Owen）：〈唐人眼中的杜甫：以《唐詩類
選》為例〉，卞東波編譯：《中國古典文學研究的新視鏡》，合肥：
安徽教育出版社，2016 年，頁 95～121。原文發表於美國《唐學
報》（T'ang Studies）第 25 卷，2007 年，題作 *A Tang Version of
Du Fu: The Tang shi Lei xuan*.

（三）學位論文

博士論文

1. 王園：《唐詩與宋代詩學》，天津：南開大學博士學位論文，2009
年。

2. 黎文麗：《唐代校書郎與文學》，西安：陝西師範大學博士學位
論文，2011 年。

3. 陶成濤：《邊塞詩生成研究》，南京：南京大學博士學位論文，
2014 年。

碩士論文

1. 劉秀秀：《陳子昂詩歌理論及創作在盛唐的接受》，長沙：湖南
大學碩士學位論文，2015 年。

2. 葛蓮：《唐宋陳子昂詩歌論案研究》，徐州：江蘇師範大學碩士
學位論文，2017 年。

3. 蘇秋成：《宋元時期陳子昂接受研究》，桂林：廣西師範大學碩
士學位論文，2018 年。

四、網路電子資源

1. 中國知網：https://www.cnki.net/

2. 中國哲學書電子化計劃：https://ctext.org/zh

3. 搜韻網：https://sou-yun.cn/

4. 漢籍電子文獻資料庫：http://hanchi.ihp.sinica.edu.tw/ihp/hanji.htm

5. 雕龍中日古籍全文檢索資料庫：

  http://hunteq.com/ancientc/ancientkm

6. 臺灣期刊文獻資訊網：https://tpl.ncl.edu.tw/NclService/

7. 日本學術論文數據庫：https://ci.nii.ac.jp/books/

8. 日本 Kanripo 漢籍リポジトリ網：http://www.kanripo.org

9. 浙江大學圖書館製中國歷代墓誌數據庫：

  http://csid.zju.edu.cn/tomb/about

10. 紀年換算網：http://publish.ancientbooks.cn/docShuju/

  platformcalendarconversion.jspx

附錄一　陳詩之「折腰體」統計表

詩文版本參照	陳子昂撰，徐鵬校點：《陳子昂集》修訂本，上海：上海古籍出版社，2013 年。

<table>
<tr><td colspan="3" align="center">五言四句 3 首</td></tr>
<tr><td align="center">詩　題</td><td align="center">格　律</td><td align="center">備　註</td></tr>
<tr>
<td>〈題祀山烽樹贈喬十二侍御〉押東韻（頁 24）</td>
<td>漢庭榮巧宦，雲閣薄邊功。
｜－－｜｜，　｜｜｜－－。
可憐聰馬使，白首為誰雄。
｜－－｜｜，｜｜｜－－。</td>
<td>三首均遵對式律，全詩為「平平平仄仄，仄仄仄平平」之正格或變格。</td>
</tr>
<tr>
<td>〈薊丘覽古贈盧居士藏用七首其七・郭隗〉押灰韻（頁 26）</td>
<td>逢時獨為貴，歷代非無才。
－－｜｜｜，　｜｜－－－。
隗君亦何幸，遂起黃金臺。
｜－－｜｜，　｜｜｜－－。</td>
<td></td>
</tr>
<tr>
<td>〈初入峽苦風寄故鄉親友〉押東韻（頁 27）</td>
<td>故鄉今日友，歡會坐應同。
｜－－｜｜，　｜｜｜－－。
寧知巴峽路，辛苦石尤風。
｜－－｜｜，　｜｜｜－－。</td>
<td></td>
</tr>
<tr><td colspan="3" align="center">五言八句 12 首</td></tr>
<tr>
<td>〈晚次樂鄉縣〉押庚韻（頁 19）</td>
<td>故鄉杳無際，日暮且孤征。
｜－－｜－，　｜｜｜－－。
川原迷舊國，道路入邊城。
－－－｜｜，｜｜｜－－。
野戍荒烟斷，深山古木平。
｜｜－－｜，－－｜｜－。</td>
<td>首、頷聯失黏。</td>
</tr>
</table>

	如何此時恨，嗷嗷夜猿鳴。 ー ー ｜ ー ｜，｜ ｜ ー ー。	
〈東征答朝臣相送〉 押東韻（頁33）	平生白雲意，疲薾愧為雄。 ー ー ｜ ー ｜，ー ｜ ｜ ー ー。 君王謬殊寵，旌節此從戎。 ー ー ｜ ー ｜，ー ｜ ｜ ー ー。 按繩當系虜，單馬豈邀功。 ー ー ー ｜ ｜，ー ｜ ｜ ー ー。 孤劍將何托，長謠塞上風。 ー ｜ ー ー ｜，ー ー ｜ ｜ ー。	首、頷聯失黏； 頷、頸聯失黏。
〈居延海樹聞鶯同作〉 押真韻（頁34～35）	邊地無芳樹，鶯聲忽聽新。 ー ｜ ー ー ｜，ー ー ｜ ｜ ー。 間關如有意，愁絕若懷人。 ー ー ー ｜ ｜，ー ｜ ｜ ー ー。 明妃失漢寵，蔡女沒胡塵。 ー ー ｜ ｜ ｜，｜ ｜ ｜ ー ー。 坐聞應落淚，況憶故園春。 ｜ ー ー ｜ ｜，｜ ｜ ｜ ー ー。	頷、頸聯失黏； 頸、尾聯失黏。 頸聯出句三仄尾。
〈詠主人壁上畫鶴寄喬主 簿崔著作〉押文韻（頁39）	古壁仙人畫，丹青尚有文。 ｜ ｜ ー ー ｜，ー ー ｜ ｜ ー。 獨舞紛如雪，孤飛曖似雲。 ｜ ｜ ー ー ｜，ー ー ｜ ｜ ー。 自矜彩色重，寧憶故池臺。 ｜ ー ｜ ｜ ｜，ー ｜ ｜ ー ー。 江海聯翩翼，長鳴誰復聞。 ー ｜ ー ー ｜，ー ー ー ｜ ー。	首、頷聯失黏； 頸聯出句三仄尾。
〈落第西還別魏四懍〉 押先韻（頁41）	轉蓬方不定，落羽自驚弦。 ｜ ー ー ｜ ｜，｜ ｜ ｜ ー ー。 山水一為別，歡娛復幾年。 ー ｜ ｜ ー ｜，ー ー ｜ ｜ ー。 離亭暗風雨，征路入雲烟。 ー ー ｜ ー ｜，ー ｜ ｜ ー ー。 還因北山逕，歸守東陂田。 ー ー ｜ ー ｜，ー ｜ ー ー ー。	頸、尾聯失黏； 尾聯對句三平尾。
〈送客〉押庚韻（頁41）	故人洞庭去，楊柳春風生。 ｜ ー ｜ ー ｜，ー ｜ ー ー ー。 相送河洲晚，蒼茫別思盈。 ー ｜ ー ー ｜，ー ー ｜ ｜ ー。	頸、尾聯失黏； 首聯對句三平尾。

	白蘋已堪把，綠芷復含榮。 ｜－｜－｜，｜｜－－。 江南多桂樹，歸客贈生平。 －－｜｜｜，－｜－－。	
〈遂州南江別鄉曲故人〉 押尤韻（頁42）	楚江復為客，征棹方悠悠。 ｜－｜－｜，－－｜－－。 故人憫追送，置酒此南洲。 ｜－｜｜｜，｜｜｜－－。 平生亦何恨，夙昔在林丘。 －－｜－｜，｜｜｜－－。 違此鄉山別，長謠去國愁。 －｜－－｜，－－｜｜－。	首、頷聯失黏； 頷、頸聯失黏。 首聯對句三平尾， 頷聯未對偶。
〈送著作佐郎崔融等從梁王東征并序〉 押庚韻（頁44～45）	金天方蕭殺，白露始專征。 －－－｜｜，｜｜｜－－。 王師非樂戰，之子慎佳兵。 －－－｜｜，－｜｜－－。 海氣侵南部，邊風掃北平。 ｜｜－－｜，－－｜｜－。 莫賣盧龍塞，歸邀麟閣名。 ｜｜－－｜，－－｜｜－。	首、頷聯失黏； 頸、尾聯失黏。
〈羣公集畢氏林亭〉 押江韻（頁56）	金門有遺世，鼎實恣和邦。 －－｜－｜，｜｜｜－－。 默語誰相識，琴樽寄北窗。 ｜｜－－｜，－－｜｜－。 子牟戀魏闕，漁父愛滄江。 ｜－｜｜｜，－｜｜－－。 良時信同此，歲晚跡難雙。 －－｜－｜，｜｜｜－－。	頸、尾聯失黏。 頷聯未對偶， 頸聯出句三仄尾。
〈宴胡楚真禁所〉 押元韻（頁56）	人生固有命，天道信無言。 －－｜｜｜，－｜｜－－。 青蠅一相點，白璧遂成冤。 －－｜－｜，｜｜｜－－。 請室閑逾邃，幽庭春未暄。 ｜｜－－｜，－－－｜－。 寄謝韓安國，何驚獄吏尊。 ｜｜－－｜，－－｜｜－。	首、頷聯失黏； 頸、尾聯失黏。 首聯出句三仄尾。
〈魏氏園林人賦一物得秋亭萱草〉押東韻（頁276）	昔時幽徑裏，榮耀雜春叢。 ｜－－｜｜，－｜｜－－。	首、頷聯失黏。

	今來玉墀上，銷歇畏秋風。	
	｜ ｜ ｜ 一 ｜ ，一 ｜ ｜ 一 一 。	
	細葉猶含綠，鮮花未吐紅。	
	｜ ｜ 一 一 ｜ ，一 一 ｜ ｜ 一 。	
	忘憂誰見賞，空此北堂中。	
	｜ 一 一 ｜ ｜ ，一 一 ｜ ｜ 一 。	
〈晦日宴高氏林亭并序〉 押麻韻（頁276～277）	尋春遊上路，追宴入山家。	頸、尾聯失黏。
	一 一 一 ｜ ｜ ，一 ｜ ｜ 一 一 。	
	主第簪纓滿，皇州景望華。	
	｜ ｜ 一 一 ｜ ，一 一 ｜ ｜ 一 。	
	玉池初吐溜，珠樹始開花。	
	｜ 一 一 ｜ ｜ ，一 ｜ ｜ 一 一 。	
	歡娛方未極，林閣散餘霞。	
	一 一 一 ｜ ｜ ，一 ｜ ｜ 一 一 。	

附錄二　陳子昂年譜比對表

	羅　庸	彭慶生	徐文茂
參考書籍	陳子昂撰，徐鵬校點：《陳子昂集（修訂本）》（上海：上海古籍出版社，2013年），附錄，頁313～349。【原載北京大學〈國學季刊〉，1935年第五卷第二號】	陳子昂著，彭慶生注釋：《陳子昂詩注》（成都：四川人民出版社，1981年），頁277～310。	徐文茂著：《陳子昂論考》（上海：上海古籍出版社，2002年），頁1～140。
生卒年	661～702，共42歲	659～700，共42歲	
編　年	生平事跡		
唐高宗顯慶4年己未659年	／	陳子昂生，一歲前一年，尉遲敬德病歿，褚遂良卒於貶所，本年七月，長孫無忌自殺；八月貶于志寧，貞觀老臣於是殆盡，政歸中宮。是年，王勃十一歲，楊炯十歲，賀知章生。	陳子昂生，年一歲賀知章生，年一歲。
唐高宗顯慶5年庚申660年	／	二歲十月，高宗以久苦風疾，委託武后處理朝政。	年二歲

唐高宗 顯慶 6 年 ——唐高宗 龍朔元年 辛酉 661 年	陳子昂生，一歲 是年其父陳元敬三 十六歲。王勃十四 歲。賀知章三歲。劉 知幾生。	三歲 劉知幾生。	年三歲 睿宗李旦生，年一 歲。 劉知幾生，年一歲。
唐高宗 龍朔 2 年 壬戌 662 年	二歲	四歲	年四歲 盧藏用約生於本年 或前後。
唐高宗 龍朔 3 年 辛酉 663 年	三歲 是年宋璟生。	五歲 宋璟生。	年五歲
唐高宗 麟德元年 甲子 664 年	四歲 是年二月玄奘卒， 年六十九。	六歲 高宗與上官儀謀廢 武后，敗。自是天下 大權，悉歸武后。 玄奘卒。	年六歲 高宗與上官儀謀廢 武后，事洩。 上官婉兒生，年一 歲。
唐高宗 麟德 2 年 乙丑 665 年	五歲	七歲 于志寧卒。	年七歲 于志寧卒。
唐高宗 乾封元年 丙寅 666 年	六歲 是年令狐德棻卒， 年八十四。	八歲 正月，高宗封泰山。 贈孔子太師，尊老 子為太上玄皇帝。 令狐德棻卒。	年八歲 令狐德棻卒，年八 十四，謚曰康。
唐高宗 乾封 2 年 丁卯 667 年	七歲 是年張說生。	九歲 張說生。	年九歲 張說生，年一歲。
唐高宗 乾封 3 年 ——唐高宗 總章元年 戊辰 668 年	八歲	十歲	年十歲
唐高宗 總章 2 年 己巳 669 年	九歲	十一歲 李勣卒。	年十一歲 李勣薨。
唐高宗 總章 3 年	十歲 是年蘇頲生。	十二歲 蘇頲生。	年十二歲 蘇頲生，年一歲。

——唐高宗 咸亨元年 庚午 670 年			
唐高宗 咸亨 2 年 辛未 671 年	十一歲	十三歲	年十三歲 <u>崔湜</u>生，年一歲。
唐高宗 咸亨 3 年 壬申 672 年	十二歲 是年八月<u>許敬宗</u>卒，年八十一。	十四歲	年十四歲
唐高宗 咸亨 4 年 癸酉 673 年	十三歲 是年<u>張九齡</u>生。（據〈唐書〉本傳年六十八推算）	十五歲 <u>張九齡</u>生。	年十五歲
唐高宗 咸亨 5 年 ——唐高宗 上元元年 甲戌 674 年	十四歲	十六歲 八月，高宗稱<u>天皇</u>，武后稱<u>天后</u>。	年十六歲
唐高宗 上元 2 年 乙亥 675 年	十五歲 是年<u>王勃</u>卒，年二十八。	十七歲 四月，武后酖殺太子<u>弘</u>。六月，立雍王<u>賢</u>為皇太子。	年十七歲 高宗苦風眩甚，議使武后攝知國政。武后方逞其志，太子奏請數迕旨，鴆之。六月，立雍王<u>賢</u>為皇太子，赦天下。是年，<u>李邕</u>生，年一歲。
唐高宗 上元 3 年 ——唐高宗 儀鳳元年 丙子 676 年	十六歲	十八歲 子昂始發奮讀書。是年<u>王勃</u>卒。十二月，太子<u>賢</u>等註〈後漢書〉成。	年十八歲 徐氏引盧藏用〈陳氏別傳〉及〈新唐書〉語，言子昂發憤讀書事。是年<u>王勃</u>渡海歸，溺水，悸而卒，年二十八。
唐高宗 儀鳳 2 年 丁丑 677 年	十七歲	十九歲 子昂居家讀書。	年十九歲 陳子昂閉門讀書。

唐高宗 儀鳳 3 年 戊寅 678 年	十八歲 子昂始專精讀書。 是年李邕生。	二十歲 子昂居家讀書。是 年李邕生。	年二十歲 是年陳子昂仍閉門 讀書，該覽百家，專 精墳典，以備進京 遊太學。張九齡生， 年一歲。 編年文：〈座右銘〉
唐高宗 儀鳳 4 年 ──唐高宗 調露元年 己卯 679 年	十九歲	二十一歲 始入長安，遊太學。 編年詩：〈初入峽苦 風寄故鄉親友〉、 〈江上暫別蕭四劉 三旋欣接遇〉、〈白 帝城懷古〉、〈度荊 門望楚〉、〈晚次樂 鄉縣〉、〈峴山懷 古〉、〈于長史山池 三日曲水宴〉。	年二十一歲 陳子昂由涪江，經 由巴江，入長江，至 荊州而北上，途中 曾停留於忠州、夔 州、襄州等地。 是年劉希夷卒。 編年詩：〈春夜別友 人二首〉、〈初入峽 苦風寄故鄉親友〉、 〈入東陽峽與李明 府船前後不相及〉、 〈江上暫別蕭四劉 三旋欣接遇〉、〈白 帝城懷古〉、〈度荊 門望楚〉、〈峴山懷 古〉、〈酬田逸人見 尋不遇題隱居里 壁〉。
唐高宗 調露 2 年 ──唐高宗 永隆元年 庚辰 680 年	二十歲	二十二歲 子昂至東都，應試 落第，遂經長安返 故里。是年高宗居 東都。三月，裴行儉 大破突厥於黑山。 八月甲子，廢太子 賢為庶人，乙丑，立 英王哲為皇太子， 改元永隆。十月丙 午，文成公主卒於 吐蕃，乙酉，高宗西 還。	年二十二歲 是歲，陳子昂遊太 學。備考之餘登臨 賦詩，宴遊撰序，廣 交樂施。 編年詩：〈上元夜效 小庾體〉、〈晦日宴 高氏林亭并序〉、 〈晦日重宴高氏林 亭〉、〈三月三日宴 王明府山亭〉。 編年文：〈金門餞東 平序〉。

		編年詩：〈上元夜效小庾體〉、〈晦日宴高氏林亭并序〉、〈晦日重宴高氏林亭〉、〈三月三日宴王明府山亭〉、〈落第西還別劉祭酒高明府〉、〈落第西還別魏四懍〉、〈宿襄河驛浦〉、〈送梁李二明府〉、〈入東陽峽與李明府船前後不相及〉、〈宿空舲峽青樹村浦〉、〈合州津口別舍弟至東陽步趁不及眷然有懷作以示之〉。	
唐高宗開耀元年辛巳 681 年	二十一歲子昂始入咸京，游太學。編年詩：〈酬田逸人見尋不遇題隱居里壁〉、〈題田洗馬游巖桔槔〉；當皆初出蜀時作：〈白帝城懷古〉、〈度荊門望楚〉、〈峴山懷古〉、〈晚次樂鄉縣〉、〈初入峽苦風寄故鄉親友〉。編年文：〈上薛令文章啟〉云「以小人之淺才，承令君之嘉惠」，當亦未第時作。	二十三歲子昂居射洪。本年正月，突厥寇原、慶等州。秋，裴行儉打破突厥。	年二十三歲陳子昂仍於咸京遊太學。編年詩：〈于長史山池三日曲水宴〉、〈題田洗馬游巖桔槔〉。編年文：〈上薛令文章啟〉、〈餞陳少府從軍序〉。
唐高宗永淳元年壬午 682 年	二十二歲子昂居東都，應試不第，經長安歸里。編年詩：〈落第西還	二十四歲子昂登進士第，嘗以文章干謁中書令薛元超，無成，遂歸	年二十四歲陳子昂居東都，應試不第，秋辭別師友，西還長安，經商

	別劉祭酒高明府〉、〈落第西還別魏四懷〉、〈入峭峽〉、〈宿空舲峽青樹村浦〉、〈宿襄河驛浦〉當皆落第歸途所作；又疑亦是年道中作:〈入東陽峽與李明府船前後不相及〉、〈合州平津口別舍弟〉。	鄉里。是年二月，皇孫重照生；癸未，改元永淳；戊午，高宗立重照為皇太孫，並破例為之開府置官屬，四月，高宗至東都。是歲，西突厥阿史那車薄帥十姓反，又突厥阿史那骨篤祿反。編年詩:〈題田洗馬游巖桔槔〉。編年文:〈上薛令文章啟〉。	州大道南入襄驛大道，再沿襄河由楚入蜀歸里。途中曾停留於樂鄉縣、秭歸縣等地。編年詩:〈落第西還別劉祭酒高明府〉、〈落第西還別魏四懷〉、〈送梁李二明府〉、〈晚次樂鄉縣〉、〈宿襄河驛浦〉、〈宿空舲峽青樹村浦〉。
唐高宗永淳2年——唐高宗弘道元年癸未683年	二十三歲子昂居蜀學神仙之術，與暉上人游。編年文:〈暉上人房餞齊少府使入京府序〉。	二十五歲子昂隱居射洪，求仙學道，與暉上人游。本年突厥數入寇。十二月丁巳，改元弘道，其夜，高宗至。甲子，中宗即位，尊武后為皇太后，臨朝稱制。編年詩:〈春日登金華觀〉、〈山水粉圖〉、〈酬暉上人夏日林泉見贈〉、〈酬暉上人秋夜山亭有贈〉、〈秋日遇荊州府崔兵曹使宴并序〉、〈感遇〉其十一編年文:〈暉上人房餞齊少府使入京府序〉。	年二十五歲是年子昂父陳元敬山棲絕穀，放息人事。子昂奇才好學，恰值隱居，亦研習黃老，幽觀圖象；交往僧道，從襲蘭杜。秋，子昂復出蜀入京，備來春之試。編年詩:〈春日登金華觀〉、〈山水粉圖〉、〈酬暉上人夏日林泉見贈〉、〈感遇〉其一、其十一、〈秋日遇荊州府崔兵曹使宴并序〉、〈合州津口別舍弟至東陽步趁不及眷然有懷作以示之〉。編年文:〈暉上人房餞齊少府使入京府序〉、〈忠州江亭喜遇吳參軍牛司倉序〉

唐中宗 嗣聖元年 ——唐睿宗 文明元年 ——唐武后 光宅元年 甲申 684 年	二十四歲 子昂游東都，舉進士對策高第，擢麟臺正字。 編年文：〈諫靈駕入京書〉、〈諫政理書〉、〈塵尾賦〉。	二十六歲 春，子昂詣闕上書。武后奇其才，召見金華殿，遂擢麟臺正字。 編年詩：〈春夜別友人〉二首、〈酬田逸人見尋不遇題隱居里壁〉 編年文：〈諫靈駕入京書〉、〈諫政理書〉、〈塵尾賦〉、〈為喬補闕慶武成殿表〉。	年二十六歲 是年春，陳子昂於洛陽應試，舉進士對策高第，為將仕郎。會高宗梓宮將西遷長安，歸葬乾陵，子昂上〈諫靈駕入京書〉直陳「關隴之荒蕪」，「盛言東都盛墌，可營山陵」。武后覽其書奇其才，於金鑾殿召見問狀，拜<u>秘書正字</u>。 是年，<u>趙貞固</u>年二十七，褐衣遊洛陽，與陳子昂、盧藏用、釋法成、司馬承禎、魏元忠、陸餘慶、孟詵、王適、宋之問、崔璨等交遊。天下名流，翕然宗仰。士爭慕向，所以造謁，皆搢紳選。時武后方稱制，懼不容其高，調<u>幽</u>州宜祿尉。 編年詩：〈答洛陽主人〉、〈贈趙六貞固〉（「赤螭媚其形」）。 編年文：〈諫政理書〉、〈塵尾賦并序〉、〈諫靈駕入京書〉。
武周則天后 垂拱元年 乙酉 685 年	二十五歲 子昂居東都，守麟臺正字。十一月十六日，后召見，賜筆札，中書省令條上利害，對出使、牧宰、人機三事。	二十七歲 子昂居東都，守麟臺正字。十一月十六日，武后召見，賜紙筆，令於中書省令條上利害，對出使、牧宰、人機三	年二十七歲 陳子昂居東都，守麟臺正字。十一月十六日，武后召見，賜紙筆，遣於中書省條呈天下利害，撰〈上軍國利害事

	編年詩：〈答洛陽主人〉當是此一二年作。 編年文：〈上軍國利害事三條〉。	事。 是歲，突厥骨篤祿數寇邊。 編年詩：〈答洛陽主人〉 編年文：〈上軍國利害事三條〉。	三條〉又，陳子昂廣交士友，於解三處閱東方虬〈詠孤桐篇〉，感歎雅制，品評之餘，作〈修竹篇并序〉傳示知音；於喬侃處閱晉人洪崖子〈鸞鳥詩〉，與諸君屬而和之，並撰序，惜和詩均佚，僅序尚存。 是年八月，李隆基生，年一歲。 編年詩：〈修竹篇并序〉 編年文：〈洪崖子鸞鳥詩序〉、〈唐故朝議大夫梓州長史楊府君碑〉、〈上軍國利害事三條〉。
武周則天后垂拱2年丙戌686年	二十六歲 子昂居東都，守麟臺正字。三月，上書諫用刑。旋從左補闕喬知之護左豹韜衛將軍劉敬同軍。北征金徽州都督僕固始。自居延海入。夏四月，次張掖河。五月，次同城。七月，獨南旋。八月，至張掖。既歸，上書論西蕃邊州安危事三條。 編年詩：〈題居延古城贈喬十二〉、〈居延海樹聞鶯同作〉、〈題贈祀山峰樹〉、〈觀荊玉篇〉、〈還至張掖古城聞東軍	二十八歲 子昂居東都，守麟臺正字。旋從喬知之北征同羅、僕固。三月，經隴坻。四月，次張掖河。五月，次同城。七月，獨南旋。八月，歸至張掖。歸朝後，上書論西蕃邊州安危事。 是歲，武后始盛開告密之門，從此酷吏橫行，冤獄紛起。秋，黑齒常之破突厥於兩井。 編年詩：〈贈趙六貞固〉二首、〈觀荊玉篇并序〉、〈度峽口山贈喬補闕知之王	年二十八歲 是年子昂居東部（筆者按：可能為「東都」，刊印有誤），守麟臺正字。春，從喬知之護劉敬同軍，北征金徽州都督僕固始。軍自洛陽出發，越隴坻，徑回中大道，途經並巡察涼州。四月，次張掖河，途經並巡察甘州。子昂登塞上翁城，撰文吊塞上翁。五月，師次於同城，至峽口山、居延古城等地。八月，還至張掖。九月，歸長安。秋冬，上書論西蕃邊州安

	告捷贈韋五虛己〉、〈度峽口山贈喬補闕知之王二無競〉、〈感遇〉三「蒼蒼丁零塞」一首。 **編年文**:〈吊塞上翁文〉、〈燕然軍人畫象銘〉、〈為人陳情表〉、〈為喬補闕論突厥表〉、〈上西蕃邊州安危事三條〉;〈為蘇令本與<u>岑內使啟</u>〉當作於本年四月後,垂拱四年（688）九月以前。	二無競〉、〈居延海樹聞鶯同作〉、〈題居延古城贈喬十二知之〉、〈題祀山烽樹上喬十二侍御〉、〈感遇〉其三、〈感遇〉其三十五、〈感遇〉其三十七、〈還至張掖古城聞東軍告捷贈韋五虛己〉。 **編年文**:〈吊塞上翁文〉、〈燕然軍人畫象銘并序〉、〈為人陳情表〉、〈為喬補闕論突厥表〉、〈上西蕃邊州安危事三條〉、〈為蘇令本與<u>岑內使啟</u>〉。	危事三條。 **編年詩**:〈贈趙六貞固〉(「回中烽火入」)、〈觀荊玉篇并序〉、〈題居延古城贈喬十二知之〉、〈題祀山烽樹贈喬十二侍御〉、〈居延海樹聞鶯同作〉、〈度峽口山贈喬補闕知之王二無競〉、〈感遇〉其三、其三十五、其三十七、〈還至張掖古城聞東軍告捷贈韋五虛己〉。 **編年文**:〈吊塞上翁文〉、〈燕然軍人畫象銘并序〉、〈為人陳情表〉、〈為喬補闕論突厥表〉、〈上西蕃邊州安危事三條〉、〈為蘇令本與<u>岑內史啟</u>〉。
武周則天后垂拱 3 年 丁亥 687 年	**二十七歲** 子昂居東都,守麟臺正字。冬,上〈諫雅州討生羌書〉。 **編年詩**:〈感遇〉第二十七「丁亥歲云暮」一首。 **編年文**:〈諫雅州討生羌書〉。	**二十九歲** 子昂居東都,守麟臺正字。冬,上〈諫雅州討生羌書〉。本年二月,突厥寇昌平。七月,<u>黑齒常之</u>破突厥於黃花堆。十月,<u>爨寶璧</u>與突厥戰,全軍覆滅。 **編年詩**:〈感遇〉其二十九 **編年文**:〈諫雅州討生羌書〉、〈為司農李卿讓本官表〉。	**年二十九歲** 是年,子昂居東都,守麟臺正字。冬,上〈諫雅州討生羌書〉。 **編年詩**:〈感遇〉其二十九。 **編年文**:〈諫雅州討生羌書〉。

武周則天后垂拱4年戊子688年	二十八歲 子昂居東都，守麟臺正字。 編年文：〈為程處弼慶拜洛表〉此表作於本年十二月。又有〈為程處弼辭流表〉、〈為程處弼謝放流表〉，皆在本年前。	三十歲 子昂居東都，守麟臺正字。上〈諫用刑書〉與〈諫曹仁師出軍書〉。 編年文：〈諫用刑書〉、〈諫曹仁師出軍書〉、〈為豐國夫人慶皇太子誕表〉、〈為王美暢謝兄官表〉、〈為程處弼辭放流表〉、〈為程處弼謝放流表〉。	年三十歲 是年，子昂居東都，守麟臺正字。春，上〈諫用刑書〉；秋，上〈諫曹仁師出軍書〉。年內又頻為豐國夫人、王美暢、程處弼、陳嘉言等撰表。 王之渙生，年一歲。 編年詩：〈感遇〉其二十一。 編年文：〈諫用刑書〉、〈諫曹仁師出軍書〉、〈為豐國夫人慶皇太子誕表〉、〈為王美暢謝兄官表〉、〈為程處弼辭放流表〉、〈為將軍程處弼謝放流表〉、〈為陳御史上奉和秋景觀競渡詩表〉。
武周則天后永昌元年——武周則天后載初元年己丑689年	二十九歲 子昂居東都，守麟臺正字。三月十九日，后復召見，使論為政之要，適時不便者，毋援上古，角空言。子昂乃奏八科。秩滿，隨常牒補右衛胄曹參軍。九月，上〈諫刑書〉。是年孟浩然生。 編年文：〈為百官謝追尊魏國大王表〉、〈答制問事八條〉、〈諫刑書〉、〈唐故循州司馬申國公高君墓誌〉。	三十一歲 子昂居東都，守麟臺正字。三月十九日，武后再次召見，使論為政之要，子昂退而上〈答制問事八條〉。秩滿，遷右衛胄曹參軍。七月，上〈諫刑書〉。本年孟浩然生。十月，名將黑齒常之被誣下獄，縊死。十一月，始用周正，改永昌元年十一月為載初元年正月。 編年詩：〈洛城觀酺應制〉；〈感遇〉其十六當作於本年前	年三十一歲 是年，陳子昂居東都。正月觀酺，應制賦詩。後又為程處弼、永昌父老、百官、陳嘉言等撰表。三月，武則天召見，使論為政之要，呈〈答制同事八條〉，又呈〈上益國事〉。秩滿，隨常牒補右衛胄曹參軍。先後再呈〈諫刑書〉、〈申宗人冤獄書〉等，並隨遇而賦〈感遇〉詩諸篇。 孟浩然生，年一歲。 編年詩：〈洛城觀酺

		後；〈感遇〉其二十一、二十三、〈送魏大從軍〉、〈和陸明府贈將軍重出塞〉等四篇當作於官麟臺正字時。 編年文：〈為程處弼慶拜洛表〉、〈為永昌父老勸追尊忠孝王表〉、〈為百官謝追尊魏國大王表〉、〈答制問事八條〉、〈上益國事〉、〈諫刑書〉。	應制〉、〈感遇〉其十六、四、二十二。 編年文：〈為程處弼慶拜洛表〉、〈為百官謝追尊魏國大王表〉、〈為陳舍人讓官表〉、〈答制問事八條〉、〈上益國事〉、〈諫刑書〉、〈為司刑袁卿讓官表〉、〈申宗人冤獄書〉、〈為司農李卿讓本官表〉。
唐武后 載初元年 ——周武則天 天授元年 庚寅 690 年	三十歲 子昂居東都，守右衛冑曹參軍。九月壬午，武氏改國號曰周，改元天授，上〈大周受命頌〉四章。 編年文：〈上大周受命頌表〉、〈大周受命頌〉四章。	三十二歲 子昂居東都，守右衛冑曹參軍。九月，上〈大周受命頌〉。本年七月、僧法明等撰〈大雲經〉四卷，言武后乃彌勒佛下生，當代唐為人世主，制頒於天下。九月壬午，武后稱帝，國號曰周，改元天授。 編年詩：〈感遇〉其四，當作於垂拱元年至本年之間。〈感遇〉其九，當作於武后稱帝前後。 編年文：〈唐故循州司馬申國公高君墓誌〉、〈上大周受命頌表〉、〈大周受命頌〉四章并序；〈上蜀川軍事〉、〈為陳御史上奉和秋景觀競渡表〉當作於垂	年三十二歲 是年，陳子昂居東都，守右衛冑曹參軍。有感於僧法明等謊言媚上、欺世感眾及奸佞陷害無辜、邀功貪爵之現實，賦詩慨之。九月，撰〈上大周受命頌表〉以呈〈大周受命頌四章并序〉，並賦〈奉和皇帝丘禮撫事述懷應制〉。後又呈〈上蜀川軍事〉疏，並代喬知之、鄭使君等撰表。 編年詩：〈感遇〉其八、九、十二、〈奉和皇帝丘禮撫事述懷應制〉。 編年文：〈唐故循州司馬申國公高君墓誌〉、〈上大周受命頌表〉、〈大周受命頌四章并序〉、〈上

| 武周則天后天授2年辛卯691年 | 三十一歲
春，子昂以繼母憂，解官返里。
編年詩：〈西還至散關答喬補闕知之〉、按〈奉和皇帝丘禮撫事述懷應制〉、〈洛城觀酺應制〉、〈群公集畢氏林亭〉，〈為豐國夫人慶皇太子誕表〉、〈為喬補闕慶武成殿表〉、〈和秋景觀競渡詩表〉、〈賀慈竹再生表〉、〈春臺引〉皆授官居東都數年中作。
編年文：〈為赤縣父老勸封禪表〉、〈袁州參軍李府君妻清河張氏墓誌銘〉、〈陳州宛丘縣令高府君夫人河南宇文氏墓誌銘〉、〈祭宇文夫人文〉、〈上殤高氏墓誌銘〉、〈故宣議郎騎都尉行曹州離狐縣丞高府君墓誌銘〉。 | 三十三歲
子昂居東都，守右衛冑曹參軍。秋，以繼母憂解官返里。本年九月，狄仁傑拜相。
編年詩：〈奉和皇帝丘禮撫事述懷應制〉、〈西還至散關答喬補闕知之〉；又〈感遇〉其十二、其二十四、〈魏氏園林人賦一物得秋亭萱草〉、〈題李三書齋〉、〈同旻上人傷壽安傅少府〉、〈送殷大入蜀〉、〈鴛鴦篇〉等七篇，皆作於釋褐之後，丁憂去官之前。
編年文：〈為赤縣父老勸封禪表〉、〈唐袁州參軍李府君妻清河張氏墓誌銘〉、〈唐陳州宛丘縣令高府君夫人河南宇文氏墓誌銘〉、〈祭外姑宇文夫人文〉、〈上殤高氏墓誌銘〉、〈祭黃州高府君文〉、〈故宣議郎騎都尉行曹州離狐縣丞高府君墓誌銘〉、〈為資州鄭使君讓官表〉、〈為司刑袁卿讓官表〉。 | 年三十三歲
是年，陳子昂居東都，守右衛冑曹參軍。春一月，撰〈為赤縣父老勸封禪表〉。又自二月始，屢為高氏友人撰祭文、墓志銘。
編年詩：〈感遇〉其二十四、十五。
編年文：〈為赤縣父老勸封禪表〉、〈唐故袁州參軍李府君妻清河張氏墓誌銘〉、〈唐陳州宛丘縣令高府君夫人河南宇文氏墓誌銘〉、〈祭外姑宇文夫人文〉、〈上殤高氏墓誌銘〉、〈祭黃州高府君文〉、〈故宣議郎騎都尉行曹州離狐縣丞高府君墓誌銘〉、〈梁王池亭宴序〉。 |
| | | 拱四年（688）至天授二年（691）間。 | 蜀川軍事〉、〈為喬補闕慶武成殿表〉、〈為資州鄭使君讓官表〉。 |

武周則天后 天授 3 年 ——武周則 天后 如意元年 ——武周則 天后 長壽元年 壬辰 692 年	三十二歲 子昂居蜀守制。養 痾南園，時時從暉 上人游。五月十三 日叔祖嗣卒。 編年詩：〈遇崔司議 泰之冀侍御珪二 使〉、〈臥疾家園〉、 〈秋園臥疾呈暉上 人〉、〈感遇〉第十三 首當皆此一二年中 作。	三十四歲 子昂居蜀守制，臥 疾家園，從暉上人 游。五月十三日，叔 祖嗣卒。 是年一月，狄仁傑 等被誣下獄。四月 丙申，改元如意。八 月，李昭德拜相。九 月庚於，改元長壽。 十月，王孝傑等大 破吐蕃，收復龜茲、 于闐、疏勒、碎葉四 鎮。 編年詩：〈酬李參軍 崇嗣旅館見贈〉、 〈夏日暉上人房別 李參軍崇嗣并序〉、 〈夏日遊暉上人 房〉、〈酬暉上人秋 夜獨坐山亭有贈〉、 〈臥疾家園〉、〈秋 園臥疾呈暉上人〉。	年三十四歲 是年春初約一月， 陳子昂以繼母憂解 官返里。 本年左右，王維生， 年一歲。 編年詩：〈酬暉上人 秋夜山亭有贈〉、 〈酬暉上人秋夜獨 坐山亭有贈〉。 編年文：〈臨邛縣令 封君遺愛碑〉。
武周則天后 長壽 2 年 癸巳 693 年	三十三歲 子昂春夏家居。七 月，堂弟（從舊題） 孜卒。自忠州下江 陵返東都。擢右拾 遺。 編年詩：〈遂州南江 別鄉曲故人〉、〈萬 州曉發乘漲還寄蜀 中親友〉。 編年文：〈梓州射洪 縣武東山故居士陳 君碑〉、〈館陶郭公 姬薛氏墓誌銘〉、 〈忠州江亭喜遇吳 參軍牛司倉序〉。	三十五歲 子昂春夏居蜀守 制。七月，堂弟孜 卒。夏秋之際，經遂 州、忠州、萬州下江 陵，返東都。擢右拾 遺。 編年詩：〈遂州南江 別鄉曲故人〉、〈萬 州曉發放舟乘漲還 寄蜀中親友〉、〈感 遇〉其二十七、二十 八。 編年文：〈梓州射洪 縣武東山故居士陳 君碑〉、〈館陶郭公	年三十五歲 是年，陳子昂居蜀 守制，養痾南園，從 暉上人游。為叔祖 陳嗣入葬撰寫碑 文。夏，李崇嗣使 蜀，與子昂屢聚於 旅館及暉上人房。 七月，堂弟陳孜卒。 時郭震在梓州通泉 尉任，其姬薛氏卒， 子昂為撰墓志銘。 編年詩：〈酬李參軍 崇嗣旅館見贈〉、 〈夏日暉上人房別 李參軍崇嗣并序〉。

		姬薛氏墓誌銘〉、〈忠州江亭喜遇吳參軍牛司倉序〉;〈為朝官及岳牧賀慈竹再生表〉當在長壽二年(693)或三年(694)作。	編年文:〈梓州射洪縣武東山故居士陳君碑〉、〈館陶郭公姬薛氏墓誌銘〉。
武周則天后長壽3年——武周則天后延載元年甲午694年	三十四歲子昂居東都,守右拾遺。三月,上書諫曹仁師征默啜。旋坐逆黨陷獄。編年文:〈堂弟孜墓誌銘〉、〈供奉學士懷州河內縣尉陳君碩人墓誌銘〉、〈諫曹仁師出軍書〉。	三十六歲子昂居東都,守右拾遺。旋坐逆黨陷獄。本年正月,突厥可汗骨篤祿卒,弟默啜自立為可汗。臘月,默啜寇靈州。五月,武則天加尊號曰越古金輪聖神皇帝,改元延載。編年文:〈堂弟孜墓誌銘〉、〈周故內供奉學士懷州河內縣尉陳君碩人墓誌銘〉。	年三十六歲是年一月陳子昂為堂弟陳孜入葬撰寫碑文。三月服闋,經遂州、萬州、宜都、荊州等北上返東都。擢右恰遺。為朝官及岳牧撰〈賀慈竹再生表〉,未幾坐逆黨陷獄。編年詩:〈遂州南江別鄉曲故人〉、〈萬州曉發放舟乘漲還寄蜀中親友〉、〈感遇〉其二十七、二十八、十九。編年文:〈堂弟孜墓誌銘〉、〈周故內供奉學士懷州河內縣尉陳君碩人墓誌銘〉、〈為朝官及岳牧賀慈竹再生表〉。
武周則天后証聖元年——武周則天后天冊萬歲元年乙未695年	三十五歲子昂獄解,復官右拾遺。編年文:〈祭臨海韋府君文〉、〈送中岳二三真人序〉。	三十七歲子昂獄解,官復右拾遺。本年正月,改元證聖。九月甲寅,武則天加尊號曰天冊金輪大聖皇帝,改元天冊萬歲。編年詩:〈宴胡楚真禁所詩〉、〈感遇〉其十九。	年三十七歲是年,獄解,陳子昂上〈謝免罪表〉,復官右拾遺。撰文祭亡友臨海韋府君。屢萌汗漫之思,嘗登中岳,與司馬承禎、馮太和等方外友頗多交遊。編年詩:〈宴胡楚真禁所詩〉、〈感遇〉其

		編年文:〈祭韋府君文〉、〈送中岳二三真人序〉。	十八。 **編年文:**〈謝免罪表〉、〈祭臨海韋君文〉、〈冬夜宴臨邛李錄事宅序〉、〈續唐故中岳體玄先生潘尊師碑頌〉、〈送中岳二三真人序〉。
武周則天后天冊萬歲 2 年 ——武周則天后萬歲登封元年 ——武周則天后萬歲通天元年 丙申 696 年	三十六歲 子昂居東都，守右拾遺。夏五月，營州契丹松漠都督李盡忠等舉兵反，攻陷營州，遣左鷹揚衛將軍曹仁師等討之。秋九月，以同州刺史建安王武攸宜為右武威衛大將軍，充清邊道行軍大總管，以討契丹。子昂以本官參謀。是年元德秀生。 **編年詩:**〈送別崔著作東征〉、〈東征答朝達相送〉、〈東征至淇門答宋參軍之問〉、〈送崔著作〉。 **編年文:**〈昭夷子趙氏碑〉、〈送著作佐郎崔融等從梁王東征序〉、〈上軍國機要事〉、〈為建安誓眾詞〉、〈登薊州城西北樓送崔著作入都序〉。	三十八歲 子昂居東都，守右拾遺。夏五月壬子，營州契丹松漠都督李盡忠、歸誠州刺史萬榮舉兵反，攻陷營州。乙丑，遣左鷹揚衛將軍曹仁師等二十八將討之。秋七月辛亥，以梁王武三思為榆關道安撫大使，以備契丹。九月以同州刺史建安群王武攸宜為右武威衛大將軍，充清邊道行軍大總管，以討契丹。子昂以本官參謀。 **編年詩:**〈送著作佐郎崔融等從梁王東征并序〉、〈東征答朝臣相送〉、〈登澤州城北樓宴〉、〈東征至淇門答宋參軍之問〉、〈登薊城西北樓送崔著作入都并序〉、〈答韓使同在邊〉。 **編年文:**〈送麴郎將使默啜序〉、〈昭夷	年三十八歲 是年正月至八月，陳子昂居東都，守右拾遺。正月，送麴郎將使默啜，賦詩以贈。七月，偕杜審言等送崔融從武三思東征契丹，皆賦詩以贈。是歲與在京諸友，就趙貞固坒而共稽陟舊行，考謚定名；問於元蓍，象曰明夷，子昂乃撰〈昭夷子趙氏碑〉。九月，子昂以本官參謀，從同州刺史右武威衛大將軍建安王武攸宜討營州契丹松漠都督李盡忠等，為武攸宜撰〈上軍國機要事〉、〈為建安王誓眾詞〉，並賦詩〈東征伐答朝臣相送〉以白心跡。途經澤、衛、冀、幽等州。是年，上官婉兒始掌宸翰。 **編年詩:**〈感遇〉其二十六、〈詠主人壁

		子趙氏碑〉、〈上軍國機要事〉、〈為建安誓眾詞〉。	上畫鶴寄喬主簿崔著作〉、〈東征答朝臣相送〉、〈登澤州城北樓宴〉、〈東征至淇門答宋參軍之問〉、〈登薊城西北樓送崔著作融入都并序〉、〈答漢使同在邊〉 編年文:〈送麴郎將使默啜序〉、〈昭夷子趙氏碑〉、〈上軍國機要事〉、〈為建安王誓眾詞〉、〈謝賜冬衣表〉。
武周則天后萬歲通天 2年 ——武周則天后神功元年丁酉 697 年	三十七歲 子昂在建安軍幕。三月,次漁陽,清邊道總管王孝傑等敗沒,舉軍震恐不敢進。攸宜輕易無將略,子昂諫以嚴立法制,以長攻短,不納,徙署軍曹。因登薊北樓,浩歌涕下。六月,孫萬榮死,契丹平。七月,凱旋。守右拾遺如故。 編年詩:〈登薊丘樓送賈兵曹入都〉、〈登幽州臺歌〉(從舊題,〈陳氏別傳〉)、〈薊丘覽古贈盧居士藏用六首〉、〈同參軍宋之問夢趙六贈盧陳二子之作〉。 編年文:〈奏白鼠表〉、〈為建安王答王尚書書〉、〈為建	三十九歲 子昂在建安軍幕。三月,次漁陽,清邊道總管王孝傑與孫萬榮戰於東硤石谷,大敗,孝傑陣亡。舉軍震恐,不敢進。子昂諫攸宜以嚴立法制,且請分萬人為前驅,奮命破敵,不納,且貶子昂為軍曹。因登薊北樓,賦詩數首。六月,孫萬榮死,契丹平。七月,凱旋。守右拾遺如故。 是年正月,默啜寇靈州、勝州。六月丁卯,李昭德死於冤獄;同日,來俊臣伏誅,自此刑獄少衰。九月壬辰,改元神功。閏十月甲寅,狄仁傑復相。 編年詩:〈薊丘覽古	年三十九歲 是年一至七月,陳子昂在北征契丹途中。時宋之問使陸渾,夢趙貞固,作詩盧藏用、陳子昂,子昂於遼陽賦詩酬答。七月庚午,子昂隨武攸宜自幽州歸朝,守右拾遺。 編年詩:〈薊丘覽古贈盧居士藏用七首并序〉、〈登幽州臺歌〉、〈登薊丘樓送賈兵曹入都〉、〈同參軍宋之問夢趙六贈盧陳二子之作〉、〈感遇〉其十、三十四、〈贈嚴倉曹乞推命錄〉。 編年文:〈為建安王與安東諸軍州書〉、〈為建安王答王尚書送生口書〉、〈為建安王與諸將書〉、

	安王與安東諸州軍書〉、〈禡牙文〉、〈禜海文〉、〈為建安王答王尚書送生口書〉、〈為建安王祭苗君文〉、〈為建安王謝借馬表〉、〈為副大總管蘇將軍謝罪表〉、〈為副大總管屯營大將軍謝表〉、〈謝衣表〉、〈國殤文〉、〈為建安王與諸將書〉、〈為建安王與遼東書〉、〈為建安王破賊表〉、〈為建安王獻食表〉、〈為金吾將軍陳令英請免官表〉、〈為河內王等論軍功表〉、〈冥寞窅冥君古墳記銘〉。	贈盧居士藏用七首并序〉、〈登幽州臺歌〉、〈登薊丘樓送賈兵曹入都〉、〈同參軍宋之問夢趙六贈盧陳二子之作〉、〈感遇〉其三十四。 **編年文**：〈為建安王與安東諸軍州書〉、〈為建安王與諸將書〉、〈為建安王破賊表〉、〈為建安王與遼東書〉、〈奏白鼠表〉、〈為建安王答王尚書書〉、〈為建安王答王尚書送生口書〉、〈禡牙文〉、〈禜海文〉、〈國殤文〉、〈為副大總管蘇將軍謝罪表〉、〈為副大總管屯營大將軍蘇宏暉謝表〉、〈謝衣表〉、〈為金吾將軍陳令英請免官表〉、〈為建安王祭苗君文〉、〈為建安王謝借馬表〉、〈為建安王獻食表〉、〈為河內王等論軍功表〉、〈冥寞窅冥君古墳記銘序〉。	〈為建安王破賊表〉、〈為建安王與遼東書〉、〈奏白鼠表〉、〈為建安王答王尚書書〉、〈為建安王謝借馬表〉、〈禡牙文〉、〈禜海文〉、〈國殤文〉、〈為建安王祭苗君文〉、〈為副大總管屯營大將軍蘇宏暉謝表〉、〈為副大總管蘇將軍謝罪表〉、〈謝衣表〉、〈為建安王獻食表〉、〈為河內王等論軍功表〉、〈為金吾將軍陳令英請免官表〉、〈薛大夫山亭宴序〉、〈窅冥君古墳記銘〉。
武周則天后聖曆元年戊戌 698 年	三十八歲 子昂居東都，守右拾遺。五月十四日，上蜀川安危事三條。以父老，表歸官歸侍，待詔以官供養。遂葺宇於射洪西山，種樹采藥。採	四十歲 子昂居東都，守右拾遺。五月十四日，上蜀川安危事三條。秋，以父老，表解官歸侍，詔帶官取給而歸。 **編年詩**：〈贈嚴倉曹	年四十歲 是歲春、夏，陳子昂居東都，守右拾遺，多病而居職不樂。 **編年詩**：〈春臺引寒食集畢錄事宅作〉、〈群公集畢氏林亭〉、〈古意題徐令

	漢武至於唐事，撰〈後史記〉，粗立紀綱。 編年詩：〈贈嚴倉曹乞推命錄〉。 編年文：〈上蜀川安危事三條〉；〈上蜀中軍事三條〉、〈上益國事一條〉疑均此年作。	乞推命錄〉、〈修竹篇并序〉、〈送別出塞〉、〈感遇〉其二十、〈送東萊王學士無競〉、〈入峭峽峽安居谿伐木谿源幽邃林嶺相映有奇致焉〉、〈喜馬參軍相遇醉歌并序〉；又〈送魏兵曹使嶲州得登字〉、〈古意題徐令壁〉、〈春臺引〉、〈群公集畢氏林亭〉、〈送客〉、〈彩樹歌〉、〈感遇〉其十、其十五、其二十二、其二十五、其三十、其三十六等詩皆作於官右拾遺時。 編年文：〈上蜀川安危事三條〉、〈送吉州杜司戶審言序〉、〈與韋五虛己書〉、〈復讎議狀〉、〈冬夜宴臨邛李錄事宅序〉。	壁〉、〈彩樹歌〉、〈感遇〉其二、其十七、其二十、其三十一、三十二、三十三、〈送別出塞〉、〈西還至散關答喬補闕知之〉、〈秋園臥疾呈暉上人〉、〈臥疾家園〉、〈喜馬參軍相遇醉歌并序〉 編年文：〈上蜀川安危事三條〉、〈送吉州杜司戶審言序〉、〈與韋五虛己書〉、〈偶遇巴西姜主簿序〉。
武周則天后聖曆2年己亥699年	三十九歲 子昂家居侍養。七月七日，父元敬卒。哀毀廬墓。 編年文：〈府君有周文林郎陳公墓誌文〉、〈申州司馬王府君墓誌銘〉。	四十一歲 子昂家居侍養。撰〈後史記〉，粗立綱紀。七月七日，父元敬卒。 編年詩：〈喜遇冀侍御圭崔司議泰之二使并序〉、〈贈別冀侍御崔司議并序〉、〈春晦餞陶七於江南同用風字并序〉、〈感遇〉其三十二、〈月夜有懷〉；又	年四十一歲 是歲陳子昂家居侍養，坐觀萬象，幽察天心，以大道理身。粗立〈後史記〉之綱紀而撰。仲春，冀珪、崔泰之奉旨使蜀，造訪子昂，子昂賦詩，謝諸友。七月己未，陳元敬卒，子昂鞠疚哀號，聞者為涕。十月己酉，元敬葬於武東山石佛

		〈感遇〉其一、其二、其五、其六、其七、其八、其十三、其十四、其十七、其十八、其三十一、其三十三、其三十八等篇皆作於歸田之後。 **編年文**:〈荊州大崇福觀記〉、〈漢州雒縣令張君吏人頌德碑〉、〈申州司馬王府君墓誌銘〉、〈<u>我府君</u>有周文林郎陳公墓誌文〉。	谷之中岡,子昂遂廬墓側,杖而後起。 **編年詩**:〈喜遇冀侍御圭崔司議泰之二使并序〉、〈贈別冀侍御崔司議并序〉、〈感遇〉其七、其十三、其三十六、〈春晦餞陶七於江南同用風字并序〉、〈月夜有懷〉、〈南山家園林木交映盛夏五月幽然清涼獨坐思遠率成十韻〉、〈送東萊王學士無競〉。 **編年文**:〈荊州大崇福觀記〉、〈漢州雒縣令張君吏人頌德碑〉、〈申州司馬王府君墓誌〉、〈我府君有周文林郎陳公墓誌文〉
武周則天后 聖曆 3 年 ——武周則天后 久視元年 庚子 700 年	四十歲 子昂家居守制。	四十二歲 子昂家居守制。縣令<u>段簡</u>羅織誣陷,收系獄中,憂憤而卒。享年四十二歲。葬射洪獨坐山。	年四十二歲 是歲陳子昂守制,廬墓側,哀號柴毀,氣息不逮。屬射洪縣令<u>段簡</u>貪暴殘忍,聞其家有財,乃附會文法,將欲害之。子昂使家人納錢二十萬,而簡意未已,數興曳就吏,羅織誣陷,收繫獄中。子昂素羸疾,杖不能起,又外迫苛政,自度氣力,恐不能全,因命蓍自筮,卦成,仰而號曰:「天命不佑,吾其死矣!」憂憤而卒,

		/	葬於射洪獨坐山。天下知者，莫不傷嘆！ 是年武則天以〈御覽〉、〈文思博要〉等書聚事多未周備，令張昌宗召李嶠、張說、徐彥伯、王無競、王適、喬備、薛曜、沈佺期、宋之問、劉知幾、崔湜、富嘉謨等二十六人撰〈三教珠英〉。 約本年，高適生，年一歲。
武周則天后 大足元年 ——武周則天后 長安元年 辛丑 701 年	四十一歲 子昂家居守制。 是年李白生。王維生。	/	/
武周則天后 長安 2 年 壬寅 702 年	四十二歲 子昂羸疾家居。本縣令段簡聞其富，欲害子昂，家人納錢二十萬緡，簡薄其賂，數輿曳就吏，遂死獄中。葬射洪獨坐山。〈集〉十卷，友人黃門侍郎范陽盧藏用為之序，行於世。	/	/
筆者註	一、符號 / 表示未有相關文字 二、以上羅本「游」同「遊」，參照徐鵬校點本，通作「游」 三、詩題名有異者： 1. 羅本〈合州平津口別舍弟〉，彭本、徐本作〈合州津口別舍弟至東陽步趁不及眷然有懷作以示之〉 2. 羅本〈題贈祀山峰樹〉，彭本作〈題祀山烽樹上喬十二侍御〉，徐本作〈題祀山烽樹贈喬十二侍御〉		

3. 徐本〈為蘇令本與岑<u>內史</u>啟〉，羅本、彭本作〈為蘇令本與岑<u>內使</u>啟〉

4. 羅本〈為程處弼<u>辭流</u>表〉，彭本、徐本作〈為程處弼<u>辭放流</u>表〉

5. 徐本〈為<u>將軍</u>程處弼謝放流表〉，羅本、彭本作〈為程處弼謝放流表〉

6. 羅本〈萬州曉發乘漲還寄蜀中親友〉，彭本、徐本作〈萬州曉發<u>放舟</u>乘漲還寄蜀中親友〉

7. 羅本〈送別崔著作東征〉，彭本作〈送著作佐郎崔融等從梁王東征并序〉

8. 羅本〈東征答<u>朝達</u>相送〉，彭本、徐本作〈東征答<u>朝臣</u>相送〉

9. 彭本〈答<u>韓</u>使同在邊〉，徐本作〈答<u>漢</u>使同在邊〉。

10. 羅本〈薊丘覽古贈盧居士藏用<u>六首</u>〉，彭本為〈薊丘覽古贈盧居士藏用<u>七首</u>并序〉

（文之題名亦有些許差異，如羅本〈祭宇文夫人文〉，彭本、徐本作〈祭<u>外姑</u>宇文夫人文〉，詳見於表，此處不再一一羅列）

四、其他詩人生卒年有異者：

1. 徐本按李邕生於 675 年，羅本、彭本均按 678 年

2. 羅本按王勃卒於 675 年，彭本、徐本均按 676 年

3. 徐本按張九齡生於 678 年，羅本、彭本均按 673 年

4. 徐本按王維生於 692 年，羅本按 701 年

五、尚未有任何繫年，有待考證之文

1. 〈為義興公求拜掃表〉

2. 〈為宗舍人謝贈物表三首〉

3. 〈為人請子弟出家表〉

4. 〈為張著作謝父官表〉

5. 〈為武奉御謝官表〉

6. 〈為僧謝講表〉

7. 〈謝藥表〉

8. 〈九隴縣獨孤丞遺愛碑〉

9. 〈唐水衡監丞李府君墓誌銘〉

10. 〈率府錄事孫君墓誌銘〉

11. 〈祭孫府君文〉

12. 〈為義興公陳請終喪第二表〉

13. 〈為義興公陳請終喪第三表〉

14. 〈無端帖〉

附錄三　陳子昂詩賦繫年比對表

	羅　庸	彭慶生	徐文茂
生卒年	661〜702，共42歲	659〜700，共42歲	
參考書籍	陳子昂撰，徐鵬校點:〈陳子昂集（修訂本）〉附錄，頁313〜349。原載北京大學〈國學季刊〉，1935年第五卷第二號。	陳子昂著，彭慶生注釋:〈陳子昂詩注〉（成都:四川人民出版社，1981年），頁277〜310。	徐文茂著:〈陳子昂論考〉（上海:上海古籍出版社，2002年），頁1〜140。
陳子昂集卷之一　詩賦			
〈麈尾賦并序〉	唐中宗　嗣聖元年——唐睿宗　文明元年——唐武后光宅元年　甲申684年		
〈感遇三十八首・其一〉	/	己亥699年左右	癸未683年
〈感遇三十八首・其二〉	/		戊戌698年
〈感遇三十八首・其三〉	丙戌686年		
〈感遇三十八首・其四〉	/	685〜690年之間	己丑689年
〈感遇三十八首・其五〉	/	己亥699年左右	/
〈感遇三十八首・其六〉	/		/
〈感遇三十八首・其七〉	/		己亥699年
〈感遇三十八首・其八〉	/		庚寅690年

〈感遇三十八首・其九〉	/		庚寅 690 年武后稱帝前後	
〈感遇三十八首・其十〉	/		戊戌 698 年左右	丁酉 697 年
〈感遇三十八首・其十一〉	/		癸未 683 年	
〈感遇三十八首・其十二〉	/		辛卯 691 年左右	庚寅 690 年
〈感遇三十八首・其十三〉	壬辰 692 年左右		己亥 699 年左右	己亥 699 年
〈感遇三十八首・其十四〉	/			/
〈感遇三十八首・其十五〉	/		戊戌 698 年左右	辛卯 691 年
〈感遇三十八首・其十六〉	/		己丑 689 年	
〈感遇三十八首・其十七〉	/		己亥 699 年左右	戊戌 698 年
〈感遇三十八首・其十八〉	/			乙未 695 年
〈感遇三十八首・其十九〉	/		乙未 695 年	甲午 694 年
〈感遇三十八首・其二十〉	/		戊戌 698 年	戊戌 698 年
〈感遇三十八首・其二十一〉	/		己丑 689 年左右	戊子 688 年
〈感遇三十八首・其二十二〉	/		戊戌 698 年左右	己丑 689 年
〈感遇三十八首・其二十三〉	/		己丑 689 年左右	/
〈感遇三十八首・其二十四〉	/		辛卯 691 年左右	辛卯 691 年
〈感遇三十八首・其二十五〉	/		戊戌 698 年左右	/
〈感遇三十八首・其二十六〉	/		/	丙申 696 年
〈感遇三十八首・其二十七〉	/		癸巳 693 年	甲午 694 年
〈感遇三十八首・其二十八〉	/			
〈感遇三十八首・其二十九〉	丁亥 687 年			
〈感遇三十八首・其三十〉	/		戊戌 698 年左右	/

〈感遇三十八首·其三十一〉	/	己亥 699 年左右	戊戌 698 年
〈感遇三十八首·其三十二〉	/	己亥 699 年	
〈感遇三十八首·其三十三〉	/	己亥 699 年左右	
〈感遇三十八首·其三十四〉	/	丁酉 697 年	
〈感遇三十八首·其三十五〉	/	丙戌 686 年	
〈感遇三十八首·其三十六〉	/	戊戌 698 年左右	己亥 699 年
〈感遇三十八首·其三十七〉	/	丙戌 686 年	
〈感遇三十八首·其三十八〉	/	己亥 699 年左右	/
〈觀荊玉篇并序〉	丙戌 686 年		
〈鴛鴦篇〉	/	辛卯 691 年左右	/
〈修竹篇并序〉	/	戊戌 698 年	乙酉 685 年
〈奉和皇帝上禮撫事述懷應制〉	辛卯 691 年		庚寅 690 年
〈洛城觀酺應制〉	辛卯 691 年左右，授官居東都數年中作	己丑 689 年	
〈白帝城懷古〉	辛巳 681 年左右，當皆初出蜀時作	己卯 679 年	
〈度荊門望楚〉			
〈峴山懷古〉			
〈晚次樂鄉縣〉		己卯 679 年	壬午 682 年
〈入峭峽峽安居谿伐木谿源幽邃林嶺相映有奇致焉〉	壬午 682 年左右，當皆落第歸途所作	戊戌 698 年	/
〈宿空舲峽青樹村浦〉		庚辰 680 年	壬午 682 年

〈宿襄河驛浦〉			
〈入東陽峽與李明府船前後不相及〉	壬午 682 年左右，疑是年道中作		/
陳子昂集卷之二　雜詩　六十八首			
〈西還至散關答喬補闕知之〉	辛卯 691 年		戊戌 698 年
〈還至張掖古城聞東軍告捷贈韋五虛己〉	丙戌 686 年		
〈度峽口山贈喬知之王二無競〉			
〈題祀山烽樹上喬十二侍御〉			
〈題居延古城贈喬十二知之〉			
〈薊丘覽古贈盧居士藏用七首并序〉	丁酉 697 年		
〈初入峽苦風寄故鄉親友〉	辛巳 681 年左右	己卯 679 年	
〈贈趙六貞固二首·其一〉	/	丙戌 686 年	丙戌 686 年
〈贈趙六貞固二首·其二〉	/		甲申 684 年
〈答韓使同在邊〉	/	丙申 696 年	
〈東征至淇門答宋參軍之問〉	丙申 696 年		
〈萬州曉發放舟乘漲還寄蜀中親友〉	癸巳 693 年		甲午 694 年
〈贈嚴倉曹乞推命錄〉	戊戌 698 年		丁酉 697 年
〈答洛陽主人〉	乙酉 685 年左右	乙酉 685 年	甲申 684 年
〈酬暉上人秋夜山亭有贈〉	/	癸未 683 年	壬辰 692 年
〈酬暉上人秋夜獨坐山亭有贈〉	/	壬辰 692 年	壬辰 692 年
〈酬李參軍崇嗣旅館見贈〉	/		癸巳 693 年
〈酬暉上人夏日林泉見贈〉	/	癸未 683 年	

〈酬田逸人見尋不遇題隱居里壁〉	辛巳 681 年	甲申 684 年	己卯 679 年
〈東征答朝臣相送〉	丙申 696 年		
〈合州津口別舍弟至東陽步趁不及眷然有懷作以示之〉	/	庚辰 680 年	癸未 683 年
〈居延海樹聞鶯同作〉	丙戌 686 年		
〈題李三書齋崇嗣〉	/	辛卯 691 年左右	/
〈題田洗馬遊巖桔槔〉	辛巳 681 年	壬午 682 年	辛巳 681 年
〈古意題徐令壁〉	/	戊戌 698 年左右	戊戌 698 年
〈送別出塞〉	/	戊戌 698 年	
〈同宋參軍之問夢趙六贈盧陳二子之作〉	丁酉 697 年		
〈和陸明府贈將軍重出塞〉	/	己丑 689 年左右，作於官麟臺正字時	/
〈同旻上人傷壽安傅少府〉	/	辛卯 691 年左右	/
〈詠主人壁上畫鶴寄喬主簿崔著作〉	/	/	丙申 696 年
〈登薊丘樓送賈兵曹入都〉	丁酉 697 年		
〈送魏大從軍〉	/	己丑 689 年左右，作於官麟臺正字時	/
〈送殷大入蜀〉	/	辛卯 691 年左右	/
〈落第西還別劉祭酒高明府〉	壬午 682 年	庚辰 680 年	壬午 682 年
〈落第別魏四懍〉			
〈送客〉	/	戊戌 698 年左右	/
〈春夜別友人二首〉	/	甲申 684 年	己卯 679 年
〈遂州南江別鄉曲故人〉	癸巳 693 年		甲午 694 年
〈送東萊王學士無競〉	/	戊戌 698 年	己亥 699 年
〈送梁李二明府〉	/	庚辰 680 年	壬午 682 年

〈送魏兵曹使嶲州得登字〉	/	戊戌 698 年左右	/
〈江上暫別蕭四劉三旋欣接遇〉	/	己卯 679 年	
〈送著作佐郎崔融等從梁王東征并序〉	丙申 696 年		/
〈春晦餞陶七於江南同用風字并序〉	/	己亥 699 年	
〈夏日暉上人房別李參軍索嗣并序〉	/	壬辰 692 年	癸巳 693 年
〈秋日遇荊州府崔兵曹使宴并序〉	/	癸未 683 年	
〈喜遇冀侍御圭崔司議泰之二使并序〉	壬辰 692 年	己亥 699 年	
〈贈別冀侍御崔司議并序〉	/		
〈登薊城西北樓送崔著作融入都并序〉	丙申 696 年		
〈喜馬參軍相遇醉歌并序〉	/	戊戌 698 年	
〈南山家園林木交映盛夏五月幽然清涼獨坐思遠率成十韻〉	/	/	己亥 699 年
〈秋園臥疾呈暉上人〉	壬辰 692 年		戊戌 698 年
〈臥疾家園〉			
〈月夜有懷〉	/	己亥 699 年	
〈于長史山池三日曲水宴〉	/	己卯 679 年	辛巳 681 年
〈登澤州城北樓宴〉	/	丙申 696 年	
〈夏日遊暉上人房〉	/	壬辰 692 年	/
〈春日登金華觀〉	/	癸未 683 年	
〈暈公集畢氏林亭〉	辛卯 691 年左右	戊戌 698 年左右	戊戌 698 年
〈宴胡楚真禁所〉	/	乙未 695 年	
〈春臺引寒食集畢錄事宅作〉	辛卯 691 年左右	戊戌 698 年左右	戊戌 698 年
〈綵樹歌〉	/		
〈山水粉圖〉	/	癸未 683 年	

陳子昂集　補遺			
〈登幽州臺歌〉	丁酉 697 年		
〈魏氏園林人賦一物得秋亭萱草〉	/	辛卯 691 年左右	/
〈晦日宴高氏林亭并序〉	授官居東都數年中作	庚辰 680 年	
〈晦日重宴高氏林亭〉			
〈上元夜效小庾體〉			
〈三月三日宴王明府山亭〉	/		
〈楊柳枝〉筆者按：並非陳作	/	/	/
〈座右銘〉	/	/	戊寅 678 年

附錄四　陳子昂文繫年比對表

	羅　庸	彭慶生	徐文茂
生卒年	661～702，共 42 歲	659～700，共 42 歲	
參考書籍	陳子昂撰，徐鵬校點：〈陳子昂集（修訂本）〉附錄註：原載北京大學〈國學季刊〉，1935 年第五卷第二號。	陳子昂著，彭慶生注釋：〈陳子昂詩注〉，頁 277～310。	徐文茂著：〈陳子昂論考〉，頁 1～140。
陳子昂集卷之三　表			
〈為義興公求拜掃表〉	/		
〈為程處弼辭放流表〉	戊子 688 年		
〈為宗舍人謝贈物表三首〉	/		
〈為將軍程處弼謝放流表〉	戊子 688 年		
〈為人陳情表〉	丙戌 686 年		
〈為副大總管蘇將軍謝罪表〉	丁酉 697 年		
〈謝免罪表〉	/	/	乙未 695 年
〈為豐國夫人慶皇太子誕表〉	/	戊子 688 年	
〈為喬補闕慶武成殿表〉	辛卯 691 年	甲申 684 年	庚寅 690 年

〈為程處弼慶拜洛表〉	戊子 688 年	己丑 689 年	
〈為人請子弟出家表〉	/		
〈為陳御史上奉和秋景觀競渡詩表〉	辛卯 691 年左右	戊子 688～辛卯 691 年間	戊子 688 年
〈為朝官及岳牧賀慈竹再生表〉	/	癸巳 693 年	甲午 694 年
〈為赤縣父老勸封禪表〉	辛卯 691 年		
〈為永昌父老勸追尊中山王表〉	/	己丑 689 年	/
〈為百官謝追尊魏國大王表〉	己丑 689 年		
〈為建安王獻食表〉	丁酉 697 年		
陳子昂集卷之四　表			
〈為司農李卿讓官表〉	/	丁亥 687 年	己丑 689 年
〈為陳舍人讓官表〉	/	/	
〈為司刑袁卿讓官表〉	/	辛卯 691 年	
〈為張著作謝父官表〉	/		
〈為資州鄭使君讓官表〉	/	辛卯 691 年	庚寅 690 年
〈為武奉御謝官表〉	/		
〈為王美暢謝兄官表〉	/	戊子 688 年	
〈為金吾將軍陳令英請免官表〉	丁酉 697 年		
〈為副大總管屯營大將軍謝表〉			
〈謝衣表〉			
〈為建安王賀破賊表〉			
〈為河內王等論軍功表〉			
〈為建安王謝借馬表〉			
〈奏白鼠表〉			
〈為僧謝講表〉	/		
〈謝藥表〉			
〈為喬補闕論突厥表〉	丙戌 686 年		

陳子昂集卷之五　碑文			
〈昭夷子趙氏碑〉	丙申 696 年		
〈臨邛縣令封君遺愛碑〉	/	/	壬辰 692 年
〈續唐故中岳體玄先生潘尊師碑頌〉	/	/	乙未 695 年
〈漢州雒縣令張君吏人頌德碑〉	/	己亥 699 年	
〈九隴縣獨孤丞遺愛碑〉	/		
〈唐故朝議大夫梓州長史楊府君碑〉	/	/	乙酉 685 年
〈梓州射洪縣武東山故居士陳君碑〉	癸巳 693 年		
陳子昂集卷之六　誌銘			
〈我府君有周居士文林郎陳公墓誌文〉	己亥 699 年		
〈申州司馬王府君墓誌〉			
〈唐水衡監丞李府君墓誌銘〉	/		
〈唐故循州司馬申國公高君墓誌〉	己丑 689 年	庚寅 690 年	
〈率府錄事孫君墓誌銘〉	/		
〈故宣議郎騎都尉行曹州離狐縣丞高府君墓誌銘〉	辛卯 691 年		
〈唐故袁州參軍李府君妻清河張氏墓誌銘〉			
〈上殤高氏墓誌銘〉			
〈堂弟孜墓誌銘并序〉	甲午 694 年		
〈館陶郭公姬薛氏墓誌銘〉	癸巳 693 年		
〈唐陳州宛丘縣令高府君夫人河南宇文氏墓誌銘〉	辛卯 691 年		
〈周故內供奉學士懷州河內縣尉陳君碩人墓志銘〉	甲午 694 年		
〈燕然軍人畫像銘并序〉	丙戌 686 年		

〈冥寞窅冥君古墳記銘為張昌寧作〉	丁酉 697 年		
陳子昂集卷之七　雜著			
〈上大周受命頌表天授元年〉	庚寅 690 年		
〈大周受命頌四章并序〉			
〈國殤文并序〉	丁酉 697 年		
〈禡牙文〉			
〈禜海文〉			
〈弔塞上翁文〉	丙戌 686 年		
〈祭孫府君文〉	/		
〈為建安王祭苗君文〉	丁酉 697 年		
〈祭黃州高府君文〉	/	辛卯 691 年	
〈祭韋府君文〉	乙未 695 年		
〈祭外姑宇文夫人文〉	辛卯 691 年		
〈祭率府孫錄事文〉	/		
〈復讎議狀〉	/	戊戌 698 年	/
〈為建安王誓眾詞〉	丙申 696 年		
〈金門餞東平序〉	/	/	庚辰 680 年
〈梁王池亭宴序〉	/	/	辛卯 691 年
〈薛大夫山亭宴序〉	/	/	丁酉 697 年
〈送中嶽二三真人序時龍集乙未十二月二十日〉	乙未 695 年		
〈餞陳少府從軍序〉	/	/	辛巳 681 年
〈送吉州杜司戶審言序〉	/	戊戌 698 年	
〈冬夜宴臨邛李錄事宅序〉	/	戊戌 698 年	乙未 695 年
〈忠州江亭喜重遇吳參軍牛司倉序〉	癸巳 693 年		癸未 683 年
〈暉上人房餞齊少府使入京府序〉	癸未 683 年		
〈洪崖子鸞鳥詩序〉	/	/	乙酉 685 年

〈送麴郎將使默啜序〉	/	丙申 696 年	
〈偶遇巴西姜主簿序〉	/	/	戊戌 698 年
陳子昂集卷之八　雜著			
〈答制問事八條〉	己丑 689 年		
〈上蜀川安危事三條〉	戊戌 698 年		
〈上蜀川軍事〉	/	庚寅 690 年左右（688～691 間）	庚寅 690 年
〈上益國事〉	疑己丑 689 年作	戊戌 698 年	
〈上軍國機要事〉	丙申 696 年		
〈上軍國利害事三條〉	乙酉 685 年		
〈上西蕃邊州安危事三條〉	丙戌 686 年		
陳子昂集卷之九　書			
〈諫靈駕入京書〉	甲申 684 年		
〈諫雅州討生羌書〉	丁亥 687 年		
〈諫刑書〉	己丑 689 年		
〈諫政理書〉	甲申 684 年		
〈諫用刑書〉	/	戊子 688 年	
〈申宗人冤獄書〉	/	/	己丑 689 年
〈諫曹仁師出書〉	甲午 694 年	戊子 688 年	
陳子昂集卷之十　書啟			
〈為建安王與遼東書〉	丁酉 697 年		
〈為建安王答王尚書送生口書〉			
〈為建安王與諸將書〉			
〈為建安王與安東諸軍州書〉	/	丁酉 697 年	
〈為建安王答王尚書書〉	丁酉 697 年		
〈與韋五虛己書〉	/	戊戌 698 年	
〈為蘇令本與岑內史啟〉	丙戌 686 年		
〈上薛令文章啟〉	辛巳 681 年	壬午 682 年	辛巳 681 年

補遺（文）			
〈為義興公陳請終喪第二表〉	/		
〈為義興公陳請終喪第三表〉			
〈謝賜冬衣表〉	/	/	丙申 696 年
〈荊州大崇福觀記〉	/	己亥 699 年	
〈無端帖〉	/		

·